nero

Olivier Norek

Il pesatore di anime

Traduzione di Maurizio Ferrara

Rizzoli

Pubblicato per

Rizzoli

da Mondadori Libri S.p.A.

ISBN 978-88-17-17698-9

Titolo originale dell'opera:
DANS LES BRUMES DE CAPELANS

Prima edizione: febbraio 2023

Realizzazione editoriale: Studio editoriale Littera, Rescaldina (MI)

Il pesatore di anime

Al Maggiore.
Come mi hai chiesto di fare, veglio su di lui.

PROLOGO IN TRE NOMI

Anna

1

Annidato nella sua culla, in balia dei sogni, con gli occhi mobili sotto le palpebre... Nulla è più imperfetto, più incompiuto, più fragile di un neonato. Non era più grande dei bambolotti che lo circondavano e il suo respiro irregolare era così leggero che avevo dovuto posare la mano sul pancino per sentirlo sollevarsi lentamente. In testa, il cranio informe non era ancora saldato dove si trovava la sottile membrana della fontanella. Se avessi voluto, avrei potuto infilarvi facilmente il dito, come in un frutto maturo.

Lo avevo sollevato con mille precauzioni, lui si era agitato per un istante, sul punto di svegliarsi, poi, rassicurato dal bozzolo protettivo delle mie braccia, era sprofondato di nuovo nel sonno.

Siamo usciti dalla stanza e a metà del corridoio, dove la moquette spessa attutiva i miei passi, ho socchiuso la porta della camera dei genitori. Dormivano, sfiniti, rinfrancati dalla sicurezza artificiale delle pareti di una casa.

Con il loro bambino tra le braccia, ho guardato quella

coppia. Lei e lui. Al mattino, non sarebbero più stati così. Scavati, vuoti, due spettri. Tutto ciò che in futuro avrebbero avuto di gioioso, o di sublime, sarebbe stato annientato da un'assenza.

Avrebbero tracciato vite parallele senza mai più incontrarsi, senza ritrovarsi.

Sarebbero diventati per sempre strumenti scordati.

2

Il mattino seguente...

Il fermento non sembrava contagiarli. Diversi reparti della polizia e numerosi agenti in borghese erano al lavoro ovunque per la casa, ma se la coppia, seduta sul divano, avesse dovuto raccontare la scena, avrebbe assegnato a ciascun estraneo presente lo stesso viso e lo stesso abbigliamento, facendo parlare tutti con la stessa voce. Quei genitori rispondevano meccanicamente alle domande senza neanche accorgersene, da quando un pilota automatico si era insediato nel loro cervello, anestetizzato come se galleggiasse in un barattolo pieno di formalina.

«No, non abbiamo sentito niente.» «No, non avevamo chiuso la porta di casa. Non lo facciamo mai. Nessuno lo fa nel nostro quartiere.» «Sì, abbiamo un allarme... ma con il tempo le paure diminuiscono, e non ci pensi nemmeno più.» «Sì, è assurdo.»

Nemmeno il ciangottio innocente del piccolo, nel dondolo ai loro piedi, riusciva a sottrarli al torpore.

«Ho sentito un movimento sulle lenzuola» aveva detto il padre. «Poi il pianto ci ha svegliato di colpo. E lui era lì. In mezzo a noi. La sveglia segnava qualche minuto prima delle sei del mattino.»

Il momento successivo, questione di un secondo – raccontarono –, si era svolto in più atti. Cinque, per la precisione, come nelle tragedie. Vedo il mio bambino. Sorride, sembra che stia bene. Ma che ci fa qui? Non può essere. Chi ce lo ha messo?

Infatti, a meno che non fosse straordinariamente precoce, un bimbo di otto mesi non sarebbe stato capace di alzarsi sulle gambe, scalare la sponda della culla, camminare fino alla camera dei genitori e salire sul letto. Ancora più improbabile che la figlia quattordicenne lo avesse piazzato lì in mezzo a loro, lasciandolo senza sorveglianza.

E, alla fine di quell'interminabile secondo, la consapevolezza: qualcuno si era introdotto in casa durante la notte. La madre era scattata in piedi e aveva corso fino in fondo al corridoio, dove aveva spalancato la porta scoprendo un letto vuoto, con il piumone arrotolato sulle lenzuola sgualcite.

Nella camera della figlia non mancava nulla, a parte la figlia. Quattordici candeline spente con un soffio la settimana prima su un dolce bianco, con il suo nome scritto malamente con il cioccolato: Anna.

«Anna Bailly, quattordici anni, scomparsa nella notte del 16 maggio, indumenti non conosciuti, altezza 1,53, corporatura esile, capelli castano chiaro, lunghezza media, caucasica...» ripeteva la radio della polizia. Alla descrizione sarebbe stata aggiunta una fotografia di Anna, con quel viso tanto strano da renderla unica.

* * *

Le scarpe scalcagnate del capitano Russo vivevano le loro ultime settimane e, senza tanti riguardi, calpestavano i pochi fiori del giardino dei Bailly. Pur avendo modi garbati, da un bel pezzo il poliziotto non guardava dove metteva i piedi. La pancia enorme ne riduceva il campo visivo, mentre il cuore, intrepido, pompava come meglio poteva per far avanzare la macchina.

Sfiancato dall'aver fatto su e giù a più riprese per l'unico piano della casa, ansimava come una foca asmatica. Asmatica ma categorica: «Non quadra».

Lassù, nella camera di Anna, dopo che la Scientifica aveva cosparso di polvere nera qualunque superficie che potesse ospitare un'impronta digitale, gli agenti del capitano si misero all'opera. Ogni romanzo della biblioteca, che ricopriva un'intera parete ed era sorprendentemente rifornita per una ragazza della sua età, veniva sfogliato alla maniera dei libri animati di cui si lasciano scorrere le pagine in accelerazione per vederle prendere vita. Ogni poster veniva staccato e rigirato. Ogni indumento ispezionato, e le tasche, se c'erano, svuotate.

Gli specialisti della squadra informatica si erano già introdotti nel computer e nel cellulare di Anna, in cerca di tracce che avrebbero potuto fornire una qualche spiegazione alla sua scomparsa.

Poi, due stonature invalidarono l'intero spartito.

Nella metà superiore della porta, quattro minuscoli fori avevano scrostato la vernice. Non più grandi di quelli scavati da piccole viti. Sembrava potesse esserci stato un catenaccio. Ma fissato all'esterno. Un catenaccio per chiudere dentro. E nella mente di tutti era balenata la stessa, inquietante domanda. Chi rinchiude la propria figlia?

Così potevano spiegarsi gli scaffali colmi di libri. Un modo per evadere quando si è reclusi, per trasportarsi altrove, al di là dei muri di una camera sbarrata.

Poi fu trovato il diario della ragazza. Occultato abbastanza bene da sfuggire alla perquisizione di un padre o di una madre. Ma non a quella di poliziotti esperti. Sopra, nessun adesivo colorato, nessun messaggio sognante dai colori sgargianti, né ghirigori da un orlo all'altro della copertina. Un diario senza magia, senza innocenza. Riempito di una scrittura fitta, sbrigativa, preoccupata di essere interrotta, redatto in fretta e furia alla luce di una torcia elettrica. La prima pagina esordiva così: «Mia madre sa quello che mio padre mi fa».

Il padre, per l'appunto, passando davanti alla camera della figlia, vide prima il diario infilato in una busta sigillata, poi un poliziotto che zumava sui fori del catenaccio. Da quel momento abbassò lo sguardo sulle scarpe senza più sollevarlo.

Di ritorno in giardino, il vice del capitano Russo gli sussurrò all'orecchio le due stonature, e il rapimento, pur sempre possibile, virò verso la fuga. Però il capitano ripeté: «Continua a non quadrare».

«Okay, e dunque?» lo interrogò il vice, raggiunto dalla psicologa della polizia.

«Non lo so. Non sono arrivato al dunque. Me ne sto bloccato qui.»

E siccome la psicologa e il vice pendevano dalle sue labbra, Russo si sforzò di precisare il proprio pensiero.

«Il cellulare è in camera. I genitori hanno confermato che non manca nessun vestito nel guardaroba e che i soldi sono ancora nei portafogli, dentro le giacche appese all'ingresso. Per cui abbiamo una ragazzetta che se ne va in pigiama, senza soldi e senza cellulare. Ecco perché me ne sto bloccato qui, e anche voi dovreste.»

«Forse era d'accordo con qualcuno che può darle soldi e vestiti» ipotizzò il vice. «E anche una ragazza della sua età, specialmente di questa generazione, sa che un cellulare può essere localizzato.»

«E soprattutto c'è il diario» concluse la psicologa.

«È vero» ammise Russo. «Dico solo che non quadra. Ciò non toglie che bisogna seguire la procedura e trasferire tutti al commissariato. Insomma, sottolineavo e basta.»

E dopo quelle riflessioni fumose fecero salire i genitori nell'auto della polizia. «Per avere qualche informazione in più» garantirono, ma non dubitavano che i palmi delle mani del padre fossero madidi di sudore come lo è l'estate in Guyana.

Garance e Salomé

1

Dieci anni dopo...

Era il tipo di casa lugubre alla cui porta i bambini suonano per sfida prima di scappare con il cuore in gola, solo per vantarsi di averne avuto il coraggio. Il tipo di casa che un agente immobiliare si accolla al momento dell'assunzione, per passarla al successore quando va in pensione.

Situata all'estrema periferia, a pochi metri da una deprimente area commerciale che la illuminava a intermittenza con i suoi neon fluorescenti, era invisibile dalla strada, poiché si trovava in fondo a un cortile attraversato da un vialetto di cemento scrostato, mangiato dalle erbacce, con una macchina agonizzante sulla sinistra e il nulla assoluto sulla destra.

Isolata, aveva il numero civico 16, ma né il 14 né il 18 erano in vista. E, di fronte, il 15 non esisteva.

Pacco alla mano, nella sua uniforme visibilmente nuova di postino, il giovane che si era presentato alla porta aveva già suonato due volte senza che nessuno si degnasse di rispondere. Decise allora di fare il giro della casa e si fermò davanti all'unica finestra che non era ricoperta da una pellicola opaca o da fogli di giornale. Alzò le mani e le mise a semicerchio attorno alle tempie per guardare dentro, lasciando agli occhi il tempo di adattarsi alla scarsa luce. Mobili in ombra, tende come fantasmi longilinei e un odore di chiuso che in pratica si vedeva.

Indietreggiò, ascoltò con attenzione, come se cercasse di percepire un polso troppo debole; poi, convinto dell'assenza del proprietario, con pochi passi si ritrovò di nuovo nel cortile e di fronte all'automobile sgangherata. Si chinò e controllò la targa, a cui scattò una foto.

Prima di andarsene, lo strano postino si fermò davanti alla cassetta delle lettere. L'aprì e la svuotò, lasciando cadere a terra un centinaio di volantini pubblicitari.

«La casa è vuota, la cassetta è piena. La targa corrisponde, ma sembra non ci abiti nessuno» disse ad alta voce.

Risalì la strada, svoltò, superò una macchina il cui parabrezza collezionava multe per divieto di sosta e bussò al furgone vicino. Il portellone si aprì davanti a quattro uomini corpulenti in tuta scura da operai. Gettò il pacco all'interno e si tolse l'auricolare.

* * *

Nell'auto parcheggiata dieci metri più in là, il capo delle operazioni, l'ormai comandante Russo, si spazientiva, strizzato nell'abitacolo con il rischio di deformare la carrozzeria. La maniglia della portiera gli entrava nella coscia destra, la leva del cambio in quella sinistra, e le ginocchia sembravano intenzionate a espellere il cruscotto attraverso il cofano. Il cellulare vibrò, il comandante Russo rispose e fece il punto, poi, davanti all'esitazione del giudice istruttore a cui era stato assegnato il caso, si arrabbiò.

«Otto ore di appostamento e non sappiamo neppure se abita qui! Magari è solo un covo. Il luogo dove la nasconde. E lui potrebbe benissimo non passare per giorni, mentre noi non sappiamo se sia viva, morta, o a un passo dall'esserlo. Ci lasci controllare!»

«Rischiamo di far saltare l'operazione» si preoccupò il giudice.

«Preferisco salvare una vittima e ricominciare da zero anziché... Stia a sentire, abbiamo una possibilità. Il rapimento risale a due giorni fa. Non vuole ritrovarla viva, almeno stavolta?»

Non era necessario nominarla, Russo stava parlando di Garance Perthuis, quindici anni, «Vittima 9», detta «la chitarrista». Stesso metodo usato per le otto precedenti. E finalmente un errore del predatore: si era servito dello stesso veicolo.

Due settimane prima il nome di Salomé Acker, sedici anni, detta «la festaiola», veniva scritto su un fascicolo della polizia giudiziaria con la specificazione «Vittima 8» sotto il nome. Senza saperlo e ancor più senza volerlo, era stata lei a far precipitare le cose e forse sarebbe stata lei a permettere di salvare la «Vittima 9», se il magistrato avesse preso la decisione giusta.

2

Salomé era sparita due settimane prima di Garance, nel bel mezzo della notte e nel bel mezzo del paesino senza storie di Beaumont-en-Argonne. Alla festa pensavano che fosse tornata a casa. A casa, i genitori la credevano alla festa, cosicché l'equivoco fu scoperto solo al mattino e Salomé fu considerata scomparsa.

Immediatamente, era stato lanciato un appello e le informazioni più strampalate erano piovute sulla squadra investigativa. Delazioni a tambur battente avevano accusato qui un vicino, là un cugino o un ex amico, un tizio su una bicicletta, un altro al volante di un camion; un identikit, poi cento, un mucchio di targhe diverse, senza arrivare da nessuna parte.

Fu così che la testimonianza del pensionato scorbutico tenuto al guinzaglio dal suo cane, per quanto fosse stata presa sul serio, andò persa nel vortice di segnalazioni più o meno utili. Eppure il padrone aveva detto chiaramente che il vecchio labrador, colpito da un'affezione renale, era in grado di pisciare solo di notte e che «una macchina con il motore acceso, proprio lì, al margine della foresta di Argonne, a quell'ora, capite... E pure la portiera, che non era dello stesso colore, eccome se me lo ricordo». Avevano annotato le sue dichiarazioni, lo avevano ringraziato per il senso civico, poi gli avevano mostrato l'uscita.

Due settimane dopo, Garance Perthuis, «Vittima 9», subiva la stessa sorte: alle nove di sera di un giovedì, finita la lezione di chitarra, veniva prelevata senza creare il minimo fremito sulla superficie della notte, alla periferia della zona residenziale che doveva percorrere per raggiungere la sua casa, cinquecento metri più in là, in un quartiere più modesto. Un quartiere per famiglie agiate, con ville moderne ed eleganti, munito di telecamere discrete per sorvegliare la via principale e le traverse. Il rapimento sarebbe stato troppo rischioso in quel luogo abitato, perciò doveva essere avvenuto altrove. Altrove, ma non lontano, e c'era dunque una possibilità, se non di vedere il fatto, almeno di scorgerne i preparativi.

Il comandante Russo si era affrettato a farsi consegnare l'hard disk della società di vigilanza privata e si era sorbito le immagini delle dodici telecamere tra le 17 e le 21.30. Cinquantaquattro ore di riprese in accelerazione, se fosse dovuto andare fino in fondo. Ma per una volta tanto in un'inchiesta, la sorte fu benevola e, dopo una decina di ore di visione, scorse una vecchia auto che stava per ignorare quando il suo cervello, interamente dedicato a quel caso negli ultimi dieci anni, inviò un breve segnale di allarme ai neuroni. E gli tornò in mente la testimonianza di un pensionato brontolone con un cane malaticcio che parlava di una macchina dai colori diversi. Mandò indietro la registrazione, mise in pausa sulla sequenza desiderata e ingrandì l'immagine. Che non guadagnò in nitidezza, però prese le dimensioni dello schermo. Sotto i suoi occhi, nella via principale della zona residenziale, si distinguevano chiaramente: una carrozzeria grigia, una portiera blu e una targa. Quell'auto, intravista due settimane prima ai margini della foresta di Argonne in occasione del rapimento di Salomé, era appena ricomparsa a trecento chilometri di distanza e aveva portato via, ora Russo ne era sicuro, la quindicenne Garance.

Per sfortuna, dopo una verifica, la targa si era rivelata falsa e la scoperta dell'auto bicolore non aveva permesso d'identificare il proprietario.

Tuttavia, la foresta di Argonne, dove l'auto era stata scorta per la prima volta, era diventata il centro d'interesse degli inquirenti, che avevano organizzato una battuta della zona con l'unità cinofila. Al calar della notte, poco prima che le ricerche fossero interrotte, un cane aveva piantato il naso ai piedi del tronco di una quercia imponente, a poche centinaia di metri da uno dei numerosi stagni le cui sponde limacciose avrebbero facilitato lo scavo di una tomba. Allora avevano scavato, in profondità, fino a incappare negli angoli di un telo di plastica in cui era avvolta alla bell'e meglio una sagoma umana.

Russo si era avvicinato alla buca e aveva guardato i tecnici della Scientifica rimuovere a colpetti di spazzola la terra che insudiciava il viso di Salomé Acker, «Vittima 8». Il comandante non aveva potuto fare a meno di pensare che, nonostante tutto, era ancora una bella ragazza. Salomé, la prima vittima ritrovata. Non nello stato in cui Russo sperava, ma ritrovata.

Più tardi, il medico legale dell'obitorio di Parigi, scosso, si sarebbe tolto i guanti facendoli schioccare e avrebbe concluso: «Ha subito di tutto», e quel «tutto» consentiva di non entrare nei particolari. Lo stesso medico, piuttosto competente, avrebbe scoperto due elementi utili a rivelare uno schema ricorrente. La ragazza era stata strangolata ma, prima, le avevano schiacciato la trachea. Lo strangolamento può durare una buona decina di minuti, sei per un uomo dotato di una certa forza. Spezzare preventivamente le cartilagini della laringe garantiva una morte molto più rapida. Inoltre, nel sangue si riscontrava la presenza di un tasso elevato di benzodiazepine, probabilmente Rivotril, un potente sedativo.

Russo aveva registrato i progressi delle indagini sulla lavagna che copriva ogni centimetro delle quattro pareti del suo ufficio. Quando se ne stava al centro della stanza, aveva talvolta l'impressione di essere immerso in quel caso fino al collo.

Sotto la sua fotografia, una linea rossa sottolineava il nome dell'ottava vittima, Salomé «la festaiola» – *Smettila di chiamarle con il nome di battesimo, Russo, le numeriamo da Vittima 1 a Vittima 9, è meglio per tutti* –, dopodiché la linea si dirigeva verso l'immagine dell'auto grigia con la portiera blu per poi circoscrivere la scena del crimine nella foresta di Argonne, dove il corpo era stato dissotterrato.

Più giù, sotto la rispettiva fotografia, un'altra linea rossa sottolineava il nome della nona vittima, Garance «la chitarrista» – *Vuoi lasciarmi in pace? Se la cosa ti sconvolge al punto di cambiare i nomi in numeri, cambia mestiere, piuttosto.* Anche quella linea si dirigeva verso l'auto bicolore, poi verso una fotografia del ricco quartiere residenziale videosorvegliato e si fermava lì, come il tragitto della ragazza.

Nove vittime, un corpo, e una macchina da pagliaccio.

Russo aveva sperato e, come dopo una falsa partenza, era tornato, assennato ma indispettito, ai blocchi.

I delitti si risolvono in genere nella prima settimana. Perché è raro che un criminale sia furbo. Ma passato quel tempo, nei casi chiamati «di lungo corso», a dirla tutta, i poliziotti, anche se insistono con il loro lavoro assiduo, sperano più nella fortuna che in un'intuizione. Nella prima settimana sono come bulldozer, si precipitano verso ciò che pare certo; nei giorni successivi, quando le certezze non partoriscono nulla, diventano simili a formiche laboriose. Perché a furia di avvertire, informare, controllare, ricontrollare, confrontare, fare liste, a furia di caffè e di notti in bianco, arrivano al fatidico momento in cui una delle migliaia di chiavi raccolte apre infine una porta.

Quel momento arrivò quando tre ladri dilettanti s'introdussero in un capannone di una squallida area commerciale dai neon fluorescenti facendo scattare l'allarme e di conseguenza accorrere una pattuglia della polizia a sirene spiegate. Dopo minuziose ricerche a lume di torcia nei dintorni, i tre delinquenti ansimanti erano stati trovati nel giardino di una casa isolata dalle finestre oscurate. Uno di loro, spavaldo, sebbene la sua sorte fosse segnata, aveva tentato di difendersi a suon di pugni, finché era stato immobilizzato contro una vecchia auto parcheggiata nel cortile, invisibile dalla strada, con la faccia schiacciata contro una portiera blu che non aveva lo stesso colore del resto della carrozzeria. E poiché quella caratteristica era comparsa su una circolare in codice rosso diffusa a tutte le squadre, l'informazione risalì fino a Russo senza intoppi.

In poche ore, il comandante aveva organizzato la sorveglianza di quella casa, sperando di ritrovare Garance viva. Poi aveva camuffato un agente da postino e aveva sopportato le esitazioni di un giudice istruttore un po' troppo giovane, ma incensato dai superiori. Quel caso, che si trascinava da così tanto tempo, aveva sfinito più di un magistrato, ben contento di lasciarlo a chi lo avrebbe sostituito grazie a un trasferimento. E il nuovo giudice, nonostante le ottime valutazioni, dimostrava ora i suoi limiti.

«Continui a pazientare» gli disse, chino sul telefono, intimorito ma comodamente seduto nella sua poltroncina a molti chilometri da lì.

Russo espulse la rabbia con due respiri rumorosi, rifletté sulla propria carriera e su quanto rischiava di perdere. Ci sono poliziotti che danno la caccia ai mostri. E ci sono poliziotti che proteggono le vittime. La differenza è sottile, eppure c'è un abisso.

«Ricevuto, giudice» capitolò Russo, con una calma che stupì il vice, seduto al volante.

«Allora?»

«Allora entriamo.»

3

Una pioggia di vetri rimbalzò sul pavimento mentre una sagoma nera, seguita da un'altra, s'insinuava attraverso la finestra rotta. Contemporaneamente, con una coordinazione perfetta, la porta d'ingresso sfondata dall'esplosione andò a sbattere contro il muro e si scardinò, rimanendo in bilico mentre tre agenti, tra cui una donna, entravano in fila, l'ultima mano sinistra sulla spalla sinistra del collega davanti, la seconda mano sinistra sulla prima spalla sinistra, della collega, primo fucile con il punto rosso del laser là dove era spianata la canna. A parte quell'irruzione fragorosa, gli agenti non fecero altro rumore, come una banda di gatti armati fino ai denti. Rapidi, passarono da una stanza all'altra, e infine le loro voci risuonarono, tradendo un nervosismo contenuto.

«Salotto, libero!» «Cucina, libero!» «Bagno, libero!»

Calcio di anfibio contro la porta dell'unica camera, schianto del legno. Le luci vivide delle torce illuminarono un letto coperto da un lenzuolo ocra da cui pendeva un paio di manette. «Libero!»

Ai poliziotti veniva chiesto di limitarsi a riflettere sulla sicurezza e sulla neutralizzazione di un possibile bersaglio, ma le manette, il letto, la finestra oscurata dai fogli di giornale... La metà di loro aveva figli, il che non privava di cuore l'altra metà, cuore che ebbe un tuffo davanti a quel rebus facilmente decifrabile. Un secondo dopo aver capito cosa avesse ospitato quella stanza, tutti tornarono a essere soldati.

Quando l'area fu dichiarata sicura, Russo e il suo vice entrarono.

«Qui!» si udì in fondo alla casa.

Da una scatola di metallo arrugginito posata su un tavolo, uno dei poliziotti stava tirando fuori, avvolta in uno straccio sporco, una rivoltella a sei colpi Manurhin, di cui fece ruotare il tamburo per estrarre i proiettili. Sopra la scatola, appesa a un chiodo, una chiave lunga e grossa garantì ai poliziotti la presenza di un'altra stanza da qualche parte. Poi il fascio di una torcia illuminò una porta quasi invisibile, rivestita della stessa carta da parati del muro.

La maniglia si abbassò senza cigolare e la porta si aprì su una spirale di scalini di cemento grezzo che man mano sparivano per l'assenza di luce. In fondo, uno scantinato senza finestre di una trentina di metri quadri il cui ingresso era chiuso da una solida cancellata che andava da un lato all'altro del muro e al cui centro c'era una porta con le sbarre di ferro. Una gabbia, più che una cantina. Una prigione.

Una sagoma s'inginocchiò, provò la chiave, che entrò senza sforzo nella serratura, mentre qualcun altro trovò l'interruttore. La fioca luce gialla del neon inondò la stanza senza rischiararla del tutto, lasciando zone d'ombra negli angoli.

Oltre la porta della cella, un pavimento di terra, piumini sporchi, un materasso sottile, un vaso da notte, vecchie riviste, barattoli di cereali, scatole di biscotti, recipienti di plastica vuoti circondati da mosche, bottiglie d'acqua e, sulla parete di fondo, un rubinetto a cui era attaccato un tubo di plastica che saliva in alto, arrotolandosi attorno a un grosso chiodo, e che fungeva da doccia rudimentale. In mezzo a tutto questo, un corpo immobile, disteso, con le braccia allargate, il viso contro il pavimento, circondato da una corona di capelli bruni.

Tra due ciocche era andato a incollarsi un pezzetto di carta, un origami giapponese di un centimetro quadro a forma di uccellino.

Il corpo fu rigirato in fretta e furia per sentire un polso che non batteva più. Con la punta dei guanti, i capelli aggrovigliati furono scostati per rivelare i lineamenti delicati della ragazzina che era stata Garance Perthuis, quindici anni, «Vittima 9», rapita due giorni prima. Ben visibile sul collo, la traccia violacea di dieci grosse dita, otto sulla nuca, due attorno alla trachea, o a quello che ne rimaneva. E, sul collo, una cavità difforme, blu ematoma. Prima di essere strangolata, sembrava le avessero schiacciato la trachea. Il medico legale lo avrebbe confermato più tardi.

Anche se relegato in secondo piano, Russo capì la situazione. La speranza che aveva galvanizzato la squadra d'intervento era svanita in un soffio. Quando la tensione venne meno, le spalle cedettero, e gli agenti si trasformarono in marionette a cui avevano tagliato i fili. Russo si avvicinò, facendosi largo con i gomiti e con la pancia per passare e, finalmente, vedere. Un istante di silenzio durante il quale tutti i pensieri crollarono dentro di lui, come quei casermoni vetusti che vengono fatti esplodere alla base lasciando solo polvere.

Una vittima in più. In meno.

Le gambe stentarono a sorreggerlo e posò la mano sul muro, il cui vecchio intonaco si sgretolava ricoprendogli il palmo. Allora notò, infilati casualmente tra gli interstizi delle pietre, una decina di origami di uccellini. Il vice si preoccupò per lui: quanto a lungo poteva resistere un poliziotto che viveva solo per un'inchiesta senza speranza, destinata a distruggerlo come un cancro?

Poi un raschiamento nell'ombra della stanza. Ritorno di tensione, i fucili si diressero verso la fonte del rumore e i fasci delle torce sulle canne illuminarono una seconda sagoma. Raggomitolata in un angolo, una ragazza di circa vent'anni, tremante e sporca, coperta da un lenzuolo lercio.

Incredulo, Russo spinse via le due uniformi che gli sbarravano il passo, mise con difficoltà le ginocchia a terra e, nonostante i dieci anni trascorsi, riconobbe senza esitazione la ragazza che lo fissava con sguardo atterrito. Come dimenticare quel viso? Dopo un lieve tentennamento, lei si gettò tra le sue braccia facendogli perdere l'equilibrio e costringendolo a sedersi. Russo esitò, poi la strinse forte a sé.

Da dieci anni credevano fosse fuggita, da dieci anni era lì.

«Anna?» disse il comandante ad alta voce, come per sentire davvero quel nome, persuadere se stesso. «Anna» ripeté chiudendo gli occhi.

4

Così, dopo dieci anni e due interventi al cuore riusciti, Russo era ritornato al primo giorno della sua indagine, nella camera di Anna Bailly, quando ancora non sapeva che lei era la prima vittima di una serie troppo lunga. A causa del diario, l'investigazione si era orientata verso una fuga. Il padre aveva negato, la madre si era chiusa in un silenzio accusatore, l'uno e l'altra avevano evitato la prigione grazie all'assenza della vittima. «La fuga di vostra figlia è la vostra salvezza» aveva dichiarato il giudice. Ma non occorreva né un tribunale né una giuria per far intervenire i servizi sociali. Per sicurezza, il figlio fu dato a una famiglia affidataria prima di stabilirsi presso una sorella materna. Adottato da quest'ultima, non avrebbe mai saputo niente dei suoi veri genitori.

Per tutto quel tempo, Russo aveva pensato ad Anna immaginando che vivesse un'altra esistenza. A volte contava gli anni e li associava a fatti salienti: la maggiore età, il primo lavoro, su quel continente, su un altro, in uno delle migliaia di luoghi del pianeta dove nessuno ti guarda né ti fa domande, un luogo dove ti giudicano per come sei, senza riportare a galla il passato. La prima automobile, la prima sbronza, il primo compagno, o la prima compagna, poiché, con l'aiuto del padre e della giovane età, doveva aver sviluppato un certo disgusto per il sesso opposto. Tutto quel tempo, durante il quale Russo aveva sperato che lei fosse libera e felice, Anna lo aveva trascorso in una gabbia, nelle mani di quel... I giornali gli avevano dato un soprannome, le televisioni numerosi altri, ma il comandante non li usava mai.

Il vice gli telefonò per aggiornarlo sulle perizie medico-giudiziarie dopo l'esame corporale di Anna, e Russo, nel salotto del suo appartamento, ascoltò il riassunto delle indagini. La perquisizione della casa non aveva dato nessun risultato e, anche se erano stati raccolti più di duecento reperti, sarebbe stato necessario che il mostro fosse già noto alla polizia per ottenere un riscontro con il suo DNA e identificarlo. Il proprietario della casa non era stato ancora rintracciato e la Manurhin era stata spedita al laboratorio di balistica. Ma era più facile accennare agli aspetti tecnici dell'indagine che al suo lato umano, e quando il vice affrontò l'argomento delle condizioni di Anna, la sua voce parve più fievole, quasi confidenziale: «Frattura del polso, frattura della caviglia, frattura di due dita, e nessuna è stata sottoposta a intervento chirurgico. Il tizio ci ha pensato da sé. Gli esami clinici continuano, ma non è niente in confronto alle condizioni psicologiche. Non so nemmeno se riusciranno mai a guarirla del tutto. Quella ragazza ci aspetta da dieci anni».

Il cuore di Russo si mise a battere nel petto come un martello pneumatico. Conosceva le melodie e le accelerazioni a cui poteva andare incontro, pensò di chiamare un'ambulanza, ma restò solo un pensiero. Afferrò la bottiglia azzurra sulla mensola, si versò mezzo bicchiere di Bombay Sapphire che raffreddò con il ghiaccio e si accese una sigaretta, il cui fumo amorevole gli accarezzò il volto e si arrotolò nei capelli. Aspirò con delizia, a lungo, e finì l'intera sigaretta in meno di dieci boccate, come se fosse indistruttibile.

Quella mattina era stato confinato in casa da uno scatto di orgoglio del giudice istruttore, la cui voce era rimbalzata fin nell'ufficio del commissario. Entrare in casa per salvare Garance Perthuis, inutilmente, anche se avevano ritrovato Anna, era equivalso a una resa di fronte al mostro, all'accettare di rivelarsi, di giocare a carte scoperte proprio quando gli erano così vicini e, probabilmente, a perderlo per sempre. Il giovane magistrato, come pure i suoi predecessori, aveva sognato di monopolizzare il piccolo schermo mentre faceva il punto durante una conferenza stampa trionfale, con le telecamere puntate su di sé, sull'uomo che aveva acciuffato l'orco assassino, braccato da un decennio e fino ad allora inafferrabile. Non gli era piaciuto che gli tenessero testa e forse aveva pestato i piedi dalla rabbia per avere lo scalpo di chi gli aveva rubato la gloria, la promozione e il primo capitolo della sua leggenda. I molossi sono placidi, i barboncini abbaiano per sopperire alla loro insignificanza. E il giudice aveva abbaiato fino a che non aveva visto il rapporto della sospensione temporanea del comandante Russo.

Ma Russo se ne infischiava. Non per finta, perché con chi avrebbe dovuto fingere nel suo appartamento vuoto? No, se ne infischiava sul serio. Del magistrato, dei superiori, dell'ufficio, della lampada snodabile sulla scrivania, della tazza con la scritta IL MIGLIORE DEI PAPÀ che un giorno era comparsa senza che avesse dovuto fare figli, della lavagna dei delitti e del cuore che tirava di boxe negli ultimi round.

Due interventi in extremis gli avevano offerto ogni volta una proroga per terminare le indagini. E perciò il comandante si era convinto di aver stretto un patto con il cielo. Le nuvole si erano diradate e la voce aveva tuonato, sentenziosa: «Ti lascio in pace finché non concludi questo casino infame, verrò a riscuotere il dovuto a tempo debito».

Nonostante quello sponsor di prestigio, il comandante Russo aveva fatto cilecca, e il mostro era ancora in libertà. E siccome i miracoli sono rari – altrimenti non sarebbero tali – quella macchina che era il corpo di Russo si arrestò lì, lasciando un bicchiere di gin mezzo pieno, una cicca di sigaretta schiacciata, un vice preoccupato che tentava di richiamarlo, il tutto accompagnato dalla musica ritmata dei soccorritori che bussavano alla porta del poliziotto crollato in salotto, con il cuore fermo.

PRIMA PARTE

Il pesatore di anime

1

Saint-Pierre
Residenza sorvegliata
Indirizzo top secret

Come un sipario opaco, la neve cadeva sospinta dal vento impetuoso che soffiava contro le finestre blindate della casa, posta su una scogliera ricoperta da una fitta foresta i cui ultimi pini sovrastavano l'oceano. Dall'interno, il poliziotto guardava fuori vedendo solo quel bianco parassita, come se la casa fosse avvolta da una spessa ragnatela ermetica.

Non scorgere nulla era tranquillizzante. Gli piaceva quel posto in cui la parola «sparire» doveva essere intesa anche in senso figurato. Ecco, lui era sparito ormai da tempo.

Aveva avuto una squadra, che era stata la sua famiglia, ma non era stato capace di proteggerla. Aveva dato le dimissioni, scritte e firmate, e come ripiego estremo gli avevano proposto quel lavoro. Idea di Fleur Saint-Croix, una magistrata che aveva conosciuto anni prima e della quale si fidava, ora catapultata alla guida di un nuovo ufficio. Un lavoro perfetto per lui, gli aveva assicurato Saint-Croix, promettendogli che avrebbe avuto modo di frequentare farabutti di prima categoria. Non rischiava d'incrociare gente che apparteneva alla sua vecchia vita, laggiù in capo al mondo, e lui aveva risposto che ci avrebbe pensato.

Non essere più responsabile di nessuno, non preoccuparsi più per nessuno, entrambe cose che aveva già fatto, già subito. E quindi aveva accettato, collezionando i suddetti farabutti. Lo faceva da sei anni, ormai. In tutto quel tempo aveva preferito non dare notizie di sé, dubitando che qualcuno le volesse o sentisse la sua mancanza.

Aveva portato a termine tutte le missioni da professionista qual era, diventando la punta di diamante all'interno del programma cui l'avevano assegnato, liberandosi dal peso delle emozioni, abbandonando ogni sentimentalismo, come del resto richiedeva quel tipo di impiego.

Non aveva mostrato alcuna comprensione per i tredici soggetti che erano passati per le sue mani. La stessa sorte toccava ora al quattordicesimo, Isaac, un tizio magrolino con la camicia che gli ballava addosso, uno sempre pronto a spalancare gli occhi, mai sicuro di aver capito bene quello che gli era stato detto.

«Sei un cane bastardo, Coste! Tanto non ce l'hai il coraggio!»

«Non sottovalutare il disinteresse che nutro per te» replicò il poliziotto.

Se avesse poggiato la canna della pistola contro la nuca del «pentito», la minaccia non sarebbe suonata più veritiera.

«Hai l'incarico di proteggermi!»

«Nient'affatto. La protezione rientra nella fase successiva. Non è compito mio. Io sono semplicemente una bilancia, devo pesare l'anima di quelli che mandano qui. Verifico se meritano di entrare a far parte del programma. Informazioni utili in cambio di una nuova vita. Una nuova identità, un nuovo indirizzo. L'accordo è questo.»

«Ma non ho firmato nessun accordo, io! Non ho mai chiesto di venire qui. Ho solo scritto un programma di crittografia. Quello che ci fa la gente non è affar mio!»

La stessa difesa irritante addotta dai mercanti di armi. E pareva che il soggetto credesse davvero di essere in buonafede.

«Cosa può succedermi?» continuò Isaac. «Cinque anni al massimo. Sul serio, piuttosto che stare qui, preferisco di gran lunga la prigione.»

«Veramente pensi di avere scelta?»

Coste si tirò su le maniche del maglione nero di lana grossa, fece girare la sedia del pentito e lo rimise davanti al computer.

«Adesso, per l'ultima volta, ti chiarisco cosa puoi fare. O ti metti a digitare sulla tastiera, o ti sbatto sul primo aereo per Parigi e ti faccio lasciare in pieno centro. Chi è che se la potrebbe bere? Arrestato dall'Europol e scarcerato poche settimane dopo, libero di circolare come gli pare e piace... C'è il rischio di mettere in allarme i tuoi clienti, di renderli un tantino sospettosi, e a quel punto la tua aspettativa di vita si quantificherebbe in minuti.»

Anche se si è pentito, niente cancella le azioni di un delinquente. Se uno degli ex ospiti del poliziotto ci lasciava le penne, morto ammazzato, impiccato, affogato... che dire? Non è forse un destino plausibile per chi ha scelto la criminalità come mezzo di sostentamento?

«Neanche il tempo di comprarti un biglietto della metro e di superare il tornello, che già ti sarai beccato una pallottola. A voler considerare l'epilogo meno atroce» concluse Coste.

Nei suoi occhi azzurri dallo sguardo lontanissimo, Isaac scorse una determinazione senza spacconeria, attraversata da un disincanto dovuto a tanti insuccessi. Non c'era dubbio: quell'uomo lo avrebbe lasciato bruciare, accendendosi una sigaretta con lo stesso fiammifero usato per appiccare il fuoco.

* * *

La malavita organizzata genera mille miliardi di guadagni ogni anno, l'equivalente della metà del prodotto interno lordo della Francia. E ogni banconota che costituisce quel capitale è macchiata di sangue, in un modo o nell'altro, all'inizio o alla fine della catena.

Infiltrarsi nelle organizzazioni criminali è quasi impossibile. Alcuni agenti hanno provato a farlo, ben pochi ci sono riusciti, e c'è chi ha perso la vita. Lo Stato francese non aveva nessun adeguato mezzo di lotta fino alla creazione, nel 2014, della Commissione nazionale di protezione e di reinserimento, chiamata più semplicemente SPT: Servizio di protezione dei testimoni.

L'idea era semplice e sperimentata in vari Paesi da molto tempo, al punto di chiedersi perché mai la Francia fosse rimasta così indietro. Proporre a una piccola pedina, ancorata all'interno del sistema, di aprire le porte sigillate delle grandi famiglie criminali in cambio di una fedina pulita, un nome nuovo e un indirizzo segreto.

Parecchi candidati si rivelarono compatibili con il programma, ma nessuno di loro vi era entrato grazie a una morale improvvisamente ritrovata o per un bisogno imperioso di rientrare nei ranghi della gente onesta. I pentiti si trovavano nel programma perché non avevano scelta, rientrando in tre possibili profili che Coste elencava in maniera precisa.

Profilo n. 1: i criminali troppo avidi, che avevano imbrogliato i soci e avevano i giorni contati.

Profilo n. 2: i «luogotenenti» o i collaboratori che avevano offerto la propria vita a un'organizzazione criminale senza mai ottenere il riconoscimento sperato e che, umiliati, pensavano fosse giunto il momento di mostrare che avevano anche loro un certo carattere.

Profilo n. 3: i criminali che, per un increscioso capriccio del destino, cadevano nella rete della polizia e, in cambio di uno sconto di pena o di una completa assoluzione, accettavano di svelare nei particolari il sistema di cui avevano approfittato, dalla base della gerarchia fino al vertice.

Nei primi due casi, l'ingresso nel programma dipendeva da una scelta volontaria. Nell'ultimo era leggermente forzato, perché molti, pur di non tradire, preferivano passare del tempo in gattabuia.

Ma in tutti e tre i casi il vantaggio era a favore delle forze dell'ordine, perché avevano un uomo al corrente di tutto, un *inside man*. L'unico modo efficace per smantellare una struttura normalmente impenetrabile.

Il seguito si svolgeva in due fasi.

Prima fase: pesare le anime. Con un atto di fede, il pentito svelava i nomi, i nascondigli, i contatti, i numeri telefonici, le attività, i colpi previsti e qualsiasi altra prova, sperando che gli agenti del programma avrebbero mantenuto la parola e rispettato l'accordo, cosa che di solito avveniva.

Seconda fase: ricompensare per i servizi resi. Allora si faceva ruotare il globo e funzionare la tipografia statale. Il globo per trovare un nuovo Paese destinato ad accogliere il pentito, la tipografia per fornire una nuova identità a lui e, se li aveva, alla moglie e ai figli.

Per un programma simile, gli americani avevano un bilancio annuale di sessanta miliardi di dollari. Quanto agli italiani, offrivano una rendita a vita. In Francia, le sovvenzioni venivano tagliate non appena i pentiti trovavano un lavoro e diventavano autonomi. Ma nonostante la differenza di trattamento da un Paese all'altro, tutto andò liscio tra poliziotti ed ex delinquenti, e le istruttorie contro la malavita organizzata si moltiplicarono in tutti i tribunali francesi. Grazie a Coste, grazie ad altri.

Fino al granello di sabbia, perché ce n'è sempre uno, comparso nel 2016.

Il nuovo nemico numero uno assunse le fattezze di quello che veniva preso in giro a scuola: il geek informatico occhialuto, che parla con fervore di giochi online e resta strabiliato davanti alle schede madri e alle linee di codifica. E proprio uno di loro, Isaac, avrebbe costretto l'azione prolifica del Servizio di protezione dei testimoni a fare una brusca frenata inventando il programma per criptofonini, telefoni criptati, indecifrabili, impossibili da localizzare e impossibili da mettere sotto controllo.*

Il primo criptofonino fu trovato nella Francia settentrionale durante una banale operazione di polizia su un traffico di droga. Un altro fu scoperto nei Paesi Bassi, in un caso di riciclaggio di denaro sporco. Un altro ancora in Gran Bretagna, addosso a un simpatico sicario che eseguiva i suoi lavori mentre faceva footing. E quando i poliziotti scoprirono che quei telefoni potevano comunicare solo tra loro e con nessun altro cellulare sul mercato, capirono che la malavita aveva appena creato la sua rete telefonica.

Niente più informazioni, niente più prove, gli inquirenti avanzavano a tentoni, come ciechi privi di bastone in un labirinto di muri e crepacci. Così, scovare i pentiti più chiacchieroni divenne fatica sprecata, poiché l'intera rete criminale era diventata silenziosa e indecifrabile.

Allora risalirono alla radice, fino al costruttore di quei telefoni, un'impresa olandese, il cui proprietario si ritrovò presto in galera mentre si moltiplicavano le scoperte di criptofonini. Uno di quelli finì in prima pagina sui giornali europei, dimenticato in un container marittimo perquisito alla frontiera belga e usato come stanza di tortura, sobriamente arredato con una poltrona da dentista i cui braccioli erano muniti di solide cinghie di cuoio e, su un tavolo, un assortimento di oggetti idonei,

* Per quello che segue e che concerne l'argomento dei criptofonini e dei programmi di cifratura dei dati della malavita organizzata, si vedano le inchieste EncroChat, SkyEcc, What3Whords, AnOm, PhantomeSecure, e le operazioni di polizia di portata internazionale Cerberus, Emma 95, Trojan Shield, Ironside e Greenlight. (*N.d.A.*)

cesoie, scalpelli, seghe, tenaglie, il tutto accompagnato da una telecamera di sorveglianza, sia per registrare i segreti estorti, sia per un piacere da guardoni perversi e danarosi.

Messo alle strette, l'olandese rivelò di avere già smerciato sessantamila di quei meravigliosi cellulari e, per alleviare il più possibile il proprio futuro giudiziario, nello slancio fece il nome di Isaac, il suo esperto d'informatica, un cervellone più raro di una specie in via di estinzione. Uno di quei geni mille volte meno numerosi dei rinoceronti bianchi.

E ora Isaac si trovava di fronte a Coste, in una delle residenze top secret per la protezione dei testimoni, mentre tentava di difendersi affermando che aveva solo scritto un programma di cifratura telefonica e non era responsabile dell'uso che gli altri ne facevano... fossero sicari o onesti proprietari di stanze di tortura.

* * *

Da molte ore, Isaac digitava linee e linee di codice sotto il controllo di Coste, per ricreare i meandri del programma che a lungo aveva protetto gran parte delle peggiori canaglie in attività.

Il blu dello schermo lo stancava, uno sciame di spilli cominciava a saettare sotto le palpebre, così il poliziotto gli concesse una pausa e un caffè.

«Quanto ti ci vuole ancora?» gli chiese, intenzionato a non fargli tirare il fiato più del necessario.

«Finisco tra poco. Qualche ora, non di più. Correggo i bug e ricompilo il codice. Puoi andare a riposarti, se vuoi, non sei mica costretto a starmi appiccicato. Fidati, non proverò a scappare.»

L'idea divertì Coste, ma Isaac insistette: «Nemmeno tu sei infallibile, come angelo custode, sai? A volte ti addormenti. E poi ogni tanto esci per fare... Cazzo, non lo so cosa diavolo combini là fuori. Se avessi voluto, te lo dico, avrei già potuto piantarti in asso».

«E per andare dove? Sei arrivato in aereo, di notte, e da quel momento ti ho tenuto qui dentro, fra queste quattro mura. Non lo sai, però ho voglia di dirtelo: sei in un'isola. A Saint-Pierre.»

«Saint-Pierre della Réunion? Con questo tempaccio?»

«No. Saint-Pierre di Saint-Pierre-et-Miquelon, a sud della Groenlandia, a est del Québec, poco sotto Terranova. Un'isola che puoi lasciare soltanto in aereo o in nave, e io controllo entrambe le cose.»

Controllo dell'aria e del mare. Isaac si domandò che tipo d'uomo avesse un tale potere, ma non pensò nemmeno per un secondo che mentisse.

«Non si controlla mai nulla completamente. C'è sempre un punto debole» assicurò l'informatico. «Credimi, i punti deboli sono la mia specialità.»

«Okay» ammise Coste, riprendendogli la tazza dalle mani. «Supponiamo che tu riesca a trovare un punto debole e a svignartela da qui. Forse puoi far sparire i dati informatici dei tuoi clienti e lasciare sordi e ciechi i miei colleghi. Ma far sparire te stesso è un altro paio di maniche. Per questo hai bisogno di una nuova identità, di nuovi documenti, e i pochi falsari in grado di farlo se la intendono con la gente che stai per tradire. In nome di una giusta causa, lo preciso. Quindi, se ti metti in contatto con uno di loro...»

«Sì, lo so, non avrò neppure il tempo di comprare un biglietto della metro. Una pallottola in testa, l'epilogo meno atroce. Ti ripeti.»

«Mi dispiace, la conversazione non fa parte delle mie virtù. Forza, voglio quel programma, continua a digitare. C'è un bel po' di gente che aspetta con impazienza.»

La stanza dove il pentito aveva ricominciato a lavorare era l'unica del primo piano, simile alla cabina di segnalazione di una nave, tutta circondata da finestre. Coste scese la rampa di scalini per ritrovarsi nell'enorme sala che costituiva il pianterreno, il cui pavimento di legno scuro un po' consumato dal tempo dava l'impressione che la foresta attorno alla casa continuasse all'interno. C'erano un comodo divano di pelle a tre posti, una scrivania adiacente a una delle finestre, fiancheggiata a sinistra da una libreria piena zeppa, poi, al centro della stanza, un grande tavolo fatto di un solo pezzo di legno andato alla deriva, scurito dalle onde e leggermente irregolare, di fronte a una cucina a vista, funzionale, senza nessuna stravaganza. In questo modo era possibile vedere la totalità del luogo in qualunque punto ci si trovasse, eccetto dietro la porticina di fondo, che costringeva a chinare la testa se uno aveva la statura di Coste, e che dava accesso a due camere da letto su cui non c'era nulla di particolare da dire, se non che una era più grande dell'altra e la più grande era di Coste.

Una solida casa di materiali nobili, costruita dalle mani esperte di un artigiano più di un secolo prima, ricomprata dallo Stato, come una decina di altre in varie parti del mondo, per essere trasformata in una residenza sorvegliata. Un posto tranquillo a prima vista, di cui nessuno poteva sospettare la vera natura, cioè quella di essere una fortezza inespugnabile. Finestre antiproiettile, porte blindate con bloccaggio automatico, allarme con rilevatore di movimento e sensore termico, pistola Sig Sauer sotto il materasso, fucile a pompa appeso alla rastrelliera, vicino all'ingresso. Fuori, altri allarmi con rilevatori volumetrici e a infrarossi erano calibrati sulla corporatura e sul calore umani, per non scatenare un'orchestra di sirene al passaggio di un coniglio. Infine, sedici telecamere che coprivano i dintorni su un perimetro di trecento metri rendevano il luogo assolutamente sicuro.

Coste si sedette alla scrivania, accese la lampada con la base di pietra vulcanica rossa, aprì il cassetto e tirò fuori il computer portatile. Entrò nel programma di posta elettronica, protetta, e informò le squadre in attesa che il lavoro del suo ospite sarebbe durato alcune ore.

La tormenta si era calmata e i turbini di neve conoscevano una bonaccia favorevole a un rapido controllo. Constatò sullo schermo il ritorno della videosorveglianza, e le immagini notturne di colore verdastro captate dai sensori termici lo proiettarono all'esterno.

La scogliera deserta era sorvolata da piccole macchie bianche, gabbiani che approfittavano del vento planando senza un colpo d'ala. Nella foresta, una lepre artica si nutriva di ramoscelli senza sapere di essere spiata. Costeggiando il limitare degli alberi, il sentiero di terra che serpeggiava fino alla residenza fu improvvisamente inghiottito da una nuvola di neve e scomparve. La schiarita, di breve durata, lasciò di nuovo il posto alla bufera accecante, la cui forza sembrava aumentata.

Guardò l'orologio, segnava le sei del mattino, chiuse gli occhi per un istante e li riaprì due ore e mezzo dopo, quando udì lo scricchiolio del legno degli scalini e scorse l'informatico, piuttosto sfinito, che reggeva un hard disk argentato. Coste allungò la mano e prese l'oggetto per collegarlo al portatile.

«Insomma, neanche grazie? *Good job*? La Francia ti è debitrice? No? Niente?»

«Non sono un baby-sitter espansivo, lo sai. E tu non sei un angioletto innocente.»

«I baby-sitter non minacciano di morte i bambini che sorvegliano.»

«Un punto a tuo favore. Ora vattene a letto. Quando ti sveglierai, il mondo sarà un po' meno schifoso.»

Isaac scomparve nell'angusto corridoio delle camere e il poliziotto compose un numero sul cellulare. Un segnale di ricezione a cui nessuno rispose, poi digitò rapidamente la serie di dodici cifre che cambiava ogni trenta secondi e fu messo in contatto diretto con la sala operativa del centro della lotta contro la criminalità informatica dell'Aia, sede dell'Europol.

«Buongiorno, Coste» lo salutò una voce che conosceva bene e la cui impazienza era nettamente percepibile. «Inutile dirle che tutti qui sono in ascolto.»

«Allora buongiorno a tutti» si accontentò di rispondere Coste. «I dati sono sul server, dovreste poter cominciare a scaricarli.»

Il capo delle operazioni rimase in silenzio per un lasso di tempo che il poliziotto non si sentì in dovere d'interrompere.

«Okay, riceviamo. E condividiamo.»

In Germania, Italia, Olanda, Belgio, Spagna, Francia, Inghilterra, in una buona parte dell'Europa, qualunque ora fosse, gli specialisti della polizia sarebbero penetrati nella rete telefonica della malavita organizzata e avrebbero avuto accesso ai suoi segreti più intimi. Davanti a loro, serie incomprensibili di linee di codice che proteggevano gli scambi dei criminali erano sul punto di diventare nomi, luoghi, indirizzi, attività e progetti.

«È come se vuotassero tutto il sacco, lo capisce, capitano? Lei ha decifrato la stele di Rosetta della malavita. Adesso può riprendere fiato.»

«Fino alla prossima partita» ridimensionò Coste. «Con i telefoni criptati avremo sempre una lunghezza di ritardo.»

«Non è uno che fa salti di gioia, lei» osservò in tono amaro l'interlocutore ad alcune migliaia di chilometri di distanza.

«I Paesi che partecipano a questa operazione avranno il tempo di scegliere un bersaglio, forse due, prima che i sessantamila telefoni si avvisino a vicenda e trovino un nuovo rinoceronte bianco.»

«Un che?» si fece ripetere il tizio dell'Europol.

«Lasci perdere. Ho solo paura che avrete nuovi geroglifici da decifrare tra non molto.»

«Ascolti, io prendo quello che mi viene offerto quando mi viene offerto, e per il tempo che mi viene offerto. Lei ha fatto un lavoro fenomenale, Coste. E un giorno sarò lieto d'incontrarla.»

Ma l'ipotesi di un bicchiere al tavolino di un bar in centro non era nell'agenda del capitano, ben piantato nella sua isola e senza l'intenzione di lasciarla in futuro.

«Grazie. Buona fortuna a tutti.»

Poi Coste aprì la posta protetta e scrisse un messaggio a Saint-Croix, la presidentessa del Servizio di protezione dei testimoni: «Missione terminata. Europol soddisfatta. Rimango in attesa di Alix».

Abbassò lo schermo del computer e si lasciò andare contro lo schienale della poltrona. Di lì a pochi giorni, lo sperava, si sarebbe liberato dell'ospite ritrovando la pace della sua casa di legno battuta dai venti, bagnata dagli schizzi delle onde, lontana dal tumulto dell'azione.

* * *

Tre giorni dopo, mentre il pentito cominciava a porsi domande sulla serietà delle promesse del Servizio di protezione dei testimoni, Coste ricevette una mail di conferma.

«Alix in viaggio. Partenza con l'aereo di domani. Prepari il nostro amico.»

Non occorreva ripeterglielo e, nell'ora successiva, l'«amico» aveva già fatto le valigie che ora troneggiavano sugli scalini dell'ingresso, accanto al fucile a pompa nella rastrelliera chiusa con il lucchetto. Poi Isaac andò in cucina, prese un coltello, si avvicinò al suo guardiano, posò un piede sul tavolino basso e tirò su una gamba dei pantaloni fino alla caviglia, facendo comparire un sottile braccialetto elettronico nero con il trasmettitore bianco non più grande di un pacchetto di sigarette.

«Be', penso che possiamo proclamare solennemente la nostra separazione» scherzò porgendo la lama.

Con tre tagli, il braccialetto fu levato e, a Parigi, il tecnico di controllo osservò sullo schermo la disattivazione del dispositivo di sorveglianza, che fece scattare un allarme evasione. Anche se era stato avvertito in precedenza, contattò ugualmente Saint-Croix, la quale gli confermò la fine dell'operazione criptofonini. A quel punto il tecnico interruppe l'allarme silenzioso.

«Anche questo avrei faticato molto a tagliarlo o a piratarlo» fece notare Isaac.

«Il braccialetto? Non è contro di te, ma per te. Se la residenza sorvegliata fosse stata compromessa, se io fossi stato eliminato dai tuoi ex compagni di gioco, e se tu ti fossi ritrovato nel portabagagli di una macchina o nella stiva di una nave, sono sicuro che avresti apprezzato che qualcuno seguisse le tue tracce.»

«E come mi avrebbero scovato? La posizione della residenza non è top secret?»

«Anche se il piano A è infallibile, non per questo non bisogna prevedere un piano B.»

Isaac si strofinò la caviglia indolenzita e tolse il piede dal tavolino prima che lo facesse Coste.

«Ora che stiamo dalla stessa parte, non potremmo uscire a farci un bicchiere?» propose il pentito.

Fuori, scendeva la sera, il clima dell'isola offriva un fenomeno raro a chi vi prestava attenzione. La sopraffusione. Qualche chilometro più su l'atmosfera si riscaldava leggermente e la neve diventava pioggia. Arrivando su quel pezzetto di pianeta ancora tanto freddo da bruciarsi nel toccarlo, le gocce si trasformavano in ghiaccio e avvolgevano in un guscio traslucido qualunque cosa su cui si posassero. E tutto mutava in una scultura di brina: i fiori in mazzi di cristallo, gli aghi dei pini in spine di vetro, le rocce scure in gigantesche pietre preziose.

Sotto quella pioggia, ogni goccia si fece solida al primo contatto e la sopraffusione intorpidì la residenza. Gli stipiti delle porte si sigillarono e le finestre si ricoprirono di uno strato di gelo denso come le vetrate di una cattedrale, rinchiudendo il poliziotto e il delinquente in un blocco trasparente di uno spessore di più di un centimetro dal quale sarebbero potuti uscire solo al mattino, liberati dal caldo dei raggi del sole.

«Non sarebbe male vedere gente, ascoltare un po' di musica, no?» insistette il pentito. «Deve pur esserci un bar nella tua isola.»

Coste non aveva nessuna voglia di spiegargli il fenomeno meteorologico, né il numero di spallate da dare alla porta per aprirla, né il tempo necessario per liberare dal gelo la portiera dell'auto, e tutto per arrivare in una città deserta e con le strade ghiacciate in cui si sarebbero storti le caviglie a ogni passo, senza contare che anche con il bel tempo l'idea di andare a zonzo insieme al suo ospite non lo attirava per niente. Preferì lanciargli uno sguardo eloquente.

«No, lascia perdere, l'ho capito mentre lo dicevo che era una stronzata» riconobbe Isaac.

Sprofondò nella poltrona della sala e stiracchiò le gambe, deciso a non fare nulla fino al momento di allacciare la cintura, hostess e steward alle porte, vassoio con il pasto e mignonnette di whisky. Odiava gli aerei, prenderli, aspettarli, già gli bastava vederli decollare, ma di quell'aereo gli sarebbe piaciuta ogni cosa, anche la vite più piccola.

«Stai sulla mia poltrona» disse il poliziotto, simpatico fino all'ultimo istante.

L'occupante abusivo si alzò e gli cedette il posto con un sorriso sulle labbra.

«Non mi rincresce mica dirti addio, Coste.»

«Fra dieci anni ti ricorderai della tua vacanza qui e, visto che sarai ancora vivo, te la riderai.»

«Allora diciamo vent'anni, tanto per stare larghi. Nel frattempo, ti confesso che un po' di sole mi farebbe bene. Mi mandate al sole, vero? Non sarà mica un buco in Siberia, eh? Coste, almeno lo sai dove vado?»

«No. Funziona così. Ciascuno di noi è al corrente di una piccola parte del puzzle, il che ti garantisce la sicurezza. Soltanto la presidentessa ha una visione globale del tuo futuro.»

«La presidentessa?»

«È stata lei a convalidare la tua nuova vita.»

«Be', la presidentessa mi piace un sacco» rise Isaac. «Se il posto è al sole, quella lì mi piace proprio un sacco.»

2

Due settimane dopo
Parigi, Île de la Cité

All'ultimo piano del Palazzo di giustizia, in fondo al corridoio, il grande ufficio dall'aspetto austero non permetteva d'indovinare l'importanza della missione di cui aveva la responsabilità. Una parte della squadra parigina del Servizio di protezione dei testimoni – due poliziotti di scorta e due magistrati – era riunita attorno a un tavolo di fronte alla presidentessa, Fleur Saint-Croix.

Anna Bailly era la grande opportunità che aspettavano. La possibilità di fornire un nuovo punto di vista. Ma soprattutto era una vittoria inaspettata, perché non era mai stata annoverata tra le vittime di quel caso.

La scoperta del diario che accusava i genitori aveva classificato la sua sparizione tra le fughe anziché tra i rapimenti, evento che, in base alle statistiche, non aveva niente d'improbabile. Un decimo delle diecimila persone che scompaiono ogni anno sono minorenni; mille ragazzini che entrano nel cappello del prestigiatore e non ci sono più quando viene rovesciato, senza che si capisca mai il «trucco».

Così, da nove si era passati a dieci vittime, e Anna era diventata la prima. Nonostante quella «vittoria», il bilancio non era a favore della polizia giudiziaria. Due ragazze morte, Garance e Salomé, una ritrovata, e il nulla assoluto sulle altre sette vittime. Ecco perché Anna era un'opportunità e una candidata perfetta per il Servizio di protezione dei testimoni, l'unica in grado di colmare i vuoti di un'inchiesta vecchia di un decennio e piena di buchi come lo spartito di un organetto di Barberia.

Cosa sapeva sulle altre vittime? Sul rapitore? Cosa aveva accettato di registrare la sua memoria? Il trauma poteva anche aver cancellato o deformato tutto fino a renderlo inutilizzabile. Da due settimane era nelle mani della polizia giudiziaria e non c'era stato nessun progresso. E poiché la psicologa non era riuscita ad avviare con lei la minima conversazione, era tempo di cambiare strategia.

«Dalla creazione del Servizio di protezione, non ci siamo mai occupati di vittime vere» fece notare uno dei magistrati. «Di pentiti, d'accordo, addirittura sessantadue, se non me ne scordo nessuno, ma una vittima...»

Saint-Croix non sembrava impensierita dalla novità.

«Semplicemente perché non ne abbiamo mai avuto l'occasione. Eppure rientra nei compiti della Commissione nazionale di protezione e di reinserimento. Il fatto è che le vittime spesso non hanno da offrirci più informazioni di quante ne abbiano già fornite agli inquirenti. Ma noi non sappiamo dove si nasconda quell'individuo, e può anche darsi che siamo riusciti soltanto a innervosirlo o a stuzzicarne l'ego. Non è da escludere che passi all'azione entro breve. Sappiamo bene che i serial killer non sono quasi mai campioni di scacchi. Le serie tv li presentano sempre come avversari temibili, ma siamo onesti, quando ne abbiamo uno di fronte, è raro che ci stupisca. Probabilmente nemmeno quest'ultimo sfugge alla regola, però di sicuro è paziente e meticoloso, due aspetti che fanno un'accoppiata letale. Nessuna traccia, nessun indizio, e riesce a dominare le sue pulsioni per parecchi mesi, a volte lascia passare più di un anno tra due rapimenti. Aggiungete inoltre che non sappiamo se dieci sia il numero reale delle vittime o se l'abbiamo sottovalutato. Perciò, la ragazza deve assolutamente parlare con noi.»

Mai frasi gergali nelle parole di Fleur Saint-Croix, tanto meno volgarità. Sebbene si fosse fatta le ossa nel tribunale di prima istanza di Bobigny e avesse avuto a che fare ogni giorno con delinquenti dal vocabolario ridotto e poliziotti dal linguaggio colorito, era sempre riuscita a usare un francese pacato e cortese, conciso e in grado di fare centro. Perciò, una volta espresso un parere detestava ripetersi, pur lasciando agli interlocutori il tempo di formulare un'eventuale obiezione. In quel frangente, non ce ne fu nessuna.

«Allora è deciso. Voi vi fate assegnare il caso e io mi occupo di farlo approvare dal ministero. Anna Bailly viene inserita nel programma.»

* * *

Poco mancò che il giovane giudice istruttore esplodesse di rabbia quando si accorse che sulla sua scrivania non c'erano più i documenti del caso Bailly. Eppure c'era tutto il resto. I fascicoli di Salomé Acker, di Garance Perthuis e delle altre, ma Anna era scomparsa. Un'altra volta.

Percorse i corridoi del tribunale, salì e scese i piani come un ascensore sfasato, bussò alle porte, pronto a lottare fino in fondo per recuperare ciò che considerava suo. Lo avevano spedito da un ufficio all'altro e, per chiudere la faccenda, gli avevano infine consigliato di telefonare a un certo numero, sperando che si rassegnasse. Il cancelliere rispose, ascoltò, allontanò l'orecchio per attenuare il volume dell'interlocutore, poi posò una mano sul ricevitore rivolgendosi alla presidentessa: «È il giudice, fuori di sé, come aveva previsto».

Con un gesto della mano, Fleur Saint-Croix se lo fece passare.

«Lo so, caro collega» disse senza dargli il tempo di formulare la minima rimostranza, «avrei dovuto avvertirla. Ma la decisione è stata appena presa e bisognava agire con la massima urgenza. Purtroppo, quello che sto per dirle rischia di non piacerle.»

Per quanto fingesse di prendere la cosa con le molle, era evidente che già pregustava il seguito.

«Anna Bailly è attualmente sotto protezione, top secret. Non potrà né vederla né parlare con lei. Fotocopieremo al più presto gli atti e il mio cancelliere s'incaricherà di restituirle il fascicolo. Lei continuerà a indagare sul suo rapitore, ma dovrà riferirci ogni sviluppo significativo. Faremo lo stesso anche noi, glielo posso assicurare. Siamo nella stessa squadra.»

Il giudice era rimasto colpito dal termine «top secret», senza capire cosa c'entrasse, e quindi il monologo di Fleur Saint-Croix proseguì senza interruzioni.

«A questo proposito, ci occorreranno le copie degli altri nove fascicoli. Mi dispiace, ma stamattina non abbiamo avuto il tempo di occuparcene. Le ripasso il cancelliere per fissare un appuntamento quando più le farà comodo.»

Poi rimandò la palla al cancelliere senza nemmeno avere udito il suono della voce del giovane giudice.

* * *

Due giorni dopo, la stessa squadra, attorno allo stesso tavolo, da ore consultava le centinaia di pagine del fascicolo Bailly. Fleur Saint-Croix arrivò in ritardo alla riunione da lei organizzata e gettò il lungo cappotto beige con grandi tasche sulla sedia più vicina.

«Ho dovuto lottare, ma ho ottenuto quello che volevo»

informò i collaboratori. «Abbiamo un tempo illimitato per questo caso.»

«Illimitato?» si stupì Alix, una giovane poliziotta dai capelli rossi e dalla personalità energica.

«Finché il ministero potrà pazientare. Suppongo che illimitato voglia dire tre mesi. Una vittima non deve essere trattata come un pentito, hanno accettato di tenerne conto.»

Tutti chiusero i fascicoli e Saint-Croix avviò la fase preliminare, che consisteva nel determinare quale carattere si abbinasse meglio a quale «candidato», quale poliziotto a quale pentito, in un giro d'interventi in cui ognuno poteva dire la sua. Ma quel giorno l'argomento non era un pentito e l'esame si sarebbe rivelato più sottile.

«Abbiamo Vallat, sulla costa, che non è impegnata.»

«È troppo brusca» obiettò subito la presidentessa.

«Lamarque?»

«Sì, Lamarque, perché no?» sostenne Alix. «La sua residenza sorvegliata nella Creuse è diventata più fragile durante l'ultima missione. Ora è in Svizzera.»

«Troppo vicino alla Francia» obiettò di nuovo la presidentessa, sempre in fretta. «Non abbiamo idea di dove si nasconda il nostro individuo. La scelta delle sue vittime, anche se non sembra casuale, non ha mai permesso di trovare un epicentro. A ogni modo, ho riflettuto molto e credo di avere la soluzione migliore. Mandiamo Anna a Saint-Pierre.»

I presenti allora capirono che la consultazione era stata una pura formalità, dato che Saint-Croix aveva preso la sua decisione sin dall'inizio.

Ma non fu il nome di Saint-Pierre a suscitare un silenzio sorpreso, pesante quanto un blocco di cemento al centro del tavolo di vetro. Saint-Pierre si trovava a circa quattromila chilometri dalla madrepatria, aveva a ovest il Canada e, come primo vicino, l'isola di Terranova, a nord. Se si temeva un predatore mobile, quello era il posto giusto. Dunque Saint-

Pierre non era il problema. Il problema era la persona che dirigeva la *safe house*.

«Lei considera "brusca" Vallat, e manda la ragazza da Coste?» si stupì uno dei magistrati.

«Scusi, presidentessa, ma anche i pentiti se ne lamentano» aggiunse un altro.

«Non lo conoscete bene come me» tagliò corto Saint-Croix. «Quando ho cominciato, nel 1993, Coste si occupava del mio primo caso importante. Si può dire che ho mosso i primi passi con lui, e grazie a lui ho perfezionato le mie capacità.»

«Faccio fatica a immaginarlo diverso dal poliziotto che parla a monosillabi e ci manda i rapporti. Questo, più il suo carattere infernale...»

«Non è stato sempre così, anzi il contrario. È ora che se ne ricordi anche lui. Sarà perfetto.»

Tutti, compreso il cancelliere, che non si perdeva mai una sillaba, parevano nutrire seri dubbi e, tutti, fecero lo stesso ragionamento. Se in passato il capitano era stato asociale anche solo la metà del tizio che pensavano di conoscere, voleva dire che aveva subito un duro colpo, e uno dei magistrati formulò quel pensiero ad alta voce.

«Sì» confermò Saint-Croix. «Un colpo da cui nessun poliziotto si riprende mai davvero. La morte di un membro della sua squadra.»

Tra gli agenti del programma di protezione, soltanto Alix era in servizio da abbastanza tempo per sapere a chi faceva riferimento la presidentessa, e così le evitò di rivangare i ricordi. Come al solito, Alix fu precisa, limitandosi al necessario, senza una parola di troppo, cosa apprezzata dal suo superiore.

«Una pallottola al cuore sparata da Alexandra Mosconi, affiliata al clan Mosconi. Il gruppo non ha retto al colpo, soprattutto Coste. Tutti quelli che hanno lavorato con lui prima di quella tragedia ne fanno un ritratto che nessuno di noi conosce, a parte la presidentessa.»

«So che per voi è una novità, e so anche di avervi imposto la mia scelta, il che potrebbe risultarvi sgradevole. Ma credetemi, perché io ci credo. L'abbinamento può sembrare strano, ma in questa storia ho bisogno di un uomo come Coste. Inviategli i fascicoli e avvertite Melchior.»

3

Saint-Pierre

La stagione si allungava all'infinito senza che si vedessero i contorni, mascherati dalla neve. La neve era sui tetti, sui davanzali delle finestre, nascondeva le strade, trasformava le auto in grossi pupazzi bianchi coricati, ricopriva il cemento del molo, si posava sul ghiaccio che aveva imprigionato le acque della laguna vicino al porto di Saint-Pierre, dando all'isola l'aspetto di un enorme dolce cremoso.

E in mezzo a quel bianco immacolato esplodevano i colori delle case. Rosso, azzurro, verde, arancione, come se a una granata avessero tolto la coppiglia all'interno di un negozio di vernici. Alcune ben tenute, altre scrostate, senza che le prime fossero le più belle. Per sopperire a un clima bicolore che per otto mesi all'anno non lasciava scelta tra il bianco della neve e il grigio della nebbia, gli abitanti prendevano i pennelli e si vendicavano, osando fino al rosa, turchese, giallo, viola e, immancabili, alle loro sfumature. Anche le case beige e marroni avevano il proprio posto e, senza riuscire a offuscare la palette dei colori, rendevano le altre ancora più scintillanti.

L'isola assumeva la forma di una balena con la bocca aperta la cui mandibola era andata in frantumi, creando schegge sempre più ridotte di piccole isole, circondate da isolotti e semplici scogli affioranti dove si poteva costruire al massimo una capanna, nient'altro. Situata alla fine della coda della balena, decentrata e completamente isolata, la residenza sorvegliata di Victor Coste era di un azzurro intenso, immersa nel verde della foresta boreale che, ricoperta dai fiocchi di neve, non mostrava i suoi colori.

Da due settimane aveva detto di essere in vacanza, e il mattino del suo rientro aveva avuto la clemenza di essere assolato e terso. Salì sulla Land Rover, un'auto senza età che gli avevano prestato all'arrivo e che aveva finito col comprare, e aspettò pazientemente il passaggio dello spazzaneve di cui chiunque, in quel luogo, conosceva gli orari.

Con un rumore di torrente che scroscia, la mascella d'acciaio aprì un varco simile alla prua di una nave attraverso le onde e proiettò sul ciglio della strada una pesante schiuma gelata, illuminata all'interno dalle scintille del metallo che raschiava l'asfalto, dando l'impressione di lampi che striavano una bufera di neve. Quando giudicò buona la distanza fra lui e lo spazzaneve, Coste mise in moto, lasciandosi alle spalle la casa sicura da cui non era pressoché uscito per quindici giorni.

Le residenze sorvegliate del Servizio di protezione dei testimoni devono rispettare un solo identico criterio: essere in un luogo senza esserci davvero, invisibili nel formicolio anonimo di una grande città come in un deserto rurale. Quella di Coste, piantata alla fine della scogliera, sfiorando il precipizio come una casa per aspiranti suicidi, non contravveniva alla regola.

Lontana il più possibile dal centro abitato di Saint-Pierre, al riparo da ogni vicino e da ogni sguardo, aveva la stupefacente particolarità di essere in un'isola di venticinque chilometri quadrati dove ciascuno dei cinquemila abitanti conosceva gli altri 4999. Un'isola dove non si chiedono le indicazioni stradali dando il nome di una via ma nominando direttamente la persona a casa della quale si è diretti, e dove ci si sente rispondere «È figlio di chi?» quando si accenna a un conoscente senza darne la genealogia. Alla faccia della discrezione, verrebbe da pensare.

Tuttavia, la residenza sorvegliata aveva il vantaggio di trovarsi a Saint-Pierre, un territorio d'oltremare che il novantanove per cento dei francesi era incapace di collocare correttamente su un mappamondo senza sbagliarsi di migliaia di chilometri, o addirittura di emisfero. Perciò Coste poteva tenerci i suoi pentiti sottochiave, il tempo che si mostrassero collaborativi, e nessuno dei cinquemila abitanti di Saint-Pierre ne avrebbe visto nemmeno l'ombra.

Per assicurare loro protezione, al capitano bastava controllare il cielo e il mare, e quella prodezza gli era permessa dalla sua copertura.

Saint-Croix, avendo saputo sei anni prima che Coste si trovava sotto le aurore boreali di Saint-Pierre, per un motivo che un giorno forse le avrebbe spiegato, lo aveva catapultato al comando della polizia di frontiera dell'isola, i cui sei effettivi sorvegliavano ogni giorno l'arrivo e la partenza degli aerei e delle navi. In questo consisteva il vantaggio principale della *safe house* di Saint-Pierre: Coste sapeva l'ora esatta di chi entrava nell'arcipelago e di chi ne usciva. Pesare le anime dei criminali era la sua missione, essere il capo della polizia di frontiera la sua copertura.

Quel lavoro ufficiale consisteva nel sorvegliare l'isola annidata tra gli Stati Uniti, il Canada e, in lontananza, la Groenlandia danese, controllando gli ingressi e le uscite, i passaporti e i visti, e quando le verifiche portavano alla scoperta di un carico di droga o di un po' di alcol subentrava l'ufficio doganale. Mai un episodio violento o un vero pericolo, ed era contento di sapere che nessuno dei suoi uomini avrebbe mai corso grossi rischi.

Per il resto, la delinquenza, essenzialmente attorno ai bar e attorno a mezzanotte, come anche la criminalità, ossia tre omicidi in quarant'anni, erano di competenza della gendarmeria, la cui squadra di ricerca composta da quattro investigatori avrebbe potuto concludere il lavoro di un anno in un mese e trascorrere i restanti undici a pescare.

Più volte lo avevano invitato a cena, o a bere un bicchiere, e altrettante volte Coste aveva rifiutato con garbo. Grazie ai suoi deboli sforzi per socializzare, gli abitanti dell'isola e i colleghi ci avevano messo poco a giudicarlo un orso solitario e a trattarlo come tale. Non si infastidisce un orso solitario.

La maggior parte dei sottoposti di Coste arrivava a Saint-Pierre per incarichi che non superavano mai i quattro o i cinque anni, poi, a meno d'innamorarsi di un'isolana e di stabilirsi lì, ripartivano per la madrepatria senza lasciargli il tempo – né la voglia, per dirlo con onestà – di affezionarsi. Il capitano ne conosceva i nomi, gli stati di servizio, li faceva lavorare senza assillarli né rompergli le scatole. Del resto, gentile e conciliante, Coste non rompeva le scatole a nessuno, mai, al punto che non si sapeva se sarebbe stato in grado di gestire un caso importante il giorno in cui gli fosse capitato, fatto mai successo in sei anni. E quando ci si chiedeva se il capo della polizia di frontiera fosse in gamba, la risposta più appropriata era: «Ancora non si sa».

Anche le sue vacanze, da una a tre settimane due o tre volte all'anno, le trascorreva da solo, in quella residenza dove nessuno era mai entrato. Doveva piacergli leggere, diceva la gente, o forse scrivere, magari le sue memorie, anche se era difficile immaginare cosa mai avrebbe potuto scrivere, dato che nulla degli anni trascorsi nell'isola avrebbe potuto riempire un capitolo. Ecco l'idea che si erano fatti di Coste, senza immaginare nemmeno per un secondo che, durante le sue supposte vacanze, aveva raccolto le confidenze delle peggiori canaglie della malavita organizzata e, con la sua sola parola, aveva deciso del loro futuro, le aveva salvate o sacrificate, lui, il capitano gentile e conciliante che non rompeva mai le scatole a nessuno nella sua casa per aspiranti suicidi sull'orlo del precipizio.

* * *

Coste lasciò proseguire lo spazzaneve e deviò. Parcheggiò la Land Rover davanti alla sede della polizia di frontiera, un edificio verde stranamente pallido per le abitudini colorate dell'isola. Era attiguo alla gendarmeria, e i due edifici fronteggiavano il porto, più lontano l'oceano Atlantico, ancora più lontano l'isola di Miquelon a ovest e, a est, l'isola canadese di Terranova.

Salì le scale che portavano al suo ufficio, già occupato da sei uomini, perché, ed era impossibile spiegarselo, nessuna poliziotta aveva mai avuto voglia di venire a Saint-Pierre. Si accorse di un certo malessere nel loro atteggiamento, ma qualunque cosa gli avessero detto, Coste sapeva che se ne sarebbe infischiato altamente.

I primi due agenti che incrociò erano i suoi preferiti, se avesse dovuto fare una classifica o salvarne due da un naufragio. Anzitutto Soba, alto e tatuato, con la testa rasata, uno che molti esitavano a contraddire, in ufficio e in città, che si esprimeva con frasi brevi come se un giorno avesse dovuto rendere conto del numero di parole pronunciate. Poi, vicino a Soba, quasi appoggiato a lui, Casteran, di cui per prima cosa si notava l'accento di Tolosa, così lontano da lì da sembrare assurdo, e soltanto dopo il corpo sgangherato, per il quale nessuno lo prendeva in giro perché tutti ne conoscevano l'origine. Era stato estratto in extremis dai rottami di un'auto dopo un futile inseguimento di ladri di minimarket, all'uscita dal centro di Tolosa. I vertici avevano deciso di tenerlo in servizio e Casteran gliene era grato fino all'eccesso. Persino nel preparare un caffè si dava da fare come un alunno che tira fuori la lingua quando vuole colorare senza uscire dai margini.

C'erano altri quattro agenti, i cui nomi erano abbastanza comuni e i caratteri abbastanza simili per non indugiare a menzionarli o a individuarne le differenze.

«I fratelli Grady, sul loro fuoribordo, fanno i coglioni» sintetizzò Soba rivolto al capitano.

«Sappiamo che la faccenda riguarda i gendarmi, ma ne sono al corrente da quarantacinque minuti e ancora non si sono mossi» precisò Casteran.

«È un'infrazione. Abbiamo il diritto di accertarla» concluse Soba.

Coste non vedeva il porto né altro da due settimane e una passeggiata gli avrebbe consentito di uscire dall'ufficio quasi senza esservi entrato. E avrebbe anche evitato che Soba gli mettesse a soqquadro la città, essendo la famiglia Grady la più influente dell'isola. Motivo per cui, probabilmente, i gendarmi impiegavano tanto tempo a trovare l'uscita della loro caserma.

Dapprima onesti pescatori originari dell'Irlanda, i Grady avevano ampliato la loro flotta passando da cinque a cinquanta pescherecci, diventando armatori e, a partire dal proibizionismo del 1922, le loro imbarcazioni avevano barattato casse di pesci con botti di whisky. Poiché il trasporto era legale dalla Francia metropolitana a Saint-Pierre, non restava che navigare verso le coste del Canada o degli Stati Uniti per essere raggiunti in mare dai *bootleggers,* che pagavano ogni goccio di alcol sei volte il suo prezzo. In dieci anni, i Grady avevano guadagnato l'equivalente di dieci vite da pescatore. Un secolo dopo, niente di quel patrimonio era stato dilapidato, anzi, tutto era stato oculatamente investito, passando dall'alcol al carbone, dal carbone al petrolio e dal petrolio alla benzina. Era una garanzia di ricchezza per la famiglia fino all'ultima generazione, quella dei due fratelli Grady, ai quali la parola «lavoro» evocava solo fastidio e la parola «denaro» la voglia di sperperarlo.

Uno dei due, Sean, era più idiota dell'altro, David, e si sforzava di esserlo creando un effetto vortice in cui risucchiava il fratello senza che opponesse molta resistenza. Avevano pochi anni di differenza, tanto che era difficile capire chi fosse il maggiore. Il più idiota sì, il maggiore no.

* * *

Un piccolo Silver Dolphin aveva fatto inizialmente lunghi tragitti di andata e ritorno nella laguna vicino alla baia del porto, screpolando con lo scafo rigido l'acqua gelata su due centimetri di spessore in un fragile puzzle di ghiaccio. Con l'alta marea, l'oceano entrava nella laguna, vi si mescolava e poi la lasciava, dando di nuovo alle acque il tempo di solidificarsi. Alcune settimane prima i ragazzini ancora giocavano a hockey sugli stagni, ma oggi il Silver Dolphin frantumava il sottile specchio senza sforzo. Ora che il campo era libero, il Four Winns Vista dei fratelli Grady, un fuoribordo di ultima generazione, missile elegante con una sagoma da squalo, drogato dai trecento cavalli dei suoi motori, poteva divertirsi a fare scatti di velocità e curve strette sollevando colonne d'acqua alte diversi metri. I fratelli se ne fregavano totalmente dei quattro nodi e mezzo autorizzati e correvano a più di quarantacinque nodi, poco meno di cento chilometri orari.

I pescherecci attraccati avevano fatto la spia ai gendarmi e, non vedendo arrivare nessuno, avevano chiamato Soba, che adesso stava parcheggiando l'auto della polizia con Coste al suo fianco e Casteran dietro. Il Four Winns era già ridiventato mansueto, immobile e ormeggiato. Vedendo Soba, Sean Grady si raddrizzò e lo salutò ossequiosamente, con la mano orizzontale contro la tempia, a mo' di soldato americano.

«I miei omaggi, colonnello» disse in tono spavaldo davanti ai suoi cortigiani ilari e alticci nonostante l'ora mattutina.

I ricchi sono affascinanti, se si presta fede alle bellezze che girano loro intorno. Sul motoscafo da circa centonovantamila euro si contavano, sul ponte a proravia e attorno alla cabina di pilotaggio, sei ragazze sulla ventina, imbacuccate nelle giacche a vento, con le guance rosse, graziose ed eccitate, e due ragazzi, oltre a Sean e David Grady. Con tutto il rispetto di cui era capace, Sean li considerava i suoi aiutanti, come infatti erano, e li chiamava «gli appiccicosi». David, innamorato di una delle passeggere, era più controllato.

A Soba non piacque essere preso in giro e cominciò a maltrattare le mascelle. Intimiditi, gli appiccicosi moderarono le risate senza però che Sean si togliesse dalla faccia quell'aria beffarda, comprata a prezzo di costo dalla fortuna della sua famiglia. L'erede si avvicinò alle forze dell'ordine andando a sedersi sulla vasta poltrona a poppa, sistemata per pescare comodamente o anche per guardare la tivù.

«Filavate a quarantacinque nodi, Grady. È dieci volte il limite.»

«Ma... ma allora mi ci vuole una multa. Giusto, commissario? E quanto mi costerà? Accetta carte di credito?»

Nel quartiere di Tarterêts, dove aveva fatto la maggior parte della carriera, il brigadiere Soba lo avrebbe già sollevato dieci centimetri da terra sbuffandogli in faccia il suo alito di gomma al mentolo. Proprio in quel quartiere si era guadagnato il soprannome di «Kraken», il mostro gigantesco e spietato. Qui, invece, aveva imparato a tenere in tasca i suoi tentacoli e, sebbene fosse più vicino al suo ambiente naturale acquatico, il Kraken aveva dovuto dominarsi. Ma Coste sapeva indovinare il punto di non ritorno del subordinato e, appoggiato alla portiera della macchina, una sigaretta spenta tra le dita, allungò il braccio per suonare il clacson.

«Non muovetevi» grugnì Soba.

Raggiunse il superiore con pochi passi contrariati, lasciando dietro di sé un gruppo divertito.

«Metta da parte i suoi tatuaggi» lo ammonì Coste. «Con questo freddo nessuno fa il bagno, le barche sono attraccate e l'unico rischio reale è che vadano a schiantarsi con il fuoribordo contro le rocce della diga, il che non mi cambierà la giornata. Quello che soprattutto le secca è che di lei se ne sbattono, ma finora l'offesa all'ego non è prevista dal codice penale.»

«Quello che mi secca, capitano, è che ci lasciamo pestare i piedi da quegli stronzetti.»

«Succede quando si balla, ma non è un motivo per prendere a sberle la dama.»

Coste ripose la sigaretta nel pacchetto e si staccò dalla portiera.

«Ci pensi lei a finire qui, io me ne torno a piedi.»

Soba si ritrovò da solo con Casteran, e il tolosano rimase disorientato come un bambino tra due genitori che hanno litigato.

«Ha appena ripreso servizio e già continua come sempre» brontolò il Kraken. «Se doveva starsene con le mani in mano, poteva rimanere a casa. Quando penso al poliziotto che era...»

Preferendo non portare acqua a un fiume pronto a straripare, Casteran salì senza fiatare sul sedile anteriore della macchina e, come al solito, accarezzò la catenella al collo e le sue due medagliette: san Cristoforo, patrono dei viaggiatori e degli automobilisti, e san Fiacre, patrono dei taxi. Dopo l'incidente, il tolosano invitava a bordo tutti i santi che potevano vegliare su di lui. Li baciò e li pregò di concedergli un tragitto senza intoppi.

«E per i poliziotti che stanno per scoppiare, che santo devo pregare?» chiese Soba.

«San Martino. Per i poliziotti, è san Martino.»

Il Kraken esitò e, siccome era ateo, si girò a guardare gli

eredi Grady per non perdere completamente la faccia e si rivolse a Sean con una profezia: «Se oggi ti rivedo sul motoscafo, ti sparo».

* * *

Coste fece passare la giornata e solo sul tardi chiese l'elenco dei passeggeri del primo volo in arrivo. Fino al termine della primavera, stagione poco turistica, spesso fredda e nevosa a quelle latitudini, l'unico mezzo per raggiungere l'isola costringeva i passeggeri in partenza da Roissy Charles-de-Gaulle a fare uno scalo in Canada. Inserì le identità nel sistema, controllando gli avvisi di ricerca e le denunce di falsi documenti, il database dell'Interpol e l'archivio dei precedenti giudiziari. Della trentina di passeggeri, la maggior parte erano abitanti dell'isola di ritorno a casa, anche se talvolta c'era un dentista, un veterinario, un medico specialista o uno psicologo lì in sostituzione di un collega o per una breve missione, poiché la madrepatria forniva l'occorrente quando mancava. Tra loro Coste non scoprì nulla che potesse impensierirlo e ritenne di aver riempito bene la giornata.

Lasciò che i poliziotti andassero all'aeroporto per fare atto di presenza all'atterraggio del bielica ATR 42 e mise in moto la Land Rover. Percorse la strada a passo d'uomo, dietro un camion aspiratore che raccoglieva la neve spalata al mattino e la proiettava con un largo tubo sul cassone di un autocarro che gli stava alle calcagna e che, una volta carico, sarebbe stato sostituito da uno degli altri tre che componevano il corteo.

Di ritorno nella residenza, lo aspettava una mail di Saint-Croix. L'aprì e quello che lesse bastò a rovinargli la serata.

4

L'alba infine si levò su una notte insonne durante la quale le fotografie allegate alla mail erano scorse sullo schermo mentre la stampante a colori le risputava come foglie autunnali sulla scrivania di Coste.

I rapporti del comandante Russo, le fotografie del fascicolo Bailly e dei casi collegati erano ormai sparpagliati sul tavolo della residenza a formare un macabro patchwork.

La foresta di Argonne. La macchina da pagliaccio. La stanza con le manette. La cella e gli origami giapponesi con lo stesso uccellino dalla pancia rotonda e dalle ali corte, rinvenuti durante la perquisizione della casa con le finestre oscurate, che i giornali avevano battezzato «la casa dell'orrore», come succedeva in tanti altri Paesi nel mondo. Poi le schede segnaletiche di Garance, Salomé, Sacha, Claire, Maud, Samia, Cléo, Julie e Virginie.

Erano le sei del mattino a Saint-Pierre, le dieci a Parigi, e i telefoni sui tavoli avevano l'altoparlante in funzione, all'uno e all'altro capo della linea.

«Credevo di essere stato chiaro.»

«Ho mantenuto la mia parola per sei lunghi anni, Coste.»

«E da quando le promesse hanno una data di scadenza?»

«Ce l'ha con me?» chiese Saint-Croix.

«Ancora non lo so» esitò il poliziotto.

«S'incontra il proprio destino sulla strada presa per evitarlo.»

«Una citazione? Sul serio? Per favore, già il mio vicino mi perseguita con le sue citazioni di Raymond Chandler. Inoltre, questa qui, lei l'ha maltrattata.»

«Detto tra noi, e senza volerla rimproverare, quel vicino è un errore.»

«No. Una necessità. L'errore è stato avermi inviato il fascicolo.»

«Coste, è ora di servirsi appieno di lei, delle sue capacità. Lei non è bravo solo per mettere pressione ai delinquenti, anche se lo fa meglio di tutti.»

Il capitano guardò la fotografia di Anna. Un viso che aveva fatto fatica a capire, tanto sembrava privo di qualunque armonia. Sotto una fronte larga e con le sopracciglia nere, occhi verdi esageratamente grandi mostravano uno scarto di due centimetri di troppo tra loro e le davano un aspetto animalesco. Erano cerchiati da occhiaie di un viola tenue, come un'ombra di sfinimento. Una bocca le cui labbra sottili sembravano cominciare nelle guance e che le avrebbero tagliato il volto in due se avesse sorriso. I capelli castano chiaro, così lunghi che l'inquadratura non era riuscita a contenerli, le ricadevano sulle spalle e sulle braccia magre e muscolose, attaccate a un busto in cui il seno quasi inesistente accentuava l'androginia complessiva. La simmetria di quel volto era perfetta e quindi destabilizzante, rendendo Anna non bella, tanto meno brutta, ma incontestabilmente affascinante, perché unica.

«Cosa si aspetta da me?» domandò Coste.

«Che la faccia parlare. Non gliela mando certo per tirarla su di morale dopo quello che ha passato, né lei né io ci dedichiamo ad attività umanitarie. Gliela mando perché la ragazza può esserci utile. Per quello che è stato e per quello che sarà.»

«Pensa che possa aiutarci a trovare il rapitore?»

«Sulla base di quello che sa, sì. Dieci anni, Victor. Deve aver visto o sentito qualcosa. E non dimentichiamo che ci sono le altre vittime. Eccetto Salomé Acker e Garance Perthuis, nessun'altra è stata ritrovata. Pensi alle loro famiglie, alla loro speranza in sospeso.»

«La speranza? Dopo dieci anni?»

«Sì, è un'atrocità che ha bisogno del punto finale. Magari la ragazza ci fornirà materiale a sufficienza per mettere le mani su quell'individuo e concludere un'inchiesta che ci rende ridicoli da troppo tempo.»

«Il comandante Russo era vicino a chiudere il caso, stando a quello che leggo.»

«In certe situazioni, essere vicini non serve a niente, anche se devo riconoscere che senza di lui oggi non avremmo Anna. È lei ad avere le chiavi, è lei a poterci portare dal suo carnefice.»

Al centro di tutte quelle fotocopie c'era un rapporto minuzioso di Russo, quello che riferiva la scoperta della macchina bicolore, l'operazione nella foresta di Argonne e l'esumazione del primo corpo. Solo leggendolo, Coste aveva raggiunto la certezza che Russo era stato un buon poliziotto, tenace e intuitivo, un uomo utile e rimpianto.

«Ho parlato tre volte con lei» aggiunse Saint-Croix. «Al primo incontro, non ha spiccicato parola. Al secondo mi ha salutata. Al terzo, mi è parso opportuno informarla della morte di uno dei genitori e la sua reazione non è stata diversa da un commento sul meteo. Non so minimamente cos'abbia in testa. Anche lei, Victor, si accorgerà che ogni parola che riusciamo a farle articolare somiglia a una prodezza. Fatto sta che Anna è riuscita a sopravvivere. Salomé Acker è morta in poco più di due settimane, Garance Perthuis è stata strangolata dopo quarantotto ore. Siamo completamente all'oscuro di quanto tempo abbiano resistito le altre sette, né sappiamo se la nostra stima delle vittime si fermi a loro. Anna ha trovato il modo per rimanere viva, ha dunque capito quell'individuo meglio di quanto abbiano fatto i cinquanta e passa poliziotti che in varia misura si sono occupati del caso. E sono persuasa che sia la nostra migliore opportunità, se accetta di confidarsi.»

Coste ripensò a Soba, il Kraken tatuato, e allo sguardo sprezzante che a volte gli rivolgeva.

«E dopo tre settimane di assenza, in termini amministrativi, come spiego ai miei uomini che me ne torno in vacanza a tempo indeterminato?»

«Non servirà. Anna non è un pentito da tenere sottochiave. Deve uscire, vivere, respirare. Ma nella sua isola, dopo un paio di settimane, la gente comincerà a farsi delle domande. Allora bisognerà trovarle un lavoro, un'occupazione, e anche un legame con lei, visto che passerete un po' di tempo insieme. Una relazione sentimentale è esclusa. Con i suoi quarantasei anni e i ventiquattro di Anna, non dico che sia impossibile o immorale, ma non vorrei che foste al centro di pettegolezzi. Sto lavorando per creare una nuova identità alla ragazza, e lei m'informi sui lavori disponibili a Saint-Pierre. Ha visto le foto, immagino. Ha qualcosa di ammaliante che non so spiegarmi, quindi, mi raccomando, niente cameriera. Un lavoro senza troppi rapporti sociali sarebbe una buona scelta.»

Il treno della presidentessa correva sulle rotaie e il poliziotto frenava come poteva.

«Abbiamo già un fascicolo su di lei? Ha incontrato una psicologa?»

«Sì, ma è stato inutile.»

«E perché crede che io me la caverei meglio?»

Perché anche tu sei a pezzi, Coste, pensò Saint-Croix. Perché anche tu vivi in una specie di prigione e perché soltanto tu puoi vederci chiaro in questa storia. Hai le carte in regola per andarla a ripescare nell'abisso dove si nasconde e forse potresti anche tu trovare una via d'uscita.

«Perché ne è capace. E perché glielo chiedo, Victor. Stia tranquillo, non la lascio solo, avrà il sostegno di un professionista per riferire dei suoi progressi e fare le domande.»

«Mi sta dicendo che...»

«Non la psicologa della polizia giudiziaria. Il nostro psichiatra. Non appena il procuratore ha convalidato l'inserimento di Anna Bailly nel programma ho fatto intervenire un consulente.»

«Lo conosco?»

«Probabile, se ha seguito i notiziari della madrepatria. È un tenente colonnello dell'ospedale militare Percy, specializzato nei traumi dei militari di ritorno dalla guerra, degli ex ostaggi e dei soldati mutilati al viso. Ha rimesso in sesto una capitana della polizia quando nessuno più ci credeva, tre anni fa.* E proprio per questo l'ho voluto. Da allora ci spalleggia, se necessario. È ovvio che i suoi pazienti non hanno un semplice problema di autostima, o grattacapi irrisolti con la madre, ma piuttosto disturbi profondi rispetto alla morte e alla violenza estrema. Perciò ha anche un diploma in psicocriminologia, il che ci torna utile. Si chiama Melchior ed è già riuscito a tirare fuori qualche parola da Anna. Solo qualche frase, ma è un inizio.»

Coste aspettò il seguito e Saint-Croix esitò.

«Preferisco che glielo dica lui stesso. Qui nessuno sa cosa pensare. Ciò che Anna gli ha confidato è piuttosto sconcertante.»

* Cfr. Olivier Norek, *Superficie*, Rizzoli, Milano 2022.

5

Parigi, Les Halles

Li vorremmo spaventosi, i mostri.

Nelle città, tra la folla, i loro demoni sono invisibili. Ci sfiorano senza farci rabbrividire. I loro sorrisi somigliano ai nostri, li rasentiamo, li avviciniamo, li invitiamo. Ci affascinano o ci lasciano indifferenti, perché sono normali, i mostri. La loro pelle, la loro voce, i gesti, tutto in superficie rientra nell'ordinario. Ma da qualche parte si è posata un'ombra. Silenziosa, si è nutrita di una ferita, di un'umiliazione, di una violenza, di un'anomalia, di un difetto. Si è posata su una sottile screpolatura che a colpi di becco e di artigli ha trasformato in crepa. Un baratro, una trappola per la ragione, e lì nasce la collera. Una collera così piacevole da liberare, affinché una parte d'ombra si posi su altri. Pensando in tal modo di alleggerirsi, il mostro si rinchiude e nutre il suo serpente, sempre più affamato.

Di fronte al palazzo dell'uomo che oggi sarebbe morto, un campione di umanità sedeva a tre tavolini ombreggiati di un caffè. Il primo individuo era preoccupato, assorbito dal telefono di cui soltanto la suoneria sembrava avere il potere di liberarlo dall'inquietudine. Il secondo all'erta, intento a incrociare lo sguardo di tutte le passanti, come se avesse un appuntamento galante con una donna della quale non conosceva l'aspetto fisico. L'ultimo, un bell'uomo, con un taccuino aperto davanti a sé, una penna posata in parallelo. E tra loro, un mostro.

Il telefono del primo squillò e, dopo un breve scambio di battute, l'uomo lasciò una banconota senza aspettare il resto. Qualunque fosse l'informazione ricevuta, lo mandava in un altro luogo.

Una giovane donna esitò davanti ai tavolini prima che il sorriso del secondo le confermasse che era proprio lui quello che andava a conoscere.

L'ultimo chiuse il taccuino, aspettò che un inquilino uscisse dal palazzo di fronte e approfittò della porta che si richiudeva lentamente per infilarsi dentro.

* * *

In Francia ci sono otto milioni di persone solitarie, di cui quattrocentomila non hanno nessun contatto con l'esterno e non escono mai di casa. Sono vittime di tutta una serie di fobie sociali che vanno dall'ansia alla timidezza, dall'isolamento protettivo alla profonda mancanza di fiducia in sé, dal timore dei legami affettivi all'ipervigilanza dovuta alla paura dell'altro. O semplicemente accade perché è impossibile talvolta trovare il proprio posto in una società dove l'interesse individuale supera sempre quello dell'altro.

Fra queste persone lui trovava le sue nuove identità e attraverso di loro rinasceva vergine. Dopo l'irruzione della polizia nello scantinato e il ritrovamento di Garance e di Anna, anche se la stampa parlava solo della prima, aveva usato per l'ultima volta i documenti di Louis Sandrel per nascondersi qualche giorno a Parigi in una stanza in affitto. Spesso i documenti vengono chiesti, ma nessuno controlla davvero la fotografia, e i loro titolari possono essere attivi in senso amministrativo anche molti anni dopo la morte. Così, Louis Sandrel, deceduto da tre anni, gli aveva permesso di passare inosservato senza troppi rischi, purché non si allontanasse da una via ben tracciata e sicura. Il lavoro, la casa con lo scantinato trasformato in prigione, oppure il suo vero domicilio, l'unico posto dove fosse conosciuto sotto la sua vera identità. Per quanto tempo sarebbe rimasta segreta, quell'identità? Perché, purtroppo, era lo stesso Louis Sandrel a pagare la casa con le finestre oscurate e i poliziotti dovevano aver già capito che se il mostro ne aveva usato l'identità e il domicilio, il suo corpo doveva essere sotterrato da qualche parte nei dintorni. Meglio smetterla subito con quell'usurpazione e andare a fare il cuculo in un altro nido.

Pronto a rinascere, entrò nel palazzo dove abitava un altro nome della lista. Un solitario atterrito da tutto ciò che c'era al di là della propria porta, come se quella fosse la linea di separazione tra il suo universo e una giungla mortale. Avrebbe voluto evitare di fargli del male, quel povero ragazzo non era mai stato un suo bersaglio potenziale, ma tutto lo indicava come il candidato perfetto. La patologia di cui soffriva, la corporatura esile che gli avrebbe impedito di ribellarsi, l'appartamento in centro che garantiva l'anonimato nella massa dei parigini indifferenti e, soprattutto, la sua voglia costante di farla finita.

Sulla tabella degli inquilini nell'atrio cercò «Thibaut Dalmas» e il piano in cui abitava, dove salì alle venti passate. Tre porte sul pianerottolo e quella di Dalmas era la sola a non avere il nome scritto sulla targhetta di lato. Logico, a chi sarebbe servita quell'informazione? Illogico, uno zerbino «Welcome», comprato in un momento di ritrovata fiducia dopo una fruttuosa seduta di psicanalisi o perché era l'unico disponibile. Sembrava nuovo come il primo giorno. Suonò il campanello e poi lo fece una seconda volta, dato che Thibaut doveva aver sentito raramente quel suono e forse si stava chiedendo se la melodia fosse destinata a lui. Quando la porta si aprì, il giovane, dapprima inquieto, si stupì. «Andréas?» balbettò. «Io non... non sapevo... Fa anche visite a domicilio?»

«Nient'affatto, Thibaut, ma le verrà da ridere. Si figuri che ho visto nella sua cartella che siamo vicini.»

«Di quartiere?»

«No. Di palazzo. Mi sono appena trasferito al quarto piano.»

Il mostro rischiava poco con quella menzogna, perché era pronto a scommettere che il recluso Thibaut Dalmas avrebbe potuto avere un unicorno sul pianerottolo senza mai sospettarne la presenza, anche se quello avesse nitrito soffiando arcobaleni.

«So che i rapporti sociali non sono il suo forte» proseguì Andréas con un grande sorriso bonario, «ma so pure che ciò le pesa e che s'impegna per migliorare.»

Thibaut parve stupito, come se di colpo fosse diventato importante, o almeno visibile.

«Apprezzavo le nostre conversazioni dopo il Cerchio» confessò, «ma pensavo che lo facesse con tutti.»

«Cominciamo con un caffè?»

«A casa sua?»

«Seduti sui cartoni?» scherzò l'interlocutore.

Colto alla sprovvista ma fiducioso, Thibaut si autorizzò ad aprire la porta.

«Cinque minuti» lo rassicurò Andréas, «bisogna procedere per gradi. Non vorrei che diventasse all'improvviso un tipo mondano.»

«Non mi prenda in giro» si rilassò l'altro.

Quando entrò nell'appartamento in perfetto ordine, Andréas notò con piacere la pulizia di ogni stanza, il televisore dal grande schermo, i joystick e centinaia di riviste su tutti gli argomenti, e si disse che si sarebbe trovato bene lì, nei giorni a venire. Purtroppo per l'uomo che lo aveva lasciato entrare, non potevano esserci due Dalmas. Andréas non sapeva per quanto tempo ancora il suo volto sarebbe rimasto sconosciuto e quanto tempo sarebbe servito ai poliziotti per far dire ad Anna tutto quello che sapeva su di lui. Avrebbe presto avuto bisogno di un nuovo assortimento al completo, bancomat, cellulare e carta d'identità. E soprattutto doveva sapere se Thibaut era così isolato come sosteneva.

Con i due caffè sul tavolo, Andréas chiese lo zucchero, inviando il giovane in cucina, e in quei pochi secondi di assenza avvelenò la tazza di fronte alla sua. Rivotril liquido, un sedativo tanto efficace da essere il preferito di criminali, assassini, rapitori e stupratori. Talmente efficace da aver persino destato la preoccupazione dei laboratori farmaceutici, che lo avevano tinto di blu in modo che fosse visibile nell'acqua o nell'alcol. Non avevano pensato né ai cocktail colorati né al caffè nero. Quando Thibaut ritornò, Andréas cercò le risposte alle sue domande. Aveva all'incirca due minuti.

«È un po' strano vedermi qui, no?»

«Lei è probabilmente una delle persone che frequento di più. Però sì, è strano.»

«A parte il Cerchio, è riuscito a incontrare qualcuno? Vicini? Amici? Magari sui social?»

«Non deve usarli spesso» si stupì Thibaut. «Ho provato, ma è qualcosa di così violento. Non appena ho il coraggio di parlare della mia vita o dei miei problemi, la gente mi deride. Mi hanno incitato al suicidio tante di quelle volte che l'ho preso in considerazione.»

«Sei volte, lo so.»

«Dimenticavo, mi scusi. Così ho cancellato i miei profili. Tutti tranne uno.»

Thibaut esitò, un po' imbarazzato. L'altro lo mise a suo agio.

«Suvvia, mi racconti. Mi ha già detto abbastanza da quando ci conosciamo.»

«Ho conservato quello dove sono uno steward» confessò. «Viaggio in tutti i Paesi, frequento gli alberghi più belli e, per illustrare le mie bugie, scelgo su internet le foto di tramonti in tutto il mondo, di bei ristoranti e alberghi di lusso. Gli uomini sono invidiosi, c'è chi m'insulta, ma in questo caso è piacevole. E le donne mi fanno i complimenti. È ridicolo, non crede?»

Per niente, pensò Andréas. Tu cambi vita. Io faccio lo stesso. Solo che tu le inventi le vite, mentre io le rubo. E tra poco prenderò la tua.

Un'ovatta spessa invase la testa di Thibaut, la nuca si distese come se fosse fatta di tiepido pongo e uno sfinimento chimico gli schiacciò le palpebre. Per una volta che riceveva qualcuno, si disse. Aprì la bocca per scusarsi, ma crollò di peso sul pavimento, trascinandosi dietro le tazze e lo zucchero.

* * *

Quando Thibaut si svegliò, uscendo dalla nebbia, sentì il contatto dolce degli asciugamani che lo avvolgevano, a loro volta stretti da corde che gli bloccavano le braccia. Poi alzò gli occhi verso Andréas, che non poté fare a meno di spiegarsi.

«È per l'autopsia. Non ti uccido subito per dare tempo al sedativo di lasciare il tuo sangue. E gli asciugamani fanno da tampone, altrimenti le corde avrebbero formato delle ecchimosi visibili sulla pelle. Adesso non ti resta che decidere se vuoi morire in modo calmo o violento. Il risultato in ogni caso non cambia. E poi voglio il codice del tuo telefonino, quello del bancomat e del computer.»

E dire che Thibaut non aveva mai aperto la porta a nessuno.

* * *

Sul motore di ricerca, Andréas pose una serie di domande prive di ambiguità. «Come farla finita?», «Come farla finita senza scocciare nessuno?», «Come farla finita con decenza?». La cartella clinica di Thibaut menzionava una personalità eccessivamente introversa, persuasa di essere un fastidio, il tipo d'uomo pronto a bere un vino che sapeva di tappo sorridendo al cameriere, uno che chiedeva scusa se lo spintonavano e che si preoccupava dell'auto di chi lo aveva tamponato. Il tipo che voleva morire di una morte che facilitasse al massimo il lavoro dei soccorritori.

L'impiccagione, complicato. Il suicidio con le pillole, impresa che finiva spesso in una pozza di vomito. I polsi tagliati, troppo sangue. Buttarsi dalla finestra, poveri soccorritori, costretti a raccogliere i suoi pezzetti, e poveri spazzini, costretti a pulire il rosso sul marciapiede la mattina presto, prima che i bambini vadano a scuola. A proposito di chi si toglieva la vita, Andréas consultò una pagina in cui si citava un vecchio italiano che aveva messo fine ai suoi giorni avvolgendosi la testa nello scotch. Ecco un metodo che sarebbe calzato a pennello a Thibaut.

Con il bancomat comprò del nastro adesivo nero in una chincaglieria a qualche stazione di metro da lì. Quando le esalazioni del cadavere avrebbero infastidito i vicini e una squadra del commissariato locale avrebbe sfondato la porta, lo scenario sarebbe stato così chiaro da rendere inutile la ricerca di altre cause. L'acquisto dello scotch con il bancomat del suicida, la cronologia equivoca su internet, nessuna traccia di lotta, e se anche per eccesso di zelo si fosse fatta un'autopsia, non si sarebbe trovata traccia di sedativo, in ogni caso non in quantità tali da suscitare sospetti.

La causa della morte sarebbe stata l'autosoffocamento. Andréas faceva così ormai da tempo, e a ogni colpo riusciva a sfuggire ai poliziotti perché non sottovalutava la loro intelligenza.

La sera, chiese a Thibaut se avesse un ultimo desiderio, ma siccome la sua vita era stata uno schifoso fallimento dall'inizio alla fine, per quanto riflettesse, il giovane non trovò nulla da chiedere.

«No, va bene» si rassegnò a dire.

«Davvero?»

Andréas srotolò lo scotch e si mise alle spalle di Thibaut. Non doveva dimenticare di usare le mani della vittima per grattare un po' del nastro adesivo che lo avrebbe soffocato, allo scopo di lasciare sotto le unghie la prova che l'istinto di sopravvivenza a un certo punto era scattato.

«A meno che...»

Il mostro si fermò.

«Immagino che rifiuterà, ma...»

«Sentiamo.»

«C'è una serie che volevo finire di vedere stasera. È quella di Hannibal Lecter, il personaggio del romanzo di Thomas Harris *Drago rosso*, il mio thriller preferito. Credo che mi dispiacerebbe morire senza sapere come finisce. Mi mancano gli ultimi due episodi della terza e ultima stagione.»

«Sì, ma io non ho visto gli episodi precedenti. Mi sentirò perso» osservò Andréas, sempre con lo scotch in mano.

«Se è per questo, mi sta bene ricominciare dal principio. Non cerco di guadagnare tempo, eh. E comunque ho tentato di ammazzarmi sei volte.»

«Lo so.»

«Lo so che lo sai» disse Thibaut, dandogli del tu. «E se lo fai senza violenza, mi sta bene. Almeno avrai il coraggio, tu. Posso anche cucinare.»

«Non mi chiederai perché lo faccio, lo scopo che inseguo, cosa mi motiva?» domandò il carnefice.

«No. Promesso.»

«Te la cavi bene in cucina?»

«È l'unica cosa che so fare, credo.»

Di solito urlavano, piangevano, supplicavano. Di solito erano soprattutto ragazze.

E perché no? si disse Andréas. In ogni caso doveva aspettare alcuni giorni per vedere come avrebbe reagito la polizia e, contrariamente a Thibaut, non amava molto la solitudine.

«È esistito Hannibal Lecter?» chiese slegando le corde.

«No, è un personaggio inventato. Nessuno è così perverso.»

«Ti sbagli, Thibaut» sorrise il mostro.

6

Alcuni giorni prima

Il colloquio alle porte avrebbe disegnato un chiaroscuro imbarazzante per la squadra di Saint-Croix, che la presidentessa avrebbe riassunto così a Coste: «Preferisco che glielo dica lui stesso. Qui nessuno sa cosa pensare. Ciò che Anna gli ha confidato è piuttosto sconcertante».

* * *

Melchior aveva ricevuto il fascicolo su Anna Bailly e i pochi documenti raccolti come tasselli del puzzle della sua vita, dalla scuola alla famiglia, alla collega psicologa che l'aveva seguita per un periodo. C'erano anche, fotocopiate, le ottantotto pagine del suo diario, quello di una ragazzina quattordicenne. Poco prima dell'appuntamento ne rilesse un brano provando lo stesso disgusto della prima volta.

«Mi ricordo dei miei otto anni. Mi piacerebbe avere ancora quell'età. Era più semplice. Mi faceva solo carezze. Mi dava solo baci. Non l'avevamo ancora fatto, io e lui. Lui lo trovava bello, era l'amore e, siccome io non ne parlavo a nessuno, mi sembrava normale. Avevo tutta per me l'attenzione di quello che era l'essere più importante ai miei occhi, mi sentivo lusingata.

A volte non veniva per parecchie notti e mi chiedevo se avessi fatto qualcosa di male. Avevo paura che non mi amasse più. Allora ero io ad andare da lui. "Ricominciamo?" gli dicevo.»

Anna, così giovane, aveva una scrittura da adulta. Disarmante, intelligente, notevole in una parola. Ciò si spiegava con le foto della sua camera, dove la libreria occupava una parete intera: la lettura le aveva insegnato a parlare e a scrivere. Inoltre, quanto aveva subito da parte del padre l'aveva proiettata violentemente fuori dal mondo dell'infanzia, e la sua maturità forzata si rivelava sotto quelle parole ingenue.

Melchior, uno spilungone cinquantenne con gli occhiali rettangolari sormontati dai ciuffi ribelli della zazzera bianca, evitava di piazzarsi dietro la scrivania per non creare una distanza con il paziente. I colloqui si facevano quasi affiancati, come in una discussione tra amici. Eppure, leggendo il fascicolo inviato da Saint-Croix, aveva capito che Anna avrebbe avuto bisogno di spazio, perché la vicinanza l'avrebbe indotta a chiudersi. Si era dunque posto a più di un metro da lei, di fronte a quella donna di ventiquattro anni che ne dimostrava appena diciotto.

L'arredo si riduceva a un colore caldo e rassicurante alle pareti e all'immenso quadro dell'interno viola profondo di una geode di ametista, nella quale ci si poteva perdere e diventare infinitamente piccoli o riposare il tempo di cercarvi la calma e i ricordi.

Consapevole dell'intelligenza e dell'istruzione di Anna, Melchior decise di non sottovalutarla.

«Non si stupisca, io parlo molto» disse, «e talvolta sono esageratamente tecnico, deformazione professionale. Se una parola le sfugge o se non capisce il mio gergo, lo dica pure, non mi offendo.»

Anna alzò gli occhi e lo guardò per la prima volta. Anzi lo scrutò con attenzione, per non doverlo rifare.

E come tutti, Melchior fu colpito dai lineamenti del suo viso. Coste l'aveva vista in una fotografia, lui la vedeva vivere e respirare. Ovviamente notò i grandi occhi distanti l'uno dall'altro, identici a quelli dei felini che devono scorgere le minacce laterali per sopravvivere. Occhi di un colore verde giada che non aveva mai visto altrove, forse soltanto immaginato. Labbra senza fine. E sotto la pelle delle guance, delle tempie e del collo, diafana e sottile come la brina, correvano vene che sembrava di veder palpitare. Era fantastica, come si dice delle creature immaginarie.

Sulla scrivania dello psichiatra c'era ancora la foto della scheda segnaletica risalente alla sua scomparsa, a quattordici anni, e le dissonanze del viso, a quell'età, dovevano essere state motivo di scherno. Oggi, quella stessa disarmonia e quell'aspetto selvaggio suscitavano un profondo turbamento.

Infine Anna abbassò gli occhi e lo liberò, senza fiato. Melchior si riprese e andò dritto al punto. Rassicurarla, ma soprattutto essere onesto. Era la sua condotta consueta.

«Nelle prossime settimane, tutte le persone che incontrerà le chiederanno l'unica cosa che lei non è in grado di fare. Ritornare nello scantinato, con lui. Ricordare tutto, nella speranza di trovare un indizio. Capirà presto che l'interesse a lei riservato tende a uno scopo: identificare e neutralizzare il suo predatore, dirle il contrario significherebbe mentirle. Eppure le assicuro che ci sarà una tregua per lei solo quando lo saprà fra quattro mura, incapace di raggiungerla di nuovo, imprigionato per rispondere dei suoi atti, anche se, lo so, sono irreparabili. Ma se sono irreparabili, allora si può chiedere a che serve. A che serve essere qui, a che serve ritornare nella gabbia? Perché non le propongo una semplice lobotomia e un po' di ore d'ipnosi per cancellare gli ultimi dieci anni?»

A dire la verità, se non ci fosse stato quel mostro, forse pronto a ripetersi, l'una o l'altra di quelle soluzioni sarebbe stata la più rapida, tanto lungo avrebbe dovuto essere il lavoro di psicanalisi nella speranza che un giorno Anna riaffiorasse.

«Perché sono come gli altri» confessò Melchior. «Tento di darle il coraggio di rivivere quegli eventi per trovarvi risposte. Glielo assicuro, ci sarà un tempo per cercare di rimetterla in sesto, per trovare i materiali adatti a ricostruirla, ma quel tempo non è ancora arrivato, mi dispiace. La sola cosa che posso garantirle è che il programma le offrirà una nuova vita, altrove, con una nuova identità. Se lo desidera.»

Il ritrovamento di Anna non era ancora stato comunicato alla stampa e il suo viso non compariva sui giornali. Ma nessun caso rimane segreto per sempre, e quando il predatore fosse caduto in trappola, tutta l'inchiesta sarebbe stata analizzata, portata sullo schermo, esposta per filo e per segno in lunghi articoli, e lei sarebbe stata per sempre la «Vittima 1». Cambiare vita avrebbe potuto rivelarsi necessario.

«Non meno di venti poliziotti gli danno la caccia giorno e notte, e quando lei accetterà di parlarci, sceglierà sul mappamondo il luogo della sua rinascita.»

Melchior si accorse del proprio ricatto. Anna alzò gli occhi e lui scoprì per la prima volta l'intonazione della sua voce, né femminile né maschile, e che tuttavia aveva immaginato più acuta.

«Se parlo?»

«Voglia scusarmi» si riprese. «Conosco la presidentessa di questo programma e mi rifiuto di credere che sia una condizione. Che lei parli o meno, quali che siano i brandelli della sua memoria, noi la proteggeremo. Ma in tutta onestà, la sua collaborazione potrebbe essere decisiva. Spiacente di addossarle una simile responsabilità, ma quell'uomo è quanto di peggio può generare la società, una minaccia come ne esistono poche, una mente malvagia, corrotta all'eccesso, che trova soddisfazione distruggendo la vita degli altri. E da un momento all'altro potrebbe ricominciare.»

Una lacrima rotolò sulla guancia della giovane donna, che la cancellò con un gesto della mano prima che lo psichiatra potesse vederla.

«Si è arrogato il diritto di rapire, rinchiudere, rubare esistenze, torturare, uccidere e goderne. Lui, come anche gli eventuali complici, tutti quelli che hanno fornito il minimo aiuto a quel mostro, o facilitato in un modo o nell'altro i suoi misfatti, tutti loro saranno puniti. E lei può essere una delle armi di questa punizione.»

Un'altra lacrima interruppe all'improvviso il fiume in piena di Melchior. Anna socchiuse le labbra, la lacrima vi si posò e lo psichiatra lasciò alle parole il tempo di trovare abbastanza coraggio da superare quella barriera.

«Allora anch'io...» mormorò Anna.

Ancora prima che lei continuasse, Melchior capì di aver rotto tutti i ponti possibili tra loro. Che cosa aveva dovuto concedere e accettare di fare, quella ragazza, per rimanere viva tanto a lungo, quando le altre avevano resistito pochi giorni? «Tutti quelli che hanno fornito il minimo aiuto a quel mostro saranno puniti» aveva appena detto Melchior. Quelle parole la facevano sentire complice? Lui le parlava del diavolo e lei sentiva parlare di sé.

«Anch'io sono... un mostro?»

7

Melchior preferì cominciare con il predatore, tanto per lasciarselo alle spalle.

«È comunque l'argomento su cui sappiamo di meno» disse a Coste, dall'altro capo della linea.

«Trachea schiacciata, strangolamento e tracce di benzodiazepine sulle due vittime rinvenute, Salomé Acker e Garance Perthuis. È un modo di uccidere, non proprio un modus operandi» fece notare il poliziotto, anche lui chino sui fascicoli dell'inchiesta.

«Vi scorgo una ricerca di semplicità, come se uccidere non lo divertisse poi tanto, come se tentasse di rendere la cosa più facile. Anzitutto un sedativo per addormentare, poi un colpo violento sulla trachea per spezzare le cartilagini della laringe, bloccare il respiro e lasciare un accesso diretto alle carotidi, per metterci meno tempo a strangolare la vittima. E se la situazione gli sfugge di mano o incappa in un incontro imprevisto, ha sempre la Manurhin prelevata durante la perquisizione.»

«Non è il tipo di assassino a cui piace vedere le vittime divincolarsi.»

«Né guardarle negli occhi quando le uccide. Potrebbe godere del risultato della loro morte, più che dell'atto in sé. Il dolore dei familiari potrebbe eccitarlo, per esempio. Spiegherebbe la messinscena studiata per il rapimento di Anna. Una coppia che si sveglia con il neonato nel letto. Un quadretto familiare spezzato al risveglio, quando scoprono che la figlia è scomparsa. In fondo, è soltanto un'ipotesi, potrei imbastirgliene un'altra dozzina in due o tre minuti.»

«Questo è il fascino dell'imprecisione del profiling.»

«Siamo d'accordo. Ed eccoci alla fine delle nostre irrisorie cognizioni sul nemico pubblico numero uno in Francia.»

«A quanto pare, tocca a me tappare i buchi.»

Melchior chiuse lo smilzo fascicolo sul mostro, poi ne fece scivolare un altro davanti a sé, più voluminoso.

«Passiamo alla signorina Bailly, vuole?»

Coste girò una pagina del taccuino e annotò il nome ANNA, sottolineandolo due volte.

«A scuola Anna è sempre stata un fallimento» cominciò lo psichiatra, «ma questo non vuol dire che sia stupida, tutt'altro. Francese a parte, nessun voto supera la media. Il fallimento scolastico intenzionale può essere una richiesta di aiuto. Alle medie è vittima di un'aggressione sessuale che lei denuncia e il ragazzo viene espulso. È probabilmente la sola e unica volta che sarà ascoltata. Vari tentativi di suicidio senza reale pericolo, con tagli superficiali; di nuovo richieste di aiuto, che hanno giustificato brevi ricoveri nell'ospedale psichiatrico Saint-Anne. Vedrà una psicologa nel corso di numerosi appuntamenti, le racconterà la sua situazione, il suo rapporto con il padre, e la psicologa si pronuncerà per la mitomania.»

«Così facilmente?»

«C'è forse un motivo. Durante l'inchiesta dei servizi sociali sul padre, salterà fuori che la psicologa era stata una compagna di università. Difficile essere obiettivi, soprattutto quando si è avuta una storiella romantica con l'accusato.»

«Piuttosto arrischiato, da parte della psicologa, accettare di seguirla» osservò Coste.

«Poi i genitori hanno un altro figlio, un fratellino, e Anna scompare quando ha pochi mesi. Per il resto, capirà di più dal suo diario. Lo ha letto?»

«Gli abusi del padre non c'entrano con l'uomo che cerchiamo» resistette Coste.

«Faccia attenzione, dopo il padre e il predatore, lei sarà il terzo adulto maschio nella sua vita. Sarebbe un bene non trascurare la questione.»

Poi Melchior proseguì, riferendo dell'unico colloquio avuto con Anna. Naturalmente, Coste s'interessò alle parole pronunciate dalla giovane.

«Si è definita così?»

«Mostro, sì. Ma in parte è colpa mia» precisò lo psichiatra per difenderla. «Dieci lunghi anni, capitano. Forse nel corso del tempo avranno condiviso un pasto? Forse la ragazza ha evitato il peggio cucinando per lui, facendogli il bucato, intavolando semplici conversazioni, diventando la sua confidente, che so? Probabilmente peggio... Può bastare questo a farla sentire complice.»

Per natura, Coste era diffidente.

«Potrebbe essere sindrome di Stoccolma?»

«L'espressione è impropria. Riguarda gli ostaggi, e il nostro uomo non aveva nessuna intenzione di liberarla. Ma mettiamo che sia come dice lei, perché no? Uno dei prerequisiti di questa sindrome è l'insorgere di un atteggiamento ostile verso le forze dell'ordine. Un rancore derivato dal fatto che gli ostaggi sono convinti che la difficoltà di essere liberati sia dovuta alla polizia, al rifiuto di accettare le richieste dei rapitori. In questo caso, però, il nostro uomo non ha mai fatto la benché minima richiesta, né è mai stato in contatto con la polizia. Inoltre, se devo credere al rapporto, la signorina Bailly si è gettata tra le braccia del poliziotto che l'ha trovata.»

«In effetti, non è una reazione ostile.»

«Un altro punto essenziale» proseguì Melchior «vuole che l'ostaggio aderisca alla causa del carceriere. Stento a immaginare che la signorina Bailly abbia potuto considerare seducente il fatto che quell'uomo rapisse e strangolasse ragazze tra i quattordici e i sedici anni. Aggiunga le fratture multiple menzionate nella sua cartella clinica, non c'è una casella che non sia segnata. A proposito delle fratture, ho invitato gli investigatori a prendere in considerazione individui con nozioni di medicina. Anche se si sono rinsaldate correttamente e non hanno generato handicap visibili, le radiografie mostrano che non sono state trattate da un professionista, né curate in ospedale. Un infermiere, forse, un dottore, perché no? Il numero di anni di studi non impedisce di essere uno squilibrato. Il padre della signorina Bailly era medico generico, il che non ha evitato un bel nulla.»

«Può anche essere un tentativo sommario, fatto seguendo qualche tutorial su internet. Sistemare un dito rotto non è certo roba da microchirurgia.»

Coste ricordò allo psichiatra la sua ex paziente della polizia giudiziaria, anche lei capace di cavarsela nelle peggiori situazioni.

«Mi piacciono i poliziotti in gamba. Ci sono tre tipi di osservatori: i razionalisti, i poliziotti e gli sceneggiatori. Di un orologio trovato a terra a mezzogiorno, che si è fermato alle otto del mattino, un razionalista penserà che si è fermato cadendo o che ha la pila scarica. Un poliziotto penserà che quella sia l'ora dell'aggressione al proprietario. Uno sceneggiatore giungerà a pensare che l'orologio appartiene a un viaggiatore temporale che ha fatto un balzo indietro di quattro ore. Senza darsi alla fantascienza, un investigatore esperto non deve scartare nessuna pista, e allora okay per la possibilità di un neofita che manipola gesso.»

«Cosa che ci fornisce il profilo di un predatore protettivo» disse Coste. «Mantiene le sue vittime in vita, le cura. Stando alle foto, la ragazza non è denutrita, come abbiamo visto in altri casi di vittime ritrovate quasi scheletriche. Pensa che abbia cercato di giocare con lei il più a lungo possibile?»

«È un individuo dal cervello unico. Completamente svitato, ma unico. E anche Anna è unica, a modo suo. Intellettualmente. Fisicamente. Forse lui avrà patito una vita di rifiuti e avrà trovato in lei qualcosa che non gli è estraneo, che lo rassicura. In grado di capire la sua differenza e abbracciarla. Magari anche amarla.»

«Il referto non parla di lesioni vaginali o anali. A meno che abbia preferito acconsentire. Oppure resta un'ultima opzione.»

«E in questo modo il cerchio si chiude, rispondendo alla sua prima domanda» disse Melchior. «Tutto sommato, lei mi chiede se Anna abbia potuto sviluppare un sentimento d'amore per il suo carceriere, ciò che chiamava impropriamente sindrome di Stoccolma. Glielo ripeto, ne dubito. Le fratture, il suo senso di colpa, l'istinto di gettarsi tra le braccia di un poliziotto. Deve mostrarsi più aperto, Coste. Non la giudichi. E deve imparare ad accettarla, a mettersi nei suoi panni, a immaginare il prezzo che ha pagato per restare in vita. Soltanto lasciandole il suo ruolo di vittima, Anna si deciderà a parlarci. È necessario creare un rapporto di fiducia perché lei ci aiuti a scovare quel bastardo e, se è possibile, le altre vittime. Se ha tenuto con sé Anna così a lungo, forse c'è un'altra ragazza viva da qualche parte. E se il nostro conto di dieci non è esatto, solo lei potrà dirlo.»

Melchior s'interruppe, cosciente della responsabilità che pesava su quel poliziotto che non aveva chiesto niente.

«Ogni tanto posso chiamarla?» domandò Coste.

«Ventiquattr'ore su ventiquattro, sette giorni su sette, capitano.»

8

Incapace di distinguere i giorni dalle notti dopo il suo salvataggio, Anna Bailly si era lasciata trasportare, in silenzio, da un esame medico all'altro, da un reparto di polizia all'altro, senza opporre resistenza, senza mai chiedere alcunché, dormendo quando le mostravano un letto, firmando quando le mettevano una penna in mano, mangiando quando le proponevano un pasto. Fuori dalla realtà, fuori dal suo corpo, non sembrava consapevole di esistere, e c'era da credere che, se avesse visto la propria mano prendere fuoco, avrebbe guardato le fiamme meravigliandosi di non sentir gridare la persona a cui apparteneva.

Senza perdere tempo, le avevano preso le misure, comprato indumenti, creato un rudimentale nécessaire, e il tutto era adesso in una borsa da viaggio posata su una poltrona di skai nella camera d'albergo sorvegliata da un poliziotto di guardia davanti alla sua porta, che suscitava la curiosità degli altri ospiti del piano.

Seduta sulla sponda del letto, con indosso ampi jeans e nascosta dentro una felpa con il cappuccio, Anna aveva gli occhi stanchi. Non era riuscita a dormire neanche quella notte. La comodità improvvisa può essere sconcertante.

Al mattino, il telefono aveva squillato per informarla che la sua scorta si sarebbe presentata alle quindici in punto.

I due poliziotti in borghese avevano bussato adagio alla porta e aspettato che lei aprisse, sebbene avessero una copia della chiave della camera. L'importante era farle sentire che nessuno avrebbe più violato la sua intimità. Anna veniva informata su tutto ciò che avrebbe fatto e Saint-Croix le aveva anche precisato il luogo della residenza sorvegliata, poiché da lì avrebbe potuto uscire liberamente e andare a lavorare, per garantire la sua copertura.

«Buongiorno, mi chiamo Tom» disse il primo agente, un uomo vigoroso con un fisico da vichingo.

«Alix» fece la poliziotta sorridendo.

«Anna Bailly» sussurrò lei, come se sapesse soltanto questo di sé.

«Se hai domande, chiedi pure senza esitare. Saremo la tua scorta fino alla prossima tappa. Là sarai al sicuro.»

Al sicuro. Anna sembrò dubitarne e guardò nel fondo degli occhi di Alix, come se essere un giorno al sicuro per lei non fosse possibile.

«Dov'è Saint-Pierre?» finì col chiedere.

«Sai dov'è la Groenlandia? È a migliaia di chilometri da qui» rispose Tom con un tono che voleva essere simpatico.

«È lontano.»

«Meglio così, no?»

«Sì, è meglio» riconobbe Anna, rassicurata.

* * *

Aeroporto di Roissy Charles-de-Gaulle
Area d'imbarco

Per una donna di ventiquattro anni rimasta in uno scantinato per tanto tempo, ritrovarsi immersa nelle luci scintillanti dei duty free e delle loro pubblicità adescatrici, avvolta nella melodia incessante degli annunci, con i passeggeri avviati di corsa all'aereo maltrattando le ruote dei trolley, poteva dare l'impressione di essere una pallina in un flipper gigantesco.

La scoperta del cadavere di Garance Perthuis era stata riportata in prima pagina sui giornali e, anche se era stato mantenuto il silenzio su Anna, chissà cosa poteva scoprire un buon giornalista. Perciò si era reso necessario modificare il suo aspetto. Con i capelli decolorati e ormai biondo veneziano, accorciati di una buona trentina di centimetri, e i grandi occhiali da sole, somigliava a una promessa della musica persa tra due concerti.

Si era fermata davanti a un enorme muro di profumi le cui fragranze accumulate e mescolate non avevano in fin dei conti niente di gradevole.

«C'è qualcosa che ti piace?» le chiese Alix.

«Tutto ha un buon odore, grazie» si accontentò di rispondere Anna.

La poliziotta la lasciò bighellonare tranquilla e raggiunse Tom, il collega che era alla sua prima missione e che, comodamente seduto nella sala d'attesa, scrutava la gente intorno.

«Non vorrei essere al posto di Coste» gli disse Alix sprofondando in una poltroncina. «Ogni volta che quella ragazza apre bocca, mi spezza il cuore.»

«D'altra parte, non si può dire che sia una gran chiacchierona, il che è un vantaggio.»

«Invece parla» lo corresse Alix, «quando lo decide e con chi decide lei. Come i gatti con le carezze.»

9

Con appena tre omicidi commessi nell'isola durante gli ultimi quarant'anni, Armand Bisset era il patito di criminologia più sfaccendato del suo tempo. Ufficialmente archivista di Saint-Pierre, aveva dovuto interessarsi a tutti i grandi casi giudiziari della madrepatria per appagare la sua passione per la storia criminale.

Così, sei anni prima, quando era venuto a conoscenza dell'identità del nuovo capo della polizia di frontiera, una violenta esaltazione si era impadronita di lui. Coste! Victor Coste! Capitano della polizia giudiziaria del dipartimento 93. Il 93 e il suo record di omicidi annuali facevano di lui il poliziotto con duecentosettantacinque inchieste per omicidio sulle spalle. Contro le tre del vecchio Armand.

Sin da quando l'agente metropolitano aveva assunto le sue funzioni, una domanda aveva assillato l'apprendista criminologo: «Perché?». Perché mai un poliziotto di quella tempra era venuto a Saint-Pierre, dove la materia prima del suo lavoro era rara? Talmente rara che il carcere dell'isola aveva cinque celle, quasi sempre vuote, e i soli prigionieri erano i sorveglianti costretti a viverci. Allora che c'era sotto? Un trasferimento forzato? Il desiderio di una vita più tranquilla? Altro? In quell'ultima ipotesi ricadevano tante possibilità da fargli venire un capogiro, e aveva trovato un solo rimedio: non dare tregua. La sua posizione insperata di «vicino» aveva facilitato le cose.

All'inizio, timidamente, aveva posato sulla soglia della porta la sua copia di *Crimini e delitti a Saint-Pierre-et-Miquelon*, la cui lista, completa fino al XIX secolo, si fermava al 31 dicembre 1888 con il caso Néel, l'infame omicidio di un pescatore pugnalato a morte così tante volte da essere quasi smembrato e con il torso tagliato in due. Seguiva l'arresto dell'assassino, la pena capitale, la ghigliottina non abbastanza affilata che cadeva sulla testa senza riuscire a staccarla, con il boia che doveva concludere il lavoro servendosi di un coltello per il pesce. Con un epilogo così estremo e sensazionale, Armand non poteva che essere in crisi di astinenza, e la cosa durava da troppo tempo. Ecco perché si era permesso di superare il chilometro che lo separava dal vicino poliziotto per andare a bussare alla porta della residenza, non sapendo che fosse sorvegliata. Coste, a più riprese, lo aveva scorto sullo schermo della telecamera di videosorveglianza senza però reagire.

Al quindicesimo tentativo, il poliziotto si era deciso a uscire e a dirgli un «no» che credeva definitivo.

«Un vecchio come me... Sono inoffensivo. Lei non ha cuore, Coste.»

«E lei non ha buone maniere, Bisset.»

Una sera, quattro anni prima, una ragazzina tredicenne, vestita di nero fino ai capelli, con le cuffie per la musica attorno al collo, aveva bussato e si era seduta sui tre gradini davanti alla porta facendo capire che avrebbe aspettato tutto il tempo necessario. Coste l'aveva osservata sullo schermo, quindi era andato a preparare un caffè, aveva inviato alcune mail e constatato che la ragazza era sempre lì, un'ora e venti minuti dopo. Allora era uscito con la faccia dei giorni storti, perché era la sola che aveva, ma ciò non l'aveva frenata.

«Lo sa che morirà presto?» aveva detto a proposito del nonno, come parlando di un banale appuntamento.

Ovviamente, sin dai primi tentativi del vecchio, il capitano Coste si era informato sul conto di quel vicino caparbio. Era malato, tutta l'isola lo sapeva e lo considerava condannato, in attesa della sentenza. Sulle mani, sul collo, sulle braccia danzavano fiori funebri di tutte le sfumature di viola. Si trascinava dietro un carrellino che reggeva una bombola di ossigeno per fronteggiare un'asma grave, la sua malattia meno importante. Coste aveva soppesato i pro e i contro, e sebbene questi ultimi prevalessero di gran lunga, non ce l'aveva fatta a privare Bisset di ciò che desiderava. Del resto, non aveva mai capito perché negli ospizi venissero proibiti l'alcol, le sigarette o il cioccolato, se non per far pagare ai vecchi la retta per alcuni mesi noiosi di vita supplementare. E perché non finirli invece con i funghi allucinogeni e con la marijuana? Era di sicuro più piacevole di un televisore fissato alla parete della camera che ti guardava morire una trasmissione dopo l'altra.

E così, una sera complicata in cui la tanto amata solitudine non era più di compagnia, si era presentato da Bisset con una bottiglia in mano, accettando di offrirgli la sua droga preferita.

Il caso di Camille Soultier, quello di Vesperini, quello della famiglia Mosconi, e altri, anche se erano stati meno al centro della cronaca. Armand Bisset li conosceva uno per uno, ma poiché stavolta gli venivano raccontati dall'interno, ascoltava in un silenzio religioso, con gli occhi spalancati, immaginando ogni scena del crimine, divertendosi con le false piste e gli errori, come in tutti i romanzi polizieschi. Quell'esercizio di memoria permetteva al poliziotto di sprofondare nei ricordi, tornando alla squadra che era stata per molto tempo il suo unico punto di riferimento, e il risultato era immancabilmente una nostalgia venata di un gradevole dolore.

Gli appuntamenti si erano ripetuti, talvolta alla presenza di Esther, la nipote di Bisset, decisamente goth, che Coste aveva finito col soprannominare «Mercoledì», l'adolescente della *Famiglia Addams*, amara e tenebrosa.

Arrivò una sera d'inverno in cui Bisset si era autoinvitato di nuovo, subito dopo una ricaduta che lo aveva spedito per qualche giorno al pronto soccorso da dove nessuno pensava che sarebbe uscito. Quella sera, per compassione o per amicizia, Coste si decise a regalargli uno sballo un po' più forte, rischiando di fargli sfiorare l'overdose.

«Sai mantenere un segreto, Armand?»

«Fino alla tomba, Victor, e non corri il rischio di aspettare molto.»

Il poliziotto aveva raccontato. Tutto.

Quando il vecchio capì che il vicino, oltre alla sua esperienza criminale, era un «pesatore di anime» e che la casa dove risiedeva era top secret, il rifugio per pentiti sul punto di pentirsi – il che spiegava le lunghe settimane durante le quali il capitano era inavvicinabile –, la maschera dell'ossigeno si incollò alla bocca per lunghe inspirazioni, talmente la felicità gli aveva mozzato il fiato. Non era più nei suoi libri, non era più nelle storie raccontate, ma nel presente, proprio nel luogo e nel momento in cui accadevano le cose e, se avesse dovuto scegliere un istante preciso per morire, avrebbe scelto quello.

«Lo sapevo, Victor. Lo sapevo che c'era qualcosa di più» disse Bisset trionfante.

Tuttavia, quattro anni dopo, l'unico amico di Coste continuava a tenere duro, smentendo le deboli probabilità, e i pronostici ospedalieri. Oggi, contrariato dalla nuova missione, il poliziotto era venuto a farsi offrire un bicchiere, anche se era lui a portare la bottiglia. Apprezzava gli alcolici tradizionali di Bisset, dal porto al moscato, ma quella sera aveva voglia del suo veleno preferito.

Incrociò la ragazza travestita da corvo in fondo al giardino incolto di Bisset, seduta sul più sporgente di una serie di scogli, due dei quali erano ancora ricoperti da un sottile strato di neve. Se ne stava di fronte all'oceano – a Saint-Pierre quasi tutto fronteggiava l'Atlantico –, dentro a un pesante maglione nero, assorta nella sua musica, con un quaderno da disegno in mano.

«Ciao, Mercoledì.»

«Ciao, Coste.»

«Sempre senza amici?»

«Sempre senza vita?»

Era sufficiente. Bastava quello a dimostrare simpatia reciproca.

Mercoledì non sosteneva mai uno sguardo, vi passava sotto, oppure guardava di lato, come per sorvegliare. Però sorrise, lievemente, e il poliziotto apprezzò quell'attenzione che non concedeva a nessuno.

Nella cucina che conosceva a memoria, svitò il tappo della bottiglia e prese due bicchieri.

«Come ti piace la vodka?»

«In tutti i modi, ti avrebbe risposto Philip Marlowe, pur preferendo un cognac.»

Coste lasciò passare l'ennesima citazione di cui cominciava a gradire la regolarità e su un fondo di cubetti di ghiaccio riempì i bicchieri fino all'orlo, per poi posarli sul tavolino del salotto.

«Non sei preoccupato?» chiese il capitano.

«Per Mercoledì?» rispose Bisset, che aveva adottato anche lui il soprannome trovato da Coste. «Non ne ho motivo. So quello che le passa per testa e non è così cupo come lei vorrebbe far credere. Il senso di reclusione, su questo sasso, può buttare giù di morale. Sta per finire il liceo, presto se ne andrà in Canada o in Francia, come tutti i ragazzi di Saint-Pierre. È il dramma dell'isola, la fuga dei giovani. Mercoledì è diversa, pensa e ama in modo diverso, perciò è una ragazza eccezionale. È anche il motivo per il quale i genitori non la capiscono e lei si rifugia da me. Oggi sono la persona più importante della sua vita, ma quando avrà visto ciò che può offrire il mondo, so che non tornerà più indietro, e ce l'avrei con lei se facesse il contrario.»

Coste vuotò il bicchiere in un sorso e lo avvicinò alla bottiglia per riempirlo di nuovo.

«Dimmi invece se devo preoccuparmi per te, Victor. Sei arrivato con una brutta faccia. Ho una vaga idea del pantano puzzolente dei tuoi ricordi, però non mi sembra la causa.»

«La mia capa pensa che parlarti sia un errore.»

«Che hai commesso da troppo tempo per porvi rimedio. Ti confidi solo con me, allora non rischi niente. È un nuovo pentito? Racconta.»

«No, una vittima. Il caso dei dieci rapimenti di cui hanno parlato i giornali, due settimane fa.»

«Nove, Victor. Studia bene il tuo caso. Nove rapimenti e finora nessuna sopravvissuta.»

Il poliziotto si bruciò la gola e posò il bicchiere, lasciando alle deduzioni del vecchio criminologo il tempo di fare il proprio cammino nel cervello. Infine Bisset ebbe un leggero sussulto, quello dell'investigatore che capisce il rompicapo che ha davanti.

«Erano dieci! La stampa parla di nove perché ne conosce solo nove. La decima vittima è viva e verrà nella residenza. È lei che devi far parlare, vero?»

«Non mi deludi mai.»

Bisset sprofondò nella poltrona e respirò una lunga boccata d'aria fresca arricchita di ossigeno.

«E così» si divertì «avremo in casa ognuno il suo uccellino ferito. Mercoledì per me e...»

«Anna. Anna Bailly.»

«Mi mostrerai il fascicolo?»

«No.»

«Te lo richiederò più tardi» temporeggiò Bisset, convinto che l'altro avrebbe cambiato idea.

Coste si servì un terzo bicchiere, mentre il vecchio la piantò lì con la vodka, ma non con le domande.

«Se fa parte delle ragazze rapite e sequestrate, non la rinchiuderai nella tua casa bunker come fai con i pentiti, no?»

«Questo è il punto debole, infatti. La mia capa le sta costruendo una nuova identità, una storia che possa spiegare perché passo il tempo con una ragazza di ventiquattro anni. E io devo trovarle un'attività che la faccia uscire dalla *casa sicura*.»

«E l'hai trovata?»

«Ho un'idea. Ma forse un po' la sopravvaluto. O sarà che non sono tagliato per questa missione e in fondo sopravvaluto me stesso.»

«La tua capa è come Chandler: manda il detective a rompersi le corna e lui ci va nonostante tutto, perché è un idealista e crede ancora in quello che fa, anche se sa che la pagherà cara.»

«Grazie, conosco le mie debolezze. E tu leggi troppo.»

«Sei tu che non vieni a trovarmi abbastanza spesso.»

* * *

Victor decise di rincasare a piedi per smaltire l'alcol e Mercoledì gli propose di accompagnarlo per il chilometro che c'era da percorrere. Gli piaceva la compagnia della ragazza che mai, in tutti quegli anni di conoscenza, gli aveva posto domande personali, probabilmente felice che lui facesse altrettanto. E non parlando di loro, tutto diventava interessante.

«Sta per arrivare un uragano.»

«Hai proprio indovinato» rispose Coste.

«Non parlo della ragazza che verrà da te, parlo di un vero uragano.»

«Ora ti metti a origliare?»

«Smettila, so che lo sai.»

«Tra tuo nonno che non vede nessuno e tu che non parli a nessuno, le mie scelte sono azzeccate, no? E l'uragano ha un nome?»

«Larry. È il solo modo per ripulire Saint-Pierre da cima a fondo.»

«Non cercare di farmi credere che non ami la tua isola.»

«Tanto tra un anno sarò partita. E anche tu partirai, quando ti sarai rimesso in sesto.»

«Mi ci vorrà forse un po' più di tempo.»

«Preferisco così. Mi avrebbe rattristato vederti scappare e ritrovarmi da sola qui.»

Poi girò sui tacchi dopo un grazioso saluto con la mano, senza lasciare il tempo a Coste di dirle che anche lui le voleva bene.

* * *

Di nuovo nella residenza sorvegliata, girò attorno alle fotocopie del diario di Anna Bailly posate sulla scrivania come se temesse di aprire una busta il cui contenuto doloroso conosceva in anticipo. Poiché un'ultima vodka non era una buona idea, scelse un foglio a caso e si sedette in poltrona.

Quella scrittura concisa, pervasa di paura proprio là dove i caratteri si facevano aguzzi...

«È venuto a prendermi a scuola. Rimane un po' in disparte, come se gli altri potessero sapere. Sapere quello che mi fa. Mi ha visto con Matéo. Quando mi parla, Matéo mi tiene le mani. Non mi ha mai fatto niente di più. Lui dice che sono carina, ma io so che cosa sono. I miei occhi troppo grandi, troppo distanti, la mia pelle trasparente, mi sembra di essere stata disegnata male.

«In macchina, a un semaforo, mi ha dato uno schiaffo, poi si è subito scusato. Ha detto che non era arrabbiato, ma soltanto geloso, e se volevo frequentare un ragazzo, allora dovevo andarmene di casa. Mi ha detto che stasera sarebbe venuto e non so come io abbia il coraggio di aspettare senza fare nulla. Ne ho parlato a mamma, ma lei si rifiuta di vedere, come se avesse i paraocchi. Si è innervosita, mi ha detto che ognuno ha quello che cerca. Se potessi morire battendo tre volte i tacchi, lo farei.»

Non riuscì ad andare oltre. Notò che i pugni gli si erano un po' stretti intorno alla fotocopia, che si affrettò a posare sulle altre, consapevole che ormai fare dietrofront non era più possibile.

10

Le quattro ore di fuso cambiavano le atmosfere. Il tramonto per Coste, la notte fonda per Saint-Croix.

«Ho appena finito di parlare con Melchior» lo informò la magistrata. «L'idea non è male, secondo lui. Un lavoro in un rifugio di animali abbandonati. Sia che Anna Bailly ci si butti a capofitto, sia che reagisca tirandosi subito indietro. Lo saprà presto. Come le è venuto in mente?»

Due estati prima, a causa di una tempesta imprevedibile, lo *Skoiern*, il veliero francese di una coppia partita dalla Bretagna, era andato alla deriva fino a Saint-Pierre in seguito a un danno allo scafo. In quel periodo di pandemia e di quarantene, all'imbarcazione era stato vietato di attraccare all'isola e il marinaio e la moglie dovettero rimanere in espadrilles sul ponte. Essendo gli umani in stato di osservazione, era stato necessario occuparsi anche del resto della tribù, cioè un cane e un gatto. Per quel motivo, Coste era venuto a conoscenza della SPM3A e ora raccontava quella storia rispondendo alla domanda della magistrata.

Il gatto poteva rimanere a bordo, non aveva bisogno di nessuno, come tutti i gatti, è il loro marchio di fabbrica. Ma il cane doveva sfogarsi. Né Coste né i suoi uomini erano intenzionati a fare i dog-sitter nelle settimane successive, quindi il cane era stato affidato al rifugio per animali abbandonati, circondato da grandi campi che, sorpresa, si affacciavano sull'oceano. In quell'occasione, Coste aveva conosciuto le due donne che tenevano il forte: Pauline, un'abitante dell'isola, e Camille, la vice arrivata dalla Francia.

«E cercano personale?» chiese Saint-Croix.

«La quantità d'imbecilli a Saint-Pierre è proporzionale a quella del resto del territorio francese, il rifugio straripa di animali abbandonati e maltrattati. Ho controllato, mancano due persone. Non dovrebbe essere un problema.»

«Perfetto. Avvierò una domanda d'impiego da Parigi. Niente sembrerà più normale.»

«Bene. Ho fatto il mio lavoro. E lei?»

Coste lo sospettava, il silenzio che seguì la sua domanda era dovuto alla tegola che stava per cadergli sulla testa. E quel silenzio durava. S'interruppe con una certa esitazione, cosa insolita nella presidentessa.

«Le abbiamo già fatto i documenti temporanei a nome di Anna Loriot.»

«Okay, e poi?»

«La sua identità. Per riassumere, Anna Loriot ha bisogno di allontanarsi dalle cattive compagnie che frequenta a Parigi. I colleghi della banca dati dei precedenti penali hanno redatto un piccolo fascicolo con qualche infrazione per uso di stupefacenti e un paio di atti di vandalismo, tanto per rimpolpare la storia. È la figlia di sua sorella, che gliela manda il tempo di farle ritrovare la retta via. Per farla breve, è sua nipote e ha bisogno dello zio poliziotto.»

Dall'altra parte del telefono, Saint-Croix strizzò gli occhi come quando si aspetta lo scoppio di un pallone gonfiato troppo.

«Coste? È ancora lì?»

«Sono figlio unico.»

«Non si può verificare, a meno di avere contatti all'anagrafe. E suppongo che, se con gli isolani lei è così ameno come con la mia squadra e i suoi colleghi, non si sarà dilungato sui suoi genitori o sull'infanzia del piccolo Victor. Stia a sentire, abbiamo esaminato il problema da tutti i punti di vista, il vincolo familiare è l'unico modo per giustificare la presenza di Anna e il tempo che passerete insieme.»

Anche Coste trasse le debite conseguenze e giunse al medesimo risultato. Se la prese con se stesso per non averci pensato prima.

«La storia della nipote, perlomeno, potremo tirarla in ballo una volta sola. Mi sta bene, non intendo avere altri ospiti del genere.»

«Le vittime?»

«Sì, le vittime. Preferisco i pentiti. Faccio uno strappo perché me lo chiede lei.»

«Se vuole persuadersi che sia così, perché no? Ma so che ha passato la notte a leggere gli incartamenti e so che ha un amo fissato alla coscienza. Quella ragazza è già sotto la sua ala e lei non può farci niente. Spiacente di conoscere bene le sue debolezze e di sfruttarle.»

«Non è la sola.»

11

L'aereo decollò da Roissy, poi attraversò la Francia verso ovest passando necessariamente su un buon numero di dichiarazioni d'amore, crisi di coppia, crisi di nervi, porte sbattute, telefonate impacciate, scoppi di allegria, genitori sopraffatti, bambini poco disposti ad andare a letto, tutto un mondo che proseguiva per la sua strada piena di milioni di cose insignificanti e di alcune sublimi o drammatiche che riempivano le vite, senza badare al Boeing 777 che lo sorvolava. Un mondo che proseguiva come aveva fatto negli ultimi dieci anni durante i quali Anna non c'era.

Lei se lo era chiesto spesso. La gente pensa ancora a me? E i miei genitori continuano a cercarmi?

Con il viso incollato all'oblò, aveva approfittato di quel mare di nuvole che nascondeva le onde dell'Atlantico mentre l'aereo scendeva di quota per preparare l'atterraggio a Montréal.

Il volo non era al completo e aveva un posto vuoto al suo fianco. Con uno sguardo, aveva chiesto ad Alix di raggiungerla.

«L'uomo da cui vado...»

«Coste?»

«Sì. Me ne parli?»

«Non è facile. Le vostre storie sono diverse, ma anche lui

ha dovuto ricostruire la sua vita. La sola cosa che posso dirti è che con lui sarai assolutamente al sicuro. E poi non resterete sempre a tu per tu. Saint-Croix ti ha parlato della tua copertura?»

«Il rifugio per animali? Un po'.»

Alix l'aveva rassicurata, poi aveva cercato argomenti più leggeri, e per due volte Anna aveva addirittura sorriso. Quindi la poliziotta aveva intuito di doverla lasciare di nuovo sola ed era tornata al suo posto.

Eccetto quella conversazione, Anna aveva trascorso il tempo con gli occhi puntati sullo schermo fissato allo schienale del sedile anteriore, osservando il tragitto del volo visualizzato sul planisfero e Saint-Pierre, quel pezzetto di terra che si avvicinava e su cui avrebbe trascorso un periodo indeterminato, a soli venticinque chilometri dall'immensità vergine di Terranova.

Il trasbordo in Canada durò meno di un'ora e salirono sull'unico aereo che faceva il collegamento, un bielica ATR 42 con una quarantina di posti a bordo. Dopo tre ore di volo senza turbolenze, i motori rallentarono, iniziò la discesa sull'isola e l'aereo attraversò di nuovo un mare di nuvole per poi penetrare in un muro di nebbia. Soltanto la scossa dell'atterraggio informò i passeggeri che non erano più in aria, perché, se l'isola di Saint-Pierre non faceva parte di Terranova, era tuttavia a pochi chilometri di distanza e ne condivideva la fama di luogo più nebbioso del pianeta.

Scendendo dall'aereo, Tom, il numero due della scorta, non distinse nemmeno la fine della scaletta che li conduceva sulla pista di atterraggio, come se vi avessero gettato un fumogeno. Era la sua prima missione e stava per vedere la sua prima residenza top secret e il suo primo «pesatore di anime».

«Porca vacca! Ma qui c'è un poliziotto in pianta stabile?» si stupì di fronte all'ambiente inospitale.

«Da sei anni, sì» rispose Alix.

«O è uno che è stato punito, o è uno che si punisce» concluse Tom. «Comunque, non vedo l'ora di incontrarlo e di dare un'occhiata alla *safe house*.»

«Non ti eccitare. Non è tipo da averci preparato una festicciola e, per la residenza, non aspettarti una visita guidata. Alla peggio, conosco un bar che ci permetterà di pazientare fino al volo di ritorno, Le Rustique, accogliente come dice il nome. C'è anche Chez Txetxo, un locale di pescatori gestito da un basco, ma in genere da lì si esce sulle ginocchia, e credo che tu non sia pronto per i marinai di Saint-Pierre.»

Passata la dogana e recuperate le valigie, s'infilarono in un taxi che s'inoltrò nella nebbia a tutta velocità, come se l'autista avesse occhiali per la visione notturna. Il centro città occupava un ventesimo dell'isola, e poiché soltanto in quella zona c'era l'illuminazione pubblica, non appena calava la notte Saint-Pierre era immersa nel buio per il novantacinque per cento della sua superficie.

Superate le luci dell'aeroporto, il taxi entrò in un tunnel bianco lattiginoso per lasciarlo dopo aver percorso quattro chilometri. Mentre uscivano dall'auto davanti alla residenza illuminata dall'interno, una ventata possente disperse la foschia come quando un velo bianco è sollevato da un'opera d'arte. Le nebbie si posavano, poi se ne andavano, senza che nessuno potesse prevederlo. C'era un solo periodo, tra la primavera e l'estate, durante il quale, più forti e più fitte, imprigionavano l'isola per tre settimane intere. Era il momento delle nebbie dei capelani. Ma prima del loro arrivo, Anna si sarebbe potuta godere parecchi giorni di tempo clemente, con un sole radioso che avrebbe trasformato l'isola in un paradiso terrestre.

Alix fece un saluto alla telecamera sull'orlo del tetto e le serrature della porta si aprirono una dopo l'altra. Entrarono direttamente nel salotto e, come Coste aveva previsto, una lieve indecisione imbarazzata invase la stanza. Non conosceva Tom, scopriva Anna.

«Ciao, vecchio mio» gli sorrise Alix stampandogli due baci sulle guance.

«Ciao, Alix. Sono contento di vederti.»

«Ti presento Tom, il nuovo.»

«Salve, Tom. E lei dev'essere Anna.»

La giovane donna strinse la maniglia della valigia e annuì. Alix, che conosceva il posto, la invitò a seguirla e la guidò fino alla camera dei pentiti.

«Le ho preparato quella in fondo, Alix.»

«La tua?»

«È grande il doppio, ha più finestre, e mi sono detto...»

Anna si girò e per la prima volta scrutò Coste.

* * *

Il capitano riempì di nuovo i bicchieri poiché, contrariamente al solito e con grande sorpresa di Alix, non li aveva buttati fuori alla prima occasione.

«Bene, ha mangiato due pasti sull'aereo e da ventiquattr'ore non chiude occhio, stasera non dovrebbe prenderti molto tempo.»

«Ti confesso che vedrò giorno per giorno.»

«Non aspettarti una complicità immediata, eh? Non ha nemmeno reagito quando Saint-Croix le ha annunciato la morte della madre. Visto il contenuto del diario, non si sa se la notizia la renda felice o triste. Non esprime molto i suoi sentimenti, vedrai.»

«Peccato» ironizzò Coste.

«Ce l'hai ancora con Saint-Croix?»

«Non lo so più. Sono come un gatto sotto la pioggia.»

Tom si scusò tre volte per aver rovesciato la vodka sul pavimento di legno e Alix decise che era ora di ritornare in centro.

«Ho cambiato idea» disse al collega. «Credo che tu sia

pronto per i marinai di Chez Txetxo. Ci sono tipi in quel bar con l'accento spagnolo, basco, normanno, bretone, irlandese, e ubriachi che possono parlarti per un'ora in francese senza che tu ci capisca un'acca!»

«È pericoloso» lo avvisò Coste.

«La prima volta a Saint-Pierre è bene che se la ricordi.»

Alix strinse Victor tra le braccia, e il capitano accettò con piacere, concedendosi un poco di quel calore umano di cui si persuadeva di non avere bisogno. Tom farfugliò una frase gentile, mentre la collega andava a salutare quella ragazza che l'aveva colpita e le aveva fatto pensare alla madre che avrebbe potuto essere se la vita, il tempo, il lavoro, gli uomini... Una volta chiusa la porta, tornò il silenzio nella residenza sorvegliata.

Coste controllò gli allarmi esterni, le telecamere e staccò gli allarmi interni, nel caso in cui la ragazza andasse a spasso di notte o fosse sonnambula. Poi si aggirò per il salotto mormorando due o tre ipotesi nella sua testa prima di decidersi.

Anna era seduta sulla sponda del letto, con la porta della camera aperta, quando lui bussò sullo stipite. La sagoma del poliziotto ostruiva gran parte del vano, ma il suo atteggiamento era molto meno sicuro.

«Non le darò fastidio a lungo. Volevo solo dirle che sono qui accanto. A disposizione per la minima preoccupazione, la minima domanda. Non rimarrà rinchiusa in questa casa per sempre e presto, se ne avrà voglia, potrà incontrare un po' di gente, fare qualcosa.»

Anna non fiatò.

«Inoltre conosco un vicino, un vecchio che ha un appartamento accanto a casa sua. Una camera, una cucina, niente di eccezionale, ma almeno non sarà bloccata qui con me. Volevo che lo sapesse.»

La giovane scostò una ciocca dei lunghi capelli tinti di biondo.

«Se le parlo di lui.»

«Scusi?»

«Tutto questo se le parlo di lui.»

Un patto, pensò il capitano. O parli, o ti rimetto sull'aereo. Non sono qui per allacciarti le scarpe o per prepararti una cioccolata calda, ancora meno per farti visitare l'isola.

Con i pentiti, Coste sapeva come fare. Con lei, Victor era smarrito.

«Ho un po' sonno» disse la ragazza sommessamente.

12

Si era alzato presto, ma non presto quanto lei.

La trovò vestita con larghi pantaloni di lino bianco e una maglietta dello stesso colore, a piedi scalzi, un po' curva, come un arco a riposo, impalata davanti alla biblioteca, mentre faceva scorrere un dito lungo le coste dei libri che pesavano sulle assi irregolari di legno.

«Niente gialli?»

«No, se posso evitarlo. Caffè?»

Senza guardarlo, Anna sollevò la mano che teneva già una tazza.

In cucina, Coste notò che la ragazza aveva tirato fuori il recipiente dalla caffettiera e aveva fatto scorrere l'acqua sul caffè macinato, mettendo un filtro in un passino, probabilmente poco abituata ai diversi pulsanti della sua macchina, o di qualunque altra. Nonostante il metodo, il risultato era gradevole.

«Le piace leggere, credo.»

«Molto» rispose Anna.

«Allora prenda quello che vuole.»

Coste attraversò il salotto soffiando sulla tazza e si sedette a un'estremità del divano. Lei si staccò dai romanzi senza prenderne alcuno e andò a sedersi all'altra estremità, a un metro da lui.

«Non è contento che io sia qui, vero?»
«Perché lo dice?»
«Tutti si aspettano qualcosa da me. In gabbia o fuori dalla gabbia. Lei è il primo che mi dà l'impressione di aspettare che me ne vada.»
«Ha ragione. Non è il tipo di missione che mi capita di solito. Sono abituato a occuparmi di criminali pentiti a cui viene offerta una nuova identità purché vuotino il sacco sugli ex complici. Piccoli bastardi che denunciano bastardi più grossi e per i quali non ho nessuna simpatia. Ma alla fine ho accettato la missione. E dunque se lei è qui, è perché l'ho voluto.»
Posò il caffè sul tavolino e vide la carta d'identità e il passaporto nuovi fiammanti che Saint-Croix le aveva fornito.
«La sua nuova identità le sta bene?»
«Sì. No. Non è così nuova. Anna Loriot. Perché mantenere il mio nome di battesimo?»
«Normale procedura. Sono ventiquattro anni che lei risponde al nome di Anna. È diventato un riflesso di cui stenterà a liberarsi, e continuerà a voltarsi a quel nome. È un'abitudine radicata. Se dopo vent'anni cambia il posto di un interruttore, passerà i prossimi anni a premere là dove non c'è più. Per questo si cambiano i cognomi ma non i nomi.»
«Però non ho voluto molto bene alle persone che lo hanno pronunciato.»
Il padre, il rapitore, ovviamente. Coste si richiamò all'ordine.
«Parlerò a Saint-Croix. Farà un'eccezione per la sua identità definitiva, ne sono sicuro.»

Il primo raggio di sole attraversò il salotto per atterrare su di loro, su di lei. La pelle del viso di Anna diventò ancora più traslucida, gli immensi occhi color giada s'infiammarono e Coste distolse lo sguardo. Poi, con la luce radente, le scorse sugli avambracci le strie parallele delle scarificazioni, che partivano dai polsi per arrivare ai gomiti, regolari, quasi cancellate, come vecchie ferite di guerra. I tagli non erano recenti e il capitano si chiese se Anna se li fosse inflitti a causa del padre o dell'altro mostro.

Abituata, la giovane donna si lasciò osservare. Intanto scrutava la foresta di pini dai colori finalmente rivelati. I rami scossi dal vento, accompagnati dalla risacca delle onde, invisibili ai piedi della scogliera, come se fossero gli alberi stessi a suonare quella melodia, e le pareti del salotto si fecero più vicine.

«Mi ha detto che potrò uscire quando vorrò.»

«O meglio quando sarà pronta. Non si può rischiare subito d'incontrare qualcuno. La gente è incuriosita dai nuovi arrivati, fa tante domande per le quali lei non ha ancora risposte.»

Da brava alunna, Anna recitò la nuova identità, in cui, a parte il nome di battesimo, tutto era stato cambiato.

«Sono sua nipote, mi chiamo Anna Loriot, sono nata il 23 maggio 1997 a Parigi e abito nel ventesimo arrondissement, in rue Levert 1.»

«Non è abbastanza. Una nuova identità è fatta di migliaia di piccole trappole insospettate. Per esempio, qual è il suo segno zodiacale?»

Anna aprì la bocca e fu sul punto di sbagliare.

«Qual è il significato del suo cognome?»

La ragazza si rabbuiò e chinò la testa.

«Chiunque conosce il proprio segno. Lei è Gemelli. E se ha un significato, chiunque conosce quello del proprio cognome.»

«Loriot?»

«Una mania di Saint-Croix. C'è un senso in ogni sua scelta. L'oriolo è un uccellino nero e oro. Saint-Croix vuole dirle che lei è in transito qui e che un giorno spiccherà il volo. Ma non oggi. Bisognerà prima colmare gli ultimi dieci anni. Conoscere i suoi gruppi preferiti e ascoltarli. I film che le piacciono e vederli. I suoi piatti preferiti, mangiarli e saperli cucinare. Immaginare insieme la sua vecchia vita a Parigi. I motivi per i quali è qui. Gli errori commessi che l'hanno costretta a partire e a raggiungere la casa di suo zio in capo al mondo. Fatterelli su tutti gli argomenti quotidiani, scuola, università, famiglia, ragazzi. Insomma, dovrà saper rispondere a qualsiasi domanda di una banale conversazione. E ogni storia che inventeremo dovrà impararla a memoria, per sempre, e ripeterla uguale a chiunque.»

Insieme, avrebbero dipinto su un quadro già esistente, con più strati di colore per far dimenticare l'opera precedente.

«Ma è un'identità semplice» la rassicurò Coste. «Dovrebbe impararla in pochi giorni, e fra l'altro non abbiamo scelta: la settimana prossima comincia a lavorare.»

«Non ho mai avuto né cani né gatti» gli fece notare Anna.

«E perciò saranno loro a insegnarglielo. Questo non mi preoccupa.»

Coste si divertì anche a pensare che le singolarità del suo fisico e del suo viso, rendendola selvaggia ed enigmatica come lui aveva temuto, le avrebbero permesso di regnare con noncuranza su una muta di animali persi, abbandonati o feriti.

«E lei? Che dice la sua storia?»

«Sono ufficialmente capo della polizia di frontiera, un lavoro tranquillo che mi consente di chiedere giorni di ferie quando ricevo un pentito.»

«Non parlo della sua identità qui.»

«Non sono io l'argomento» tagliò corto Coste, un po' più bruscamente di quanto intendesse.

E in un secondo, come calpestando per disattenzione un ramo secco nella foresta, fece volare l'oriolo.

«Certo» disse Anna in tono dolce. «Melchior, Saint-Croix e adesso lei. Sono io l'argomento. Sono io che devo parlare. Solo io.»

«Anna...» tentò di scusarsi Coste.

«Lasci stare. Ha ragione. Meglio cominciare al più presto.»

Da quando era stata ritrovata, tre settimane prima, il predatore non aveva agito. Nella sua testa lei custodiva tutto ciò di cui avevano bisogno per far cadere quella del predatore, che lo sapeva e se ne stava quieto. Sì, Coste avrebbe dovuto farla parlare, ma ogni forma di forzatura sarebbe stata una violenza, e dunque un errore.

«Ora non siamo precipitosi. Lei è arrivata ieri. Non è costretta a...»

Anna si alzò e con un semplice sguardo innalzò un muro tra loro.

«Tutti voi pensate di essere i soli a volerlo trovare. Ma voi volete arrestarlo, io vorrei farlo crepare.»

Si diresse con passo deciso alla scrivania, su cui le pile di fascicoli da «Vittima 1» a «Vittima 10» occultavano in parte la vista offerta dalla finestra, si sedette sulla poltrona del poliziotto e posò i gomiti sui braccioli, immobile. Solo il suo respiro si fece sentire.

Fissati gli uni agli altri con un fermaglio, nascosti tra due pile, c'erano gli identikit dai quali spuntava il bordo di una fotografia. Anna allungò la mano, li avvicinò e li sfogliò, soffermandosi su ogni viso. Coste rimase sul divano a osservare i suoi gesti, cosciente del male che lei si stava facendo.

Garance, Salomé, Sacha, Claire, Maud, Samia, Cléo, Julie, Virginie.

Soltanto la sua fotografia era assente, poiché si pensava che fosse una ragazza scappata di casa, come se non avesse mai fatto parte di quella storia.

«Le conosco tutte» sussurrò infine. «Le ho rassicurate tutte. Ho tentato.»

Il foglio si mise a tremarle fra le dita.

«E le ho viste morire tutte.»

Coste si alzò per raggiungerla e fece in tempo a muovere un passo di lato quando lei si precipitò al bagno per vomitare.

* * *

Il capitano l'aveva lasciata piangere, andando su e giù per il salotto mentre si malediceva. Ecco il risultato di sei lunghi anni senza mai parlare di sé. Al vecchio Bisset aveva parlato d'indagini e di minacce ai pentiti, di navi e aerei, di risultati a Saint-Croix, però mai di sé. Niente avrebbe potuto essere fatto forzando la ragazza, ma niente si poteva fare a senso unico. Allora era andato a sedersi con le spalle contro la porta chiusa della camera di Anna e aveva cominciato da un punto qualunque, al centro o alla fine, avrebbe poi visto in quale direzione.

«Si diventa invincibili quando non conta più niente.»

Dall'altro lato, lei aveva tirato su le ginocchia contro il petto, si era asciugata gli occhi e il naso con l'orlo del lenzuolo e guardava la porta.

«Saint-Pierre è un'isola di naufragi. Non so perché. Seicentotrenta in due secoli. Sono venuto ad aggiungere il mio all'elenco.»

Coste sentì le lenzuola frusciare, passi leggeri nella camera.

«Ho perso un membro della mia squadra che dovevo proteggere. Non ho avuto il coraggio di andare al funerale. E non sono neanche riuscito ad amare la sola persona che per me contava.»

Sentì attraverso il legno della porta che lei posava le spalle contro le sue.

«Allora una mattina ho deciso di scomparire. Ho guardato qual era il posto più lontano per me e, poiché non ho mai avuto il passaporto, ho scoperto Saint-Pierre. Per quattro mesi all'anno c'è un volo diretto e si può arrivare qui con la semplice carta d'identità. Ho fatto le valigie e sono partito con la mia viltà e il mio senso di colpa. Ecco perché non ho voluto rispondere poco fa, perché anch'io sono venuto per dimenticare. Si naufraga, poi si rinasce. Ma si può colare a picco di nuovo al primo ricordo.»

Un respiro, un lieve fruscio contro la porta.
«Mi dispiace.»
«Con quello che ha vissuto, è ancora capace di essere dispiaciuta per qualcuno?»
Silenzio.
«Per dieci anni mi sono svegliata in una cella dicendomi: "Tentativo fallito. Sono ancora viva". Ora dev'essere lui a pagare. E so cosa devo fare. Sono pronta.»
«Non oggi.»
«No, non oggi. Ma presto. Glielo prometto.»
Dopo quelle confidenze, il sole fece sparire le ultime nevi sull'isola.
«Ieri mi ha parlato del suo vicino. Della casa che potrebbe prestarmi.»
«La porto da lui quando vuole. Là non dovrà mentire. Quell'uomo sa chi sono e cosa faccio.»
Si alzarono insieme e Anna aprì.
«Possiamo darci del tu?»
«Sì, certo.»
«So che ho preso la tua camera. So che preferisci stare da solo... Posso restare qui?»

SECONDA PARTE

Le giovani donne e i mostri

PROLOGO IN TRE NOMI

Thaïs

Mayotte
Tra il Madagascar e la costa del Mozambico
A dodicimila chilometri da Saint-Pierre

Thaïs Laguerra aveva appurato che sposarsi a diciotto anni equivaleva a lasciare una serata alle venti e trenta. Troppo presto. I primi anni erano stati ingannevoli e, ormai da qualche compleanno, il marito si limitava a ripetere la fine delle frasi della moglie aggiungendovi un punto interrogativo, e quella per lui era una conversazione.

Anche se «ti amo» non era una domanda e perciò non doveva aspettarsi una risposta, amare a senso unico la faceva soffrire. Fino al giorno in cui non amò più. Una sera, stanca, gli aveva annunciato che lo avrebbe lasciato, e lui glielo aveva semplicemente proibito.

Diventata gendarme nella sua isola, per gusto del servizio pubblico e anche perché sperava in possibili orari prolungati che l'avrebbero tenuta lontano da casa, la capitana Laguerra era giunta alla conclusione straziante che l'unica soluzione era lasciare Mayotte. Mayotte e la sua temperatura minima di venticinque gradi per tutto l'anno, il suo sole temibile, la sua barriera corallina fra le più belle al mondo e le sue piogge torrenziali che ricoprivano l'isola di vegetazione. Ci voleva un vero stronzo per costringerla a partire, e il suo era il campione della categoria. Inoltre, il marito le aveva promesso di non lasciarla mai in pace, perché lei gli apparteneva.

Così, in gran segreto, aveva fatto domanda di trasferimento, accettando qualunque destinazione, purché fosse domani, o casomai oggi.

Poi si rasserenò, fu più amichevole, meno litigiosa, anche meno triste. Accettò gli sgarbi, le parolacce, l'indifferenza. Il marito lo visse come un miglioramento nella loro relazione senza che lui avesse contribuito granché e, soddisfatto di quel fortunato cambiamento, pensando di aver infine domato le assurde aspirazioni alla felicità della moglie, smise di pensarci.

Ma a Mayotte si sa tutto, come si sa tutto in un'isola, e quando il marito sentì da un collega alticcio della domanda di trasferimento di Thaïs, ma soprattutto della risposta positiva che l'avrebbe portata a Saint-Pierre, all'altro capo del mondo, capì che lei non si era mai arresa. La moglie aveva soltanto pazientato, come una preda che si finge morta per scappare meglio, ed era pronta a dimenticarlo e a rinascere altrove.

Prima che lui tentasse qualcosa, Thaïs si presentò a casa con tre amici grossi come armadi per prendere vestiti ed effetti personali, fare le valigie, lasciando il resto dietro di sé, tra le invettive di un marito ringhioso che la insultava e umiliava, ferito nella sua virilità. Che ci andava a fare in un altro posto? Chi avrebbe voluto saperne di lei? Megera grassona. Carogna arrogante. Chi avrebbe trovato meglio di lui?

E, naturalmente, al marito non sembrò mai così bella come quella sera, quando furiosa sbatté la porta.

Lasciò l'oceano Indiano per l'oceano Atlantico, e all'atterraggio a Saint-Pierre c'era ad accoglierla sulla pista l'intera caserma della gendarmeria, a riprova del buon spirito militare. Thaïs Laguerra capì al volo di aver fatto la scelta giusta.

Arrivò in inverno, una stagione che conosceva diversamente nella Mayotte delle sue origini, con la neve che ricopriva ogni cosa smorzando i contorni della cittadina. Fuori, le case multicolori erano avvolte in un reticolo serrato di fiocchi, e le sembrò di essere di fronte a una pagina bianca, pronta ad accogliere nuovi capitoli che era impaziente di scrivere.

Organizzò il divorzio da un emisfero all'altro e, per fortuna, quello stupido del marito aveva già trovato un'altra donna che, senza nessuna gelosia, Thaïs compativa con sincerità. I documenti furono firmati e lei fu felice di non reclamare niente per sé.

Ma adesso che finalmente era libera, la malavita dell'isola non la teneva neanche lontanamente occupata, con suo grande rammarico, e da tre anni che era lì, la capitana Laguerra non aveva mai avuto un «grande» caso.

In quattro decenni c'erano state due sparizioni, entrambe irrisolte. E anche tre omicidi, uno familiare consegnato chiavi in mano, gli altri due di nuovo non risolti, il che faceva sfiorare alla gendarmeria di Saint-Pierre una percentuale di successo prossima allo zero. Così, poiché il tribunale come pure la prigione erano sottoutilizzati, il piccolo delinquente, anche lui abbastanza raro, aveva ciò che si meritava quando incorreva nelle sanzioni di legge. Nell'isola si sapeva chi aveva rotto una finestra prima ancora che il sasso la colpisse. Il codice penale era applicato alla lettera e venivano inflitte pene senza condizionale per uno spinello o per oltraggio a pubblico ufficiale.

Di solito l'attività giudiziaria andava al rallentatore. Ma da qualche mese aveva subito un'autentica battuta d'arresto, di fronte alla volontà del tenente colonnello della brigata di fare il meno possibile. La gendarmeria era in attesa di un nuovo capo, stavolta colonnello, un uomo dalla fama d'intrattabile, e il suo futuro subalterno si augurava ardentemente che arrivasse in un'isola calma con un clima criminale sereno.

Così, quando il centralino ricevette una serie di telefonate allarmate a proposito della corsa in motoscafo dei fratelli Grady, il tenente colonnello si tappò le orecchie con le mani cantando forte, simile a un bambino che si rifiuti di ascoltare.

Laguerra aveva proposto di andarci da sola, per nulla intimidita da due teppisti, fossero pure figli della famiglia più potente dell'isola.

«Lei è della squadra di ricerca» aveva obiettato il tenente colonnello.

«Sì, ma sono sei mesi che non cerco niente.»

«Non importa, questo è un compito di pattuglia.»

«Allora mi faccia pattugliare.»

Respinta la sua richiesta, la capitana Laguerra se ne andò ad avvelenarsi la dignità con grandi boccate di sigaretta, appoggiata ai cannoni storici dell'Ottocento che avevano sparato a zero al tempo della guerra di Crimea e oggi erano schierati all'ingresso del porto, sfaccendati, come lei.

Dieci minuti dopo vide l'auto della polizia uscire a sirene spiegate e dopo altri dieci minuti ritornare in silenzio e lentamente, quasi che le gomme si fossero sgonfiate. Ne uscì Soba, scorse Thaïs e le si avvicinò. Polizia e gendarmeria, affiancate e frustrate.

«Ciao, Laguerra.»

«Ciao, Kraken.»

«Perché non siete usciti?»

«Il tenente colonnello non vuole inimicarsi i Grady prima dell'arrivo del nuovo capo. Ma ho visto che voi siete andati.»

«Sì. Per farci fottere come verginelle.»

Lei non ribatté. Non era ancora del tutto abituata alla rozzezza di Soba, ma era il suo Kraken e del resto lui faceva degli sforzi. Fra un paio di anni, si sarebbe mostrato per il tipo simpatico che in effetti era. E poi, senza scusarsene, le piaceva che fosse un po' rozzo.

«A livello di capi non siamo stati fortunati, tu e io» buttò lì Soba.

«No, davvero no. Bisognerà chiedere alla dogana se gli tolgono le palle quando arrivano.»

L'uomo non ribatté. Perché gli piaceva ogni cosa di lei, anche la sua irruenza e la sua volgarità, che pungevano quando era necessario. Gli piaceva il suo carattere intransigente, il suo coraggio di piantare tutto in asso e il suo corpo, per il quale l'ex marito l'aveva spesso presa in giro. La pelle nera che le faceva venire colpi di sole anche con la nebbia, le cosce tonde e muscolose che si riunivano a metà percorso, le braccia grassocce, il culo indecente che massacrava il tessuto dell'uniforme blu e la piccola pancia accogliente come un cuscino che risvegliava in lui istinti cannibaleschi.

Una settimana dopo, mentre Thaïs Laguerra versava due bicchieri di vino, Soba apparecchiava per la cena, continuando a sparlare del suo capo poliziotto all'orecchio attento di Laguerra, che la pensava allo stesso modo sul suo, di capo gendarme. Eppure quella sera, anche se Thaïs confermava le lamentele, sembrava farlo da lontano, quasi assente.

«Coste riceve la figlia della sorella per farle da balia» le annunciò Soba mettendo in tavola le posate. «In realtà, è già qui da vari giorni. Lui si è preso giovedì e venerdì per stare con la nipote.»

«Che ha fatto di male, la poverina?»

«Non so quale sia la sua colpa. Ma la punizione è grave. Quando penso...»

«Sì, lo so, pensi al poliziotto che è stato» lo canzonò Laguerra.

«Mi ripeto così tanto?»

«Scusami. Ma lo trovo carino, io, un tizio che dà una mano alla sorella.»

«Tu trovi carino tutto, anche me» osservò il gigante tatuato.

Lei si servì un secondo bicchiere mentre Soba non l'aveva nemmeno vista finire il primo.

«Tutto a posto?» si preoccupò l'uomo.

«Non lo so. È venuta una ragazza stamattina in ufficio. Una storia di aggressione sessuale.»

«Vuoi parlarne?»

«Non c'è granché, ma non è un motivo per fare così poco. Ha accettato un passaggio da un ragazzo. Quello andava sparato e lei era spaventata. L'ha portata da tutt'altra parte rispetto a dov'era diretta, lei quasi se la faceva sotto. Si è fermato sulla scogliera di Cap-à-l'Aigle e le è saltato addosso. Le ha bloccato i polsi con una mano e con l'altra le ha stretto il viso per baciarla. La ragazza è riuscita a liberarsi, gli ha rifilato uno schiaffo e un pugno in pancia che lo ha piegato in due. Allora lui l'ha afferrata per i capelli e ha tentato di obbligarla a prenderglielo in bocca. Lei gli ha giurato che lo avrebbe morso e quello s'è incazzato e le ha sbattuto la testa contro il finestrino. L'ha scaraventata fuori dalla macchina e l'ha mollata lì, a chilometri da casa, in piena notte, sotto la pioggia, dicendole che se avesse parlato le avrebbe fatto di peggio, e si sarebbe portato dietro i suoi amici. Se lei non avesse avuto tutto quel coraggio, non voglio nemmeno pensare a che cosa le sarebbe successo.»

«Okay, però ti devi spiegare» insorse Soba. «Perché dici che non avete fatto abbastanza?»

«È la sua parola contro quella di un altro. E non ha nessun livido, nessun segno dell'aggressione.»

«Ma tu comandi la squadra, no? Sei tu a decidere come mandare avanti l'indagine.»

«No. Il tenente colonnello ha voluto occuparsi di lei. Ho sentito il tipo di domande che le ha fatto. Com'era vestita, se aveva mandato segnali equivoci, se era una ragazza che tendeva a drammatizzare un semplice abbordaggio maldestro...»

«Che razza di stronzata! Da quando in qua un colonnello scrive una denuncia?»

«Non l'ha scritta. Ha congedato la ragazza chiedendole di riflettere su quello che voleva fare e di prendere in considerazione i rischi che correva in caso di falsa testimonianza.»

«Ascoltare una vittima è una semplice opzione in gendarmeria?»

«Certo che no. Ma il ragazzo in macchina era Sean Grady.»

Clémence

Tante cose non succedevano nella vita di Clémence. Mai scendeva i gradini a due a due. Mai correva a perdifiato. Mai faceva la matta ballando e saltando sul divano su musiche che sarebbe stato riprovevole ascoltare. Infine, mai il computer lampeggiava per annunciarle che aveva una richiesta di amicizia su Handylove, il sito d'incontri specializzato.

Con la spinta del polso, fece ruotare la sedia e si avvicinò allo schermo preparandosi a essere delusa, per non esserlo di nuovo nell'attimo in cui avrebbe scoperto che si trattava dell'ennesima presa in giro.

Il tizio era un bell'uomo, ma l'apprensione di Clémence si tramutò presto in diffidenza quando capì che non era nemmeno invalido.

Andréas: «Buongiorno, Clémence. Possiamo parlare?».

Andréas, bel nome, si disse lei. Ma tutto ciò prometteva fatica e dolore. Una ragazza in sedia a rotelle per saziare una fantasia da paladino altruista, o soltanto per mettere in piedi qualcosa di stravagante da raccontare, tipo: «Come si scopa un'handicappata?».

Clémence: «Che ci fai su questo sito? Hai visto la mia

foto? Sotto il viso, scendi un po'... Ci sei? Hai visto le rotelle?».

Andréas: «Sì. La carrozzina occupa i due terzi della tua foto profilo, difficile non farci caso».

Clémence: «Proprio buffo».

Andréas: «Sei stata tu a cominciare».

Clémence: «Ah sì? Sei uno svitato a cui piacciono le donne tutte scassate? Che hai digitato? "Fannullone cerca casalinga bellona" e sei capitato su di me?».

Andréas: «Sei divertente. Per fortuna, bisogna dirlo. Immagina un po', handicappata e rompiscatole. Però lo confesso, non è il genere di sito dove navigo di solito. Guarda @Sara195. Dimmi quando hai fatto».

Pausa.

Clémence: «Okay. Fatto. E allora? È la tua ex?».

Andréas: «No, mia sorella. Oggi abbiamo cambiato il suo annuncio. Ci piace fare le cose insieme, tipo leggere i messaggi che riceve. Per evitare gli svitati a cui piacciono quelle scassate, come dici tu. E allora ho visto il tuo profilo. Sei troppo bella perché le rotelle siano un pensiero per me. Ho superato il test?».

Clémence: «Spiacente, non ancora. In gamba e per di più carino, mi capisci se ti dico che stento un po' a crederci?».

Lei era abituata ai falsi profili e alle foto ritoccate o semplicemente rubate su internet allo scopo di permettere a vecchi perversi di spacciarsi per principi azzurri, e aveva la tecnica per smascherare i simulatori.

Clémence: «Puoi inviarmi un'altra tua foto? Ma stavolta, fai la linguaccia e il segno di vittoria».

Si disse che, se aveva rubato una foto sul web, non avrebbe potuto fornirgliene una seconda in quella posa precisa. Andréas fu contento di aver usato una fotografia con il suo vero viso e, al punto in cui era, il vero nome di battesimo. Azionò la telecamera del computer e le inviò lo scatto, con la lingua in fuori e il segno di vittoria.

Andréas: «Va bene? Rinfoderi gli artigli?».
Clémence: «D'accordo, scusa».
Andréas: «Macché, non scusarti. Lo so. Brutte esperienze?».
Clémence: «Eh già... Più di quante ce ne vogliono. Cos'è il 195 in @Sara195?».
Andréas: «La velocità dell'auto di fronte. Mia sorella è tetraplegica. Ma è soprattutto tante altre cose. Non è questo a definirla. Tu che fai nella vita?».
Clémence si sistemò un po' meglio davanti al computer e tirò la tenda per impedire al sole di riflettersi sullo schermo. E se anche lei avesse diritto al suo colpo di fortuna?
Clémence: «Infografista. Creo siti per grosse ditte. E tu?».
Andréas: «Steward. Quello in aereo che t'indica da che parte fuggire se scoppia un incendio. E ti assicuro, non serve a niente, è meglio rimanere seduti e guardarsi la fine del film. Non è il lavoro migliore che c'è, ma dormo in alberghi incantevoli e mi godo i tramonti di tutti i posti del mondo. T'invierò le foto, se vuoi».
Clémence: «Addirittura? Io non cammino e tu voli! La cosa non è un po' ingiusta?».
Andréas: «Mi dispiace, non avevo previsto che mi rispondessi, né che ci mettessimo a parlare con tanta facilità. Ora devo andare, un impegno di lavoro. Ci sentiamo presto?».
Clémence: «Come vuoi».
Come vuoi, per non dire «Quando? Ma quando? Già? Aspetta.»
Andréas la lasciò all'inizio di quella bella giornata in cui lei non aveva previsto nessuna stretta al cuore. La spia verde accanto al nome del suo interlocutore diventò rossa, segno che si era scollegato.
Lui le aveva aperto una porta e lei vi si era precipitata. Le aveva offerto una possibilità e lei ci aveva creduto. Quel poco che le aveva dato non aveva saziato la sua fame, ora doveva lasciarla sperare.

Esther

Esther non desiderava altro che andare a vedere il resto del pianeta. Eppure sapeva che, qualunque cosa avesse trovato altrove, una parte della sua anima e del suo cuore sarebbe rimasta nell'isola dov'era cresciuta. Amava Saint-Pierre sotto la neve, inondata dal sole o quando un uragano le dichiarava guerra.

Quello si chiamava Larry, terzo uragano importante dell'anno, nato da un'ondata tropicale uscita dalla costa africana e poi trasformata in depressione a sud delle isole di Capo Verde. Quella sera lei aveva appuntamento con Larry.

Il giorno si spegneva alle venti e, protetta dall'impermeabile, alle diciannove spaccate, Esther si era seduta sulla riva di fronte alla Pointe du Diamant, estremità meridionale di Saint-Pierre, pronta allo spettacolo. Tirò su fino al collo la lampo della cerata e si puntellò per bene.

Come preludio ci fu anzitutto il vento, che piegò le lunghe erbe delle torbiere e corrugò l'oceano, quasi fremesse in anticipo all'idea di scatenarsi di lì a poco, facendo svolazzare e ingarbugliare i capelli della ragazza la cui eccitazione cresceva. Per chi sapeva ascoltare, erano le prime note del respiro del vento che consigliavano di mettersi al sicuro. Dopo quell'avvertimento, in fondo al cielo comparvero immense nuvole nere e minacciose, spinte dal soffio della tempesta che le portava alla ribalta generando un milione di piccoli rotoli bianchi, che percorrevano la superficie dell'acqua come un esercito di schiuma intento a serrare le file. Poi, con una lentezza preoccupante, si formarono masse scure, possenti, informi, come se dagli abissi stesse per affiorare una nuova isola. Quelle masse si alzarono assottigliandosi, diventarono onde prodigiose e smisurate. Crescendo, le loro sommità si adornarono di creste che si allungavano e sbarravano l'oceano, parallele all'orizzonte, che scompariva sotto il tempo tormentato. Sempre più alte, le onde sembravano volersi staccare dall'Atlantico per raggiungere il cielo e, al loro culmine, correndo verso la terra, andavano a esplodere con furia in un tumulto bianco contro gli scogli che cingevano la spiaggia, dando all'oceano l'impressione di arrivare al suo punto di ebollizione. Ed era la terra intera a tremare per le vibrazioni che, alla fine, percorrevano il corpo di Esther, vulnerabile ed esposta, circondata da una nube di spruzzi d'acqua che le coprivano il viso con un sottile strato di sale e le paralizzavano i lineamenti. La sua pelle si stirò e pizzicò, quando sorrise appagata dalla collera della natura.

I sensori misurarono onde di diciassette metri e l'uragano, così possente, sollevò e gettò scogli di centinaia di chili a decine di metri di distanza, fin sulla strada vicina; smembrò relitti di navi arrugginite, arenate e tuttavia stabili da decenni, che sparse in frammenti di parecchie tonnellate, lontano dal luogo del naufragio. Ma Esther, figlia dell'isola e dell'oceano, si persuase che né l'una né l'altro avrebbero permesso che le accadesse una disgrazia.

Lasciò che alle sue spalle i cavalloni s'infrangessero in un'orchestra nera e blu e abbandonò il suo posto di osservazione. Accecata dalla notte, raggiunse la strada sotto una pioggia che s'infittiva a ogni passo. Non sentì la macchina che rallentava al suo fianco e di cui all'inizio vide solo la luce dei fari che illuminavano la carreggiata. Il fuoristrada nero e così grande da risultare aggressivo adattò la velocità all'andatura della ragazza, poi si abbassò un finestrino.

«No, grazie» rispose Esther alla proposta.

«È ridicolo. Hai visto cosa sta venendo giù? E poi mi conosci, no?»

Esther giudicò che alla fine dei tre chilometri che la separavano da casa sarebbe stata fradicia nonostante l'impermeabile, intirizzita dal freddo e per di più con un raffreddore. Ed era vero, lo conosceva. Tutti lo conoscevano.

«Su, dai. Sali.»

La macchina si fermò, la portiera si aprì illuminando l'abitacolo e lei salì, costringendosi ad abbozzare un sorriso. L'interno mandava un odore di sigaretta e di alcol. Esther grondava acqua e si tolse il cappuccio, liberando i capelli corvini.

«Grazie, Sean.»

13

Le sei e trenta. Quando Coste si svegliò, trovò la porta della camera di Anna aperta. Udì il getto della doccia e, sentendo aleggiare nell'aria calda e umida l'odore fresco dello shampoo e del sapone, capì che ancora una volta la ragazza lo aveva preso in contropiede. Quasi che di notte non chiudesse mai occhio o che le bastassero poche ore. Coste s'infilò un'ampia felpa, i pantaloni di una tuta sportiva e un paio di scarpe da ginnastica, poi, per riflesso più che per timore, collegò gli allarmi esterni al cellulare. Senza bisogno della chiave, la porta della residenza si richiuse automaticamente alle sue spalle, e lui andò a correre nella foresta.

In seguito all'ultima videoconferenza con Saint-Croix e dopo l'inizio sbagliato con la giovane nei primi istanti del suo soggiorno, aveva chiesto un rinvio di settantadue ore per cominciare i colloqui.

Erano dieci anni che inseguivano il predatore senza successo, la richiesta non era inappropriata. Ma le settantadue ore finivano quel giorno e il capitano era andato anzitutto a correre per riflettere sul modo in cui avrebbe affrontato l'argomento e rimandato Anna nello scantinato della casa con le finestre oscurate.

Al ritorno, con la fronte sudata e la felpa incollata alla pelle, bevve un litro d'acqua fresca, in piedi davanti alla porta aperta del frigorifero. Lui e Anna erano nella stessa stanza, d'altronde ce n'era una sola, ma con il suo centinaio di metri quadri era abbastanza grande affinché la coabitazione non li costringesse a incontrarsi.

Lei gli dava le spalle e lui la guardò da lontano, seduta a gambe incrociate al centro del salotto, in vecchi pantaloncini sportivi che le risalivano sulle cosce e una maglietta nera con la scritta POLIZIA GIUDIZIARIA, dove alcune lettere si erano cancellate, che aveva scovato in fondo all'armadio della camera normalmente occupata dal suo ospite.

«Bisognerà pensare a fare un po' di spese» le disse. «Non puoi continuare a indossare la mia roba vecchia. I tuoi vestiti non ti stanno bene?»

«Non sono stata io a sceglierli.»

Gli aveva risposto senza voltarsi, i capelli raccolti in una crocchia tenuta da una delle penne preferite del poliziotto, la testa curva su quello che Coste pensò essere il taccuino che lui le aveva dato.

Ormai da tre giorni vi annotava gli elementi della sua nuova vita. E come il suo nome palindromo, il taccuino poteva essere letto nei due sensi.

Da un lato c'era la cultura generale di solito acquisita da una persona della sua età. Avrebbe potuto parlare di letteratura per ore, ma le conversazioni di una ragazza sulla ventina vertono di rado attorno ai romanzi e sarebbe stato più sorprendente che non conoscesse niente di musica, cinema o serie televisive, se mai una banale discussione si fosse orientata verso quegli argomenti.

Anna scoprì di avere una netta inclinazione per le ballate di Alexi Murdoch, le melodie ammalianti di Woodkid e la voce ipnotizzante di Sam Smith. E Coste ne approfittò per aggiornarsi insieme a lei. Quanto ai film, decisero di evitare i polizieschi e i thriller, poiché la storia personale della ragazza vi si poteva avvicinare dolorosamente, e Coste osservò da lontano che, visto il numero di effetti speciali sullo schermo del tablet, era stata scelta la fantascienza.

Arrivata il sabato sera con Alix e Tom, già contrariata la domenica al risveglio dalla mancanza di tatto di Coste, Anna aveva trascorso il lunedì, il martedì e il mercoledì più serenamente. Il capitano la lasciava al mattino per fare la sua parte come capo della polizia di frontiera, poi la ritrovava nel tardo pomeriggio per vestire i panni dell'insegnante, per farle imparare la sua nuova vita. Da settantadue ore, le giornate di Anna si componevano di musica, cinema, informazioni generali, sociali o politiche, idiozie su internet di cui lei annotava i riferimenti e alcune osservazioni personali sulle pagine del lato del taccuino che vi era dedicato, per memorizzarli.

Dall'altro lato del taccuino, con la sua grafia quasi soffocata, scriveva piccole storie, fatterelli inventati sull'infanzia, l'adolescenza e la famiglia, dove non esisteva nessun mostro che apriva la porta della sua camera nel cuore della notte. Poi li raccontava a Coste per abituarsi e per dare l'impressione di aver raccontato quelle cose cento volte. In più, poiché la sua nuova identità era quella di una ragazza ribelle che andava allontanata dalle cattive compagnie, Coste le raccontava storie di giovani alla deriva, descrivendole le celle dell'arresto cautelare e l'intero scenario giudiziario che lei doveva come minimo conoscere. Aveva tuttavia precisato che, se le facevano domande a tal proposito, la migliore risposta in qualsiasi circostanza era: «Non mi va di parlarne». E Anna aveva preso nota di ogni cosa scrupolosamente.

Era su quelle pagine che Coste la credette curva quella mattina, finché non scorse il taccuino sul tavolo della cucina. Chiedendosi cosa catturasse la sua attenzione, attraversò il salotto e la vide circondata dai fascicoli delle vittime disposti a stella; il suo era centro di quel sinistro sistema solare.

Era giovedì mattina, i tre giorni concessi dalla presidentessa erano trascorsi e Coste non ebbe nemmeno bisogno di sollecitare la sua protetta, la quale, ancora una volta, lo prese in contropiede.

«Sono pronta per l'identikit. Puoi chiamare Saint-Croix.»

14

Coste telefonò a Soba e gli fece sapere di avere bisogno di prendersi il giovedì e il venerdì per rimanere con la nipote, il cui soggiorno – sostenne – non stava andando come lui voleva. Non chiedeva un'autorizzazione speciale, lo informava e basta; poi riattaccò.

Di fronte allo schermo, Anna ascoltava attentamente le istruzioni del disegnatore della polizia giudiziaria di Parigi. L'uomo si assicurò che fosse calma, in un ambiente rasserenante, e lei confermò. Le consigliò di abbassare le luci e di eliminare ogni fonte sonora. Infine chiese a Coste di lasciarli da soli, perché tracciare un identikit costringe a immergersi in ricordi che si pensa di aver dimenticato e rientra quasi in un rapporto d'intimità.

Inquieta, Anna guardò Victor, ma lui la rassicurò posandole una mano sulla spalla. Il calore di quel primo contatto restò con lei anche dopo l'uscita di scena di Coste.

Poiché soltanto il tredici per cento degli identikit si dimostra fedele alla persona descritta, la realizzazione di un ritratto preciso richiede il rispetto di un protocollo che il tecnico cominciò a descrivere con voce pacata.

«Prima di cominciare, lasci che la ringrazi per aver accettato di aiutarci. Cercherò di guidarla al meglio. Le chiederò di ricordare il viso di quell'individuo. Anzi, non di ricordare, ma di essere di fronte a lui, di guardarlo. Siccome ha trascorso anni con lui, le chiederò di scegliere un momento, il più tranquillo, anche se sono consapevole che non sarà facile. Il momento con meno scossoni emozionali, come la paura, l'angoscia o lo stress. Le chiederò d'immergersi in quella scena e di riviverla. Ne ha una?»

Anna cercò in quei dieci anni e confermò di averla.

«Tenti di ripensare al luogo, all'arredamento, al posto che occupava in quella stanza, all'illuminazione, ai rumori, agli odori. Deve dirmi tutto ciò che le viene in mente, anche se le pare futile e anche se pensa di non esserne sicura al cento per cento. Naso aquilino o labbra carnose, non sarò io a suggerirle gli aggettivi per descrivere quel viso, dovrà usare le sue parole e sta a lei decidere da quale parte cominciare, la bocca, i capelli. Qualunque dettaglio sarà un inizio come un altro. Parlerà essenzialmente lei, perciò non si stupisca del mio silenzio, perché eviterò il più possibile di intervenire o di interromperla. Poi parleremo anche degli odori, del timbro della voce, del modo di camminare, delle emozioni che possono leggersi su quel viso, e sarà normale provare paura o disagio. Alla fine le chiederò di dare un voto da uno a dieci al grado di somiglianza tra l'identikit e l'immagine che ha di quell'uomo. Si sente pronta?»

«Credo di sì» sussurrò Anna.

«Allora iniziamo.»

* * *

L'identikit aveva ricevuto il voto di sette su dieci e adesso era esposto in tutte le gendarmerie e in tutti i commissariati, piegato in quattro in tasca a ogni poliziotto, o nei cruscotti delle autopattuglie, affisso negli aeroporti e nelle stazioni ferroviarie. Ma Saint-Croix era messa sotto pressione dagli investigatori, i cui sforzi e le cui notti in bianco non avevano permesso di far progredire la caccia all'uomo. Aveva bisogno di risultati, e l'identikit era un buon inizio, ma occorreva altro.

Per quanto fosse qualcosa di violento e invasivo al pari di una seduta di chemioterapia, Coste doveva mandare Anna laggiù, dietro le sbarre della sua prigione. E lei lo capiva. Lo voleva. Ma ne era capace?

A causa della sua infanzia con il padre, a quattordici anni aveva già sofferto per una vita intera. E i dieci anni successivi rientravano nel campo dell'accanimento del destino.

Con sette milioni di vittime d'incesto, ossia il dieci per cento della popolazione francese, era inevitabile che prima o poi una tra loro cadesse nelle grinfie del mostro. Del resto, la capacità dei predatori di fiutare le debolezze della preda si applica al mondo animale quanto a quello degli esseri umani. E Anna rifletteva, nell'atteggiamento, nei gesti e nello sguardo, le ferite e le incrinature che li attirano.

Di fronte a una minaccia di qualunque tipo, l'uomo e l'animale si adattano per allontanare il pericolo. I bruchi assumono la forma di serpenti, le farfalle presentano due grandi cerchi neri che formano occhi inquietanti quando le ali si uniscono. Nello stesso ordine d'idee, alcune donne, in strada o in metro, hanno sviluppato il proprio sistema di difesa naturale e si costringono a tenere il muso, indicando che «no» sarà la risposta a ogni approccio. Ciononostante, la paura e la fragilità, quando traspirano, sono una fragranza deliziosa per gli aggressori. Il mostro aveva dovuto percepire l'odore di Anna a chilometri di distanza e tuttavia verso di lui Coste doveva ricondurla.

15

Le aveva lasciato la sua comoda poltrona, che avrebbe potuto accogliere due volte uno scricciolo come lei, e Anna ci si era sistemata a gambe incrociate, la schiena un po' curva. Le stava di fronte, sul bordo del divano, chino in avanti, con le mani unite e un registratore digitale posato sul tavolino basso che li separava. Coste ne aveva fatti di interrogatori, a criminali e vittime, ai tempi della polizia giudiziaria. Capire i silenzi, le parole dietro quelle che venivano dette, insistere o sorvolare quando era necessario, ma sei anni senza pratica gli fecero temere di essere un po' arrugginito.

Premette il tasto rosso.

«Primo colloquio con Anna Bailly, giovedì, ore quindici e venti.»

Coste prese un taccuino e tolse il cappuccio dalla penna. La guardò e aspettò il suo assenso, che lei gli concesse con un leggero movimento del capo.

«Ti ricordi della sera in cui sei stata rapita?»

«Sì.»

«Me ne vuoi parlare?»

«Sì.»

Eppure, non disse niente di più. Guardò fuori dalla finestra, forse cercava un mezzo per volare via, e Coste le lasciò tutto il tempo... Poi...

«Mi sono svegliata in piena notte con una mano sulla bocca. Non era la prima volta, ma non era mio padre. Era un altro uomo, era seduto sul mio letto, teneva il mio fratellino addormentato nell'incavo di un braccio. Mi ha detto di stare zitta oppure gli avrebbe spezzato il collo con una mossa. Ha detto così, ha usato queste parole. Mi ha tolto la mano dalla bocca, ha tirato fuori un martello, insomma una specie di martello, con la testa più sottile, una piccozza forse. Era nuova, si vedeva, luccicava. Ha detto che avrebbe ucciso tutti quanti se non avessi fatto quello che mi diceva. Mi ha detto di prendere in braccio mio fratello e di andare a posarlo sul letto dei miei. Mi ricordo di essermi fatta la pipì addosso. Però l'ho fatto.»

«Sai perché ha corso quel rischio? I tuoi genitori potevano svegliarsi, e anche il piccolo.»

«No, non lo so. Si è messo dietro di me e ha passato il braccio davanti e con la punta del martello, della piccozza, scusami, mi premeva sul collo, e li ha guardati a lungo tutti e tre mentre dormivano. Poi siamo usciti di casa e mi ha fatto salire in una macchina che era parcheggiata lì davanti.»

«Ti ricordi com'era la macchina?»

«No. Nera. Piccola. Sapeva di profumo. C'era una borsa, di quelle grandi da donna. All'inizio non l'avevo vista. Mi ci sono seduta sopra. Poi l'ho tolta e l'ho messa tra le gambe. E siamo partiti.»

Coste annotò: «Macchina rubata? Controllare denunce giorni precedenti nello stesso quartiere».

«Per quanto tempo avete viaggiato?»

«Non lo so più. Dieci minuti, un'ora. Non ero lì, non ero presente. Il tempo non esisteva.»

«Avete parlato?»

«No. Io piangevo.»

«Hai riconosciuto qualche posto durante il tragitto?»

«No. Era notte fonda. Ci siamo fermati, mi ha fatto uscire

dalla macchina e con la mano mi ha tenuto la testa abbassata. Ho visto della terra, abbiamo salito alcuni gradini, ho visto l'interno di una casa, ho sceso altri gradini. Mi ha spinta in fondo a una stanza e ha chiuso la porta. Quando ho sollevato la testa ho visto che era una cantina con un'inferriata.»

«La cantina nella quale sei stata ritrovata?»

«No, era un'altra.»

«In quante case sei stata?»

«Tre.»

«Ti ricordi se lo avevi già incontrato prima di quel giorno? Davanti alla scuola, in strada?»

«No. Era la prima volta che lo vedevo.»

«Abitava lì, oppure hai avuto l'impressione che vivesse altrove?»

«Sentivo partire una macchina, là vicino, a tarda sera. Penso che avesse una casa sua.»

«C'erano delle finestre? Sei riuscita a vedere qualcosa dell'esterno?»

«Mai finestre. Soltanto muri.»

«Quando arrivava una nuova vittima, eravate sempre insieme?»

«Sempre, sì.»

«Ne hai incontrate nove?»

«Nove, sì.»

«Forse una di loro lo conosceva da prima? Una di loro ti ha parlato di lui?»

«No, mai. Erano piuttosto loro a farmi domande, tentavano di capire perché le avesse scelte.»

«Accadeva che una di loro uscisse dalla... cella?»

«Recinto. Lo chiamo così. Certo, quando lui voleva usarle.»

«Violentarle?»

«Sì. Usarle.»

«E tu? Tu sei uscita?»

«No, mai.»

«E lui… lui ti ha usata?»

«No, mai» rispose Anna con più foga.

Coste si pentì di quell'ultima domanda. Non che fosse troppo diretta, prima o poi bisognava porla, ma su quel punto la ragazza poteva rifiutarsi di dirgli la verità. Annotò: «Rifiuto? Negazione? Imbarazzo? Stupro?».

«Ti ricordi di ognuna di loro?»

«Sì, più o meno. In funzione del numero di giorni o di settimane che sono rimaste. Le foto mi hanno aiutato a ricordare.»

Anna era sulla porta del recinto e Coste non aveva altra scelta che spingerla dentro.

«Se vuoi, facciamo un esercizio. Io ti dirò il loro nome e tu mi racconterai un ricordo, la prima cosa che ti viene in mente. Anche se ti sembra di minimo conto o banale, senza importanza, tutto può esserci utile o può ridestare qualcosa nella tua memoria. D'accordo?»

«D'accordo.»

E gliele nominò, dall'ultima, la più recente, alla prima, la più vecchia, immergendosi sempre più negli abissi, per gradi.

«Garance.»

Anna chiuse gli occhi, come presa da uno stordimento. Garance era l'ultima, la ragazza con cui era stata trovata.

«Vuoi fare una pausa?»

«No, va bene. Ma non Garance. Non subito.»

«Come vuoi. Sei tu a decidere. Salomé.»

Anna respirò e cambiò posizione sulla poltrona.

«L'ammorbidente. È una di quelle che sono rimaste di meno. Era una delle mie preferite. Le leggevo dei libri. Dormivamo a cucchiaio, incollate una contro l'altra. I suoi vestiti mandavano un odore di ammorbidente. Avevo l'impressione di essere trasportata altrove. L'ho respirata molto, Salomé, finché come me ha preso l'odore del recinto.»

«Libri. Lui vi dava dei libri?»

«No. Soltanto a me. Glieli avevo chiesti. Mi aveva proposto la tivù. Gli ho detto di no. Un libro. E ogni tanto me ne dava.»

«Okay. Sacha.»

«I passerotti. Trascorreva il tempo a fare origami con il cartone dei pacchetti di biscotti o di cereali. Sempre gli stessi. Passerotti, che nascondeva sotto il materasso o tra le pietre del muro. A volte li teneva sulla punta delle dita, se li faceva passare davanti agli occhi e li faceva volare.»

«Claire.»

«I suoi genitori. Diceva sempre che i suoi genitori erano ricchi, che avrebbero potuto pagare, che bastava chiamarli, che gli avrebbero dato tutto quello che voleva. E piangeva. E urlava chiedendo aiuto. Tutto il tempo. Era insopportabile.»

Anna alzò gli occhi come se fosse rimasta sorpresa dalle proprie parole.

«Scusa... Quando dico insopportabile, è che... per tutto il giorno... Mi faceva impazzire. Non smettevo di dirle di stare zitta. E poi le urla, a lui piacevano. Non era una buona idea. Claire, lui la usava spesso proprio per questo.»

«Maud.»

«La tivù. Ci metteva davanti alla tivù e per giorni ci... Insomma, soprattutto lei, le faceva guardare i notiziari a flusso ininterrotto perché vedesse i suoi genitori che supplicavano che gli fosse restituita la figlia. Maud è riuscita a resistere dicendosi che quanto le stava capitando era impossibile, era una cosa che non poteva capitare, solo al cinema. Ripeteva in continuazione "è impossibile, è impossibile".»

«Samia.»

«L'attaccabrighe. Diceva che era una ragazza della periferia e che sapeva difendersi. Quando lui entrava nel recinto, lei si metteva in guardia. Samia colpiva forte, ma non cambiava niente. Lui aveva sempre il sopravvento.»

«Cléo.»

«Scusami. Diceva sempre "scusami". Cléo aveva capito

come parlargli, come agire. Era bella, o comunque gli piaceva molto. Con lei, lui stentava a comportarsi allo stesso modo che con le altre. Era come un calmante per la sua follia. Usciva spesso, ma non solo per essere usata. Diceva che accettava, che era più facile così. Quando tornava giù sapeva di tabacco, ogni tanto di cucina o di alcol. Faceva quello che poteva per sopravvivere, Cléo, non c'era da volergliene. Quando una arrivava, lo capiva nel giro di una decina di giorni che non sarebbe mai uscita, allora pensava soltanto a sopravvivere. E quando lei riscendeva, si scusava.»

«Julie.»

«Il riscatto. Julie era forte. Non piangeva, non davanti a lui. Fingeva di essere sicura che la prigionia sarebbe finita. Lui la faceva uscire dal recinto, la usava, e lei riscendeva uguale, come se non fosse davvero accaduto. Non riusciva a spezzarla. E poi i genitori hanno offerto una grossa somma di denaro. Lui ha accettato di liberarla. Le ha lasciato fare una doccia, le ha dato indumenti puliti e le ha detto di aspettare. Le ha detto che i genitori dovevano versare i soldi su un conto entro un'ora. E poi ogni ora è tornato per dire che avevano chiesto di abbassare il riscatto. Sempre un po' meno. Alla fine, in piena notte, le ha detto che i genitori si rifiutavano di pagare. E a quel punto ce l'ha fatta, l'ha distrutta completamente. È impazzita. Allora lui l'ha usata ancora di più. In realtà, secondo me, non ha parlato con i genitori di Julie nemmeno una volta.»

Coste incassava quelle storie, una dopo l'altra, come pugni, tentando di non far trapelare nulla. Se Anna le aveva vissute, lui poteva almeno ascoltarle. Non sono i tuoi familiari, non è il tuo dolore, era solito dirsi. Ma la realtà era diversa: aveva perduto la sua corazza, quella che faceva di un poliziotto un uomo più ermeticamente chiuso all'orrore di quanto lo fossero gli altri.

«Virginie» proseguì.

«Perché non lei? Quando lui veniva a prenderla nel recinto diceva sempre: "Perché non prendi lei?". M'insultava, mi spintonava, chiedeva cosa avessi fatto per non essere mai scelta, se fossi malata o qualcosa del genere. Mi diceva che ero fortunata ad avere una faccia come la mia. Ho odiato Virginie.»

«Ne rimane una.»

«Garance. Lo so. L'ultima.»

Appena una. Anna aveva il fiato corto. Non per via di uno sforzo, però, sembrava piuttosto che tentasse di controllare una crisi di angoscia. Coste allungò la mano verso il registratore per porre fine al colloquio.

«C'è stato un problema con Garance.»

Il poliziotto interruppe il gesto e tornò alla sua posizione.

«È rimasta solo due giorni. O tre. Lui era preoccupato. Aveva fretta. Ha aperto il recinto, mi ha detto di andare sul fondo. E l'ha uccisa. L'ha colpita al collo e l'ha strangolata. Era la prima volta che lo faceva davanti a me.»

Coste annotò: «Fretta. Perché? Macchina bicolore notata da un testimone nella foresta di Argonne. Ha visto il testimone? Si sentiva in pericolo? Nuovo cambio di casa, di macchina?». Poi chiuse il taccuino.

Certo, la domanda finale, obbligata, era impossibile da fare seduta stante. «E tu? Perché ti ha risparmiato?» Coste interruppe la registrazione.

Entrambi sfiniti, condividevano lo spazio con i fantasmi delle nove ragazze, e le ignominie che avevano subito si riversavano nel cervello di Coste, ribollendo. Troppo violento, tutto era stato troppo violento. Ma da qualunque parte avesse affrontato il discorso, niente avrebbe potuto essere meno brutale né atroce. Allora le propose di parlare a Melchior e citò anche la possibilità di uno psicologo dell'isola, ma Anna rimase impenetrabile alla sua offerta.

«Ne ho già visti a scuola, per i miei voti e il mio comportamento. Poi anche per i miei tentativi di suicidio. Ho parlato, ma non mi hanno creduto.»

L'idea dell'aiuto psicologico fu pertanto sepolta e Coste diventò il suo unico interlocutore. A un tratto, il capitano sentì gravare su di sé un peso schiacciante e si rese conto che quella giovane donna era dieci, se non cento, volte più forte di lui.

Anche se sapeva che gli aveva mentito.

16

Coste aveva trasferito la scheda di memoria del registratore sul computer e inviato il colloquio a Melchior che, dopo averlo ascoltato due volte, era giunto alle stesse conclusioni del capitano.

«Dieci anni senza uscire dal recinto, come lo chiama lei» disse lo psichiatra. «Per averla mantenuta in vita tanto a lungo, ha dovuto trovare nella ragazza qualcosa che lo interessa, o che lo completa, o di cui approfitta. Le condizioni fisiche della signorina Bailly non sono compatibili con quelle di una persona che è rimasta reclusa così a lungo in uno spazio ristretto, e neppure le sue condizioni psicologiche. Non ha il profilo di una vittima inattiva, passiva, è una sopravvissuta, è qualcuno che non ha mai rinunciato e ha dovuto cercare a ogni istante il modo di fuggire, o semplicemente di migliorare la sua situazione. Le sta mentendo, certo, ed è uscita da lì sotto. Ma perlomeno a lei parla. Con frasi brevi, con la minima quantità di parole e di sentimenti, si limita strettamente ai fatti, ma parla. Saint-Croix aveva ragione.»

«A sceglermi?»

«Sì. A pensare che Anna sarebbe stata rassicurata dalle sue ferite, capitano. E che forse vi sareste riconosciuti a vicenda.»

«Poiché lei ha letto il mio incartamento, avrà notato che le nostre ferite non hanno la stessa profondità» ridimensionò Coste.

«Se cadiamo da venti o da duecento metri, il risultato è lo stesso. Ci schiantiamo.»

Melchior sfogliò le pagine della conversazione che per abitudine aveva ritrascritto.

«Sembra che difenda molto Cléo, la "Vittima 3", quella che "aveva capito come parlargli, come agire", quella che lasciava spesso lo scantinato.»

«Possibile che parli di se stessa, per vedere la mia reazione. Sta di fatto che garantisce di non essere mai uscita, ma poi dice che ha guardato la tivù insieme a Maud per vedere i genitori che supplicavano il rapitore in un gioco perverso del loro carceriere.»

«Tutto quello che lei ha fatto per essere risparmiata è per forza di cose un gesto nei suoi confronti» dichiarò Melchior. «Un passo nella sua direzione, una concessione, la ricerca di una connivenza, e oggi teme che noi possiamo considerare la cosa una forma di complicità. Se ha la minima informazione sui luoghi di sepoltura delle altre vittime o sul suo rapitore in particolare, non è rimanendo rinchiusa che l'ha appresa. L'avrà acquisita parlando con lui o uscendo dalla cella. È bloccata, tutto qui. Per poterle dire quanto sa dovrà confessare quello che la fa vergognare a morte. E per accettare di dirlo ad alta voce, dovrà essere sicura che lei non la giudicherà e che la capirà. Ci vorrà uno scatto di fiducia.»

«E dove lo trovo?» scherzò Coste, un po' mogio.

«Cominci col concederle una pausa, la giornata è stata lunga.»

17

Il passaggio dell'uragano sulle coste di Saint-Pierre aveva lasciato un mare agitato e un cielo da pittore ispirato: qualcosa da colmare la mente della giovane Anna con nuove immagini, nella speranza che ne avrebbero cancellate certe altre.

Erano rimasti seduti di fronte all'oceano, senza incontrare anima viva, su uno scoglio affiorante nella torbiera inzuppata dalla tempesta e dalla pioggia del giorno prima, condividendo lo spazio con alcuni cavalli in libertà, e lui aveva avuto la buona idea di non riempire di parole futili quel momento. Poi Anna ebbe freddo e lui le propose di rincasare.

Mentre parcheggiava la vecchia Land Rover davanti alla residenza, scorse la capitana Laguerra seduta sugli scalini dell'ingresso. Non aveva alcun motivo per essere lì, e Coste si preoccupò.

«Tu salutala. Sarà sufficiente» disse ad Anna.

Quest'ultima uscì dal fuoristrada, sbatté la portiera cigolante, ripeté la sua frase di saluto e scomparve all'interno, dopo che il poliziotto le ebbe aperto la porta e si fu rivolto a Laguerra: «Capitana».

«Capitano» rispose lei.

«Qualche problema?»

«A proposito di un caso, sì.»

«Non è più il mio lavoro.»

«La smetta, è come la bicicletta o un trauma infantile: non si dimentica» disse Laguerra per distendere l'atmosfera. «Posso entrare?»

«No.»

Era la prima volta che si parlavano e Soba l'aveva avvertita di quanto il capitano fosse poco cordiale. Nonostante tutto, scoprirlo così zotico la destabilizzò.

«Sul serio? Vuole farmi rimanere sulla soglia?»

«Stia a sentire, ho un radar antiscocciature e lei lampeggia di rosso. Qualunque cosa voglia, non sono la persona giusta.»

«Non la scoccerò di più al caldo, lo sa?»

E siccome rifiutarsi di farla entrare sarebbe parso più sospetto del contrario, Coste acconsentì.

Seduta di fronte al caffè che le aveva offerto, il massimo della sua ospitalità, Laguerra non sembrò sapere in che modo cominciare.

«È sua nipote, la ragazza che ho visto?»

«Passiamo direttamente al problema, se non le dispiace.»

«Lo dicevo per cortesia.»

«Può farne a meno.»

«Accidenti, mica è facile trovarla simpatico, Coste.»

Laguerra lo divertì con quella frase, lui si rilassò e accettò di ascoltarla.

«C'è stata un'aggressione sessuale ieri sera, verso Cap-à-l'Aigle» cominciò.

Poi gli raccontò la notte, l'auto, i polsi immobilizzati, i baci forzati, il pugno in pancia, la fellatio evitata, l'urto contro il finestrino, la ragazza che si ritrova da sola a chilometri da casa, in lacrime, il coraggio che aveva avuto e ciò che quel coraggio di certo le aveva evitato.

«Credo che il fatto sarà insabbiato» concluse Laguerra.

Essere poliziotti crea l'abitudine di passare da un dramma

all'altro senza affondare, e per questo Coste riuscì a restare impassibile a dispetto dell'irritazione che gli faceva ronzare le orecchie.

«Non vedo come. La procuratrice muore dalla voglia di avere un caso importante da quando si è insediata nell'isola un anno fa.»

«La faccenda non arriverà fino a lei. Il sospettato è uno dei fratelli Grady. E il mio tenente colonnello non vuole noie con la famiglia prima dell'arrivo del nuovo superiore.»

Coste sbuffò, esasperato da tanta vigliaccheria.

«Cerchiamo di non mostrarlo troppo» proseguì Laguerra, «però lei sa che sono in coppia con uno dei suoi uomini?»

«Soba? Bisognerebbe essere ciechi. Ma che c'entra?»

«Questa storia lo fa impazzire. È disposto a chiudere un occhio su piccole infrazioni, ma stavolta credo che farà una fesseria.»

«Gli parlerò domani, se può rassicurarla. E lei passi oltre il suo superiore e faccia il suo lavoro, è tutto quello che posso dirle.»

La capitana Laguerra avvicinò il caffè alle labbra e, accorgendosi che era un residuo tiepido della mattina, posò con garbo la tazza senza storcere il naso.

«Però non sono sicura che la ragazza ritrovi il coraggio di testimoniare dopo l'interrogatorio umiliante che ha subito. Le è stato chiesto se non avesse provocato l'aggressore, con il solo scopo di non convocare Sean Grady.»

Avendo indagato su numerosi tentativi di omicidio preceduti da aggressioni sessuali, Coste conosceva le ferite profonde di quello che considerava il delitto più nauseabondo. Ne aveva visto le cicatrici invisibili e i traumi che non guarivano mai realmente. Già masticava l'interno delle guance come fanno i gatti prima di attaccare. Ma aveva una sola e unica missione, Anna. Tornò a essere il più sgradevole possibile per proteggersi da una cattiva decisione.

«E io cos'ho a che fare con tutto questo? E, soprattutto, lei cosa viene a fare a casa mia?»

«Sono andata a scusarmi con la ragazza, a nome della gendarmeria, e ho incontrato il nonno. Lui non ha il coraggio di chiederle niente, però mi ha detto che magari lei saprebbe cosa fare.»

«Il nonno?»

«Sì. È Armand Bisset a mandarmi. La ragazza è Esther Bisset.»

Mercoledì. Quel figlio di puttana di Sean Grady aveva aggredito Mercoledì.

Thaïs Laguerra scorse nello sguardo di Coste ciò che nessuno aveva visto da sei anni, e si preoccupò al punto di chiedersi se avesse fatto bene a presentarsi lì. Dei fili elettrici messi a nudo avevano scatenato un cortocircuito nel cervello del capitano. Poi quest'ultimo incrociò lo sguardo di Anna, nel vano della porta del corridoio, che in silenzio aveva assistito a tutto. Quella mattina, impotente, lui l'aveva ascoltata raccontare le sevizie subite per anni e il succedersi delle vittime, e le frustrazioni si erano accumulate l'una sull'altra. Quella storia in più, personale per giunta, fece cedere la diga.

«Torni a casa sua, Thaïs. Ho bisogno di tempo per riflettere.»

Quando la capitana Laguerra uscì dalla residenza sorvegliata era già notte a Saint-Pierre e alcune nuvole scure e minacciose si davano appuntamento sopra l'isola. Ma la tempesta più grande era quella che lei aveva lasciato dietro di sé andando via.

18

«La tempesta è il riposo del marinaio» dice un vecchio adagio. Quando il mare non è navigabile e la pesca diventa impossibile, è tempo per i marinai a centinaia di miglia dal porto di scrivere alle famiglie, di riposarsi, di giocare a carte o di ubriacarsi, per quello che lo stomaco concede.

Dunque, è tutta una questione di contesto. La tempesta degli uni è la tregua degli altri, e la mente di Coste si calmava sempre quando altri, prigionieri dei venti, si agitavano e gesticolavano. Tutto diventava più chiaro quando la nave sbandava pericolosamente, tutto diventava più chiaro mentre gli scenari venivano scartati e le opzioni diminuivano. Sapeva quello che doveva fare, e come doveva farlo.

Anna aveva capito che quel giorno non avrebbero lavorato. Il suo poliziotto aveva lo sguardo fisso nel vuoto; non che non accadesse nulla nella sua testa, al contrario.

«Non ti conosco molto, ma non ti ho mai visto così calmo.»

«Sei pronta a uscire?» le chiese lui di rimando. «Laguerra ti accompagna a comprare dei vestiti nuovi. Ho una cosa da fare, non mi ci vorrà più di una giornata.»

«La ragazza di cui avete parlato ieri sera? Tenterai di convincerla a sporgere denuncia?»

Lui eluse la domanda posando sul tavolino una carta di

credito con un Post-it sul retro che riportava il PIN. Anna la prese tra le dita.

«Okay, e quanto posso spendere?»

«Fai tu. È dell'agenzia di riscossione dei beni confiscati. Si rivendono le ville dei mafiosi, le auto di lusso degli spacciatori, i quadri d'autore dei falsari, tutto quello che deriva da azioni criminali, e noi ce ne serviamo per finanziare il programma di protezione. Non troverai abbastanza vestiti da mandarci in rosso. Prendi quello che vuoi. C'è anche una libreria, la puoi svaligiare.»

* * *

Mercoledì si era rifugiata dal nonno. Bisset aprì la porta d'ingresso quando bussarono tre colpi e, senza una parola, fece passare il poliziotto. Coste salì la scala di legno ed entrò nella camera della ragazza dopo aver chiesto il suo permesso. Soltanto un lume rischiarava la stanza. Rannicchiata sul fondo, il quaderno da disegno contro una caviglia, una sigaretta in mano, Esther lo accolse con un'espressione impenetrabile.

«Nemmeno con te ci ritorno.»

Coste rimase in piedi, tenendo addosso il lungo impermeabile nero, lucido come una canna di fucile e ancora gocciolante per via del breve temporale che lo aveva accompagnato.

«Lo so. E non servirebbe a niente. Nessun testimone, nessun segno sul corpo. Soltanto la tua parola. Tu non hai gli appoggi che ha lui e ti distruggerebbero.»

«Grazie, i tuoi colleghi me lo hanno già fatto capire.»

«Non sono miei colleghi.»

«Gendarmi, poliziotti, è lo stesso. Per dirmi questo ti bastava un SMS, non valeva la pena di venire.»

«Non sono venuto a consolarti, non sono bravo in queste cose. Vengo a chiedere il tuo consenso. La prigione serve non solo a neutralizzare i delinquenti, ma anche a dare alla vittima l'impressione che ci sia stata una punizione. E lui non andrà in prigione.»

Mercoledì si raddrizzò e spense la sigaretta con le dita, per farsi male.

«E allora a cosa ti serve il mio consenso?»

«Te l'ho appena detto. Per la punizione.»

* * *

Soba si stupì di vedere in ufficio il suo superiore. E si stupì ancora di più vedendolo ispezionare il deposito di armi nel seminterrato.

«Lei non dovrebbe essere qui oggi. E ha affibbiato sua nipote alla capitana Laguerra. E ficca il naso tra i fucili mitragliatori e le granate. Che sta succedendo?»

«È tutto quello che c'è? HK, PM Beretta e lacrimogeni?»

«Fa piacere constatare che s'interessa alle armi a nostra disposizione.»

«Non me lo faccia ripetere» s'innervosì Coste.

«Sì, sì, scusi, è tutto quello che abbiamo» si raddolcì il Kraken. «Vuole fomentare un colpo di Stato?»

«No, cerco un'arma non letale. Non dovrebbe esserci anche una pistola elettrica?»

«Il taser? Sì, lo abbiamo, ma nessuno è abilitato a usarlo. Aspetti, è sull'armadio, glielo prendo.»

Mentre tastava alla cieca sopra il mobile, approfittò di quel momento da solo con Coste.

«Mi dispiace per Thaïs, so che è venuta a trovarla ieri. Le avevo detto di non seccarla con questa storia. Che conosce la ragazza, sì, ma che nemmeno lei avrebbe saputo cosa fare.»

«Troppo tardi.»

Soba afferrò infine la valigetta per il trasporto del taser e la porse a Coste.

«Troppo tardi... cioè?»

«Il giovane Grady le fa sempre venire la mosca al naso?»

«Okay, capitano. So che Thaïs le ha detto che l'aggressione della ragazza mi ha fatto perdere le staffe. Ma lei sa com'è, uno s'infuria e dice cavolate. Le do la mia parola, non farò niente a Sean Grady. Ho capito, abbasso gli occhi e chiudo il becco.»

Coste aprì la valigetta e tirò fuori la batteria per metterla a caricare sotto lo sguardo circospetto dell'altro, che si chiedeva perché diavolo il superiore controllasse del materiale che nessuno usava.

«So che lei pensa che mi gratto la pancia e che il mio posto non è qui» disse Coste. «L'isola è piccola e lei parla ad alta voce. Ma non risponde alla mia domanda, ed è la seconda volta. Allora? Sean Grady? La mosca al naso?»

«Sì. E lo sa benissimo. Soprattutto dopo ieri.»

«E che ne pensa di un fuori procedura?»

«Non è mai una buona idea, ma talvolta è necessario. Quando non si ha altra scelta, si può trasgredire la legge, ma senza smettere di credere nella giustizia. Dipende fin dove si vuole arrivare.»

«Stia tranquillo, finirò da solo. Un'altra cosa. Laguerra, in quanto capo della squadra di ricerca, ha le chiavi della cassaforte della gendarmeria, giusto?»

* * *

Anna si aggirava tra gli abiti esposti da Cartier Libre. Era pieno pomeriggio e loro erano le sole clienti, a parte una trentenne sovreccitata dalla telefonata in corso, tanto chiassosa da far sembrare gremito il posto.

«Sai cosa cerchi?» domandò Thaïs, un po' imbarazzata nel ruolo di baby-sitter di un'adulta.

«Vado a lavorare al rifugio per gli animali... direi una felpa e un paio di jeans.»

La gendarme, in borghese per l'occasione, la squadrò dalla testa ai piedi. La ragazza ballava nei vestiti come se da un giorno all'altro si fossero allargati di dieci taglie. Un pullover blu navy troppo grande che le arrivava a metà coscia e di cui aveva tirato su le maniche fino ai gomiti e ampi pantaloni di una tuta sportiva che aveva arrotolato a più riprese e che si allargavano sulle piccole scarpe da tennis bianche.

«No, ma non è possibile» sancì Thaïs.

«Hanno perso la mia valigia tra Montréal e qui» si giustificò Anna. «Sono vestiti che ho preso in prestito da Victor.»

«Da chi?»

«Victor, mio zio. Come vuoi che lo chiami? Coste?»

«Scusa, non avevo mai sentito il suo nome di battesimo. Ma non sopravvivrai con una felpa e i jeans. Cosa ti piace?»

Per Laguerra, la nipote del poliziotto non era una sopravvissuta ma solo una ragazza da rimettere in carreggiata. Anna assunse la sua nuova identità e recitò la parte come meglio poté: «Non ne sono sicura. Ho trascorso gli ultimi dieci anni in tuta e scarpe da ginnastica. Da dove vengo io, la tuta sportiva è meglio, attira meno l'occhio. E siccome i miei amici erano per la maggior parte maschi, non mi sono mai fatta troppe domande».

Thaïs scoppiò in una risata rassicurante, come se le avessero tolto un peso dalle spalle.

«Grazie al cielo! Non riuscivo a capire perché, alla tua età, avevi bisogno di qualcuno per vestirti. È solo che hai perso il gusto! Allora adesso ringraziamo Air Saint-Pierre per aver avuto l'accortezza di perdere la tua valigia e poi ti facciamo bella.»

«Visto il tempo che passi in uniforme, non so se sei la persona giusta» rispose Anna prontamente.

«E per di più punge! Mi piaci! Io sono come te. A proposito...»

Si girò verso la cliente chiassosa e con aria severa emise un sibilo di disapprovazione. A disagio, l'altra terminò la chiacchierata e infilò il telefono nella borsetta. Sul punto di scoppiarle a ridere in faccia, Anna e Thaïs distolsero lo sguardo. Lentamente, Laguerra fece ruotare Anna verso il grande specchio dell'entrata e per la prima volta la osservò con attenzione. Sin dal loro incontro aveva notato che il viso della giovane presentava una serie di anomalie stupefacenti, ma solo in quel frangente le passò in rassegna. Indugiò un secondo di troppo, e cadde senza poterlo evitare nella trappola del suo sguardo.

«Mi stai fissando» disse Anna.

«Scusa» rispose Laguerra tenendole ancora gli occhi addosso.

«E continui a farlo.»

Thaïs sorrideva. La somma di quelle irregolarità creava un risultato inspiegabilmente affascinante, la bellezza di un quadro infine svelata da una luce diversa.

Anna la sfidò: «Dimmi almeno cosa vedi».

In quell'attimo il cellulare della gendarme squillò, liberandola dal turbamento.

«Scusa, devo rispondere. Torno subito.»

Uscì dal negozio e lasciò che Anna desse un'occhiata ai vestiti appesi alle grucce. Passando davanti a una cabina di prova e scorgendo la borsetta della donna rumorosa, aperta e posata a terra, un po' al di qua della tendina, Anna ne sbirciò il contenuto, vide un pacchetto di sigarette. Da settimane non fumava e la voglia la tormentò fino in fondo allo stomaco. S'inginocchiò e infilò la mano nella borsetta.

Fuori, Laguerra stava chiedendo a Soba di ripetere la richiesta.

«E tu vuoi che io la rubi dalla nostra cassaforte?»

19

Se con Clémence aveva usato il suo vero volto sul sito d'incontri dedicato ai disabili era perché contava poche centinaia di utenti. Ma su Grindr, un'app d'incontri gay che superava gli undici milioni di iscritti, Andréas non corse nessun rischio, e per crearsi il profilo usò una foto di Thibaut Dalmas, a cui tre giorni prima aveva risparmiato un suicidio forzato.

Approfittando della splendida vista dall'alto del Trocadéro, seduto ai tavolini del Café de l'Homme, con il sole sulla nuca, ordinò una seconda coppa di champagne che pagò con la carta di credito presa allo stesso Dalmas.

Ora passava da una fotografia all'altra senza mai leggere il contenuto del profilo, poiché quello che gli interessava era solo l'aspetto fisico. Troppo alto, troppo muscoloso, troppe lentiggini, labbra troppo carnose, nessun candidato corrispondeva a ciò che cercava. Al tavolo vicino, un'incantevole cinquantenne che sembrava essere a casa sua nel lusso chiassoso di quel caffè non si perdeva una mossa, e si scambiarono un sorriso d'intesa. Andréas faceva sfilare gli uomini come in un catalogo, poi finalmente si fermò.

«Sarà lui?» domandò la donna, incuriosita.

«Credo di sì.»

«Un po' le somiglia.»

«È proprio quello che cerco.»

* * *

L'incontro era stato fissato dopo un breve scambio di messaggi e si erano trovati sotto le arcate del Café Marly che incorniciavano le piramidi del Louvre, un posto per mettersi in mostra e dove ognuno guarda soltanto se stesso.

«Sei diverso dalla foto» fece notare il suo appuntamento.

«Sono un ufficiale di polizia» rispose il predatore, divertito dalla propria impertinenza. «Anche se la mentalità è cambiata e i più se ne infischiano, resta un buon numero di cretini in grado di guastarmi la vita. Perché? Sei deluso?»

«No. Sei anche meglio. In genere è il contrario quando si usa una foto falsa.»

Andréas aveva un solo scopo, finire nell'appartamento del suo candidato. Così assunse un contegno presuntuoso che suggeriva che fosse troppo bello per chiunque, inaccessibile, irritante, e perciò sexy da matti. Dato che l'altro immaginava il seguito della serata e il piacere che avrebbe provato nel cancellare quell'arroganza tra le lenzuola, non rimasero a discutere a lungo e, con un gesto di sufficienza, Andréas chiamò il cameriere e pagò.

* * *

L'appartamento non era spazioso ma aveva una vetrata che affacciava su place de la Bastille, dove il teatro dell'Opéra illuminato creava, da solo, un'atmosfera di luce soffusa nel salotto. C'erano alcuni trofei su una mensola di vetro e le mazze da golf che glieli avevano fatti vincere sporgevano da una sacca appoggiata al muro, rosso come tutto il resto. Con grande disappunto di Andréas, tra la data dell'annuncio e oggi, il giovane doveva aver intensificato l'attività sportiva ed era più robusto del previsto. Sarebbe stato preferibile non venire alle mani.

Due bicchieri furono posati su un tavolino basso in acciaio inossidabile a forma di ala di aereo. Andréas non ebbe il tempo di bere che già si baciavano. Era una prima volta, ma contro ogni aspettativa l'altro ci sapeva fare e rese tutto meno sgradevole di quanto il predatore avesse immaginato.

«Non la trovi sconcertante?» domandò il suo flirt riprendendo fiato.

«La nostra somiglianza?»

«Ma sì! Ho l'impressione di baciare me stesso. Non dico che mi dia fastidio... È un'esperienza, ecco!»

«Ti sembrerei un tipo strano se ti dicessi che ti ho scelto apposta?»

«Posso risponderti che ne ho conosciuti di tipi strani sul sito, ma tu sei... stuzzicante.»

Si raddrizzò sul divano di pelle invecchiata e, in tono imbarazzato, propose di rendere più piccante la serata.

«E gli spinelli, per caso li fuma un ufficiale di polizia?»

«Capita.»

«Sì, davvero stuzzicante» concluse il giovane.

Si alzò, si avvicinò a una consolle, aprì il cassetto dove conservava l'erba con le cartine e Andréas approfittò del fatto che l'altro gli dava le spalle per versargli un filo di Rivotril nel bicchiere. Come avrebbe potuto vedere lo specchio fissato al muro, dato che tutte le pareti erano rosse e che lo specchio senza cornice, da perfetto camaleonte, rifletteva solo il rosso?

«Che hai versato nel mio bicchiere?» chiese il giovane voltandosi di colpo.

Contrariato, Andréas sospirò.

«Aspetta un po', ma sei davvero un poliziotto, tu?»

«Non avresti mai dovuto vedermi.»

«Ma che cazzo stai dicendo?» s'innervosì l'altro.

«Dico che tutto si complica terribilmente a partire da adesso.»

L'amante di una sera, diventato preda, andò verso l'ingresso dove c'era il cellulare e, proprio accanto, le mazze da golf. Chiamare la polizia o difendersi, Andréas non aspettò che facesse la sua scelta e, mentre l'altro gli passava davanti, senza nemmeno alzarsi dal divano e appoggiandosi sulle braccia, allungò la gamba e gli sferrò un violento calcio al ginocchio. L'articolazione scricchiolò, il legamento cedette, la tibia fu sul punto di lacerargli la pelle e il poveraccio, che aveva solo desiderato una serata divertente, crollò faccia a terra. Pensò subito a una di quelle trappole tese sui social da teppisti omofobi che avevano mietuto vittime anche tra i suoi amici. Pensò a quei pazzoidi, nauseati da un semplice orientamento sessuale o magari da quello che gli ripugnava ammettere, e si rifiutò di essere l'ennesimo fatto di cronaca. La paura subentrò e gli scaricò nelle vene abbastanza adrenalina da farlo rialzare su una gamba e affrontare l'aggressore. Si ritrovò in piedi, battagliero e furibondo, sotto lo sguardo strabiliato di Andréas, che non si aspettava di ricevere i due magistrali pugni, rapidi e poderosi, che quasi lo misero fuori combattimento.

Ma con un ginocchio malandato, la scelta migliore per il padrone di casa era la fuga. Approfittando del temporaneo stordimento dell'avversario, tentò di uscire dall'appartamento. Avrebbe bussato alle porte dei vicini, avrebbe urlato chiedendo aiuto, sarebbero venuti in suo soccorso, ma prima doveva raggiungere la porta. Mentre girava la chiave nella serratura tutto diventò bianco, ovattato, indolore. Il sangue gli inondò gli occhi, uscendo a fiotti dalla testa spaccata dal ferro n. 6 che Andréas stringeva con due mani, alle sue spalle.

Il giovane fece una mezza giravolta, cadde in ginocchio, con la parte destra del viso che si era abbassata di cinque centimetri rispetto alla sinistra, un occhio al suo posto, l'altro all'altezza del naso, come quando si sbaglia occhiello nell'abbottonarsi. Davanti a quello spettacolo, Andréas fece una smorfia disgustata e sprezzante, come se ne fosse responsabile la sua vittima.

Nell'appartamento rosso, il sangue si vedeva a stento, e la larga pozza che ora ricopriva il parquet del salotto rifletté Andréas che frugava nelle tasche, nei cassetti e negli armadi alla ricerca della carta d'identità del tizio che gli somigliava. Poi, sullo specchio che lo aveva tradito, scrisse: BRUTTO FROCIO.

Non era né la sua firma né il suo tipo di vittima, e il messaggio avrebbe lasciato supporre un assassinio omofobo, lanciando i poliziotti nella direzione sbagliata. Come un evaso braccato, aveva appena attraversato un fiume e i cani non avrebbero trovato le sue tracce.

Prima che oltrepassasse la porta, gli vibrò il cellulare.

Clémence, la tizia sulla sedia a rotelle, gli aveva scritto.

Clémence: «Dopo solo quattro conversazioni ho voglia di avere fiducia in te e di vederti. Com'è possibile?».

Lei abitava lontano, ma ormai Andréas aveva un lasciapassare. Una carta d'identità con un viso del tutto simile al suo che gli avrebbe consentito di attraversare la Francia e di superare qualsiasi controllo. Clémence faceva parte del suo piano ed era il momento d'incontrarla.

Andréas: «Allora perché aspettare? Vediamoci!».

20

Tutto in Sean Grady trasudava presunzione. Lo sguardo che puntava sugli altri, o il tono che usava con loro, come se fossero suoi domestici. Era lo stesso per il suo lussuoso Four Winns Vista, che senza indugio avrebbe mandato a demolire per un modello superiore, se mai qualcuno nell'isola avesse comprato il medesimo fuoribordo. Idem per l'acquascooter ultrapotente, capace di attraversare le circa tredici miglia nautiche che separavano Saint-Pierre dal Canada anche con il mare grosso, e per la motocicletta Kawasaki Ninja il cui aggressivo colore verde limone garantiva che lui poteva concedersi tutto, persino il cattivo gusto.

I giovani isolani si davano appuntamento al Rustique, dal venerdì sera alla domenica mattina, sulle playlist di Bia, la sola e unica deejay dell'isola da venticinque anni, e ovviamente era lì che potevano trovare Sean, mentre si pavoneggiava, offriva giri al bar per mettersi in mostra, accettava al suo tavolo le ragazze o i ragazzi di cui gli piaceva la compagnia, quando ne aveva voglia. David, il fratello minore, era rimasto a villa Grady, lasciando al maggiore tutta la sua corte.

Sean parlava forte, rideva forte, prendeva in giro senza discrezione e senza tatto, tentando di rimorchiare con disinvoltura anche le ragazze che non avevano chiesto niente. Soprattutto quelle. Il suo potere materiale e la sua capacità di nuocere erano tali che era più facile lasciar correre e sorridere sopportando quelle attenzioni sgradevoli, cariche del suo alito di tabacco, del suo braccio che pesava attorno ai fianchi e dei suoi schizzi di saliva che sapevano di alcol.

Ordinando un altro bicchiere al bancone, rollò uno spinello sotto gli occhi del barista disilluso, poi uscì all'aria fresca per accenderlo nella strada pedonale selciata. E non si nascose neppure quando vide il poliziotto che gli veniva incontro.

«Ho appiccato il fuoco alla tua schifosa moto verde giù al porto» lo avvertì Coste.

Lo sguardo di Sean scattò verso il luogo dove aveva parcheggiato la Kawasaki Ninja – contro il muro del Rustique, senza antifurto, perché a Saint-Pierre anche le auto e le case rimanevano aperte – e ne constatò l'assenza.

«Cazzo!» imprecò scendendo la strada di corsa.

Parcheggiata lì, brutta come al solito, troneggiava la Kawasaki intatta che Coste aveva spostato di alcune decine di metri dal bar, lontano dai curiosi.

«A che gioco giochi, sbirro?» s'innervosì Sean voltandosi. «Credi davvero di poterti divertire a...»

In un lampo azzurro e crepitante, i due ganci del taser scaricarono i loro cinquantamila volt sulla nuca del ragazzo, che si pisciò addosso mentre crollava ai piedi del capitano.

* * *

Quando Sean Grady riprese i sensi, con le ginocchia contro il torace, in posizione fetale, dentro quella che sembrava una gabbia di metallo, ebbe bisogno di sentire alcuni scossoni, il rumore di un motore a basso regime, e di riconoscere l'odore del gas di scarico per capire di essere nel portabagagli di un'auto. Si mise a picchiare e a urlare, a minacciare e a insultare prima che il cofano si aprisse e lui scorgesse di nuovo la faccia di Coste.

«Figlio di puttana, io ti...»

«Sul serio, non hai un briciolo di buona educazione, tu» lo interruppe il capitano bombardandolo con altri cinquantamila volt sulla guancia.

Portando Sean sulla spalla come un sacco, Coste camminò sul pontile di legno del porto turistico dov'erano attraccate le imbarcazioni e dove i fratelli Grady avevano l'ultimo posto in fondo, quello migliore, di fronte all'oceano. Lo scaricò senza tanti complimenti sul ponte a proravia, là dove di solito i passeggeri si abbronzano e dove lo stava aspettando Soba.

Sebbene uno schiaffo sarebbe bastato, Sean si ridestò del tutto solo al secondo ceffone del Kraken. Adesso si trovava su uno dei tre sedili di cuoio della cabina, sorprendentemente spaziosa e comoda per un fuoribordo e dov'era persino possibile stare in piedi, di fronte ai due poliziotti seduti, con i gomiti sulle ginocchia, le mani giunte, chini su di lui. Da anni l'erede dei Grady si faceva beffe di Soba, stuzzicandolo come si fa con un cane legato a una catena che si è certi non si spezzerà, ma quella sera Coste aveva slegato il molosso.

«Alla fine ho buttato la tua moto nelle acque del porto, per mettermi l'anima in pace» gli confessò Soba. «Questa è la cattiva notizia.»

«Perché? Ce n'è una buona?» tastò il terreno il ragazzo, sempre più a disagio.

«No, un'altra cattiva, però mi piace romperti le palle» rise il gigante tatuato posando sul ripiano centrale di legno un pacco grande come una scatola da scarpe e avvolto da nastro adesivo marrone, uscito direttamente dalla cassaforte della gendarmeria.

«Qui ci sono due chili di cannabis di eccellente qualità» lo informò Coste. «Ti ricordi quello che è successo, vero? Perché noi ce lo ricordiamo benissimo.»

Poi il tatuato recitò come un bravo alunno, nello stesso modo in cui lo avrebbe fatto in un tribunale, stile rapporto di polizia, e già questo gli varrebbe un premio: «Di ritorno dalla missione di controllo dell'ATR 42 proveniente da Montréal con un'ora di ritardo, arrivo previsto alle 23.45 e atterraggio effettivo alle 00.45, passando per il porto turistico, la nostra attenzione è stata attirata da un'imbarcazione di tipo peschereccio che si agganciava al fuoribordo Four Winns Vista il cui proprietario, tale Sean Grady, è sfavorevolmente noto. Il peschereccio ha consegnato un pacco al signor Grady, che a sua volta ha consegnato una spessa busta formato A4. Constatando uno scambio notturno sospetto, abbiamo deciso di avvicinarci. In conseguenza del nostro avvicinamento, l'imbarcazione sconosciuta si è allontanata a velocità sostenuta, aumentando i nostri sospetti. Essendo appiedati, l'inseguimento dell'imbarcazione sospetta si è rivelato impossibile. Abbiamo tuttavia constatato che Sean Grady, ancora in possesso del pacco, ha tentato di nasconderlo gettandolo furtivamente nella cabina e confermando con il suo comportamento l'ipotesi di una compravendita di stupefacenti in corso. Trattandosi di una flagranza di reato, visti gli articoli 53 e seguenti del codice di procedura penale, abbiamo deciso di salire a bordo. Constatando che il pacco si trovava su uno dei sedili della cabina, sotto i nostri occhi, senza dover procedere a una perquisizione ci siamo impossessati del suddetto pacco, da cui si sprigionava un odore che denunciava la chiara presenza di cannabis e blablabla. Puoi immaginare il seguito».

«Ma che razza di stronzate sono?» si ribellò il trafficante immaginario. «Non avete il diritto!»

«Detto da un viscido pallone gonfiato, è quasi commovente» osservò Coste. «E su Esther Bisset, quali diritti avevi?»

Sean capì immediatamente che stava per pagare a caro prezzo quel fine serata e le spalle gli si abbassarono.

«Due chili di hashish» proseguì Soba «scoperti dai poliziotti, senza nessun gendarme a coprirti né a lasciarti scappare. Traffico di stupefacenti, per il codice penale fanno dieci anni, ma poiché nella prigione di Saint-Pierre non si scontano lunghe pene, andrai nella madrepatria, a Fleury-Mérogis, il paradiso dei selvaggi. Qui sei qualcuno, là non sei nessuno. Con la tua faccia arrogante ti farai cambiare i connotati ogni mattina e dovrai soddisfarli ogni sera. Tu vieni da Saint-Pierre e conoscerai un mucchio di zotici che ti troveranno esotico e penseranno di fottersi una bella indigena. Ti dimenerai come le bamboline che i camionisti mettono sul cruscotto dei camion, te lo garantisco. E durerà dieci lunghi anni, in una cella due volte più piccola di questa cabina, che condividerai con cinque dei tuoi nuovi migliori amanti.»

L'armatura raramente scalfita del giovane erede cedette con facilità e le lacrime iniziarono a sgorgare.

«Ma Esther, chi è per lei?» chiese Sean piangendo.

«Una mia amica» rispose Coste. «E tu le hai fatto del male.»

«La supplico, possiamo metterci d'accordo! Farò tutto quello che serve, tutto quello che vuole!»

A dire il vero, veder partire l'aggressore di Mercoledì in aereo, ammanettato a una poltrona e diretto in una delle prigioni più dure di Francia, non sarebbe dispiaciuto a Coste, ma i due chili non erano suoi e dovevano tornare al loro posto prima dell'alba.

«Se non vuoi passare i prossimi dieci anni all'inferno, devi promettermi un sacco di cose. Di non avvicinarti mai più a Esther, di cambiare marciapiede se la vedi, di abbassare gli occhi se ti guarda, di far tacere quei buffoni dei tuoi amici se per caso ne parlano male e di difenderla se è necessario, tutte le volte che sarà necessario.»

«Lo giuro» si affrettò a dire Sean. «Posso anche pagarla, se vuole. Per riparare.»

«Questa è un'altra parte del tuo debito. Ma sì, pagherai» affermò Coste.

Soba, convinto che la loro vendetta fosse finita, alzò sul capitano lo stesso sguardo interdetto di Sean. Aggrottò le sopracciglia interrogando con gli occhi il superiore.

«Lo rimetta nella cassaforte» gli disse Coste porgendogli il panetto «e mi aspetti fuori.»

«Capitano...»

«L'avevo avvertita che avrei terminato da solo. È un ordine.»

Il Kraken guardò Coste che si rimboccava le maniche del pullover. Poi, quasi inquieto, guardò il ragazzo, e quest'ultimo capì che, se il gigante tatuato temeva di lasciarlo da solo con il capitano, voleva dire che sin dall'inizio non aveva valutato bene quale dei due fosse il più pericoloso. Soba salì i tre gradini della cabina e scomparve nella notte. Non si udiva altro che lo sciabordio delle piccole onde contro lo scafo, lo schiocco metallico delle sartie contro gli alberi, il rumore del vento e il respiro irregolare di Sean.

«Hai visto di cosa è capace Soba? Far uscire dal cappello abbastanza droga da incastrarti quando vuole. Allora, in futuro, t'invito a essere più gentile con lui. Da parte mia, ti potrei uccidere per quello che hai fatto a Esther. Perciò ti racconterò un'altra storia, e per questa non ci sono accordi. È quanto dirai alla tua famiglia, ai tuoi amici e ai gendarmi quando andrai a sporgere denuncia, ovviamente appena sarai in grado di parlare di nuovo.»

Le labbra di Sean cominciarono a tremare, le lacrime a scorrere. Era consapevole che affrontava la curva complessa della serata e che il peggio sarebbe arrivato di lì a poco.

«Stanotte hai incontrato tre marinai. Individui poco accomodanti, che non conoscevi e che non potresti descrivere e con i quali la discussione si è inasprita.»

«Tre?» ripeté Sean, atterrito.

«Sì. Bisogna che la storia sia credibile.»

Coste gli si piazzò di fronte, in piedi, sovrastandolo, e gli sferrò un pugno che gli aprì l'arcata sopraccigliare. E gli tornò in mente la voce di Laguerra, mentre infliggeva la punizione promessa alla sua vittima.

«Ha accettato un passaggio da un ragazzo. Quello non l'ha portata dov'era diretta, lei quasi se la faceva sotto. Le è saltato addosso. Le ha bloccato i polsi con una mano e con l'altra le ha stretto il viso per baciarla. La ragazza è riuscita a liberarsi, gli ha rifilato uno schiaffo e un pugno in pancia che lo ha piegato in due. Allora lui l'ha afferrata per i capelli per obbligarla a prenderglielo in bocca. Lei ha giurato che lo avrebbe morso e quello s'è incazzato e le ha sbattuto la testa contro il finestrino. L'ha scaraventata fuori dalla macchina e l'ha mollata a parecchi chilometri da casa, in piena notte, sotto la pioggia, dicendole che se avesse parlato le avrebbe fatto di peggio, insieme ai suoi amici.»

Coste non stava bene da molto tempo, e da molto tempo li aveva avvisati che non aveva più la stabilità emotiva necessaria a reagire con discernimento e moderazione. Lui sapeva quando fermarsi, ma gli avevano chiesto di continuare, di accogliere Anna che gli aveva conficcato in testa dieci anni di torture, e ora sulla sua strada ci si era messo quel bastardo che aveva osato toccare Mercoledì, l'unica, insieme al vecchio Bisset, per la quale aveva abbassato la guardia e che aveva accettato di amare. Coste non stava bene da molto tempo. Eppure li aveva avvisati.

Con ritmo regolare, il pugno si abbatteva sul viso di Sean e solo quando fu coperto del sangue del ragazzo, rannicchiato in fondo alla cabina, sfigurato, con il naso rotto, uno zigomo lacerato, le labbra spaccate, le arcate squarciate, gli occhi semichiusi, gonfi e tumefatti, quel pugno si fermò. Coste lo lasciò lì, mezzo incosciente, a gorgogliare nel suo stesso sangue, a respirare con difficoltà.

«E se alzi di nuovo un dito su di lei, ti getto giù dalla scogliera di Cap-à-l'Aigle, e nessuno saprà mai che fine hai fatto.»

Coste risalì la strada che fiancheggiava il porto, estraneo a quanto lo circondava, e ritrovò la Land Rover parcheggiata davanti alla polizia di frontiera. Una volta a bordo, afferrò il volante con mani tremanti, incapace di fare un gesto in più. Soba, che lo aveva aspettato, si accorse delle condizioni del superiore e posò saldamente una mano su quelle del capitano.

«Cazzo, quando lei si sveglia non è per finta. Si sposti, guido io. La riporto a casa.»

* * *

Alla vigilia del suo primo giorno al rifugio per animali, Anna era andata a letto con il sole, ma gli occhi erano spalancati da allora. Udì il fuoristrada frenare davanti alla casa, poi un rumore di passi nell'ingresso. Infilò una felpa, scese dal letto e si presentò in salotto. Sul tavolo al centro della stanza, la pistola e il caricatore, il taser, l'impermeabile e il maglione del poliziotto, con una delle maniche sporca di schizzi scarlatti.

Erano le due del mattino passate e, in bagno, Coste faceva scorrere l'acqua fredda sulle nocche insanguinate della mano destra. Anna comparve alle sue spalle, guardò l'acqua rossa che gocciolava dal pugno nel lavandino bianco e i tagli sulla pelle.

«Credevo che avresti solo tentato di convincerla a sporgere denuncia.»

Il capitano non ribatté.

Un gradino separava la doccia dal lavabo e lui vi si sedette, allungando il braccio verso il mobiletto dove teneva la scatola di metallo con i cerotti e una benda, che arrotolò attorno alla mano. Anna si sedette al suo fianco e gli s'incollò addosso.

«Hai fatto bene. Se lo meritava.»

«Non sai quello che ho fatto» sibilò Coste.

«Me ne frego» disse la ragazza posando la testa sulla sua spalla. «È una buona cosa.»

Il tempo passò, un minuto o dieci.

«So che sei uscita dal recinto.»

Anna non si mosse, ma trattenne il respiro.

«So che sei uscita e non so immaginare quello che hai accettato di fare per restare viva.»

Silenzio. Sulla benda, macchioline rosse germogliavano e si estendevano gradualmente, man mano che il sangue attraversava gli strati.

«No, non sai quello che ho fatto» finì col dire Anna.

«Me ne frego. Hai fatto bene, perché ti ha salvato la vita. Tutto quello che gli hai ceduto, tutto quello che hai subito, tutto quello che hai tollerato... niente potrà deludermi, o disgustarmi. Ma dobbiamo mettere fine a tutto questo.»

«Sono dieci anni che ci provate.»

Il tempo passò. Un minuto o dieci. E quando lei parlò di nuovo, le parole sembrarono tagliuzzarle le labbra.

«Si chiama Louis» disse. «Si chiama anche Joseph. E Milos. E ha altri nomi che non conosco. Passa da un'identità all'altra. Non esiste. Non lo troverete mai.»

21

Certe persone sono capaci di sorridere e aspettare qualcosa di meglio, di temporeggiare, di dirsi che si presenteranno nuove occasioni e che dietro quella persa già ne pazientano altre dieci. Certe persone hanno questa fortuna. Ma Clémence era inchiodata alla sua sedia a rotelle dalla nascita e, per lei, la felicità doveva essere afferrata senza esitare, senza riflettere, senza precauzioni, a piene mani, a costo di bruciarsi. Che poteva capitarle? Una delusione? Una pena d'amore? Come invidiava le donne che le avevano. Come le invidiava per quelle sofferenze che a lei non erano concesse. E allora anche se le fosse capitato, sarebbe stata felice della sua pena d'amore, della sua delusione.

Avevano parlato molto, per notti intere, e siccome non era lei che poteva andare da lui, era stato lui ad accettare di venire. Lui. La sua opportunità. Dopo la malattia, poteva essere la sua guarigione, la rinascita.

Da sola, aveva pulito l'appartamento da cima a fondo, passato l'aspirapolvere, cambiato le lenzuola, fatto un bagno, lavato i capelli, poi li aveva raccolti in una crocchia morbida. Aveva fatto tutto quanto come lo avrebbe fatto una giovane donna sana, naturalmente con un po' più di sforzi, un po' più di fatica.

Il suo appartamento di tre vani somigliava a qualsiasi altro, eccetto per la cucina più bassa, l'assenza di mensole in alto, una vasca da bagno con l'apertura laterale e specchi che avrebbero riflesso l'ombelico se fosse stata in piedi. Accese un incenso, cambiò idea, lo spense. Si mise troppo profumo, ne tolse un po' con un asciugamano bagnato. Infilò una maglietta azzurra con una scollatura vertiginosa, troppo provocante, poi si decise per un corsetto bianco con le spalle nude. E se Andréas fosse arrivato un'ora dopo, lei avrebbe trascorso quel tempo a prendere decisioni e a ricredersi.

Quando sentì tre colpi alla porta, dovette schiacciare le guance per cancellare il sorriso esageratamente allegro che le illuminava il viso, sicura che sarebbe riuscita a fargli paura con tanto entusiasmo, troppo presto, per niente, solo perché lui era lì, dietro la porta.

Andréas aveva ideato il suo piano a casa di Thibaut Dalmas, aveva assunto la nuova identità dopo un appuntamento finito in omicidio in un bell'appartamento rosso, e finalmente era davanti a quello di Clémence, dove tutto sarebbe ricominciato. Niente di più semplice di alcune conversazioni attraverso lo schermo, durante le quali, ora dopo ora, si era assicurato che lei fosse la candidata giusta, una donna che rifiutava di uscire di casa, non aveva amici intimi né visitatori inaspettati, in quella cittadina che Andréas avrebbe imparato a conoscere per poter ricominciare ad agire, per essere di nuovo felice. Attivo, insomma.

Con la valigetta ai piedi, sorrise a sua volta quando la porta si aprì.

«Buonasera, Clémence.»

«Andréas» disse lei semplicemente, come se fosse stato necessario vederlo in carne e ossa per accettare l'idea che, una volta in vita sua, poteva capitarle qualcosa di meraviglioso.

* * *

Clémence gli mostrò un armadio e gli propose di mettervi i suoi effetti personali. Ancora a disagio, avevano detto poche parole e le loro frasi erano vuote a causa dell'imbarazzo condiviso.

«Il mio bagaglio non ti spaventa? Non mi stabilirò qui. È solo che abiti un po' lontano da Parigi.»

«Speravo che tu restassi più di ventiquattr'ore, per dirti la verità.»

In salotto, Andréas si sedette sul divano e vi rimbalzò sopra come per saggiarne la comodità.

«Credo che qui starò benissimo.»

Colpita dal non vederlo pianificare l'invasione delle sue lenzuola sin dalla prima notte – anche se non le sarebbe dispiaciuto, non se lo nascondeva –, Clémence fu rassicurata da quella naturale dimostrazione di pazienza e di rispetto, che finì col farle abbassare la guardia.

«Bene, siamo d'accordo quando dico che siamo più a disagio che dietro gli schermi?»

«Siamo d'accordo» sorrise Andréas.

Clémence fece girare la carrozzina, scomparve in cucina e tornò con una bottiglia di champagne rosé quasi gelata in mano e due coppe sulle ginocchia.

«È una soluzione come un'altra, no?»

Un'ora dopo il ghiaccio era rotto, i bicchieri erano vuoti, e loro due si ritrovarono a parlare con la stessa franchezza alla quale si erano abituati nei giorni precedenti.

«Non mi hai mai chiesto...» disse lei all'improvviso.

«Perché sta a te decidere quando.»

«È una malformazione dalla nascita. La colonna vertebrale comprime il midollo spinale. Una spina bifida, se vuoi il termine esatto. Non un incidente, come tua sorella che si è imbattuta in un pirata della strada. Soltanto la sfortuna genetica.»

«È meglio?»

«Sì. Non ho nessuno da odiare.»

Poi approfittò della testa che le girava un po', e lo champagne, complice, le diede il resto di fiducia necessaria.

«Ma tu non mi fai ancora la vera domanda.»

Andréas finse di essere in imbarazzo e a lei piacque vederlo a disagio.

«La parte motrice è lesa, ma le sensazioni ci sono. Sento tutto» dichiarò Clémence.

«Non ci avevo nemmeno pensato. Da giorni, e in viaggio, e all'angolo della strada, e un minuto fa...»

Una risata da ragazzina a occhi bassi, poi Clémence tornò in cucina a cercare una seconda bottiglia di champagne rosé, lasciando Andréas da solo con i due bicchieri. Al suo ritorno, un altro tappo cozzò contro il soffitto, uno o due sorsi per darsi coraggio e lei osò mostrargli come fare.

«Avvicinati» gli disse. «Metti le mani sulle scapole.»

Andréas eseguì e i loro visi, quasi toccandosi, occuparono tutto il campo visivo. Lei guardava lui, lui guardava lei. Poi Clémence gli passò le mani attorno al collo.

«Adesso alzati, piano piano, girati e posami sul divano. Ecco, così.»

Lei era al suo fianco, con il respiro leggermente accelerato. Andréas le porse il bicchiere, prese il suo, bevvero insieme.

«Non ti dirò come fare per ogni cosa» lo provocò.

Le sue labbra erano secche, quelle di Andréas le bagnarono un poco. Lei tenne gli occhi aperti, quasi diffidente. Non si baciarono davvero, si sfiorarono, con le bocche socchiuse, sentendo la loro pelle, i loro aliti, intrecciando le mani, accarezzando i vestiti. C'era tanto da scoprire e la voglia d'indugiare a ogni tappa. Ma la mente di Clémence diventò confusa, i suoi gesti si fecero irregolari, come se trattenesse un'impazienza resa quasi violenta. Infine chiuse gli occhi, posò la mano sulla nuca di Andréas e lo incollò lentamente alla sua bocca. Dapprima lo baciò come per assaggiarlo, curiosa, poi lo baciò come se lo salutasse sul marciapiede di una stazione, innamorata, e infine lo baciò come se fosse l'ultimo istante dell'umanità, senza più niente da perdere, mentre alle spalle, luminosa, attraversava il cielo la meteorite che avrebbe disintegrato il pianeta. In un bacio, ignorando le precauzioni cui si era ripromessa di attenersi, gli offrì tutto ciò che era.

* * *

Quando Andréas aprì un occhio, Clémence lo stava già guardando. In salotto, il divano letto non era stato aperto e lui uscì dalla camera per preparare un caffè. Nel lavello, osservò il piatto annerito e il suo contenuto indefinibile di cui non avevano mangiato più di un quarto intorno alle due del mattino.

«Devo uscire» disse da una stanza all'altra. «Vado a fare la spesa. Posso accettare che tu non cammini, ma sulla tua cucina è un no categorico. La tua vita è già abbastanza complicata per non subire quest'oltraggio quotidiano. E poi mi permetterà di visitare la città. Sei sicura di non volermi accompagnare?»

Con quel bluff controllò che lei fosse tanto spaventata dall'esterno quanto gli aveva fatto capire. E Clémence confermò.

«Se è un problema, devi dirmelo adesso» aggiunse comparendo in cucina.

«Sarebbe un problema se tu me lo avessi nascosto, ma sei stata molto chiara. Chissà, magari più avanti lo sguardo degli altri non avrà tanta importanza...»

Le parole giuste al momento giusto. Promettendole un più avanti, le faceva posare lentamente la zampa nella trappola.

«Chissà» concesse Clémence, e per la prima volta nella vita non lo disse soltanto per far contento il fisioterapista e convincerlo a non affrontare più l'argomento durante la seduta, ma perché cominciava un po' a crederci.

Un berretto in testa e occhiali da sole, quel semplice abbigliamento permette d'incontrare dieci volte la stessa persona senza poterla realmente descrivere, e fu così che Andréas si arrischiò all'esterno.

Ai piedi della sua nuova dimora abbracciò con lo sguardo edifici e strade. Arrivando, aveva avuto conferma che la sua identità era ancora sconosciuta e il suo viso anonimo, ma per quanto tempo? Un'auto della polizia comparve in strada, andando a passo d'uomo, e Andréas, con un cenno della testa, salutò garbatamente, aspettandosi che l'auto frenasse di colpo e l'equipaggio gli saltasse addosso.

I poliziotti lo salutarono a loro volta e proseguirono il giro di pattuglia senza sospettare nemmeno per un attimo chi avessero appena incrociato.

22

SPM3A
Saint-Pierre-et-Miquelon Aiuto Agli Animali, detto «Il Rifugio»

Fiancheggiato dall'Atlantico, un vecchio prato incolto, con piante infestanti e fiori selvatici, era il campo di gioco di una dozzina di cani e di una cinquantina di gatti che vivevano in perfetta armonia e il cui solo punto in comune era quello di essere stati abbandonati.

Gli ospiti del prato andarono a salutare Anna, nascosta nella vegetazione fino ai fianchi. Salutavano ognuno secondo il suo ritmo e a suo modo: i gatti da lontano, osservatori prudenti, i cani senza riserbo, incollati alle sue gambe, con la lingua penzoloni e già innamorati. Una zampa in meno, un bacino storto, una coda mozzata, un occhio mancante, avevano tutti il loro difetto, spesso causa dell'abbandono, quando non erano stati semplicemente un capriccio diventato ingombrante, desiderati e poi rigettati, con il cuore inconsolabile, soprattutto i cani, perché rimane ancora da provare che i gatti abbiano sentimenti.

Pauline, la direttrice del Rifugio, un donnone atletico che nessuno si sarebbe arrischiato a infastidire in un bar, neanche in un bar di marinai, le spiegò i compiti quotidiani del suo nuovo lavoro.

«Pulire le gabbie, cure mediche di base, riempire le ciotole» elencò la donna, «e se ti resta tempo, giocare con loro. Qui siamo solo in tre, compresa te, perciò non aspettarti di avere molto tempo libero.»

Le mostrò la casa blu, quella dei cani, in fondo alla distesa d'erba. Poi l'altra, la rossa, quella dei gatti. E in entrambe le case era previsto uno spazio chiuso per gli animali considerati aggressivi, in fase di reinserimento, come un braccio di massima sicurezza in una prigione.

Al secondo piano della casa rossa, Anna fu presentata ai gatti sotto sorveglianza, undici felini sulla difensiva che s'immobilizzarono davanti alle due donne.

«Non ti devi avvicinare, niente gesti bruschi, nessun contatto visivo prolungato, questo li spaventa da morire. Tu passi ogni tanto, anche senza cibo, solo per informarli che esistiamo, che devono abituarsi a noi e ben presto agli altri inquilini.»

Anna si stupì del manifesto affisso sulla porta, su cui campeggiavano le foto degli ospiti accompagnate dal rispettivo nome, che lesse ad alta voce.

«Léonie, Inès, Emma, Loreleï, Amélie, Théana, Julien, Anaïs, Leïan, Julianne e Candice. Perché nomi umani?»

«Perché ne ho abbastanza dei Tigre, Schizzo, Trilli, Birba, e pure di Bonbon, Micia e Nuvola. Non ha senso dargli soprannomi melensi, se poi vengono gettati fuori dalle macchine nei pressi della discarica.»

In modo speculare, Anna recitò nella sua mente i nomi delle nove ragazze del recinto mentre Emma, la meno accomodante delle gatte, le passava tra le gambe inarcando la schiena.

«To', non lo aveva mai fatto» si stupì Pauline. «Forza, vieni, usciamo prima di essere di troppo.»

Attraversarono il prato per andare nella casa blu dove i cani in attesa di convalida per la vita in comunità, ancora troppo paurosi e dunque imprevedibili, erano chiusi in celle singole. Anna li osservò, uno dopo l'altro, raggomitolati nelle loro gabbie. Le gabbie, proprio ciò che temevano Coste e Saint-Croix. L'idea di quel lavoro, di quella nuova identità, poteva sembrare illogica, ma anche Melchior l'aveva sostenuta, perché la finalità del Rifugio era far uscire gli animali dalla gabbia e ridare loro la libertà, una vita nuova. Anna passò le dita lungo le sbarre, spiata dai prigionieri, senza nessuna emozione.

«È possibile farli uscire ogni tanto?»

«Uno alla volta, e se ti accettano» rispose Pauline.

Maltrattamento o randagismo per necessità, la fiducia nell'altro, umano o animale, poteva richiedere tempo, e c'era una fase di prova prima del paradiso del prato. Ma non tutti se la cavavano bene.

In disparte, in fondo al campo, a pochi metri dall'oceano, una vecchia scuderia accoglieva i cani impazziti in un box recintato e coperto di paglia fresca. Erano stati cresciuti a frustate, calci e pugni, e il loro cervello era andato in pappa. Quando venivano nutriti, si gettavano contro le sbarre fin quasi a rompersi il muso, a spaccarsi i denti, solo per tentare di strappare un brandello della mano che tendeva la ciotola. Rimanevano per un periodo, in attesa di un verdetto, salvabili o perduti, reinseriti o soppressi. I casi erano rari e la scuderia spesso vuota, con grande sollievo dei volontari che vi entravano con riluttanza.

Il giro del Rifugio assunse un aspetto molto più serio quando, arrivate di fronte alla scuderia, Pauline proibì ad Anna di avvicinarsi. Da due notti vi soggiornava un ospite particolarmente squilibrato, il tempo di decidere della sua sorte, e non appena Pauline ebbe lanciato l'avvertimento, un corpo massiccio prese a sbattere con violenza contro lo steccato del box facendo tremare la scuderia; poi si allontanò con un grugnito.

* * *

Un'ora dopo, Anna aveva già trovato il suo posto e nemmeno una volta, qualunque fosse il compito richiesto, aveva mostrato il minimo segno di disgusto o di esasperazione, al punto che, vedendola integrarsi con tanta facilità, né Pauline né Camille, il suo braccio destro, assorte nel proprio lavoro, facevano più attenzione a lei. Fino a che la sua assenza parve strana.

«Dov'è la nuova?»

* * *

Nella vecchia scuderia proibita, Marcel, gattino orfano di un mese e appena quattrocento grammi, avanzava imprudente verso la gabbia del molosso, solo all'apparenza calmo e inerte. Adorabile palla di lanugine grigia, il gattino faceva zigzag maldestri, cadendo nella paglia che gli ricopriva il pelo e andando dritto incontro al pericolo. Le sbarre, abbastanza ravvicinate per non lasciar scappare un cane, permettevano a un gatto di passare, a maggior ragione un gattino. Il molosso si sedette di traverso, ostentando indifferenza, ma le orecchie si appiattirono e le zampe posteriori si piegarono sotto di lui. Quando Marcel posò una zampa nel box il cane balzò in avanti con le fauci spalancate, ma le zanne si chiusero sulla polvere mentre Anna agguantava il gattino per la collottola nel momento stesso in cui la porta della scuderia si apriva di volata su Camille.

La sua collega aveva la testa rasata sulle tempie, i capelli lunghi sul cocuzzolo, orecchini quanti ce ne potevano stare, uno stile punk un po' trasandato che contrastava con il suo sorriso timido, come un fragile scudo di fronte a una vita complicata che l'aveva fatta approdare a Saint-Pierre. Sorriso che si spense istantaneamente di fronte alla scena che si svolgeva sotto i suoi occhi.

«Che ci fai qui?» chiese, preoccupata di vedere la nuova arrivata nel solo luogo del Rifugio in cui le avevano proibito l'accesso.

Anna mostrò il superstite alzandolo davanti a sé, con le zampette che pedalavano nel vuoto.

«Mi dispiace, l'ho visto che s'infilava sotto la porta della scuderia, ho avuto paura per lui.»

Con un gesto svelto, Camille le tolse l'animale dalle mani e guardò il cane che faceva su e giù, furioso di essere stato privato di un giocattolo e di una merenda.

«D'accordo. Hai fatto bene. Non posso avercela con te, Marcel è il mio preferito. Per fortuna che sei passata di qui.»

Anna le sorrise e per Camille non fu facile sostenerne lo sguardo così insolito. Alle sue spalle il cerbero girò due volte su se stesso prima di sedersi, e la fissò. Camille si sentì stranamente a disagio.

«Su, non c'è niente da fare qui, vieni.»

«Posso restare un po'?» chiese Anna.

L'impiegata del Rifugio esitò, ma il gattino miagolò come per invitarla ad accettare.

«Okay, però non aprire il cancello e rimani a più di un metro. Non hai ancora firmato il contratto e se ti fai azzannare chiudiamo bottega.»

Camille tornò nel prato per deporvi Marcel, ripromettendosi di aggiungere una piccola rete metallica sotto la porta della scuderia per evitare nuovi incidenti. Intanto, sola con l'animale, Anna si sedette a trenta centimetri dal box, a gambe incrociate, e fissò senza battere ciglio il cane che di nuovo si eccitava. Poi, lentamente, allungò la mano. Più vicino. Sempre più vicino. Il cane ringhiò. La mano attraversò le sbarre di alcuni centimetri, finché quello non resistette più e si scagliò contro il recinto per morderla, ferendosi il muso, con il sangue che gli imperlava la pelliccia nera e fuoco.

«Calmati, idiota.»

* * *

Coste aveva affidato a Soba la responsabilità dell'ufficio, nel pomeriggio, per andare a trovare Mercoledì, e il vice aveva risposto con un felice «Agli ordini, capitano» che finora Coste non aveva mai sentito.

Certo, nulla di quello che il giorno prima aveva fatto subire a Sean poteva porre rimedio a quanto la ragazza aveva vissuto. L'impunità sarebbe stata intollerabile, e la punizione risolveva poche cose, in fin dei conti. Fatalista, Mercoledì ci aveva rimuginato per tutto il giorno.

«Anche se fosse morto, mi sentirei comunque sporca.»

«Non ti ho mai detto che avrei rimesso le cose a posto. Tolgo solo il peso dell'ingiustizia. Il resto rimane. Ma penso anche a tutte quelle che lui non toccherà più.»

Quel riassunto riguardava allo stesso modo Anna e la difficoltà di ciò che le chiedeva. Nemmeno per lei avrebbe posto rimedio a nulla. Il resto rimaneva. Si congedò da Mercoledì senza poterla aiutare oltre, più inutile di quanto si fosse mai sentito.

Distruggere il viso di Sean a pugni, lo aveva fatto per lei, o per se stesso?

* * *

Ore 18, chiusura della giornata al Rifugio. Pauline finiva di fumare davanti a Coste, che cercava di non ricominciare, mentre Anna si puliva gli stivali con l'acqua di un tubo d'irrigazione, dietro l'edificio. Il poliziotto sperava che fosse riuscita a distrarsi, ad arieggiare la mente prima che quella sera le chiedesse di ritornare accanto al mostro, come aveva promesso a Saint-Croix.

«C'è una cosa, con tua nipote» esordì la direttrice sbuffando il fumo.

«Spiegati.»

«È selvatica quanto alcuni miei ospiti.»

«Te l'ho detto. È una ragazza con problemi e ha anche un debole per le cattive compagnie.»

«Te lo confermo. I gatti selvatici l'hanno adottata.»

«È un buon segno, no?»

«Nell'antico Egitto, uno che maltrattava un gatto poteva essere condannato a morte. Allontanavano la peste uccidendo i topi e il pericolo uccidendo i serpenti. Erano considerati animali protettori.»

«Se i gatti vogliono darmi una mano, ogni aiuto è ben accetto. Allora, te la tieni?»

«Certo che me la tengo, non ho nessun altro.»

23

Clémence si scusò e andò a stendersi quando la testa cominciò a girarle. Eppure era ancora presto e non si spiegava perché tutta l'energia sembrasse abbandonarla in pochi minuti. Andréas le assicurò che non c'era nulla di grave, né di preoccupante: lui aveva fatto irruzione nella sua vita e ciò poteva essere faticoso dal punto di vista emotivo, tanto più che avevano fatto l'amore tre volte in un giorno. Inoltre le aveva cucinato qualcosa di commestibile, cambiando un po' le sue abitudini. E per finire le aveva versato nel bicchiere alcune gocce di un potente sonnifero e ovviamente la cosa non doveva aiutare, al che Clémence aveva riso di cuore prima di sprofondare nel sonno.

Andréas prese il mazzo di chiavi e si chiuse la porta alle spalle.

* * *

Residenza sorvegliata
Saint-Pierre

Ore 19. Nonostante la lunga doccia calda, Anna aveva ancora su di sé, nei capelli e sulla pelle, un leggero odore animale che ormai si accordava con il resto della sua personalità e del suo fisico. In cucina, in piedi davanti a un caffè leggero più simile a un tè, non avevano parlato del Rifugio né del suo primo giorno fuori dalla casa sicura. Avevano risparmiato le parole, consapevoli degli sforzi che avrebbe richiesto il colloquio di quell'inizio serata. Anna mise lo zucchero a posto e le tazze nel lavello, in silenzio, come se vivessero insieme da sempre. Spostò il miscelatore del rubinetto sull'acqua calda e la guardò scorrere finché non le bruciò le mani. Lasciò che il dolore la pervadesse, poi le ritirò. Rimanendo di spalle, come se parlasse a se stessa, trovò la forza di cominciare.

«Quando i miei genitori mi hanno annunciato che aspettavano un altro figlio, la mia prima preoccupazione è stata sapere se sarebbe stata una bambina. Chiunque avrebbe pensato che fossi impaziente o curiosa, loro invece hanno capito subito. Ma non sapevano il perché. Avevo forse paura di avere una sorellina e che lui le facesse quello che faceva a me, oppure provavo sollievo immaginando che si sarebbe interessato di più a lei? Davanti alla mia domanda, sono ammutoliti, perché credo che anche mia madre fosse preoccupata dal sesso del nascituro.»

Coste accese il registratore, sempre a portata di mano.

«Una sera li ho sentiti parlare sottovoce a proposito di malattie. Non ne conoscevo nessuna, avevano nomi complicati. I miei genitori facevano ricerche. Erano preoccupati. Mia madre era incinta di cinque mesi. Io avevo tredici anni. Ho pensato che il mio fratellino avesse un problema. Già. Nel suo grembo.»

Si girò a guardare Coste. Non c'era più un rumore, nemmeno fuori, come se il poliziotto fosse riuscito a imporre il silenzio al pianeta per lasciare tutto il posto alle parole di Anna.

«Parlavano di depigmentazione, di malattie ossee» continuò la ragazza, «pregavano di non dover ricominciare daccapo, e lì ho capito che parlavano di me. Solo che io non ho nessuna malattia. Sono nata così. Diversa. E basta. Speravano che il nuovo figlio non mi somigliasse. Non ce l'avevo con loro. Anch'io pregavo per lo stesso motivo. Non volevo che subisse quello che ho vissuto io a scuola.»

«Tu hai altro» assicurò Coste. «Altro di molto più prezioso, credimi.»

«Sono unica, è così?» disse lei, come un rimprovero.

Spesso un'adolescente se ne infischia di essere unica e preferisce l'invisibilità, e Coste si pentì di aver parlato. Anna si asciugò le mani, afferrò il pacchetto di sigarette posato su una mensola alta, un pacchetto che aveva visto lì il primo giorno e che non era stato mai spostato, poi andò a sedersi sul divano di pelle. Si tolse le scarpe e fece scivolare i calzini fino alle caviglie, sotto i cuscini.

«Bada bene, è certamente questo che gli è piaciuto in me. Anche lui è unico, a modo suo.»

Coste la raggiunse, esitò a sedersi sulla poltrona di fronte per poi scegliere l'altra estremità del divano.

«La prima volta che è entrato nel recinto si è seduto davanti a me, senza parlare. Avevo già pianto molto e non ero più terrorizzata. Ci siamo guardati a lungo e a un certo punto mi ha detto di non aver mai visto un viso come il mio. Più volte è venuto a guardarmi senza che accadesse nient'altro, e dopo un po', durante i nostri discorsi, ha cominciato a lasciare la porta con le sbarre aperta, come si apre il cancelletto di una gabbia per uccelli, per vedere se avrei tentato qualcosa, per assicurarsi che il passero avesse accettato la prigionia e che volare via non gli veniva neanche in mente. Un giorno mi ha detto di seguirlo, lassù, nella camera. Accendino?»

Anna teneva la sigaretta stretta fra le dita. Coste si alzò e tornò al suo posto con un accendino in mano. Lei accese e aspirò a lungo.

«Con mio padre era diverso. Mio padre mi paralizzava. Non appena la sua sagoma compariva nella mia camera, mi ritrovavo come in quei sogni dove non ci si può muovere, bloccata da corde invisibili. Il suo fiato, le sue mani, l'odore del profumo che gli avevo regalato a Natale e che avevo scelto con mia madre, nella galleria di negozi... Ma con lui, era diverso. Non era mio padre, non aveva nessun diritto, e io non lo amavo. Quando ha aperto la porta della camera, al piano superiore, mi sono stesa sul letto senza che lo chiedesse. Avevo deciso che non mi avrebbe preso niente, avevo deciso di accettare.»

La sigaretta le si era spenta tra le dita e lei la posò, fredda, sul tavolino.

«Gliel'ho detto. Gli ho detto che conoscevo quella cosa. Che non mi faceva paura. Che poteva cominciare. Mi si è seduto accanto, mi ha preso le mani, poi ha passato le dita sulle scarificazioni dei miei avambracci. Mi ha chiesto il mio nome, gli ho detto "Anna" e mi ha riportato giù nel recinto. Mi ha chiesto cosa potesse farmi piacere e anziché dirgli che volevo tornare a casa, forse perché sapevo che non serviva a niente, gli ho chiesto un libro. Mi ha detto di non averne, che non leggeva, e se n'è andato. Mi ricordo che quella sera ho dormito molto. Penso che fosse perché sapevo che la porta della mia camera non si sarebbe aperta. Due giorni dopo è venuto con una vecchia copia del *Conte di Montecristo,* che avevo già letto. Era il primo romanzo che mi regalava. Poi ne sono arrivati molti altri, ogni volta che facevo qualcosa di buono. Ma quella sera mi ha detto: "Non funzionerà correttamente con te", e ho pensato che mi avrebbe uccisa, il tempo di leggere Dumas.»

* * *

Andréas vagò di notte in una cittadina sconosciuta, costeggiando gli edifici illuminati. Camminò così per ore, lasciando il centro per strade più lontane, osservando l'interno delle case, le famiglie che vi abitavano, che cenavano attorno al tavolo o guardavano la tivù in un bozzolo di chiarore azzurrognolo, spegnendo le luci e accendendo quelle di un'altra stanza, portando con sé le conversazioni da una camera all'altra. Ricordò le immagini di un documentario sugli animali dove un serpente, strisciando un centimetro dopo l'altro, si arrotolava attorno a un nido senza che nessun uccello si accorgesse del pericolo.

* * *

Residenza sorvegliata
Saint-Pierre

«Quando il giorno dopo è sceso di nuovo, avevo deciso di strappargli con i denti tutto quello che fosse passato davanti. Le guance, la gola, le dita, tutto. Quella notte avevo preso a pugni i muri immaginando che fosse il suo muso e avevo le mani insanguinate. Avrei potuto pulirle sul lenzuolo, ma mi piaceva il loro colore, mi piaceva quello che dicevano di me, del coraggio che mi restava. Forse sarei morta, ma non senza difendermi. Ho sentito la porta in alto aprirsi, ho sentito i suoi passi sulla scala, più pesanti del solito. Portava sulle spalle una ragazza addormentata, ha aperto il recinto e posandola a terra mi ha detto: "Aiutami", per non farle sbattere la testa contro il pavimento. E io ho ubbidito. Era Virginie. Poiché "non funzionava correttamente" con me, ne aveva presa un'altra. Ha gettato un libro sul materasso e mi ha detto di occuparmi di lei al risveglio. Era *Papillon* di Henri Charrière. Dopo Dantès, un'altra evasione. E a quel punto ho capito che li sceglieva apposta. Prima di andarsene ha visto che le mie mani gocciolavano sangue.»

Si era accesa un'altra sigaretta, la terza, e di nuovo lasciava che si consumasse tra le dita senza fumarla. Coste la prese e tirò una boccata. Ricordò la conversazione di alcuni giorni prima. Virginie, la «Vittima 2», quella che aveva detto ad Anna che era fortunata ad avere una «faccia così» e ce l'aveva con lei perché non veniva mai scelta per salire in camera.

«Mi è parso davvero imbarazzato. Tenendomi le mani tra le sue, mi chiedeva perché volessi farmi del male. Gli ho detto che mi ero allenata tutta la notte a ucciderlo, ha sorriso, ha aperto il recinto e mi ha detto: "Sali, ti devo medicare". Avevo due dita rotte e mi ha messo una stecca.»

Coste stava per interromperla, ma Anna sapeva quello che si aspettava da lei e rispose alla domanda che non aveva posto: «No, non ha esitato un secondo e i suoi gesti erano precisi. In ogni caso, tutte le domande che mi farai su di lui, ho avuto il tempo di farmele anch'io in dieci anni. Non so se sia un chirurgo o un medico, so soltanto che sapeva quello che faceva. E lassù, in cucina, ho visto Joseph».

* * *

A una finestra, una ragazza, la cui sagoma si delineava dietro le tende, attirò l'attenzione di Andréas, e il serpente si arrotolò attorno alla casa solo per sentire il calore dell'interno, i battiti del cuore di quelli che vi vivevano. La ragazza si legò i capelli, si tolse un vestito, i suoi seni pesanti si disegnarono chiaramente nell'ombra e Andréas fu deliziato di violare quello spicchio d'intimità.

Ormai da quasi un mese Anna era nelle mani della polizia. Che cosa aveva rivelato? Quanto mancava perché lo identificassero? E quanti altri cadaveri gli occorrevano per ritrovarla?

* * *

Residenza sorvegliata
Saint-Pierre

Anna si raddrizzò sul divano. Con le immagini riaffioravano anche le sensazioni, gli odori, i rumori, era sempre più vicina a lui, fin quasi a poterlo toccare.

«È andato a prendere una penna e me l'ha messa parallela alle due dita. Le ha avvolte in un tessuto, poi ha circondato il tutto con dello scotch largo. Era rudimentale, ma in fondo ha funzionato. Più o meno.»

Mostrò l'anulare e il mignolo di cui Coste non aveva ancora notato la lieve curvatura e, quando lei piegò tutte le dita, quelle due si rifiutarono di accompagnare le altre in un pugno.

«Mentre andava a cercare l'occorrente per fare la stecca sono rimasta da sola, appena una manciata di secondi. C'era della posta sparpagliata sul tavolo, soprattutto pubblicità, e tirando verso di me un dépliant ho letto un nome. Joseph Peyrat.»

Quasi senza guardare la tastiera del cellulare, il poliziotto inviò un SMS con quell'identità a Saint-Croix. Erano circa le 20 a Saint-Pierre, mezzanotte a Parigi, ma la magistrata e i suoi collaboratori erano sul chi vive giorno e notte.

«Avevo ancora la stecca quando una sera è venuto a prendere Virginie. Era sempre più fragile psicologicamente e sempre più aggressiva verso di me. Tutto quello che subiva da lui me lo faceva pagare quando tornava nel recinto. Quella notte pensai che lui l'avesse portata nella sua camera, ma non l'ho mai più rivista. È rimasta nello scantinato due settimane, credo, forse un po' di più. Mi sono convinta che l'avesse liberata, per me era più facile.»

«Più facile?»

«Sì, perché ero felice. Felice di non doverla più sopportare. Però sospettavo che cosa le fosse capitato. Ma non volevo ammetterlo con me stessa. Soprattutto perché sapevo di sbagliare. Il peggio non era essere insultata e maltrattata da Virginie, ma ritrovarmi da sola con lui. La vita quotidiana con un mostro che poteva decidere a ogni istante della mia morte. Scendeva unicamente di sera. Sentivo la macchina che arrivava alla fine della giornata e ripartiva di notte, o al mattino.

C'era una finestrella tappata con una rete metallica sul muro di fronte. La luce da fuori ci passava un po' attraverso. Era il mio orologio. Quando lui c'era, mi faceva uscire e mi costringeva a mangiare insieme, in cucina, a parlargli, come se tutto fosse normale. Mi chiedeva di fare le pulizie, o di raccontargli le storie dei miei libri, mi spiegava che stavo meglio con lui, che fuori era il caos e che lui mi proteggeva. Quando beveva montava su tutte le furie e sempre a proposito dello stesso argomento: la famiglia. Diceva che era un teatro di obblighi, di menzogne e di tradimenti. Parlava del piacere che provava nel rapire una ragazza e nel guardare i genitori che crepavano di dolore. Ma soprattutto cercava sempre di più il contatto. Mi chiedeva di andare con lui in camera, e rimanevamo là, stesi fianco a fianco sul letto. All'inizio non mi toccava, poi ha cominciato a prendermi la mano e, alcuni giorni dopo, a baciarmi. Quando mi avesse posseduta, ancora e ancora come Virginie, quando ne avesse avuto abbastanza di me, allora gli sarei diventata inutile; e ho capito che se volevo sopravvivere gliene occorreva un'altra.»

Una lacrima scivolò sulla guancia di Anna.

«Allora gli ho detto che mi annoiavo. Che avevamo bisogno di compagnia. Che doveva tornare a punire un'altra famiglia.»

Divorata dal rimorso, sembrava incapace di alzare il viso e teneva gli occhi inchiodati a terra.

«Non volevo che facesse del male a qualcuno, Victor, te lo giuro. Volevo solo che corresse un pericolo. Se si metteva a cercare un'altra ragazza, a sorvegliarla, a rapirla, c'era qualche possibilità che fosse notato, magari arrestato.»

Portò la mano al cuore e respirò con difficoltà.

«Ma quando è tornato... con la nuova... con Julie... ho capito di essere stata io, proprio io a mandarla nel recinto. Ero io... il mostro.»

Il suo respiro cominciò a sibilare come se avesse la bocca

ostruita da stracci. Le palpebre sbatterono, le parole le si bloccarono in gola e sembrò soffocare, come privata dell'ossigeno. La crisi di angoscia si dimostrò severa e Coste la prese tra le braccia, la sollevò senza sforzo, attraversò il salotto per raggiungere il bagno e si sedette nella doccia, con la schiena della giovane donna contro il suo torace. L'acqua piovve su di loro, calda e rassicurante. Il capitano strinse Anna sempre più forte, sentendo il fiato freddo della sua protetta sulle mani, finché la tempesta si dileguò. Rimasero lì, immobili, sotto lo scroscio d'acqua, come se fossero completamente soli nell'isola.

«Per favore, Victor, fammi uscire da questa casa.»

«Dimmi dove vuoi andare. Ti ci porto.»

24

La Land Rover era ferma all'inizio della spiaggia, nella parte coperta da ciottoli. Victor e Anna si sedettero qualche metro oltre, sulla sabbia, di fronte alle onde ancora agitate dall'uragano che moriva in lontananza, correndo verso la Groenlandia, pronto a svanire nel mare del Labrador. Solo la luna li illuminava e la sua luce bastava a vedere distintamente attorno a loro.

«L'oceano è ancora agitato» apprezzò Coste.

«Ci rispecchia bene, no?»

«Non sono stato sempre così, sai?»

«Io invece non ho mai provato altro.»

A quattromila chilometri di distanza Saint-Croix aveva svegliato la squadra e, a furia di caffè e bibite energetiche, tutti lavoravano su Joseph Peyrat.

«Dopo un po' capisci che nessuno ti sta cercando più» disse lei con una voce appena più forte della risacca. «È stata la sensazione di solitudine più intensa che io abbia mai provato. Sapere di non esistere più, senza quasi essere stata, prima di scoprire l'adulta che avrei potuto diventare...»

Si avvicinò a Coste fino a toccarlo. Il poliziotto aprì l'ampio cappotto e la protesse dal vento, con una mano sulla spalla.

«Secondo mio padre» disse Coste, «diventare adulto è capire di non essere un fiocco di neve, unico e meraviglioso, ma l'anello di una catena. Mi diceva sempre di non farmi notare e che ogni testa che superava le altre poteva essere tagliata. Mia madre pensava tutto il contrario. Mi diceva che vivere è essere un funambolo. Andare avanti correndo rischi, sul punto di cadere a ogni passo, ma avanzare, e alla fine, forse, trovarsi.»

«Tu cos'hai scelto? L'anello o il funambolo?»

«Entrambi, credo. Ubbidisco agli ordini come una buona formica, e a volte do retta solo a me stesso, anche se non sono il mio miglior consigliere.»

«E da sei anni non vedi più nemmeno loro?»

«Mia madre è morta molto tempo fa, e mio padre vive sempre con lei, con il suo ricordo, nella loro casa nell'Aveyron. Non l'ha mai amata tanto quanto oggi.»

«Raccontami un bel ricordo, per favore. Io non ne ho.»

Come se lo avessero stirato, il riflesso della luna si estendeva dalla linea dell'orizzonte fino alle prime onde che andavano a lambire la sabbia, e Coste non dovette cercare a lungo quel ricordo che era venuto immediatamente a galla.

«Non prendermi in giro, avevo dieci anni.»

«Promesso.»

«D'accordo. Stenditi. Guarda la Via Lattea. Piega le ginocchia. Alza le braccia davanti a te. Ci sei?»

«Ci sono» rispose lei, incuriosita.

«Adesso sta a te vedere come vanno le cose. O sei una persona su sette miliardi, anonima e minuscola, o decidi che in realtà tu porti la Terra come uno zaino e corri davanti a te a centomila chilometri all'ora, con l'universo che ti si offre, infinito, e senza nessuno a dirti quale direzione prendere.»

Anna afferrò le due cinghie dello zaino immaginario e si mise a camminare nello spazio, portando sulle spalle il pianeta.

«Vedo che hai fatto la tua scelta» sorrise Coste.

«Ho l'impressione di muovermi in assenza di gravità» si stupì la ragazza, «anche se non ho nessuna idea della sensazione che può dare.»

Poco prima che lasciassero il sistema solare, il telefono di Coste vibrò. Guardò l'ora: le nove di sera, l'una del mattino a Parigi. C'erano poche probabilità che Saint-Croix avesse già qualche notizia da dargli e infatti sul display comparve il nome di Armand Bisset.

«Vieni a cena con Anna, per favore. Non so più come fare con Mercoledì. Se ne sta rinchiusa in camera. Può far bene a tutti, no?»

Al poliziotto piacevano i messaggi del vecchio vicino, uno degli ultimi a non aver ceduto alle abbreviazioni, alle frasi di tre parole, alle emoticon a cascata, ai tre puntini di sospensione che perdevano ogni significato, alla condanna a morte della punteggiatura e della grammatica.

«Saint-Croix?» lo interrogò Anna.

«Il vicino.»

«Quello che sa di me?»

«Sì. Il solo. Con la nipote. E siamo invitati a cena.»

Anna si rimise a sedere, con la sabbia nei capelli e sulla schiena, lasciando la Terra da parte.

«Ti prego, digli di sì. Mi farò piccola, non dirò nulla, sarò educata. Per favore, almeno stasera non torniamo a casa.»

25

Le regole del gioco erano sottintese e nessuno aveva bisogno di precisarle. Non avrebbero parlato né dello scantinato del predatore né dell'auto di Sean. E in questo, la resilienza naturale delle due vittime, Mercoledì e Anna, era stata sorprendente. Certo, bisognava continuare a vivere ed era impossibile sopportare di essere una vittima ventiquattr'ore su ventiquattro, ma vederle lì, attorno al tavolo, intente ad ascoltare i ricordi del vecchio Bisset, con il sorriso sulle labbra, come se ieri non fosse mai esistito, era una camera di decompressione per un ritorno alla vita normale di cui Coste aveva sottovalutato la necessità.

«Victor non le ha ancora fatto visitare l'Île aux Marins?!» si stupì Bisset riempiendo di nuovo i bicchieri di vino. «Sarebbe ora, prima che le nebbie dei capelani ricoprano Saint-Pierre.»

«Le nebbie di...?» ripeté Anna.

«Dei capelani. La corrente del Golfo, calda, incontra la corrente fredda del Labrador e una volta all'anno, per tre settimane, le nebbie scendono sull'arcipelago e lo fanno scomparire letteralmente dalla carta geografica. Tutto diventa... diciamo... mistico. E arriveranno tra poco!»

«L'Île aux Marins è proprio di fronte a Saint-Pierre, a nemmeno dieci minuti di navigazione» precisò Mercoledì.

«Ti ci porterò un giorno, se mio nonno vorrà riprendere il timone. Così toglierà la ruggine alla sua vecchia barca.»

Con uno sguardo di gioia Anna accettò e invitò Bisset a raccontare di più. Imbarazzato da quello che la bombola di ossigeno diceva di lui e del tempo che gli restava, il vecchio l'aveva sistemata sotto il tavolo e ne faceva uso solo quando il corpo glielo imponeva. Avvicinò la maschera e respirò a fondo prima di nasconderla di nuovo, scusandosi quasi per la propria salute vacillante.

«È tutta la mia infanzia... Un'isola lunga meno di due chilometri, senza elettricità, senza acqua corrente, e non parliamo d'internet. Quando ero giovane vi si contavano seicento anime, al tempo in cui si contava ancora in anime, come se il diavolo potesse farvi la spesa. Oggi ci sono soltanto una trentina di case, nessuna delle quali è occupata per tutto l'anno. Anche le navi non ci si arenano più. Ma si può sempre scorgere il relitto inclinato del *Transpacific*. Una nave tedesca naufragata nel 1971, che trasportava falciatrici e juke-box scomparsi quando è arrivata la notte.»

Con un gesto discreto, Coste mostrò ad Anna il vecchio juke-box spento e silenzioso in un angolo del salotto, i cui titoli e interpreti non avrebbero detto niente alla sua generazione.

«Sì» confessò Bisset, «ne abbiamo approfittato tutti e i prati erano curati come non mai.»

«Quindi eravate dei pirati» lo provocò Anna.

«Grazie del complimento, ragazza. Quando i bambini delle città giocavano a guardie e ladri, noialtri, sull'Île aux Marins, giocavamo ai pirati. Ho studiato lì fino alla chiusura della scuola elementare, che oggi è un museo. C'è anche una chiesa sulla punta estrema dell'isola, dove, come un tempo, i ceri sono di cera e colano sul pavimento durante la messa. Mi ricordo che d'inverno, quando l'inchiostro gelava come un cubetto di ghiaccio, andavamo a immergerlo nell'acquasantiera e i parrocchiani si annerivano la fronte e i vestiti facendosi il segno della croce. E siccome c'erano appena trenta allievi, un ceffone ce lo prendevamo tutti, tanto per non fare ingiustizie. E poi, soprattutto, c'era Madouce.»

«E rieccoci!» finse di lamentarsi Mercoledì. «Mi dispiace, Anna, non pensavo che risalisse fino al mio bisnonno.»

Anna le sorrise scoccandole una freccia in pieno cuore, e l'adolescente dimenticò tutto, anche Sean.

«Madouce, dicevamo, poiché me lo chiedete con tanta insistenza, era un pescatore pressoché gigantesco, costretto a sedersi durante le foto di gruppo per non superare di due teste tutti gli altri. Un giorno mi ha sorpreso a fumare e mi ha messo fuori dalla finestra, tenendomi per il bavero della giacca, con i piedi che ballonzolavano nel vuoto. "Una sigaretta, non due" mi ha detto. Madouce portava la sua barca da solo sulla schiena, anche i suoi amici ubriachi, a due a due, pensate un po', e quando scoppiava una rissa si offriva sempre per dare una mano. Bastava vedere la sua stazza perché tutti si mettessero la coda tra le gambe.»

«E perché il nome Madouce?»

«Per amore, mia cara, per amore. Chiamava la moglie "mia dolce", e fosse presente o meno, viva o defunta, la moglie è sempre stata "Madouce".»

Un'altra bottiglia fu aperta e i ricordi, risalendo sempre più indietro, escludevano le due ragazze. Anna si chinò verso Mercoledì e con discrezione le mostrò il pacchetto di sigarette.

«Okay, ho capito» disse l'adolescente, «usciamo di qui prima di passare al bianco e nero.»

Sparirono in direzione del giardino, che s'illuminò al loro arrivo, lasciando soli i due uomini. Bisset guardò Anna allontanarsi, pensieroso, come in cerca di una parola perduta in punta di lingua.

«"I suoi occhi erano così grandi che stancavano il resto del viso"» recitò alla fine.

«Raymond Chandler?»

«Victor, non è che conosco solo lui. Proust, *Alla ricerca del tempo perduto*. Sai che quella ragazza è...»

Scartò a uno a uno gli aggettivi, nessuno dei quali rispecchiava la realtà, e la sua frase restò in sospeso.

«Sì, lo so. Neanch'io ho trovato...»

* * *

In giardino, Mercoledì e Anna si sedettero sul primo gradino di una scala fatta di assi di legno irregolari che scendeva verso una spiaggia di ciottoli dove sonnecchiava l'imbarcazione del nonno, attaccata a un fuoristrada, di fronte a un oceano nero su cui non aveva navigato da molto tempo.

Mercoledì scacciava le parole man mano che le venivano alle labbra, persuasa della mancanza d'interesse di tutto quello che poteva dire, e dando l'impressione di aver perso l'uso della parola.

Non c'era dubbio che si fosse innamorata nell'attimo stesso in cui l'aveva vista per la prima volta. Anna non le aveva lasciato nessuna possibilità.

«Io so quello che ti è successo con quel ragazzo e tu sai quello che ho vissuto negli ultimi dieci anni. Ti propongo di non fingere. Tu non dirai niente a nessuno, vero?»

«Certo che no. Victor ha fiducia in me, puoi averla anche tu.»

Anna porse una sigaretta alla ragazza, che non ebbe il coraggio di rifiutare.

«Lo conosci da parecchio?»

«Sì. Tre o quattro anni, non ho contato.»

«E davvero frequenta solo voi?»

«Sai, bisogna avere la pazienza di un tulipifero per fargli abbassare la guardia.»

«Non sapevo che i tulipiferi fossero pazienti.»

«È perché ci mettono venticinque anni a generare i loro primi fiori.»

Un po' goffa, Mercoledì incastrò la sigaretta dietro l'orecchio, tra i capelli, mentre Anna accendeva la sua.

«E di quello che è successo l'altra notte, che ne pensi?» le chiese quest'ultima.

«Parli di quello che ha fatto a Sean?»

«Sì, se è il suo nome.»

«Non lo so. Giusto? Insomma, lo spero. Credi che sia andato troppo oltre?»

«Se dipendesse da me farei impiccare quel Sean all'albero di una nave. Mi chiedo solo perché sia stato Coste a intervenire e non tuo padre.»

«Io e i miei genitori non andiamo molto d'accordo» confessò Mercoledì. «Be', sono più che altro loro che non mi capiscono. Il mio desiderio di lasciare Saint-Pierre c'entra un po', e il fatto che preferisco le ragazze ai ragazzi c'entra un bel po'.»

«Avete questo tipo d'imbecilli anche qui?»

«Né più né meno che in altri posti, immagino. Sono soltanto nata nella famiglia sbagliata.»

Anna lasciò cadere la sigaretta sull'erba e la schiacciò con la punta della scarpa.

«Credi che Victor lo avrebbe fatto per chiunque?» le chiese.

«No. Cerca di ricostruirsi qui. Tenta di tornare a essere solido, e noi siamo le sue debolezze. Per questo è così solitario. Se s'impegna con te, puoi essere sicura che ti proteggerà fino in fondo. Credo che ci siano state parecchie versioni di lui. Se do ascolto a mio nonno, era un poliziotto eccezionale. Ma oggi è fragile. Non è quello che direbbe Sean, nello stato in cui lo ha ridotto, ma te lo garantisco, è un po' difettoso. Lo immagino come uno scudo rotto che può parare solo alcuni colpi. Non so quanti possa ancora riceverne prima di sgretolarsi. E con la mia storia non l'ho certo aiutato.»

Anna posò la mano su quella di Mercoledì e l'elettricità si diffuse nel corpo dell'adolescente fino al grembo.

«Tu non hai fatto niente. Ma su di noi pesa una condanna con la condizionale» disse Anna improvvisamente seria. «Bisogna che te lo dica. Se ci sono donne picchiate, è perché l'uomo lo ha deciso. Se rimangono in cucina, è perché l'uomo lo ha deciso. Se non guadagnano lo stesso stipendio, è perché l'uomo lo ha deciso. Se devono nascondere i capelli o il viso, è perché l'uomo lo ha deciso. Se sono aggredite sessualmente, è perché l'uomo lo ha deciso. Se io sono stata rapita e segregata, è perché un uomo lo ha deciso. Banalmente perché l'uomo ha quindici chili di muscoli in più. Non c'è altro motivo. Se un lunedì decidono di ridurci in schiavitù, martedì la faccenda è risolta. Hanno la superiorità fisica e non conosco nessuna specie animale che non abbia sottomesso i suoi inferiori. Abbiamo addosso il peso della condanna e nessuno verrà a difenderci. Hai letto *Il racconto dell'ancella* di Margaret Atwood? Parla proprio di questo.»

«No» rispose la ragazza, che a un tratto si sentì stupida. «Vado meglio in botanica che in letteratura, te ne accorgerai.»

«Te lo regalerò» promise Anna.

Con quella promessa le lasciava intravedere un domani nel quale Mercoledì s'immerse. Anna soffiò nelle mani mentre il freddo diventava più intenso della sua voglia di fumare una seconda sigaretta.

«Si gela qui. Rientriamo?»

E Mercoledì rispose di sì, quando invece avrebbe accettato di gelare sul posto e di essere ritrovata mille anni dopo, se avesse potuto trascorrere ancora un po' di tempo con Anna.

Verso le due del mattino Bisset ringraziò con calore gli invitati e, senza che se lo aspettasse, Anna lo prese dolcemente tra le braccia, poi fece lo stesso con Mercoledì, prima di salire sul fuoristrada di Coste.

«Ti ho lasciato una copia dei fascicoli dell'inchiesta nel garage» disse il poliziotto al vecchio. «Ci sono tutte le vittime, tranne Anna. Non lo so perché, mi sembrava scorretto. E per favore, chiudi la tua casa e chiudi il tuo garage. Non ci sono problemi fino a quando non ce n'è uno.»

Mentre s'infilava il cappotto, il cellulare gli vibrò per la seconda volta nel corso della serata, e a quell'ora poteva essere solo Parigi.

Saint-Croix: «Videoconferenza tra un'ora».

26

Coste si assicurò che Anna dormisse prima di accendere lo schermo del portatile e confermare la sua partecipazione alla videoconferenza. L'alba sorgeva su Parigi ed era notte fonda a Saint-Pierre. Sullo schermo, Melchior era nel suo ufficio e Saint-Croix, da quello che si vedeva, in auto. Lo psichiatra esordì congratulandosi.

«Bravo, capitano, vedo che ha trovato il modo di far scattare la fiducia. La ragazza parla di sé, delle sue emozioni, del suo rapporto con il rapitore, è più chiara nei ricordi. Posso sapere come ha fatto?»

Coste rivide sul proprio pugno il sangue di Sean.

«Preferisco di no. C'è il segreto medico, il segreto della confessione, mi conceda anche il segreto della residenza sorvegliata.»

«La capisco. Comunque sia, le sue informazioni sono precise, il che non ha nulla di sorprendente. La paura e lo sgomento fissano i ricordi nella memoria come il mastice.»

«E il profilo del rapitore si perfeziona» assicurò Saint-Croix. «Le mando i progressi dell'inchiesta. Per riassumere, la casa nella quale Anna è stata ritrovata apparteneva a un certo Louis Sandrel. Tale Sandrel ha ottantasette anni, niente moglie, niente figli, paga le tasse e il conto in banca non ha mai smesso di essere attivo. Abbiamo setacciato il quartiere e la casa, ma niente. Abbiamo anche passato il suolo e i muri al sonar, senza risultato. A parte Anna e Garance Perthuis, non abbiamo trovato nessun altro in casa di Louis Sandrel. Solo che nessuno sa dove sia Sandrel. Melchior?»

«Sì, non è da escludere che il nostro predatore cerchi case isolate occupate da persone altrettanto isolate per rinchiudervi le vittime, come una specie di dispensa. I coccodrilli fanno lo stesso.»

«Grazie ad Anna sappiamo che sono stati in tre case. E sappiamo che lui era presente solo di sera.»

«Il che ci orienta verso un uomo che potrebbe avere due vite ben distinte» continuò lo psichiatra. «Una vita perbene, perché no, sposato, padre di famiglia e impiegato modello, preferibilmente con un lavoro che gli permette di assentarsi con regolarità da casa; e un'altra vita, segreta, molto più ombrosa, per appagare le sue pulsioni. Due vite, due luoghi.»

«E ora abbiamo un'altra identità. Quella che Anna ha letto su un dépliant. Joseph Peyrat. Il proprietario della prima casa al tempo del suo rapimento. Di Joseph Peyrat ce ne sono in Francia, ma se il nostro predatore ha una vita "perbene", come suppone Melchior, allora non può permettersi lunghi tragitti. Siamo dunque partiti dal principio che le tre case usate non dovevano essere troppo lontane l'una dall'altra e abbiamo cercato il Joseph Peyrat più vicino. Novant'anni, vedovo senza figli, a meno di venti minuti di macchina dalla casa di Louis Sandrel. Il nostro uomo cerca case isolate, abitate da vecchi solitari. E dunque, o li spia in modo da essere sicuro della loro solitudine...»

«O piazza una telecamera e guarda il viavai con il wifi» aggiunse Coste.

«O può andare alla fonte» completò Melchior. «Visto che la solitudine riguarda un terzo della popolazione anziana, c'è un'ampia scelta. Chiunque può diventare visitatore volontario. La Croce Rossa, i Piccoli Fratelli dei poveri, non vi faccio l'elenco, ma ci sono più di duecento associazioni del genere, e non tutte sono attente. Un vero e proprio supermercato di vittime potenziali.»

«Il nostro uomo sceglie il bersaglio» proseguì Coste, «s'insedia a casa sua come un cuculo, se ne libera in fretta e, per non destare sospetti, usa il suo conto in banca e paga le bollette. Finché i proprietari delle case esistono in senso amministrativo, nessuno fa domande. E non gli rimane che dare la caccia alle giovani prede. Sul movente che propone?»

«"Parlava del piacere che provava nel rapire una ragazza e nel guardare i genitori che crepavano di dolore"» lesse lo psichiatra ad alta voce, citando la trascrizione dell'ultima conversazione del poliziotto con Anna. «Distruggere famiglie e osservare i risultati della sua opera. Sfondo una porta aperta dicendo che bisogna cercare un uomo che è stato un ragazzino maltrattato, picchiato, umiliato o più semplicemente abbandonato. Si vendica di qualcosa di personale facendo pagare ad altri, a caso. È così, o è altro, non gridiamo vittoria, ho più probabilità di prendere un abbaglio che di andare a segno.»

«E comunque non ci consente di mettergli le mani addosso» fu il commento desolato di Coste. «La cosa migliore, a questo punto, è ancora la buona vecchia polizia che agisce sul campo. Mi ha detto che avete trovato un Joseph Peyrat a meno di venti chilometri da Louis Sandrel, e quindi avete trovato anche la casa?»

«Certo, ci sto davanti» rispose Saint-Croix. «Ma è il primo nascondiglio, risale a dieci anni fa. Vi dico già che nessuno in questo posto sa di chi parliamo. La famiglia che oggi occupa l'abitazione è stata rialloggiata in un albergo per i prossimi due giorni, il tempo di lasciarci lavorare. Le pareti e i pavimenti sono stati passati al sonar, niente da segnalare. Però c'è un giardino... Aspettate...»

Il display di Saint-Croix traballò, videro che usciva dall'auto, poi sentirono una discussione soffocata e la donna tornò da loro.

«Dovremmo essere pronti. Filmeremo tutto. Vi mando il link per la diretta.»

«Ce l'ho» confermò lo psichiatra.

«Anch'io» disse il poliziotto.

«Allora non perdiamo tempo. Diamo l'ordine alla ruspa.»

* * *

Regione parigina
Domenica, ore 7 del mattino

Nel giardino ben curato, la squadra di poliziotti aveva rimosso tutto con la delicatezza di un ciclone. L'altalena, il barbecue di pietra, i mobili, e in un boccone la ruspa aveva sfigurato l'orto di fronte alla coppia sloggiata che, impotente e ipnotizzata, assisteva agli scavi.

Coste si era fatto un caffè nero quanto il petrolio e aveva acceso una sigaretta cui aveva dato un paio di tiri prima di pentirsene. Secondo la sua esperienza, e chi altro se non un investigatore della polizia avrebbe potuto saperlo, le tombe dei delitti sono raramente più profonde di un metro e mezzo e, se un cadavere fosse stato seppellito, non ci sarebbe voluto molto per vederne le prime ossa.

Dopo un po', i nuovi abitanti si rassicurarono. Il giardino era ormai un colabrodo ma «no» disse la moglie al marito preoccupato, non erano vissuti con i figli per tutti quegli anni sopra una fossa comune. Fino al primo cranio scoperto, che fece terminare gli scavi e spinse i poliziotti a prendere le pale. In rapida successione, il marito ripensò a tutti i pranzi sotto il sole e alle risate della figlioletta sull'altalena; poi chiese scusa e andò a buttarsi dell'acqua in faccia.

Un'ora dopo, su un telo di plastica, quattro crani avevano raggiunto gran parte degli scheletri a cui appartenevano. Sullo schermo, Coste riconobbe la donna bruna china sulle macabre scoperte. Persino di spalle. E benché ne avesse scorto solo la sagoma, fu categorico.

«Avete chiesto l'intervento del medico legale?» chiese.

«Sì, certo. Léa Marquant. Segue il caso sin dall'inizio. Si è occupata lei degli esami autoptici di Garance Perthuis e Salomé Acker. E ha anche stabilito la tecnica omicida del predatore: Rivotril e trachea schiacciata. E sempre lei...»

Poi Saint-Croix capì il vero senso della domanda del capitano e uscì dal suo solito campo lessicale.

«Oh, cazzo! Mi dispiace, Coste, avrei dovuto avvertirla. Non ci ho pensato. Voi due...»

«Noi due era tanto tempo fa. Mi ha sorpreso rivederla, ecco. Sa che sono coinvolto nell'indagine?»

«Il suo ruolo è strettamente riservato, Victor. Nessuno sa niente di lei da sei anni. Ma se la cosa la mette a disagio chiederò un altro medico.»

«Per carità, no! Léa è la migliore» affermò Coste. «E mi scuso, Melchior, per questa parentesi personale.»

«Si figuri, me la sto godendo» rispose sinceramente lo psichiatra.

Una prima barella passò davanti a Saint-Croix, portando le ossa di una delle vittime, seguita dalle altre.

«Allora... Secondo il medico legale» riprese con più serietà, «siamo di fronte a tre crani giovani, probabilmente le prime tre vittime. Virginie Ferrah, Julie Delaissant, Cléo Villeneuve. E un cranio adulto.»

«Il proprietario?» suppose Coste.

«Joseph Peyrat, di sicuro.»

«Nella prima casa, le vittime sono sepolte in giardino» riassunse Melchior, «mentre abbiamo rinvenuto Salomé Acker, una delle ultime vittime, in una foresta a due ore e mezzo da

Parigi. Sceglie di seppellirle più lontano con il passare del tempo, è più prudente.»

«Ha imparato, si è perfezionato» disse Coste. «Ha avuto dieci anni per farlo. E dopo il ritrovamento di Anna è diventato invisibile. Sa che lei è con noi. O si nasconde, o si sta organizzando. Fatto sta che il suo identikit è in ogni stazione e in ogni aeroporto, ciò limita i suoi spostamenti.»

«Sì, è costretto a non farsi notare» approvò la magistrata. «Bene, invio tutto all'obitorio. Si cercherà il DNA nelle ossa, verrà confrontato con quello delle vittime, e quando saremo sicuri chiamerò i genitori.»

«Dieci ragazze» disse Coste. «Cinque morte, una viva. Ne mancano quattro.»

«E l'ubicazione della seconda casa» osservò la magistrata.

«E non dimentichiamo che Anna ha citato tre nomi» aggiunse lo psichiatra. «Louis lo cerchiamo, Joseph probabilmente lo abbiamo appena trovato, e un certo Milos. Bisogna riprendere al più presto i colloqui.»

«Lo so, lo so» temperò Coste. «Sta dormendo, qui sono le quattro del mattino, ma vado a svegliarla e le dico di ricominciare.»

Quando Melchior si accorse che il capitano aveva riattaccato senza nessuna formula di cortesia, si preoccupò.

«Non la...»

«No, non la sveglierà in piena notte» lo rassicurò Saint-Croix. «L'ha presa in giro, Melchior. Ma la cosa è positiva. Vuol dire che la protegge.»

27

10.15...

Quando Andréas vide che Clémence si svegliava, stralunata, temette di aver avuto la mano pesante con il sedativo. Ma la ragazza non sospettava nulla, e infatti accettò un bacio.

«Ho creduto che avresti fatto il giro del quadrante» le disse. «Il caffè è pronto.»

Dopo la doccia di Clémence, Andréas la trovò gradevole e ingenua come il giorno prima. Finita la colazione, doveva aspettare la notte per proseguire la sorveglianza e a sua volta fece una doccia calda. Mentre i muscoli gli si distendevano piano piano, il cervello mescolava gli scenari possibili e le opzioni che gli si offrivano per raggiungere il suo scopo. Il fatto che fosse diventato il nemico pubblico numero uno, braccato dalla polizia, non lo avrebbe frenato.

Uscendo dalla stanza da bagno ritrovò Clémence nel salotto. Lei sembrò una ragazzina colta in fallo quando, con gesto rapido, ripose il cellulare contro la coscia, e Andréas si stupì di quel comportamento. Anche il sorriso della giovane era scomparso. Ora lo guardava come se lo scoprisse e come se quella scoperta le mettesse addosso una paura folle.

«Dammi il telefono.»

10.15...

Quando Clémence si svegliò, stralunata, ebbe l'impressione di dover perforare un bozzolo per uscirne. Ogni gesto le pesava e il cervello la supplicava di rimanere coricata. Lo sguardo di Andréas, seduto sulla sponda del letto, era puntato su di lei.

«Ho creduto che avresti fatto il giro del quadrante» le disse. «Il caffè è pronto.»

La baciò sulla bocca, ma le labbra della giovane donna rimasero chiuse, senza riuscire a restituire il bacio.

Mentre faceva una doccia quasi fredda, Clémence tentò di scacciare le idee cupe che invadevano la sua storia d'amore come l'inquinamento annerisce i muri delle case.

Poiché era stata male per tutta la vita, al punto da saperne sulle medicine e sui loro effetti quanto un farmacista alla fine della carriera, poiché conosceva il sapore e le sensazioni di torpore chimico che aveva provato aprendo gli occhi, si ripeteva la stessa domanda: «Perché mi ha drogata?».

Non voleva crederci, o meglio si rifiutava di ammetterlo e cercava mille spiegazioni, mille scuse, senza trovarne una valida. Ne era davvero sicura?

Andréas aveva sistemato, sul tavolo del salotto, una colazione piena di attenzioni dove mancava solo un fiore. Non appena le diede le spalle per andare in cucina, Clémence versò in fretta il caffè in un vaso vicino e tenne la tazza in mano affinché, al ritorno, lui non la vedesse già vuota.

Poi decise di sparecchiare, per fargli fare una doccia, cosa che Andréas accettò di buon grado. Quando udì il rumore dell'acqua, Clémence prese il cellulare ed entrò nel sito d'incontri Handylove. Cercò la sorella di Andréas, @Sara195, e notò che stava chattando con un altro utente. Fece molta fatica a controllare il tremito delle dita.

Clémence: «Buongiorno, mi chiamo Clémence».

Alcuni secondi di attesa interminabile e infine arrivò la risposta.

Sara: «Salve, Clémence. Ho già visto il tuo profilo sul sito, però non m'interessano le ragazze, sai?».

Clémence: «Neanche a me. È solo che sto passando la settimana con tuo fratello e vorrei cucinare per lui. Puoi dirmi qualcosa sui suoi gusti?».

In quel momento si aprì la porta della stanza da bagno e Clémence ebbe appena il tempo di leggere una parte della risposta.

Sara: «Mio fratello? Ma io non ho...».

Ripose precipitosamente il cellulare contro la coscia e tentò di assumere un'aria naturale, nonostante la stretta allo stomaco e il cuore impazzito. Chi aveva invitato a casa sua?

«Dammi il telefono» le disse Andréas in tono minaccioso, sebbene il sorriso non gli scomparisse dalla faccia.

* * *

Adesso le stava di fronte, seduto sul divano, e molto incuriosito.

«Non riesco a capire dove ho sbagliato.»

«Se dai un sedativo a una donna che ne prende da dieci anni, corri il rischio che se ne accorga» rispose Clémence, con la voce bianca e tremante.

«E come mai il tuo appartamento non è già invaso dai poliziotti?»

«Perché ho pregato di sbagliare. Perché sto male e sono sola da così tanto tempo che ero pronta a mentire a me stessa.»

«A costo di metterti in pericolo?»

«Sono in pericolo da quando sono nata. Tu non sei più spaventoso della mia malattia.»

«È molto coraggio per una piccola storia d'amore.»

«Per me non ha niente di piccolo» disse Clémence, offesa.

«Tu non sai chi sono né di cosa sono capace. Potrei ucciderti in questo istante.»

«Bisogna pur morire di qualcosa... E considerata la mia vita, muoio volentieri per mano tua.»

Clémence non sembrava più spaventata, addirittura la sua voce tornò ad addolcirsi.

«Parlami, dimmi quello che vuoi, quello che cerchi, io posso forse accettarlo?»

Andréas parve sinceramente colpito dalla giovane donna. Si appoggiò allo schienale del divano, con il cellulare di lei in mano.

«Voglio raccontarti la mia storia, ma non ti piacerà. Tu vi reciti una piccola parte. Quella importante è già riservata a un'altra.»

«È sempre per un'altra.»

Come un uccello in uno stagno nero, la magia degli ultimi due giorni andava a impantanarsi nella triste realtà dei progetti di Andréas, e Clémence si pentiva di averci creduto, infelice com'era, profondamente, terribilmente delusa dalla vita.

Il suono del campanello echeggiò nell'appartamento.

«Clémence!» chiamavano da dietro la porta.

Andréas si raddrizzò di scatto e, prima che lei potesse gridare, le spezzò la laringe con un pugno. La ragazza si afferrò il collo con due mani e cadde dalla carrozzina, cercando l'aria che non passava quasi più.

«Le nostre sedute non sono facoltative, lo sa?» diceva una voce maschile.

Andréas si sedette sul torace di Clémence, un ginocchio su ogni braccio, le posò una mano sulla bocca, l'altra sul collo che aveva baciato teneramente per due giorni, e fece forza con tutto il suo peso.

«So che è in casa, e so che mi sente. Non può annullare così, non dopo tutti i progressi che abbiamo fatto. Clémence?»

La donna fissò Andréas, che vigliaccamente distolse lo sguardo. Uccidere non gli piaceva. Strinse con più forza.

Persuasa che la cliente fosse in casa, ma che si rifiutasse di aprire o di rispondere, la voce continuò.

«Non rinuncio, lo sa. Non rinuncio mai.»

Poi, dai due lati della porta, il silenzio. Andréas non udì risuonare passi sulle scale, né aprirsi l'ascensore. Lo sconosciuto rimaneva lì, immobile. Che si fa quando ci si preoccupa? È possibile accontentarsi di bussare?

Si alzò di colpo e cercò con gli occhi il cellulare di Clémence. Là, sotto la ruota della carrozzina. Lo schermo si accese prima che partisse la suoneria. Andréas vi si gettò su come un soldato si getta su una bomba a mano per salvare i compagni d'arme e vi si raggomitolò attorno tenendolo ermeticamente tra le mani. Gli squilli si ripeterono, soffocati, tre volte, quattro, e il cellulare passò sulla segreteria. Si udì di nuovo la voce, dall'altro lato della porta.

«Clémence, sono io, il fisioterapista. Ho visto sull'agenda di stamattina che ha annullato la seduta. So che non ha sempre il coraggio, ma io ce l'ho per due. Ripasserò domani e stavolta mi aprirà, per favore.»

Sfinito, Andréas rimase con il cellulare in una mano, accanto al corpo di Clémence. In una mattina, era sfumato tutto. Nel piano che aveva architettato Clémence era una delle ultime tappe, ma dopo l'intruso, ora doveva improvvisare. E quel maledetto fisioterapista inaspettato gli aveva concesso solo ventiquattr'ore.

28

Seduta nel prato del Rifugio, Pauline finiva il caffè e la sigaretta, i cui aromi attiravano irrimediabilmente gli stessi due vecchi gatti dipendenti da nicotina che erano vissuti per anni in una casa di fumatori prima di farsi cacciare. Assuefatti, facevano le fusa come motori di vecchi catorci e sparivano una volta spento il mozzicone. Il suo sguardo si posò sulla scuderia, di cui vide la porta socchiusa. Inquieta, la raggiunse a grandi falcate e si accorse che, all'interno, anche il cancello del box circondato da sbarre era aperto. Con calma, s'impossessò dell'asta da cattura appesa a un chiodo, allargò il cappio con un gesto secco e avanzò a passi prudenti.

«Smettila, per favore, non si lecca la faccia!» sentì.

In fondo al recinto scoprì, giocherellone e inoffensivo come un cucciolo, il molosso nero di quaranta chili che quarantott'ore prima aveva esitato a far sopprimere e che adesso, con la coda a tergicristallo, azzannava una palla di gommapiuma e la riportava tra le gambe di Anna, tentando di spalmarle le guance di saliva a grandi linguate quando lei si avvicinava troppo.

«Questa poi... non so che dire» sussurrò la direttrice, strabiliata. «Come hai fatto?»

«Se solo lo sapessi» confessò Anna, divertita. «Ho sentito che potevo farlo, così ci ho provato.»

Pauline prese il cellulare per inviare una fotografia alla sua vice Camille, in permesso quel giorno, sicura che non sarebbe riuscita a capacitarsene. La foto mostrava l'animale feroce trasformato in cagnolino mansueto, seduto spavaldamente sulle gambe di Anna per affermarne la proprietà. Per la seconda fotografia, lei lo spinse un po' di fianco e il cane si voltò ringhiando. Allora Anna gli afferrò il muso a piene mani, chiudendogli le mascelle, e lo fissò con i suoi grandi occhi verdi.

«Abbiamo detto: "Basta con i ringhi".»

A quel punto si alzò, si spolverò i vestiti e li riassettò, diede un colpetto sulla testa dell'animale, che tentò per l'ultima volta di coprirla di bava, poi chiuse dietro di sé il cancello.

Fiduciosa, Pauline si avvicinò alla gabbia per un'altra fotografia del mostro pentito e, per evitare di vedere le sbarre sull'immagine, vi passò in mezzo l'obiettivo. Il cane appiattì le orecchie indietro e balzò di scatto, con le zanne in fuori, mancando di poco la mano a cui cadde il telefono mentre Pauline faceva un salto di lato per lo spavento. Anna si chinò, prese il telefono caduto tra le zampe dell'animale, sotto lo sguardo minaccioso del molosso, che stavolta non si mosse.

«Se io l'ho domato, non significa che anche tu lo abbia domato» fece notare la nuova recluta. «È pur sempre una brutta bestia, e bisogna sbarazzarsi delle brutte bestie.»

Poi uscì dalla scuderia, lasciando Pauline ancora sotto shock.

* * *

Finito il lavoro, Anna salì nella Land Rover di Coste senza dire una parola.

Il capitano non era loquace, al contrario, ma era attento alla sua protetta.

«Tutto bene?»

«Domanda stupida» ribatté lei freddamente, con il viso rivolto al finestrino.

Coste condivideva la stessa socievolezza e non si adombrò.

«D'accordo. Allora che c'è che non va?»

Poiché il Rifugio si trovava in alto, Saint-Pierre era sulla stessa linea dell'oceano nell'orizzonte davanti a loro, e le imbarcazioni davano l'impressione di percorrere la cittadina. Una nave galleggiava sul tetto della chiesa quando un'altra sembrava uscire dalla finestra di una soffitta e attraversare la strada per entrare nel secondo piano di una villa.

«Non ne posso più di stare qui» disse infine la ragazza.

«È per la tua sicurezza e il tuo anonimato. Forse io non faccio tutto nel modo giusto, ma tento come posso...»

Senza smettere di guardare fuori, Anna posò la mano sul ginocchio di Coste.

«Finiscila. Tu sei la sola cosa positiva che mi è capitata da dieci anni. Non parlo di te. Parlo di qui. Sono lontana.»

«Lontana da cosa?»

«Non da cosa, ma da chi. Il mio fratellino.»

Il poliziotto rimase in silenzio, con gli occhi sulla strada e l'espressione imbarazzata di chi sta per distruggere una speranza.

«Non preoccuparti, Victor, non fare quella faccia. So bene che non posso incontrarlo. O almeno non ancora. Non gli sputerò in faccia che è stato adottato, che il suo vero padre era un pedofilo e che la sua vera madre è morta. E inoltre che sua sorella, di cui non ha mai sentito parlare, è stata prigioniera di un pazzo per dieci anni.»

«In effetti, costerebbe un bel po' come controllo psicologico permanente.»

Aggirarono il faro bianco e rosso all'estremità dell'isola e si addentrarono nella strada in discesa che portava verso il centro di Saint-Pierre.

«Quante residenze sorvegliate ci sono nel programma?» chiese Anna.

«Spiacente, è riservato.»

«Anch'io sono riservata.»

«Dodici» capitolò senza sforzo il poliziotto. «Otto in Francia, quattro in Europa.»

«E se la tua casa sicura fosse scoperta, se io fossi in pericolo per una ragione qualsiasi, quanto tempo ci metteremmo a partire?»

«Due minuti per lasciare la casa, un'ora per noleggiare un aereo privato.»

«Vedi, non è complicato. E se partissimo in due minuti? Magari potrei vedere mio fratello da lontano. Soltanto vederlo, mi basterebbe.»

«Una residenza sorvegliata non viene scelta per la sua ubicazione, ma in funzione dei caratteri. Il tale pentito andrà con il tale poliziotto. Per te hanno pensato che io fossi la scelta migliore. Se cambi casa sicura, cambi custode. La mia nuova identità è qui, non posso partire, ma ne parlerò a Saint-Croix, se lo desideri.»

Anna si girò verso di lui, categorica.

«Non farlo. Rimango con te. Se tenti di scaricarmi non dirò più una parola. Non ho visto mio fratello da così tanto tempo che posso pazientare qualche settimana. E poi è utile quello che facciamo, tu e io, no?»

«Utile?» si stupì Coste. «Con il secondo nascondiglio hai dato lavoro a Saint-Croix e alla ventina di poliziotti ai suoi ordini per almeno due giorni. Il tuo rapitore è rimasto lì come minimo tre anni, se ci basiamo sulle date dei rapimenti. Ci sarà pure qualcuno che si ricorderà di lui.»

«Le famiglie sono state avvertite?»

«Sì. I campioni di DNA corrispondono. Hai dato loro la sola cosa che gli impediva di andare avanti. Il lutto. E ha un valore smisurato.»

«Mio padre sa che sono viva?»

«No» confessò Coste. «Saint-Croix non lo ha considerato degno di fiducia.»

«Be', questo avrei potuto dirglielo anch'io» assicurò Anna.

* * *

Il fuoristrada ritrovò il suo posto davanti alla residenza e il poliziotto spense il motore.

«Riprendiamo i colloqui, è così?» chiese lei, rassegnata.

Poiché l'ultima volta era finita con una crisi d'angoscia sotto la doccia, Coste decise di non spingere troppo in là la sua informatrice. A meno che fosse incapace di rispedirla nel sottosuolo del suo passato perché cominciava ad affezionarsi. Anna era a Saint-Pierre da una settimana ma aveva fatto fare un salto da giganti nelle indagini. Tanto valeva preservare il jolly.

«No. Chiamerò Saint-Croix. Dovrà lasciarci la serata libera.»

Posò la mano sulla maniglia della portiera, ma la domanda della ragazza gli fece sospendere il gesto.

«Non puoi mandare uno dei vostri agenti a scattare una foto di mio fratello, con discrezione, nel cortile della scuola, per esempio?»

«D'accordo.» Coste accettò subito, come se gli avesse chiesto un semplice bicchiere d'acqua.

«Sul serio?»

«Faccio parte di un gruppo che dà la caccia ai peggiori criminali europei, scattare una foto a uno scolaro dovrebbe essere alla nostra portata.»

Anna staccò la cintura di sicurezza, si chinò verso di lui e lo baciò sulla guancia.

29

Andréas aveva trascorso la giornata a pulire l'appartamento con la candeggina. Aveva passato l'aspirapolvere ovunque e vuotato il sacco della spazzatura, che chiuse e posò accanto al suo bagaglio. Ormai doveva trovare un altro nascondiglio, poiché il visitatore del giorno prima sembrava volersi accanire.

Nel cuore della notte, sollevò il corpo di Clémence e lo sistemò sulla sedia a rotelle. Socchiuse la porta e ascoltò il silenzio dei piani e degli altri appartamenti, per accertarsi di poter agire in tutta discrezione. Aveva trovato il posto esatto dove liberarsi del cadavere e aveva deciso di dare un'accelerata al suo programma.

Spinse la sedia, chiamò l'ascensore, entrò e premette il pulsante del pianterreno.

* * *

A Saint-Pierre, Coste aveva lasciato per un'ora la sua protetta assorta in un romanzo, ed era andato a trovare Mercoledì, come faceva quasi ogni giorno. La ragazza cambiò faccia vedendolo da solo e gli chiese notizie di Anna. Accorgendosi di non suscitare più interesse, il capitano accettò di decapitare alcuni ricci offerti dai pescatori vicini e di accettare il bicchiere di bianco offerto dal suo vecchio amico Bisset. Il criminologo aveva ancora i tratti tirati per la notte trascorsa a leggere i fascicoli dell'inchiesta che gli aveva consegnato Coste.

«Più appassionanti ancora» assicurò Bisset, «sono i rapporti del comandante Russo. Lo hai conosciuto?»

«No. Non ho avuto il tempo, né l'occasione.»

«Dirai che sono monomaniaco, ma c'è roba da Raymond Chandler nei suoi rapporti. Ogni volta che il detective Marlowe entra in una stanza, dà tutti i particolari senza omettere nulla degli assiti, del soffitto, dei tappeti, dei quadri... Russo fa la stessa cosa, ho avuto l'impressione di essere sul posto. Sbalorditivo!»

«Purtroppo credo che tu abbia letto i suoi ultimi scritti. Questo caso che ti piace tanto ha avuto ragione di lui.»

«Ah!» si rattristò Bisset. «È tardi per invitarlo a stabilirsi nella nostra isola. Saremmo stati bene, noi tre.»

«Tre vecchi che rimuginano tutto lo squallore dell'umanità? Solo tu puoi sognare una cosa del genere.»

«Infatti è così, serate da riempire tra le tormente di neve che sconfinano nella primavera e le nebbie dei capelani prima dell'estate. A proposito, le nebbie sono in ritardo per via del cambiamento climatico, ma arrivano. Stasera, domani al massimo. Si annunciano intense. Quando ci arrischieremo fuori, potremo allungare il braccio e veder scomparire la mano. Meglio non perdere niente.»

«Non ho intenzione di perdere un bel niente» assicurò Coste mentre si congedava.

* * *

Residenza sorvegliata
Saint-Pierre

Coste fu svegliato dalle vibrazioni del cellulare. Strizzò gli occhi per leggere l'ora. Le due del mattino. Se ancora fosse stato a capo della squadra anticrimine del 93, avrebbe immediatamente dedotto che qualcuno, da qualche parte, si era fatto accoppare. Nella vita di Coste, all'epoca non c'era nessun altro motivo per essere svegliato a notte fonda. Ma aveva lasciato tutto questo dietro di sé. Lesse il messaggio laconico di Bisset, un professionista nell'arte dell'insonnia.

«Spettacolo di marionette!»

Coste indossò i pantaloni e un ampio cappotto prima di andare nella camera di Anna. Le scosse adagio la spalla e posò sul letto un piumino.

«Vestiti. Voglio mostrarti qualcosa.»

La ragazza si strofinò la faccia e s'infilò il giaccone a occhi chiusi, come una sonnambula, senza fare domande.

«Le mie scarpe...» mormorò.

Coste s'inginocchiò e fece scivolare un piede dopo l'altro nelle scarpe.

Il ronzio del motore e la guida tranquilla del poliziotto l'avevano fatta ripiombare nel sonno in pochi secondi. Coste parcheggiò in fondo alla scogliera di Cap-à-l'Aigle, dove lo sfagno e l'erba crescevano in abbondanza, a strapiombo sulla città circondata dall'oceano.

Il silenzio e l'immobilità del fuoristrada svegliarono Anna, e i suoi occhi, già grandi, si spalancarono ancora di più davanti allo spettacolo che aveva di fronte.

Da un'estremità all'altra del cielo, un'aurora boreale verde d'immensi drappeggi verticali ondeggiava con la massima lentezza, come uno scialle divino sfuggito, e si rispecchiava sull'oceano nero.

«Gli anziani e i marinai le chiamano le "marionette"» mormorò Coste.

Un chiarore spettrale aureolava il viso della giovane donna la cui pelle diafana mostrava una perfetta tela vergine, e da affascinante diventò soprannaturale. Dava l'impressione di aver teso la mano, di essersi aggrappata e arrotolata a un lembo dell'aurora.

«Sto ancora dormendo?»

«No. Oppure noi due siamo nello stesso sogno. È quello che ho visto la sera in cui sono arrivato qui. Sei anni fa. E ho capito che sarei rimasto. È stato qui che ho avuto la mia ultima conversazione con Léa.»

«È la prima volta che la chiami per nome» osservò Anna.

«Mi ha chiesto se un giorno sarei ritornato. Non ho mai risposto alla domanda. Lei fa parte di un'altra vita, una vita che ho voluto dimenticare e nella quale ho lasciato anche i miei amici.»

«Alcuni si chiudono da sé nel recinto e diventano il proprio rapitore. Dovresti chiamarli, quegli amici.»

«Dovrei, sì.»

Anna si tolse le scarpe da ginnastica e sistemò i piedi sotto di sé. Rannicchiata, fu percorsa da un brivido.

«Ce ne saranno altre?»

«Temo di no. Le nebbie si alzeranno e inghiottiranno presto l'arcipelago per lunghe settimane. Tra i turbini di neve dell'inverno e le nebbie, anche il clima cerca di nascondere Saint-Pierre. Quasi che l'isola sia così bella da doverla tenere segreta.»

«E allora restiamo» decise Anna.

Coste afferrò due coperte sul sedile posteriore e abbassarono un po' gli schienali. Si udiva solo il loro respiro, lento e profondo.

Per certi popoli il cielo è una diga che trattiene fiumi di luci e, quando la diga cede, scaturisce un torrente di colori. A lungo inspiegabili, le aurore boreali hanno costretto gli uomini a credere nelle leggende. Anime danzanti dei defunti, riflessi delle armature delle Valchirie, oppure un ponte per l'aldilà, gli abitanti delle terre che esse illuminano hanno trovato a tutte una storia.

Ma per i sami della Lapponia, e per loro soltanto, sono di cattivo auspicio, un'entità minacciosa che scruta il mondo e di cui non bisogna attirare l'attenzione, a rischio di farsi rapire.

Cullata dal loro alone, Anna si lasciò portare lontano e Coste la vegliò.

30

Erano le otto del mattino e già da quindici minuti l'uomo continuava a ripetere: «Ho bussato ieri e non ha risposto. Ho ricominciato stamattina e ancora niente. Sono preoccupato».

«Magari è partita con amici per qualche giorno. Lei è il suo fisioterapista, non è costretta a dirle tutto.»

L'uomo fece appello alla propria calma.

«C'incontriamo una volta alla settimana e il nostro lavoro è fondamentale per lei. Se stava per partire, glielo assicuro, m'informava.»

«Bene» cedette l'interlocutore, «mi ripeta l'indirizzo.»

* * *

L'appartamento era pulito e ordinato come se fosse stato messo in vendita e dovesse ricevere visite. Il gendarme ascoltò le dichiarazioni del fisioterapista annotandole sul taccuino, poi andò in salotto per fare un riassunto alla sua ufficiale, immobile al centro della stanza, statica e concentrata, incerta tra una sparizione o un semplice viaggio improvvisato.

«Clémence Banon, ventisei anni, disabile in sedia a rotelle, non esce mai di casa, tranne per le sedute di fisioterapia di cui non ne perde nemmeno una. Il cellulare non c'è, neanche il computer, e il richiedente non è in grado di dirci se manca qualcosa nel guardaroba. Depressa ma senza tendenze suicide, secondo lui.»

«Hai guardato in bagno?»

Il gendarme si sentì un imbecille e fece andata e ritorno in un lampo.

«Spazzolino, trucchi e parecchie scatole di farmaci.»

«Brutto segno.»

L'ufficiale staccò la ricetrasmittente dalla cinta e chiamò la centrale.

«Capitana Laguerra, squadra di ricerca. Ho bisogno della Scientifica sul posto.»

Esitò per un attimo, poi: «Fate venire anche il cane».

Andò alla finestra e scostò la tendina. Di fronte a lei, a una ventina di chilometri, galleggiando sull'oceano, una massa enorme, grigia, opaca e impalpabile si ergeva davanti a Saint-Pierre, pronta all'abbordaggio. Come un esercito pianta l'accampamento ai limiti della città da assalire, le nebbie pazientavano.

«Prima di domani non vedremo più Saint-Pierre. Hai scelto il momento peggiore per scomparire, tu» disse sottovoce.

A pochi metri da lì, attraverso la vetrata dell'ufficio del turismo, Andréas guardava gli agenti in blu entrare e uscire dal domicilio di Clémence.

«È appena arrivato?» gli chiese l'impiegata.

«No, sono qui già da cinque giorni. Sono venuto a trovare un'amica.»

Se ne stava davanti alla locandina degli orari dei traghetti, lasciando credere che fosse interessato.

«Posso consigliarle qualche bella passeggiata» insistette la donna.

«Grazie... Comincio a conoscere l'isola. E so già cosa voglio vedere.»

Dubitava che un'agenzia turistica organizzasse escursioni

dal centro fino alla casa sulla scogliera, là dove Anna era tenuta prigioniera.

«Sa quello che sta succedendo?» chiese Andréas indicando con il mento l'andirivieni delle forze dell'ordine.

«Non ne ho idea» rispose la donna alzando le spalle. «Ma se i gendarmi sono usciti dalla caserma, dev'essere un fatto eccezionale.»

Dentro di sé, Andréas accettò il complimento e lasciò il luogo, assicurando che sarebbe ritornato.

TERZA PARTE

Nelle nebbie dei capelani

31

In ogni fibra dei vestiti di Clémence era prigioniera la fragranza del suo profumo. Atlas, la piccola jagdterrier nera a collo bianco della gendarmeria, non più alta di trenta centimetri, aveva annusato un suo pullover, attivato duecento milioni di cellule olfattive e guidato gli investigatori fino all'ospedale, là dove la donna incontrava il fisioterapista per le sedute settimanali. Non era un fallimento, ma c'erano poche probabilità che fosse lì. Fiducioso, l'istruttore aveva ripetuto l'operazione e Atlas era partita a razzo, con il sedere in aria e il naso al suolo, su un'altra pista.

S'inchiodò quattro strade più in là, davanti a Récréations, un negozio situato di fronte al porto turistico, scombussolata dal reparto profumeria che proponeva *La Petite robe noire* di Guerlain, il profumo preferito di Clémence. Nemmeno questo era un fallimento, ma Laguerra cominciò a irritarsi e si concentrò sulla respirazione prima di rispondere al cellulare, il cui display annunciava una chiamata della procuratrice di Saint-Pierre. Sbrigati i convenevoli, le fece un resoconto.

«Abbiamo preso contatto con i genitori in Francia, lei non è a casa loro né a casa di altri membri della famiglia. Abbiamo chiesto se avesse amici, e non ne conoscono. I tabulati non ci danno alcuna informazione utile e il telefono è muto da ieri, dalle tre del mattino.»

«E il vostro cane?»

«Cagna. O meglio coltello svizzero. Lavora per quattro. È specialista nella ricerca di stupefacenti, banconote false, esplosivi e persone scomparse. Insomma, non è specializzata in niente. Per ora ci fa visitare l'isola, senza successo.»

A trenta metri da Laguerra, abbandonata dagli occhi dell'istruttore che probabilmente rifletteva su una rapida riconversione, Atlas si era allontanata e curiosava lungo il molo del porto.

«Ecco che si mette a pescare» scherzò un gendarme.

Poi la cagna si bloccò e, davanti all'acqua che sciabordava contro le barche un metro più giù, abbaiò allegramente con la chiara voglia di tuffarsi.

Laguerra la osservò e riconobbe che, se l'animale aveva sbagliato in due posti, si trattava tuttavia di due posti che avevano un legame con Clémence, o almeno con il suo odore.

«Signora, la devo richiamare» annunciò prima di mettere giù senza aspettare la risposta.

* * *

Sul ponte del battello *Petit Saint-Pierre* della Società di salvataggio marittimo, la fune immersa nell'acqua si tese brevemente per due volte di seguito. Qualche metro più in basso, i sommozzatori avevano trovato quello che aveva attirato la cagna della gendarmeria. Il capitano mise in azione il motore dell'argano dell'albero di carico e, sulla riva, curiosi, marinai e gendarmi si abbandonarono all'attesa febbrile di ciò che sarebbe emerso.

A un metro al di sopra della superficie, con un bracciolo legato alla fune, la sedia a rotelle di Clémence gocciolava e vorticava, le alghe impigliate alle ruote.

I sommozzatori si rimisero la maschera, strinsero tra i denti il boccaglio e scomparvero di nuovo sott'acqua. Ora che non era più schiacciata dal peso della sedia, la giovane donna era diventata accessibile. Passarono una cinghia sotto le ginocchia, un'altra sotto le braccia, e fissarono la bombola al paracadute di sollevamento, i cui due palloni si riempirono d'aria e sollevarono il corpo dalla sabbia del fondale. Nel silenzio dell'oceano, con i capelli ondeggianti e le braccia penzoloni, Clémence risalì lentamente verso la luce del giorno.

Sul cemento del porto, Laguerra fece montare una tenda giudiziaria bianca in meno di un minuto, ora che un terzo dell'isola si torceva il collo e si faceva più alto sulla punta dei piedi per non perdere nulla di quello che, per settimane, sarebbe stato l'argomento di conversazione sulla bocca di tutti.

Sotto la tenda, il cadavere fu steso su un sacco mortuario nero, e già si poteva scorgere il lavoro dei granchi e dei gamberi, dei pesci, delle stelle di mare e dei ricci, sempre i primi a banchettare. Così, in certi punti del corpo, la pelle divorata lasciava trasparire la carne viva, pallida e lavata dalla notte trascorsa nell'oceano.

La capitana della gendarmeria s'infilò i guanti, posò un ginocchio a terra e si mise a tastare il cadavere con attenzione, cercando il minimo segno di aggressione. Scostò i capelli bagnati che ricoprivano il viso di Clémence, e la bocca, storta e socchiusa, rivelò numerosi denti rotti. Laguerra ritenne che la causa potesse essere tanto un colpo violento inferto da un aggressore quanto l'urto contro una roccia del fondale, dato che la vittima era zavorrata dalla sedia a rotelle. Non trovò ferite alla testa né colpi alla nuca, e poiché bisognava spogliarla completamente, decise che il resto dell'esame sarebbe stato fatto nella camera mortuaria, in modo più intimo. Ma mentre posava una mano sul ginocchio per rialzarsi, notò sulla gola un incavo, come un cedimento, e lo accarezzò con la punta delle dita, perplessa. Poi, nella tenda, il cellulare squillò di nuovo. Si tolse un guanto già ricoperto di pulci di mare e rispose.

«Capitana, lei mi ha riattaccato il telefono in faccia» fece notare la procuratrice.

«Abbiamo il corpo della vittima» rispose Laguerra senza badare alla suscettibilità della magistrata.

«Suicidio?»

«Forse ho individuato il segno di un colpo alla gola.»

«Niente suicidio, allora. Autopsia?»

«Mi sembra opportuno. Faccio preparare la bara e le cerco un posto sul prossimo volo per Parigi?»

«Sì, sono le mie istruzioni, ma sarebbe bene avere un medico legale nell'isola» osservò la procuratrice.

«Per un caso scottante ogni dieci anni? Al suo medico legale converrà avere una vita interiore particolarmente ricca.»

* * *

Il Rifugio
Ore 10

Seduta in mezzo ai gatti selvatici, al piano superiore della casa rossa, Anna si lasciava avvicinare, annusare, sfiorare, guadagnandosi un gesto dopo l'altro la loro fiducia quando, in fondo alla scala, la porta si aprì e Camille, senza mostrarsi, le si rivolse: «Una visita per te!».

Anna si alzò e i gatti si allontanarono mentre scendeva i gradini di legno tarlato.

Davanti all'ingresso del Rifugio, Mercoledì era appollaiata sulla bicicletta e, se Anna fosse comparsa alcuni secondi dopo, avrebbe forse fatto dietrofront, tanto il ventre e il cuore erano in tempesta.

«Non hai lezione?»

«Ti disturbo?» si preoccupò Mercoledì senza rispondere alla domanda.

«No, se mi porti lontano da qui, comincio ad averne abbastanza. Sono appena arrivati una quindicina di beagle che abbaiano senza tregua, mi faranno impazzire.»

«Normale. Una parte degli abitanti se ne va da Saint-Pierre nel periodo delle nebbie. Possono dare ai nervi, le nebbie, mica è semplice non vedere a un metro davanti a sé per tre settimane, e se sono cacciatori lasciano i loro beagle in pensione al Rifugio. Perciò, ecco i tuoi nuovi ospiti.»

«Sapere da dove vengono non li rende meno rompiscatole» obiettò Anna.

«E allora seguimi» disse la ragazza adagiando la bicicletta sull'erba.

La pianura era circondata da rocce affioranti, ricoperta da un manto di felci brune e di empetri dalle bacche nere, poi si fermava bruscamente a picco sull'oceano. Così caratteristici della foresta boreale, alcuni abeti balsamici stentavano a raggiungere la statura di un uomo, invece le pecce, esposte ai venti, preferivano crescere parallele al suolo, in un groviglio inestricabile di radici percorse da mazzi rotondi di spine inoffensive.

«Qui, la vegetazione è talmente bassa che si cammina sugli alberi» affermò con orgoglio Mercoledì. «Sembriamo quasi...»

«Giganti?»

«Sì, giganti. Invincibili. Vedi, laggiù, al centro dello spiazzo?» chiese additando una roccia piatta a cinquanta metri di distanza. «Mi ci siedo su, chiudo gli occhi e sogno.»

«Allora andiamo?»

«No. Corriamo. È più divertente, vedrai, non saremo da sole.»

Incrociarono gli sguardi: Anna accettò la sfida e, sorprendendo quasi l'amica che l'aveva lanciata, scattò senza aspettarla. Fin dalla prima falcata destarono un battaglione di libellule che le accompagnò volteggiando in un nugolo ronzante. Quando arrivarono con il fiato corto là dove Mercoledì sognava, attorno a loro migliaia di ali iridate scintillavano sotto i riflessi del sole come fuochi d'artificio di madreperla. Anna non trovò le parole e le sostituì con uno scoppio di risa, tanto quella bellezza era difficile da accettare. Sedute a gambe incrociate fianco a fianco, con i corpi che quasi si sfioravano, dovevano solo allungare la mano perché una libellula, curiosa, vi si posasse.

«Grazie» sospirò Anna.

«Volevo mostrartelo prima che fosse troppo tardi. Stanno arrivando le nebbie, tutto sparirà, tutto si addormenterà. La natura, gli animali, gli isolani. È come un sortilegio da fiaba per bambini che fa piombare il regno nel sonno.»

Una libellula svolazzò attorno alla testa di Mercoledì e atterrò delicatamente su una ciocca nera. Anna tese le dita per invitarla a posarsi e, così facendo, si avvicinò al viso della ragazza. Mercoledì sprofondò nei suoi occhi, perse la ragione e senza pensarci, senza nemmeno avere l'impressione di essere padrona dei suoi gesti, la baciò sulla bocca. Il sapore delle labbra, il divieto della pelle, la dolcezza delle lingue, le dita che si univano... Anna si lasciò andare per alcuni secondi prima di allontanare il viso.

«Scusa» arrossì Mercoledì. «Non so cosa mi abbia preso. Mi dispiace.»

«Non scusarti. Non mi hai fatto del male» la rassicurò Anna. «Però non sono...»

«Interessata?» si rattristò Mercoledì, abbassando lo sguardo.

«Pronta. Non sono pronta. Né per una donna, né per un uomo.»

Con un dito, Anna le sollevò il mento e le accarezzò una guancia.

«Sei così bella, così giovane, e così fragile. E io non sono sicura di essere recuperabile. Sono nociva, non lo vedi?»

«Non vedo che questo. E me ne frego.»
«Intestardirsi ad amare quelli che non fanno al caso nostro, tu e io condividiamo la stessa debolezza.»
«Parli di Victor?»
Anna esitò a rispondere e le prese la mano di cui baciò il palmo, un labbro sulla linea del cuore, l'altro sulla linea del destino.
«Rientriamo» disse.

* * *

Nel suo ufficio della polizia di frontiera, Coste tentava con la semplice forza della volontà di far avanzare le pigre lancette dell'orologio a muro. La squadra aveva controllato gli elenchi giornalieri dei passeggeri marittimi e aerei, nessuna minaccia sembrava voler atterrare o sbarcare nell'isola. E ogni secondo supplementare passato in ufficio si sottraeva al tempo che avrebbe potuto condividere con Anna nella ricerca della seconda casa, delle altre fosse comuni, per avvicinarsi al mostro. Il motore imballato di un'auto bastò a distrarlo per qualche attimo, a fargli girare la testa verso la finestra, e un latrato lo fece alzare, incuriosito da tanta attività attorno all'edificio della gendarmeria, di solito letargico.
Nella stanza attigua, anche Soba non si spiegava quell'attività insolita e, con le stesse domande del capitano, entrò nel suo ufficio, trovandolo in piedi, le mani dietro la schiena, mentre guardava fuori.
«Vado a vedere?»
«Sì, per favore» rispose Coste senza voltarsi.

* * *

La poltrona rivestita di alghe aveva girato su se stessa al di sopra della superficie. La tenda giudiziaria era stata montata sul cemento del porto. I due palloni avevano riportato Clémence alla luce e Laguerra aveva trovato il tempo di soddisfare la curiosità del suo compagno poliziotto, che non aveva perso un secondo per riferire al superiore.

«Hanno rinvenuto una ragazza nelle acque del porto.»

«Non c'è bisogno di due macchine e di un cane per constatare un incidente» fece notare Coste.

«Quale versione vuole?»

«Tutte quelle disponibili.»

«Dunque, per la procuratrice, siamo ancora al protocollo della morte sospetta.»

«E per Laguerra?»

«È un omicidio. La vittima si chiama Clémence Banon, disabile in sedia a rotelle, parecchi denti rotti, trachea schiacciata, telefono disattivato, computer portatile scomparso.»

Di quel resoconto stringato, due parole in particolare destarono l'attenzione di Coste.

* * *

All'ultimo piano del palazzo di giustizia di Parigi, Saint-Croix aveva riunito la squadra ristretta e valutato alla svelta il livello di allarme con Tom e Alix, gli agenti sul campo. Al centro del tavolo della riunione, l'altoparlante del telefono permetteva a tutti di seguire la conversazione, e la presidentessa del Servizio di protezione dei testimoni risparmiò al capitano un riassunto circostanziato.

«Sono già al corrente, Coste. Ho collaboratori con l'orecchio incollato a tutte le frequenze radio, anche a quelle della gendarmeria, e sono costantemente aggiornata pure sui furti di biciclette nel raggio di cinquanta chilometri attorno alle mie dodici residenze sorvegliate.»

«Allora che facciamo?»

«Opzione uno, c'è stato un omicidio a Saint-Pierre, tutto

può capitare un giorno o l'altro. Opzione due, la vostra vittima si è sfracellata sulle rocce precipitando ed è un incidente. E l'opzione tre non è nemmeno un'opzione, anche se so che lo schiacciamento della trachea le avrà fatto accendere tutte le spie d'allarme. Nessuno sa dov'è nascosta Anna Bailly, ma per metterci l'anima in pace un tecnico informatico sta controllando in questo momento se ci sia stata un'intrusione nei nostri sistemi, cosa di cui dubito.»

«Direttive?»

«Aspettiamo di saperne di più sulle indagini della gendarmeria e non facciamo nulla di avventato. Lei rimane il capo della polizia di frontiera e uno zio preoccupato del benessere della nipote. Ricevuto?»

Seguì un silenzio insubordinato che non rassicurò nessuno.

«Mi tenga al corrente» concluse Coste riattaccando.

Nella sala della riunione aleggiavano ancora le incertezze generate dalla fine di quella conversazione.

«Pensa che ubbidirà?» chiese Alix.

32

Coste riunì Soba, Casteran e gli altri quattro agenti della polizia di frontiera. Nessuno di loro aveva mai visto il capitano così deciso, eccetto Soba, alcune notti prima.

«Clémence Banon è stata trovata morta in fondo al porto. Se è un omicidio, è stato commesso o da una persona dell'isola o da un forestiero, e se è stato un forestiero è arrivato per nave o in aereo, dunque è passato tra le nostre mani ed è presente nei nostri elenchi. Allora riprendiamo tutti gli elenchi dei passeggeri, risaliamo a una settimana fa e controlliamo le fedine penali e le segnalazioni nel database.»

«È una richiesta della gendarmeria?» si stupì un poliziotto.

«È una mia richiesta.»

«E da quando gli diamo una mano?» proseguì un altro.

«E da quando tu discuti un ordine?» lo interruppe Soba, con una mano pesante sulla spalla del collega, sorprendendo il resto della squadra con la sua nuova lealtà.

Finita la riunione, soltanto il Kraken e Casteran erano stati invitati a rimanere nella stanza.

«Ho bisogno di voi, e non ha niente di professionale» annunciò Coste.

«Non verifichiamo le liste insieme agli altri?» si meravigliò il tolosano storto. «Sono bravo, io, con le liste.»

«Lo so, ma vorrei chiedervi un favore. Ed evitare che mi si facciano domande in merito. Allora ho pensato a voi.»

Casteran s'inorgoglì poiché non era mai stato scelto come uomo di fiducia. Da sempre, la sua vita somigliava alla formazione delle squadre nell'ora di educazione fisica, quando doveva pazientare fino all'ultimo per essere scelto, in mancanza di meglio.

«Mia nipote è stata assunta al Rifugio, e temo che non sia l'impiegata del mese. Ma non vorrei che perdesse il lavoro, e dunque se potete mettervi in borghese, prendere un'autocivetta e sorvegliarla questo pomeriggio, ve ne sarò riconoscente. Se esce, se incontra gente, se qualcuno sembra cercarla o aspettarla. Qualcosa vi pare sospetto? Voi mi telefonate.»

E proprio perché Coste aveva chiesto specificamente di non fargli domande, Soba accettò di tenere il becco chiuso, nonostante l'evidente menzogna che gli aveva propinato.

* * *

Seguendo il solito rituale di protezione, Casteran strinse la catenina al collo, baciò san Cristoforo, san Fiacre, si fece il segno della croce e si mise la cintura di sicurezza.

«Ci attirerai il malocchio con le tue manie da bigotto» grugnì Soba mettendo in moto.

Maltrattò le mascelle lungo tutto il tragitto verso il Rifugio e fino al parcheggio, ancora infastidito dalla balla che Coste aveva preferito rifilargli anziché rivelare il motivo di quella strana missione. Casteran tirò fuori il computer portatile dell'ufficio e se lo posò sulle ginocchia, poi visualizzò il riassunto delle attività aeree e marittime.

«Che fai?»

«Verifico.»

«Le liste? Se ne occupano già gli altri.»

«Sì. Ma io sono più bravo. Non so fare grandi salti, non

corro a tutta birra, ma compenso con il resto» disse picchiettando un dito sulla fronte.

Dall'altro lato della rete metallica che circondava il prato del Rifugio, un vecchio beagle, impedito da una zampa rotta che si rifiutava di toccare il suolo, era venuto a sedersi, e con il tartufo attraverso le maglie li guardava stupito e gentile nella speranza di strappare una carezza o almeno un po' di attenzione. Casteran gli sorrise come se sorridesse a uno specchio.

«Cerchiamo un possibile assassino in un possibile caso di omicidio» proseguì. «Poiché sappiamo chi arriva nell'isola e chi parte, ci focalizziamo sulle persone estranee all'arcipelago e lasciamo gli abitanti alla gendarmeria. Il capitano ci ha chiesto di controllare su un periodo di una settimana, il che non ha senso, visto che l'assassino potrebbe essere arrivato mesi fa, ma un ordine è un ordine. Cosa che ci dà due aerei e tre navi, per un totale di ottantadue *mailloux*.»*

«Credo che pure gli altri sappiano leggere e fare di conto» assicurò Soba, cinico.

Casteran ignorò la frecciata, abituato a non essere preso sul serio. Guardò di nuovo il beagle dal pelo nero e fuoco, anche lui doveva essere stato un buon segugio molto tempo prima.

«Ora giochiamo ai luoghi comuni e alle statistiche. Escludiamo le donne, l'omicidio è una faccenda da uomini. Chi ha meno di diciotto anni, l'omicidio è una faccenda da adulti. Chi ne ha più di settanta, l'omicidio non è affare da pensionati. Gli uomini arrivati in compagnia, l'omicidio non si fa né in famiglia, né in coppia, né tra amici. E infine escludiamo chi viene ad abitare nell'isola, l'omicidio non ha la precedenza quando si trasloca. Il che ci lascia... tre passeggeri.»

* *Maillou*: espressione locale per indicare uno straniero. (*N.d.A.*)

Casteran annotò i nomi su una pagina bianca del computer, prima di concludere: «E dunque uno di questi tre turisti minaccia la nipote del capitano».

Fino a quel momento, Soba aveva seguito le deduzioni del collega, ma inciampò sulla fine come quando si manca un gradino traditore.

«Di che parli?»

«Coste non si è mai interessato ai nostri casi, allora non ha motivo di farlo per quelli della gendarmeria. Fosse pure un omicidio. Poi, all'improvviso, assetto da combattimento. Bisogna dare una mano ai gendarmi e conoscere il pedigree di tutti, ma soltanto su una settimana. E chi è arrivato una settimana fa?»

«La nipote» rispose Soba dopo una breve riflessione.

«E chi sorvegliamo per motivi fumosi mentre tutti lavorano in ufficio?»

«La nipote» ripeté Soba.

«Non abbiamo il diritto di fare domande, ma ciò non toglie che possiamo riflettere, e allora io dico che c'è un nesso tra il presunto omicidio di oggi e la giovane donna che è al Rifugio.»

«La nipote?»

«Se è la nipote. E se non è la nipote, che ci fa in casa del capitano?»

Soba emise un fischio di ammirazione e affibbiò al collega una pacca sulla spalla.

«È un bel pezzo che ti vedo solo controllare visti e passeggeri, avevo dimenticato che eri un poliziotto.»

«Anch'io, credo. Ma ce l'ho sempre dentro, e posso ancora essere utile. A tal proposito...»

Casteran posò il computer sul tappetino e aprì la portiera.

«Dove vai?»

«A cercare una cosa al Rifugio. Non preoccuparti. Io non la conosco, lei non mi conosce, e non ci vado per lei.

Nel frattempo, controlla i tre turisti e trova dove sono alloggiati. Ci sono sei alberghi e cinque pensioni, comincia da lì.»

* * *

Coste andò a piedi fino alla camera mortuaria, il luogo in cui riposavano i defunti, si trattasse di un incidente, di una malattia o anche, in via molto eccezionale, di un omicidio, e notò che, come sperava, c'era un'auto della gendarmeria. Spinse la porta dell'edificio di pietra grigia, passò oltre le due sale di raccoglimento per le famiglie e si diresse verso il fondo, fino a una stanza bianca completamente piastrellata, lavabile con l'acqua dal pavimento al soffitto, là dove i corpi venivano resi presentabili prima di adagiarli in una bara per la veglia funebre.

Non c'era un medico legale nell'isola, tanto meno un tanatoprattore, e spesso l'incarico delle estreme attenzioni spettava a un infermiere o a un'estetista del salone di bellezza. Ma date le condizioni della giovane vittima, nessuno sarebbe riuscito a renderla presentabile.

Vedendo il poliziotto, Laguerra non fece nemmeno lo sforzo di sembrare gentile e lo salutò con un rimprovero.

«Non ha niente da fare qui. È un'inchiesta della gendarmeria.»

«Lo è anche Esther Bisset, ma ciò non le ha impedito di venire a trovarmi.»

«Sarebbe stato meglio se mi fossi schiantata contro un platano, quel giorno. Lei doveva solo far paura a Sean Grady, dargli una lezione. E invece lo ha quasi ammazzato.»

Coste non si scusò e, con un cenno del mento, indicò la cassa di metallo delle dimensioni di un adulto sulla barella di acciaio inossidabile.

«Clémence Banon?»

«Sì. Pronta per la partenza. L'autopsia è prevista alle dieci di domattina, a Parigi.»

«Posso vederla?»

«La bara di legno è già sigillata e inserita nella cassa di metallo, anch'essa sigillata. Soltanto così un cadavere è accettato su un aereo di linea.»

«Allora è no?»

«Allora se ne vada.»

Coste sorrise, dando prova di sportività, visto che Laguerra era affabile quanto lo era stato lui con lei.

«So che è la sua inchiesta, ma se potesse chiedere al medico legale di fare un esame tossicologico, credo che avanzerà più in fretta.»

«Non si comporti così» s'incupì Laguerra.

«Cioè?»

«Non le hanno mai insegnato a prestare i giocattoli? Se lei sa qualcosa di cui non sono al corrente, non mi lasci girare a vuoto. Non è in ballo l'ego professionale, ma una vittima.»

«È un'ipotesi che si basa solo su un presentimento» temporeggiò Coste.

«Venendo da lei, mi basta.»

«Faccia la richiesta. In funzione dei risultati, potremo collaborare.»

E se ne andò, lasciando Laguerra ancora più in collera con lui di quando era entrato.

* * *

Di fronte all'edificio che ospitava la camera mortuaria si ergevano i muri rosa pallido e il campanile di roccia vulcanica della cattedrale della cittadina. E proprio sotto la statua di san Pietro, Casteran camminava in cerchi concentrici attorno all'auto della polizia. Coste aggrottò le sopracciglia e il subordinato decise di prevenire una lavata di capo.

«Non si arrabbi! Soba è rimasto davanti al Rifugio per sorvegliare sua nipote. Lo raggiungo subito. Però ho un'informazione che potrebbe trovare interessante.»

«Perché non mi ha telefonato, o trasmesso un messaggio radio?»

«Ho l'impressione che lei non abbia troppa voglia che si venga a sapere, ma non so fino a che punto non vuole che si sappia.»

«Non ho niente da nascondere.»

«Be' sì, invece, con rispetto parlando, è l'impressione che si ha.»

Poi Casteran gli spiegò come avesse ridotto i risultati della ricerca a tre individui, come Soba avesse trovato uno di loro all'Hôtel Nuits Saint-Pierre, un altro nella pensione di una certa Marie-Jo, e come l'ultimo avrebbe avuto molte difficoltà a trovarsi nell'isola, o del resto in qualsiasi altra parte del pianeta.

«Morto?» chiese Coste.

«Sì, meno di una settimana fa. A Parigi. Nel suo appartamento di fronte all'Opéra Bastille.»

«Come mai non ce ne siamo accorti?»

«Perché controlliamo solo i precedenti giudiziari dei passeggeri. Ma questo qui, che non trovavamo da nessuna parte a Saint-Pierre, mi sono detto che se aveva mai sporto una denuncia, doveva per forza aver comunicato il suo numero di telefono, e perciò potevamo tentare di localizzarlo. Poi ho approfondito la ricerca e a quel punto ho scoperto che era morto.»

In quel momento l'auto della polizia abbaiò e i due poliziotti si voltarono.

«Che diavolo è?»

«Non è un diavolo, è un beagle. È un valido compagno di caccia» precisò Casteran.

«Qui, no» fece notare Coste a proposito del cane che stava leccando il vetro dall'interno come fosse un gelato alla vaniglia.

«No, non qui. Però mi sta bene lo stesso. E comunque non vado a caccia. Le racconto il seguito o continuiamo a parlare del cane?»

33

Parigi, ore 16.30
(Saint-Pierre, ore 12.30)

Alix uscì dall'edificio del secondo distretto della polizia giudiziaria di Parigi e, senza aspettare, compose il numero di Coste, riparandosi dalla pioggia battente sotto la pensilina ingrigita dai gas di scarico.

«Non sono stupidi, i tuoi uomini» riconobbe.

«Lo scopro insieme a te. Dimmi.»

«Il tuo tizio è davvero morto. Geoffroy Coudray. Trentun anni. La testa sfondata da una mazza da golf. Omofobia, secondo i colleghi.»

«E questo Geoffroy è atterrato sulla mia isola alcuni giorni dopo la sua morte?»

«Esatto. Bisogna apprezzare l'imprevisto. Fatto sta che, secondo i tuoi uomini, non ha ripreso né una nave né un aereo e, a meno che non se ne sia andato a nuoto, è ancora a Saint-Pierre.»

«E che dice Saint-Croix?»

«Dice che è una morte molto violenta e che non quadra con il metodo del mostro. Dice anche che l'assassino, visto che ha usato la carta d'identità della vittima per venire nella tua isola, deve per forza somigliargli, ma che non c'entra niente con l'identikit di Anna. In parole povere, ti dice di non perdere d'occhio il caso, di passare tutte le nostre informazioni ai gendarmi e di non sconfinare nel loro lavoro, come ti ha già chiesto stamattina.»

«È arrabbiata?»

«No, è preoccupata, come te, ma non vuole compromettere la tua copertura per una semplice illazione.»

«Ha detto illazione?»

«Sì. Ma tu non hai registrato la cosa più importante. Metti Anna al sicuro, il tempo dell'autopsia, e fa' un passo indietro sul caso della ragazza annegata.»

«Anche tu pensi che mi stia allarmando per niente?»

«Penso che avremmo torto a non ascoltarti ed è quello che ho detto a Saint-Croix. Ma ti basta aspettare una notte, e domani, con il test tossicologico, sapremo quello che Clémence Banon aveva nel sangue.»

E poiché era necessario parlare dell'evidente non detto, quello che gli inglesi chiamano l'elefante nella stanza, Alix si buttò: «Sta' a sentire, Victor, nessuno sa che Anna Bailly è a Saint-Pierre, assolutamente nessuno. I nostri server non sono stati violati e l'intera squadra sa cosa significhi "top secret". Capisci che cosa bisogna supporre, se hai ragione?».

«Ma io non voglio avere ragione» si difese il capitano. «È un'illazione, come dice Saint-Croix.»

Dall'altro capo della linea, Alix sbuffò, irritata di dover pronunciare le parole al posto di Coste.

«Lo sai cosa intendo. C'è una sola persona che avrebbe potuto dare questa informazione al predatore. E questa persona abita a casa tua.»

«È impossibile» rifiutò Coste in modo precipitoso. «Possono esserci altre spiegazioni.»

«E soprattutto è molto probabile che un individuo abbia ucciso un omosessuale a Parigi, preso la sua carta d'identità e ucciso una disabile a Saint-Pierre senza che tutto quanto abbia qualcosa a che vedere con Anna. Lo sai, ogni anno in Francia si registrano circa quattromilacinquecento omicidi e tentati omicidi, e altrettanti colpevoli, il nostro mostro non è il solo assassino in circolazione. Detto ciò, i colleghi della giudiziaria contatteranno la gendarmeria per trovare un nesso tra le due vittime, Geoffroy Coudray e Clémence Banon.»

«Mi tieni aggiornato? A qualsiasi ora.»

«Certo» rispose Alix. «E tu cosa pensi di fare stasera?»

«L'isola è piccola. Anna ha certamente sentito parlare del delitto. Troverò una storia.»

Coste guardò l'ora sul telefono.

«Saranno diciotto ore lunghissime, in attesa dei risultati dell'autopsia. Chiamerò direttamente l'Istituto di medicina legale, conosco il medico.»

«Léa Marquant? Saint-Croix mi ha detto di voi due. Preferisci che lo faccia io? Scomparire per sei anni e chiamare solo per un'inchiesta... non sono sicura che ti accoglierà con una collana di fiori.»

«Sarà l'occasione per avere novità da Parigi.»

«È un bel modo di dirlo. Ma se sono novità quelle che cerchi, posso dartele io, perché è meglio che tu sia un po' preparato. "Parigi", come dici tu, si è sposata. Con un dottore dell'ospedale Necker. Ha invitato alcuni colleghi alla cerimonia, tra cui Saint-Croix. E ha una figlia.»

Coste ricevette in pieno cuore le due pallottole che aveva sparato lui stesso molto tempo prima.

«Quanti anni?» finì col chiedere.

«Questo non lo so. Glielo domanderai.»

34

Coste fotografò con il cellulare la camera di Anna da diverse angolazioni, poi l'interno degli armadi. Fissata la scenografia, rovesciò tutto e perquisì ogni singola tasca di ciascun vestito. Trenta minuti dopo, seduto al centro del disordine, con una pila d'indumenti sul letto e le mensole vuotate per terra, si pentì di quella diffidenza, come se avesse segretamente tradito la fiducia di Anna, la giovane donna che lui aveva costretto a rivivere un calvario lungo dieci anni.

Con l'aiuto delle foto rimise tutto a posto, centimetro più centimetro meno, prese le chiavi della Land Rover e guidò fino al Rifugio, dove Casteran e Soba avevano trascorso il pomeriggio. Li salutò con un cenno della mano e i due abbandonarono la sorveglianza. Passando accanto al fuoristrada di Coste, Soba rallentò e abbassò il vetro.

«Lo sa che può avere fiducia in me, capitano?»

«Lo so.»

«Allora?»

«Allora a domani, Kraken.»

L'auto si allontanò abbaiando, con a bordo un cane pensionato, un poliziotto offeso e un altro estasiato di essersi finalmente reso utile.

* * *

Anna uscì dalla doccia sentendosi ancora addosso un odore animale che nemmeno due passate di sapone erano riuscite a cancellare. Ritrovò Coste seduto alla scrivania, silenzioso e chino su una pila di elenchi di passeggeri.

«Non lavoriamo stasera?» domandò, posando le mani sulle spalle del suo custode.

«No, stasera no. Devo aiutare la gendarmeria.»

«La ragazza annegata? Oggi al Rifugio non parlavano d'altro. Sai cos'è successo?»

«Delitto passionale. Probabilmente il suo ex. Un tipo instabile e violento. Laguerra lo sta cercando, pensa che possa avere avuto un complice, allora controllo le partenze e gli arrivi per vedere se uno dei passeggeri abbia qualche rapporto con il sospettato.»

Anna si lasciò cadere sul divano, mettendo il broncio, come se non apprezzasse di spartire il suo protettore con altri.

«Posso uscire con Mercoledì? Vuole mostrarmi l'isola al tramonto.»

«No» tagliò corto Coste, un po' seccamente. «Stasera rimani qui. Sarei un pessimo custode se ti lasciassi senza sorveglianza con un individuo del genere nei paraggi. È no, scusami.»

«Passare la serata con te mi piace altrettanto.»

Avvicinò le ginocchia al busto e le imprigionò tra le braccia mentre veniva percorsa da un brivido. La fragilità e la vulnerabilità di Anna lo intenerirono, ma dominò la voglia di raggiungerla.

«Accendo il fuoco» disse.

«E stapperai una bottiglia di vino?»

«Perché no?»

* * *

Fino a notte fatta, Coste finse di essere occupato. Non sopportava il dubbio che si era insinuato tra loro e che gli s'incollava alla pelle come plastica bruciata. Sperava che l'indomani tutto sarebbe tornato alla normalità e che avrebbe potuto guardarla negli occhi senza sensi di colpa.

Rannicchiata nella poltrona, Anna finì il suo romanzo, chiuse il libro e ne ripose i personaggi nella biblioteca, Erik dal viso disumano e l'ingenua Christine trattenuta nel sottosuolo dell'Opéra Garnier. Prima di raggiungere la camera, si avvicinò con passo felpato al suo protettore seduto alla scrivania, incollò il petto alla schiena di lui, lo cinse con le braccia e posò le mani sulle sue. Rimasero così per molti secondi, condividendo il calore reciproco, creando un'intimità che Coste si rifiutava di perdere.

* * *

Incapace di chiudere occhio, il capitano rileggeva in continuazione i rapporti del comandante Russo sulla fuga di Anna Bailly e le ricerche successive, dieci anni prima che diventasse la «Vittima 1». Forse in quelle righe c'era una parola, un'informazione, un indizio passato inosservato, un ago in un pagliaio. Ma alle quattro del mattino dovette per forza constatare che assolutamente nulla permetteva di dubitare di Anna.

Altre due ore gli avrebbero consentito di esserne definitivamente sicuro.

Nelle città, i fari delle macchine danzano sul soffitto degli appartamenti, stiracchiando la loro luce man mano che si allontanano. A Saint-Pierre, soltanto il faro bianco e rosso di Galantry, all'estremità dell'isola, pettinava la notte e il salotto della residenza con grandi fasci luminosi per poi immergerli nel buio fino alla rotazione successiva.

Per un caso scontato, Coste si ritrovò fra le mani il pacchetto di sigarette accantonato circa due anni prima e di cui Anna si era appropriata. Ne restavano tre, e cedette. Poi ancora due volte, finché l'orologio segnò le 5.59, le 9.59 a Parigi. Senza sapere come avrebbe affrontato la conversazione, e consapevole di correre il rischio di sentirsi sbattere in faccia, a muso duro, il riassunto di sei anni di silenzio, di ferite e d'incomprensione, compose il numero dell'obitorio e chiese di inoltrare la chiamata al medico legale.

«Sono la dottoressa Marquant, mi dica.»

«Ciao, Léa.»

A quattromila chilometri da quella voce, le gambe tremarono e Léa crollò sulla sedia con le rotelle che le permetteva di attraversare l'obitorio di slancio, passando dal tavolo dell'autopsia alla scrivania dove di solito annotava le sue conclusioni, sempre su un taccuino, imitando un poliziotto che lei aveva amato a lungo.

«Victor?»

Oltre a una sorpresa sincera, Coste non poté capire dal suo tono se fosse furibonda o felice né, per l'uno come per l'altro sentimento, in quale misura.

«Sono spiacente di chiamarti così presto, spero di non disturbare.»

«È di questo che sei spiacente? Di disturbarmi? Cazzo, Coste, ti conviene fare uno sforzo per il seguito della conversazione. Non ho tempo per te. Non ho più tempo per te.»

Furibonda, dunque, e in misura piuttosto elevata. Ma che altro poteva aspettarsi?

«Sei scomparso e adesso che vuoi? Scusarti? Risalire indietro nel tempo? Hai abbandonato anche i tuoi amici. Che razza di persona fa una cosa simile? Abbiamo sofferto tutti, quanto te. Oh, cazzo, la tua chiamata mi fa imbestialire! Ti giuro che se fossi qui davanti a me, il tuo giubbotto antiproiettile non ti basterebbe.»

Coste non era ancora riuscito a rispondere e, a quanto pareva, non era nel programma di Léa.

«Che vuoi? Nella tua isola d'imboscato ti annoi a giocare al doganiere? Peggio per te, spero che ci resterai. Ti ho dimenticato, completamente dimenticato, e non hai il diritto di chiamarmi.»

Si sentì a disagio per aver quasi gridato, cosa che rendeva meno credibili le sue parole, e abbassò il tono di voce.

«Ascoltami bene, Victor, non chiamarmi più, d'accordo? E soprattutto non al lavoro. Oppure dammi il tuo numero e sarò io... Non lo so, forse, un giorno. Anzi mai, è sicuro. Ora devo lasciarti. Sono molto impegnata.»

A costo di essere odiato, e a ragione, il poliziotto conficcò i chiodi della propria bara.

«Lo so. Clémence Banon. Annegata. Trachea schiacciata. Hai fatto il test tossicologico?»

Stupefatta, Léa si girò verso il lenzuolo bianco che copriva la ragazza, sdraiata su una barella al centro della stanza come un fantasma addormentato, aperta, esaminata e ricucita.

I corpi su cui la dottoressa eseguiva l'autopsia venivano tutti da Parigi e di rado guardava l'origine della richiesta giudiziaria. Destabilizzata, prese il verbale e lesse l'intestazione: Tribunale di prima istanza di Saint-Pierre.

«Mi prendi in giro?»

«Ho perso anche questo diritto, immagino.»

«Per uno che è partito senza salutare e che voleva dare le dimissioni, puoi spiegarmi come mai vieni a chiedermi informazioni su una possibile vittima del nemico numero uno?»

«È complicato.»

«Lo metterò sul tuo epitaffio. Parla.»

Se i risultati erano quelli che Coste temeva, tra poche ore la sua copertura sarebbe andata a monte e la sua identità rivelata alla luce del giorno. Allora avrebbe dovuto trovare una nuova residenza sorvegliata, in un altro posto del globo. Non era più tempo di segreti.

«Rivotril?»

«Sì. Non in gran quantità, ma abbastanza da essere efficace. La pelle è deteriorata, ma gli ematomi sottocutanei lasciano anche pensare a uno strangolamento, e le cartilagini della laringe sono spezzate.»

«Allora è lui?»

«È il suo metodo, in ogni caso. Il dettaglio del sedativo non è mai stato menzionato dai media, il che esclude un imitatore. Ma insomma, qual è il tuo lavoro laggiù?»

«Anna Bailly, la prima vittima, è stata inclusa nel programma di protezione dei testimoni. Sono il suo custode. E forse il suo predatore ci ha appena raggiunto.»

«Quanti siete in squadra?» si preoccupò all'improvviso la dottoressa.

«Io. Solo io. E lei.»

Anna... Se il tuo predatore è nell'isola, è perché tu lo hai invitato, si disse Coste.

Anna. Palindromo persino nel tuo essere. Avrei dovuto leggerti nei due sensi.

«E dunque, se questa ragazza non fosse morta, tu non mi avresti mai chiamato?»

Mentire non serviva a niente. Rimase in silenzio e lei riattaccò senza che lui avesse trovato il coraggio di chiederle se fosse felice, né quanti anni avesse la figlia. A ogni modo, non ne aveva il diritto.

Nell'obitorio dell'Istituto di medicina legale, Léa se ne stava a occhi chiusi, assalita dai ricordi di un'altra vita, una vita per la quale sarebbe stata pronta a fare qualsiasi sacrificio, quando a un tratto un collega aprì la porta e le fece una domanda che lei non udì.

«Dammi cinque minuti.»

35

Residenza sorvegliata
Saint-Pierre
Ore 6.12

Quella mattina, tre soli sarebbero potuti sorgere senza che insieme fossero capaci di attraversare la nebbia che si avventava sull'isola. Come una gigantesca nuvola spessa caduta da una tempesta leggendaria per aggrapparsi all'oceano e fondersi a Saint-Pierre, la nebbia inghiottì le imbarcazioni ormeggiate in lontananza, poi il porto, poi le spiagge e le baie. S'intrufolò nelle strade, seguendone le curve, arrampicandosi senza sforzo sulle colline, scendendo lungo i pendii come il fumo sporco di un incendio straordinario, andando a cozzare contro le case per ingoiarle e, infine, facendo sparire persino gli uomini.

Impressionante quanto il lupo Fenrir della mitologia nordica, figlio del dio della disillusione e della messaggera della sventura, la nebbia giunse, «con la bocca spalancata, la mascella superiore contro il cielo, quella inferiore contro la terra», alta parecchie centinaia di metri e ampia quanto l'arcipelago, come se lassù avessero foggiato quel mantello grigio e opaco espressamente per le isole.

Disillusione. Sventura. Le nebbie sembravano aver pazientato fino a quel momento per operare all'unisono con gli eventi, complici della giovane donna che continuava a dormire, la giovane donna che aveva invitato in prima persona il suo carnefice.

«Vi ricordate di quella frase, quando Anna paragonava il mostro al padre?» domandò Melchior, il cui viso occupava la metà dello schermo del computer di Coste, mentre nell'altra si vedeva la scrivania di Fleur Saint-Croix, con lei dietro e Tom e Alix ai lati. «"Non era mio padre"» lesse lo psichiatra, «"non aveva nessun diritto, e io non lo amavo". Ci spiega l'amore che aveva per quell'uomo nonostante un'infanzia di abusi. Perché era suo padre, perché credeva di non avere scelta, perché, non potendo parlarne a nessuno, avrà forse pensato a lungo che le sue visite notturne non erano stupri, bensì atti d'amore.»

«E?» si spazientì Coste.

«E se lei ha imparato ad amare il mostro che s'introduceva notte dopo notte nella sua camera, non avrebbe potuto amarne un altro? E anche lui potrebbe ricambiare quell'amore, a modo suo. Immaginiamo che si sia sentita salvata da lui. Immaginiamo che, con lui, non si sia sentita giudicata e che, a dispetto di tutta la perversità della situazione, abbia trovato quello che nella sua esperienza più si avvicinava a una relazione sentimentale. L'amore non ha forma, si adatta e s'insinua in qualsiasi stampo, anche rotto, scheggiato. Nulla impedisce all'amore di essere sordido o malsano.»

«Lei pensa che sia venuto per ritrovarla» si oppose Saint-Croix, «e se invece volesse metterla a tacere? È lei a poterci rivelare il più possibile sul suo rapitore, Anna è il suo tallone d'Achille, e lui lo sa.»

«È quello che le toccherà scoprire, Victor» proseguì Melchior. «Qualunque sentimento Anna abbia per lui, può essere stato abbastanza forte da farle stendere un velo inconscio sul resto.»

«Il resto... Sta parlando dell'uccisione di nove adolescenti?»

«Devo ripeterle i consigli che le ho dato durante la nostra prima conversazione? Non giudicarla. Imparare ad accettarla, mettersi nei suoi panni, immaginare quanto abbia pagato per la propria vita e, oggi, tentare di capire come abbia potuto smarrirsi creandosi dei sentimenti, alterati e corrotti dalla prigionia. È sempre una vittima, a mio avviso.»

«Invece, a mio avviso, si è presa troppo gioco di me per continuare a esserlo.»

Fleur Saint-Croix riportò il discorso sulla minaccia che pesava sul capitano e sulla ragazza che fino a ieri era la sua protetta.

«Fatto sta che il mostro è sul vostro scoglio di venticinque chilometri quadrati e quindi troppo vicino a voi. La cosa più giudiziosa sarebbe allontanarvi da lì. Posso farvi decollare in meno di un'ora.»

«Ormai siamo solo noi due a essere in pericolo» si oppose Coste. «Per quanto mi riguarda, diciamo che sono i rischi del mestiere. Per quanto la riguarda, diciamo che sarà andata a cercarsi da sola tutto quello che le capiterà.»

«Dimentica Clémence Banon. Il nostro predatore può colpire di nuovo.»

«Non dimentico nessuno. Né l'annegata, né il giovane omosessuale. Ma sono soltanto degli strumenti. Aveva bisogno della carta d'identità di qualcuno che gli somigliasse per fare il viaggio fin qui e, per Clémence Banon, di un nascondiglio, il tempo di orientarsi e di scovare Anna. Sono convinto che abbia ucciso Clémence Banon spinto da un imprevisto, forse perché la ragazza aveva capito qualcosa. Senza il suo appartamento è costretto a cercare un nuovo nascondiglio, a Saint-Pierre, dove tutti si conoscono e guardano con la coda dell'occhio.»

«Lasci almeno che le mandi dei rinforzi» insistette la presidentessa.

«Purtroppo è inutile. Stamattina le nebbie dei capelani hanno coperto l'isola e non se ne andranno. Posso tendere il braccio e veder sparire la mia mano. I suoi uomini non conoscono Saint-Pierre. È come far sbarcare quaranta ciechi. Divertenti da osservare ma non molto efficaci. Sarebbero loro a perdersi cercando il mostro. E a rifletterci su, voi lo braccate da dieci anni, ma oggi è proprio lui a venire da noi. Lasciamolo avvicinarsi. Sarò qui ad aspettarlo.»

Seduto a un angolo della scrivania di Saint-Croix, Tom, nuovo nella squadra, si chinò per essere inquadrato dalla telecamera.

«Chiedo scusa per la mia ignoranza, ma come ha fatto ad arrivare a quattromila chilometri da Parigi, con una semplice carta d'identità?»

«La breccia è enorme, Tom» assicurò Coste. «Saint-Pierre è un territorio francese, non ci vuole niente per andarci.»

«Ma non occorre un passaporto biometrico per lo scalo in Canada?»

«Sì, certo» completò Alix. «Il varco automatico per il controllo dei passaporti lo avrebbe smascherato e si sarebbe fatto accalappiare prima ancora di avvicinarsi al duty free. Se non fosse che in questo periodo dell'anno i voli da Parigi a Saint-Pierre, da Francia a Francia, sono diretti. Sarà passato con la carta d'identità attraverso il semplice controllo di un agente della polizia di frontiera, e siccome somiglia alla foto che c'è, il gioco è fatto.»

«Il timore più grande che ha è che si scopra la sua identità, grazie alle indagini, o grazie ad Anna» assicurò Saint-Croix. «Deve dunque rinascere per proseguire il suo piano. Il povero Coudray gli somigliava ed è tutto quello di cui aveva bisogno per avere un'identità vergine e, con quella, ha attraversato l'oceano.»

«Anzitutto venire fin qui» aggiunse Coste, «riprendersi la donna che considera sua, se il suo scopo non è farla tacere.

Poi la soluzione più semplice è percorrere i venticinque chilometri fino a Terranova, su un battello privato o rubato, evitando ogni controllo, e approdare nell'isola, dove soltanto una parte dei centoventimila chilometri quadrati è abitata. Altri prima di lui si sono costruiti una nuova vita e nessuno li ha mai disturbati.»

Sottoponendo quell'ipotesi, Coste giunse a trarne le debite conclusioni e, davanti all'evidenza, strinse i pugni. Se il predatore aveva lasciato Parigi ed era arrivato senza incidenti a Saint-Pierre, sebbene il suo volto fosse affisso in ogni commissariato, stazione e aeroporto, voleva dire che l'identikit non gli somigliava.

«Cazzo, anche sull'identikit ci ha preso in giro!»

«D'accordo» s'impose Saint-Croix, sentendo che la situazione le sfuggiva di mano. «Blocchiamo tutto. Il Rifugio, i gatti, i cani, per la ragazza è finita. Coste, la tenga rinchiusa nella residenza. Non metterà più la punta del naso fuori dalla porta.»

«Le mettiamo un braccialetto elettronico?» propose Tom. «Avverto l'ufficio tecnico?»

«No» obiettò la presidentessa. «Il braccialetto è una scelta di comune accordo. Se lei vuole scappare, oppure se lui la fa scappare, basterà una sforbiciata per liberarsene. Allo stato attuale, non servirebbe a niente.»

«La sorveglierò ventiquattr'ore su ventiquattro» promise Coste. «Mi dichiarerò malato per alcuni giorni e metterò il mio vice a capo della polizia di frontiera.»

«Per ora lasciamo che la gendarmeria segni il passo sul caso Clémence Banon. Chiamerò il ministero per chiedere di essere tenuta al corrente delle indagini e, se poi risulta che abbiamo bisogno dei gendarmi, pazienza per la sua copertura, Coste. A situazione eccezionale misure eccezionali, vuoteremo il sacco.»

Sfinita, Fleur Saint-Croix sprofondò nella poltrona.

«Credo che con questo sia tutto.»

«Un'ultima cosa» obiettò Coste. «In dieci anni di ricerche, l'unica persona su cui non sono mai state fatte vere indagini è Anna Bailly. Innamorata o meno, vittima o meno, non abbiamo granché su di lei.»

«Ci metterò su una squadra.»

«O bisognerebbe scegliere quello che la conosce meglio. Non troverà nessuno più motivato di lui. Se mai accettasse.»

La presidentessa capì subito di chi parlava il capitano.

«Mi lasci fare. I poliziotti recalcitranti li conosco bene.»

Prima di riattaccare, Saint-Croix volle assicurarsi che Coste sarebbe stato in grado di gestire gli ultimi sviluppi, in particolar modo sul piano emotivo, che non era affatto il suo forte.

«La ragazza sta per svegliarsi, no?»

Coste non rispose.

«Se non le dice niente, potrebbe forse ottenere altre confessioni. Insomma, le lasci credere che l'inchiesta segue il suo corso e tenti di scoprire dov'è quella dannata seconda casa e dove sono state sepolte le altre quattro vittime. Dopo il ritrovamento recente dei corpi di Virginie, Julie e Cléo, le famiglie delle altre ragazze sperano più che mai. Soltanto lei può aiutarle. Inoltre temo che, se la mettiamo in imbarazzo per le sue bugie, Anna si chiuda a riccio.»

«Esatto» confermò Melchior, «perciò avrà più successo lasciandola nell'ignoranza. Affrontarla non sarebbe tanto diverso dal cadere in una trappola.»

«Ricevuto. Ora le preparo la colazione. Rimango calmo. Non l'affronto.»

A Parigi, lo schermo diventò nero e il capitano sparì dopo quelle promesse.

«Bene, credo che abbia capito» si rassicurò lo psichiatra.

«Bene» ironizzò la presidentessa, «vedo che lei lo ha proprio capito.»

36

Castello di Courbat
Casa di riposo del ministero dell'Interno
Touraine

Là, nell'ex sanatorio diventato un rifugio in mezzo a ottanta ettari di verde, i poliziotti, uomini e donne a pezzi, ormai simili a ruderi, venivano accolti il tempo di curare una dipendenza, gestire una depressione, dimenticare l'accumularsi di eventi traumatici che riempiono una carriera, anche se breve. Sangue ovunque sui ricordi, paura che invade e non abbandona il corpo, giovani vite stroncate per una parola sbagliata, morti irriconoscibili incastrati nelle auto, le famiglie che devono farci i conti, i loro sguardi, le accuse che pretendono un responsabile, i tranelli tesi sul far della notte, i colleghi morti per la Francia o per ben poco, un minuto di silenzio per dirgli addio e passare al dramma successivo su uno sfondo d'insulti quotidiani e mancanza di rispetto, d'insicurezza, di famiglie distrutte, di violenza estrema diventata estremamente banale. Gli uomini e le donne che avevano fissato in fondo alla canna dell'arma di ordinanza in quel luogo tentavano di riprendere fiato e di ritrovare un po' di fiducia, di speranza, una rinascita, prima di tornare in prima linea.

Con le scarpe da ginnastica che scricchiolavano sul linoleum blu, l'infermiere percorse il corridoio stringendo in mano un foglietto di carta, per niente sicuro che il degente a cui il messaggio era destinato volesse aprire la porta.

Per i medici era un «esaurimento professionale, duplice by-pass coronarico seguito da ictus, alcolismo, tabagismo, obesità patologica, sostegno psicologico necessario, dietologo necessario, paziente fragile». Per gli altri era solo Sylvestre.

«Ho un messaggio per te. Apri?» chiese l'infermiere bussando piano.

Silenzio.

«Allora te lo leggo, d'accordo?»

Silenzio.

«Viene da Fleur Saint-Croix, procuratrice della Repubblica di Parigi. E dice: "Anna".»

Un movimento nella camera. Il cigolio delle molle del letto alleggerite di un peso, a cui fecero seguito passi pesanti in avvicinamento.

«Dice solo questo?» chiese una voce grave.

«C'è un numero di telefono.»

«Infilalo sotto la porta.»

Rifiutandosi di avere un cellulare o qualunque altro dispositivo rischiasse di ricordargli che, fuori dal castello, il mondo continuava a girare senza di lui, Sylvestre uscì dalla camera in via eccezionale e chiese all'accettazione di usare il fisso della struttura. Compose il numero e dimenticò di presentarsi, per goffaggine più che per scortesia, poiché da circa un mese gli psicologi erano gli unici a sentire il suono della sua voce.

«Saint-Croix, per favore.»

«Anche buongiorno» rispose il cancelliere. «Chi devo dire?»

«Russo.»

«Comandante Russo?» riprese il cancelliere.

«No. Soltanto Russo.»

* * *

Il banco dell'accettazione non era appropriato a quella conversazione, e Russo si fece prestare un cellulare da un ex collega dell'antidroga in cambio della promessa di una partita a scacchi: nessuno, dal suo arrivo, era riuscito a farsi la sua regina. Si era seduto su una panca di legno, in disparte, di fronte allo stagno del Courbat, su un prato ben tenuto.

«Perché io?»

«Lei è sempre un poliziotto, no?» rispose Saint-Croix.

«Ci sto riflettendo. Come sta Anna?»

«È il motivo della mia telefonata. Ci avviciniamo al mostro. Ormai è questione di giorni.»

«Quest'indagine mi ha quasi fatto crepare. Perché crede che tornerei a occuparmene?»

«Non è stata l'indagine, ma la sua mancata soluzione a mandarla quasi all'altro mondo, se abbiamo l'accortezza di tralasciare il suo stile di vita suicida, stando a quanto leggo sulla sua cartella clinica.»

«Ma non dev'essere segreta?» si adombrò Russo per pura formalità.

«Il segreto, per l'appunto, è il mio campo. Anna Bailly è stata inserita nel Servizio di protezione dei testimoni, si trova in una residenza top secret dove dovrebbe collaborare con noi per aiutarci ad arrestare il suo rapitore.»

«Dovrebbe?» ripeté il poliziotto, la cui attenzione era stata stuzzicata.

«La riteniamo ambigua. Oppure che sia ancora sotto l'influenza di quell'uomo. Gli ha comunicato dove trovarla.»

Dalle mogli picchiate che aspettano il marito violento con un vassoio di paste quando esce di cella, alle donne stuprate che s'innamorano dell'aggressore, passando per quelle che s'infiammano per i peggiori delinquenti in prigione scrivendo una lettera al giorno con la promessa di sposarli, Russo aveva conosciuto vittime dai profili più imprevedibili. Ma l'affermazione di Saint-Croix gli procurò un dolore enorme; per Anna e per le altre ragazze lui aveva sfiorato la morte pur di fermare il mostro.

Tre anatre si posarono sullo specchio del lago facendone fremere la superficie e Russo cercò in tasca il pacchetto di sigarette che non c'era.

«Chi è con lei?»

«Il capitano Coste.»

«Allora non avete bisogno di nessun altro.»

«Fatto sta che è a quattromila chilometri, a Saint-Pierre, molto più vicino alla Groenlandia che a Parigi, ma noi abbiamo bisogno di qualcuno qui. È necessario rivedere il caso dal primo giorno, considerando l'unico punto di vista che abbiamo tralasciato, quello della signorina Bailly.»

All'inizio era scappata di casa, in seguito è diventata la prima vittima, ora è una possibile complice... Russo fu proiettato nel suo ufficio dalle pareti coperte di fotografie e d'interrogativi con Anna al centro.

«Mi stia a sentire, comandante, ho più di venti poliziotti capaci che potrebbero fare questo lavoro senza perdere il fiato sul primo gradino di una scala» disse Saint-Croix, volutamente offensiva. «Io penso che non sia una buona idea e che lei si sia guadagnato il diritto di essere lasciato in santa pace. Ma è stato Coste a chiedere il suo intervento. E inoltre dice che la seconda volta si riesce meglio.»

Russo ascoltava con orecchio distratto. Il cervello da segugio, abituato a fiutare le pecche e gli indizi, già ripercorreva l'intera cronistoria del caso, dal giorno in cui, calpestando i fiori dei Bailly con le scarpe malconce, aveva dichiarato che la cosa non quadrava.

«E che devo fare?»

«Cominci col salutare i suoi colleghi e, quando sarà pronto, salga nell'auto grigia che la sta aspettando. Faccia con comodo. Ci occupiamo noialtri del lato amministrativo.»

«Non ha mai dubitato della mia risposta?»
«L'autista ha la sua arma e il suo tesserino, se ciò risponde alla domanda.»
«Avrò bisogno solo di uno dei due.»

Risalendo il viale alberato con i rami carichi di primavera, oltre le sbarre di ferro battuto del cancello che proteggeva gli ospiti dalla società che li aveva annientati, Russo scorse la berlina grigia, rivolse un cenno del capo all'autista e Tom gli rispose con un gesto della mano.

37

Residenza sorvegliata
Saint-Pierre
Ore 7

Si era aperto. Le aveva parlato della sua infanzia, di Léa, del dramma che lo aveva fatto naufragare a Saint-Pierre, dove era venuto a cambiare vita. Aveva abbassato la guardia e, come un soldato di ritorno da una campagna militare, si era tolto l'armatura ispessita da sei lunghi anni. E lei lo aveva tradito.

Lei e il mostro. Quante volte si erano sentiti? Quando? Come? Qual era il loro piano e, soprattutto, era previsto che lui ci lasciasse le penne?

Restare calmo. Non affrontarla.

Il sogno di Anna, o qualunque cosa potesse popolare la sua notte, fu bruscamente interrotto da due braccia che la sollevarono dal letto mandandola a sbattere contro il muro, che tremò e lasciò cadere la fotografia del faro di Saint-Pierre sotto la neve. Il vetro della cornice andò in frantumi sul pavimento.

Coste non si accorse nemmeno che i piedi di lei non toccavano il suolo. Le stava così vicino che avrebbe potuto baciarla, oppure, in quel caso, divorarle il viso.

«Posso spiegarti tutto, Victor» disse Anna, con le lacrime agli occhi. «Ti supplico, lasciami parlare.»

Non aveva avuto bisogno di un secondo di più per capire perché il suo custode si fosse improvvisamente trasformato nell'uomo furibondo che le stava di fronte. Coste allentò la presa e lei crollò ai suoi piedi.

* * *

Rannicchiata sul divano del salotto, infagottata in un vecchio maglione troppo grande, con la testa china e l'aria contrita, aspettava che lui riacquistasse la calma, o che almeno il suo nervosismo diminuisse fino a evitarle uno schiaffo appena avesse aperto bocca.

Il capitano trascinò la poltrona raschiando il legno del pavimento, si sedette e sprofondò il viso tra le mani. Respirò a fondo e il Victor ferito lasciò il posto a Coste.

«Da quanto?» disse guardandola dritta in faccia.

«Da quanto lo amo?» chiese lei asciugandosi con il risvolto della manica gli occhi arrossati.

«No. A questo arriveremo dopo. Da quanto tempo sa dove ti trovi?»

«Saint-Croix mi ha detto che sarei stata trasferita a Saint-Pierre e nella mia stanza d'albergo a Parigi avevo il telefono.»

«Allora fin dall'inizio?» si rattristò Coste. «Fin dall'inizio avete pensato a un modo per rimanere in contatto nel caso in cui foste stati separati?»

«Tu non vuoi capire. Mi odi troppo per lasciarmi una possibilità.»

Il bloc-notes, con la penna incastrata tra le pagine, atterrò sul cuscino accanto a lei.

«Scrivi il numero.»

«L'ho chiamato solo due volte» si difese, mentre scriveva con mano tremante.

«Una volta all'albergo per dirgli dove andavi, d'accordo, ma come hai fatto la seconda volta? Non hai un cellulare.»

Mentre la interrogava, Coste inviò un messaggio a Saint-Croix con il numero, affinché nei minuti successivi fosse localizzato e messo sotto controllo.

«Un cellulare? Tutti ne hanno uno. Ho rubato quello di una cliente nel negozio dove mi hai mandata a fare shopping con Thaïs. Ma quella ha disattivato il numero un'ora dopo. Era prima che capissi chi fossi e quello che facevi per me. Era prima che tu mi confessassi cosa avevi fatto per Mercoledì.»

«Ti proibisco di pronunciare il suo nome» s'inalberò Coste.

«Eppure è grazie a lei. Perché avrei dovuto avere fiducia in te prima? Per me potevi essere come uno di quei ragazzini che si nascondevano nel branco per umiliarmi, o quegli psicologi che si nascondevano dietro i loro titoli di studio e le loro certezze per decidere che ero una bugiarda, senza nemmeno dover fornire spiegazioni. O un'altra Saint-Croix, che si nasconde dietro la caccia ad Andréas per chiudermi di nuovo nel recinto. E quando Laguerra è venuta da te dopo l'aggressione di Mercoledì, ho creduto che non avresti fatto niente, come tutti gli altri, che ti saresti nascosto dietro le regole e il protocollo e la gerarchia. Per questo ho rubato quel cellulare e l'ho chiamato. Perché il solo a essere stato onesto con me in tutta la mia vita è lui, e perciò l'ho amato.»

Coste incassò, come un pugile rassegnato a non restituire i colpi in un incontro truccato.

«E poi la sera sei tornato con i pugni sporchi del sangue di quello che aveva aggredito Mercoledì, e ho capito che mi ero sbagliata sul tuo conto e che non sarei stata capace di andare fino in fondo. Ma non cambia niente per noi, non ti ho mentito, insomma, non su ciò che è più importante. Questi dieci anni sono esistiti realmente, il mio rapimento è esistito per davvero, e anche il recinto è esistito. Solo che mi sono innamorata. Perché mi guardava in modo diverso, perché mi collocava al di sopra delle altre ragazze, perché mi risparmiava e mi sentivo importante. Anche se mi teneva nello scantinato per la maggior parte del tempo...»

«Come faccio a crederti?»

«Non puoi. Non puoi più, lo so. Però cerca di essere onesto, saresti riuscito ad ascoltare questa storia d'amore senza provare disgusto? Persino io faccio fatica a capirla, a capirmi. Il giorno in cui gli ho detto che volevo vivere con lui, fuori dal recinto, mi ha risposto: "Fa' attenzione. Non sei poi così importante. Potrei preferirne un'altra". Avrei dovuto essere terrorizzata, invece mi sono offesa e ho deciso di essere ancora più sottomessa, per soddisfarlo, affinché anche lui mi amasse. La maggior parte delle vittime di violenza non fugge di casa, giusto? La gabbia in cui vivono è l'influenza del loro carnefice. Non servono delle sbarre per trattenere una persona.»

Coste pensò a quei detenuti di lunga data che si suicidano alla vigilia del rilascio, atterriti dall'idea di affrontare l'esterno, un mondo che non conoscono più, oppure quelli che addirittura chiedono di rimanere dentro. La cella di Anna l'aveva protetta dagli altri, l'aveva allontanata da quella camera di adolescente insozzata dal padre. Loro l'avevano fatta uscire dal recinto, sottraendola alle grinfie del suo rapitore e, non conoscendo nient'altro, lei aveva desiderato tornarci, ritrovarlo.

«Ma te lo giuro, da quando sono qui, da quando so che esiste altro, grazie a te, ho sperato che non mi amasse abbastanza da venire da noi. Non l'ho mai più contattato. Ho pregato che mi dimenticasse.»

«Per ritrovarti» si adirò Coste, «ha preso l'identità di un uomo a Parigi. Per nascondersi qui, si è avvicinato a una ragazza. Ed entrambi sono morti. Perché tu lo hai chiamato.»

L'informazione fece il suo percorso. Dell'uomo di Parigi, non aveva mai sentito parlare. Ma di ragazze assassinate a Saint-Pierre non ce n'erano tante.

«Parli dell'annegata? Mi avevi detto che era un omicidio passionale, un ex amante instabile e violento.»

«Ti ho detto quello che volevo sapessi. Ho dovuto scegliere.»

Anna rimase paralizzata dalle conseguenze delle sue azioni. Quando sollevò il viso, lo sguardo era cupo, quasi cattivo, come se a un tratto nutrisse per sé solo disgusto.

«Anch'io sono un mostro, ve l'ho detto subito» sussurrò.

Se fosse stato un testimone estraneo, uno spettatore lontano, probabilmente Coste sarebbe riuscito a spiegare come Anna avesse trasformato la sua prigionia in una storia d'amore, vera o creata dalla necessità, per semplice istinto di sopravvivenza, ma era al centro di quel caos che gli martellava il cervello e niente più aveva senso.

«Sa dove si trova la residenza?»

«Gliel'ho descritta. Il posto sulla scogliera. Abbastanza isolata da essere discreta, ma troppo isolata perché possa sbagliare. Sì... credo che sappia dove sono.»

Coste s'immaginò spiato da giorni, umiliato all'idea di essere il loro giocattolo.

«E io, in questa storia? Lo sai che ti avrei protetta, lo sai che mi sarei messo tra te e lui. Speravi che mi uccidesse?»

Una lacrima scivolò lungo la guancia di Anna e, pensandola sincera, Coste la odiò ancora di più.

«Siamo a venticinque chilometri da Terranova, me lo hai detto più volte. A soli venticinque chilometri da un'isola così grande da poter sparire e iniziare una nuova vita. Ma io non voglio più questa nuova vita, voglio restare qui, con te.»

«Smettila!» le intimò. «Ti proibisco di fare questo gioco. C'è un solo modo, se vuoi che ti creda di nuovo, almeno un po'. Dimmi il suo nome.»

«Andréas» rispose lei senza esitare.

«La sua identità completa.»

«Non sono tanto importante, te l'ho detto. Non la conosco. Credi che fossimo una coppia normale? C'era lui, con i suoi desideri, le sue pulsioni, e c'ero io, nel recinto. Uscivo ogni giorno, ma non per questo ero libera, né ero la sua confidente.»

«La seconda casa, dov'è?»

«Non so l'indirizzo preciso.»

«Allora me la descrivi, mi dici quello che c'era intorno. Dammi qualcosa perché non ti spedisca in un'altra cella per i prossimi anni.»

«Davvero?! Credi che una cella possa farmi paura?»

Anna prese il taccuino di Coste e vi scarabocchiò alcune parole. Un treno regolare, un'insegna luminosa, la campanella di una scuola... Poi fissò lo sguardo sul suo custode.

«Non lo faccio per evitare la prigione. Lo faccio per noi, perché vogliamo la stessa cosa. Lo capisci?»

38

Con un catenaccio sulla porta, il padre aveva segregato la figlia. In una cella con le sbarre, il rapitore aveva imprigionato la preda. Dando un doppio giro di chiave, Coste aveva rinchiuso la «protetta» nella sua camera.

«Dopo il padre e il mostro, lei sarà il terzo uomo della sua vita» aveva detto Melchior.

E il terzo carceriere.

* * *

Dall'altro lato dell'oceano Atlantico, in una foresta delle Ardenne, due ore prima di mezzanotte, tre potenti proiettori con i treppiedi conficcati nella terra friabile illuminavano una vasta zona di scavo a pochi metri dalla sponda di uno degli otto stagni dell'Argonne. Respinti ai margini, gli animali disturbati dall'intrusione si erano rifugiati dietro un filare di querce, con l'iride che luccicava come un diamante nella notte.

I lampeggianti della polizia, girando in silenzio, aureolavano di rosso e di blu l'andirivieni delle sagome in tuta bianca tra il retro di un furgone e una buca della profondità di circa un metro, al centro dell'attenzione dei presenti. Più in là, con le crocchette in una mano e il giocattolo preferito nell'altra, un addestratore ricompensava fiero il suo segugio, a cui erano bastate meno di due ore per bloccarsi e abbaiare dando l'allerta.

In fondo alla buca, un telo di plastica circondava una sagoma umana.

Saint-Croix chiamò Victor Coste e attivò la fotocamera del cellulare in modalità video. Dietro di lei, il capitano vide dapprima solo i punti luminosi dei proiettori e dei lampeggianti nella notte, mentre a Saint-Pierre il sole non aveva ancora cominciato a tramontare.

«Paziente e meticoloso, così lo definisce Melchior» iniziò Saint-Croix. «È anche per questo che ci sfugge da dieci anni. Prende tempo per cercare case isolate, suppergiù a venti minuti l'una dall'altra, e zone di sepoltura al riparo dagli sguardi. Nella prima casa ha sotterrato i tre corpi nello stesso posto, in giardino. Allora, se Salomé Acker è stata ritrovata nella foresta di Argonne, probabilmente voleva seppellire là anche la vittima successiva, Garance Perthuis. Purtroppo per lui, siamo arrivati noi e l'abbiamo ritrovata morta nello scantinato, con Anna.»

«E siccome ha usato questa foresta una sola volta, lei ci è ritornata» dedusse Coste.

«Esatto. Con più uomini, più cani e su una zona più vasta.»

Poi la magistrata indirizzò il cellulare verso la buca scavata, nel cui fondo il telo blu, aperto, brillava sotto la luce dei proiettori. Il corpo, steso a pancia in giù, non permetteva nessuna identificazione precisa. Soltanto gli indumenti raccontavano una parte del suo calvario. Una maglietta strappata al collo, uno stivaletto a un piede e, all'altro, un calzino bianco sporco di terra.

«Sacha? La ragazza degli origami?» chiese il poliziotto.

«Se vogliamo seguire l'ordine, a rigor di logica, sì. Sacha Imhof, "Vittima 7". Il DNA lo confermerà.»

Saint-Croix disattivò la fotocamera, ma Coste ebbe bisogno di diversi secondi per mandare giù l'immagine di quella vita falciata e riprendere il filo delle ipotesi.

«Ha un ritmo e ci tiene a rispettarlo» osservò Coste riprendendo il controllo di sé. «Rimangono da trovare tre vittime, un'ultima casa e un nuovo luogo di scavo.»

Saint-Croix fece dietrofront e salì nella berlina chiudendo la portiera.

«Può eliminare la casa dalla lista. L'abbiamo trovata. Alix è sul posto con una squadra per una perquisizione accurata e per interrogare i vicini.»

«Brava, ha fatto presto!»

«Forse stenterà a crederlo, ma non avremmo trovato niente senza l'aiuto di Anna.»

Lo sguardo di Coste andò al divano, al vecchio maglione blu sformato nel quale lei si era infagottata quella mattina.

«Dopo Louis e Joseph, che si sono rivelati essere i proprietari, abbiamo anche un terzo nome» gli ricordò Saint-Croix.

«Milos» confermò il capitano.

«Esatto. Ora aggiunga le precisazioni che Anna le ha dato stamattina. Abbiamo cercato una casa, preferibilmente isolata, a meno di venti minuti di macchina dalle altre due, vicino a una stazione o a una ferrovia, dato che lei sentiva un treno, con un'insegna luminosa a portata di vista e, a portata di udito, la campanella di una scuola.»

«Non sapevo che la polizia avesse un software in grado di combinare dati particellari» si stupì Coste.

«Noi no, ma le agenzie immobiliari sì, e con la cartografia fotografica delle strade sul web e dieci poliziotti inchiodati ai computer, Alix era davanti alla porta in meno di cinque ore. È nella regione parigina, a Bois-Colombes, rue Heynen, una casa nascosta tra gli alberi, a pochi metri dalla linea J della ferrovia suburbana, dalla scuola privata Saint-François-d'Assise e dalla scuola elementare Paul-Bert. E per quanto riguarda l'insegna luminosa, è quella di un'autorimessa. Il nuovo proprietario della casa è lì da un anno, ma il vecchio si chiamava Milos. Milos Calestro.»

«E che ne è di lui?»

«Niente moglie, niente figli, altrimenti il nostro predatore non lo avrebbe scelto. Il posto era in stato di abbandono. È stato rivenduto dal municipio. Immagino che il signor Calestro non debba essere lontano dai corpi delle altre tre ragazze.»

«I vicini sanno qualcosa?»

«Se guardiamo le date di rapimento delle vittime da 1 a 3 e delle vittime da 7 a 9, le vittime da 4 a 6 risalgono obbligatoriamente a un periodo fra i tre e i sei anni, è impossibile che qualcuno ricordi qualcosa. Aspetto che Alix mi chiami.»

L'abitacolo della berlina di Saint-Croix s'illuminò all'improvviso sotto la luce bianca della torcia elettrica di un poliziotto che bussò due volte al finestrino. La magistrata premette il pulsante per abbassare il vetro e, senza dire nulla, il poliziotto puntò il fascio di luce sulla mano chiusa a pugno, che aprì. Nell'incavo del palmo c'erano tre passerotti di carta, slabbrati, sbiaditi, ma ancora identificabili.

«Erano nella tasca posteriore dei jeans» precisò. «Protetti dal tessuto e dal telo.»

Saint-Croix avvicinò l'obiettivo del telefono, azionò il flash poi, con un cenno della testa, ringraziò il poliziotto e gli indicò di apporre i sigilli.

«Ha ricevuto la foto, Victor? È proprio Sacha Imhof, la ragazza degli origami. E adesso che abbiamo anche la seconda casa non dobbiamo allentare la pressione, ci occorre il luogo della sepoltura. Ma vista la trascrizione del vostro colloquio di stamattina, Anna dovrebbe collaborare senza difficoltà.»

«Che cosa intende?»

«Per favore, non mi faccia dire una cosa ovvia. Lei è cieco fino a questo punto?»

«A quanto pare» rispose Coste con sincerità.

«La ragazza si è innamorata di lei, idiota. Badi bene, questo argomento non è mai stato il suo forte, Victor.»

Il silenzio che seguì la constatazione si prolungò per molti secondi e il cellulare di Saint-Croix vibrò.

«Alix mi sta chiamando. Abbia pazienza, la metto in attesa.»

* * *

Bois-Colombes
Rue Heynen

Alix aveva ancora in bocca il sapore del pessimo caffè che le era stato servito e, nel naso, l'odore di tabacco bruno respirato durante la conversazione con il pensionato del pianterreno che si divertiva a recitare la parte di James Stewart in una specie di remake di *La finestra sul cortile*. Telefonò a Saint-Croix e le si rivolse con una parlata rapida, tanta era la fretta di arrivare alla conclusione del suo resoconto.

«Ne è certo?»

«Categorico. Era il suo vicino più prossimo, anche se erano separati da una buona ventina di metri. Ha tentato diverse volte di attaccare discorso, ma Milos Calestro lo ha sempre mandato a quel paese, secondo le sue stesse parole. Perciò è rimasto sorpreso vedendo un uomo che entrava e usciva dalla sua casa, e una volta persino accompagnato da una ragazza dal viso strano. Indimenticabile, ha precisato.»

«Non mi ha risposto.»

«Lo so. La pancia della ragazza. Sì, ne è sicuro. La notizia contribuirà a deteriorare i rapporti tra Anna e Coste.»

«Se possono deteriorarsi ancora di più. Ho l'impressione di aver perso il controllo. La cosa sta per scoppiarci in mano e io mi trovo dall'altra parte del mondo, del tutto impotente. E Coste non ha mai voluto questa missione.»

«Nessuno sarebbe riuscito a prevedere una situazione del genere» attenuò Alix.

«Coste è il mio elemento migliore. Paradossalmente, è anche il più fragile, e tutto questo doveva capitare proprio a lui» si rimproverò la magistrata. «Continui e mi tenga al corrente.»

* * *

Saint-Pierre
Residenza sorvegliata

Oltre i vetri della casa appollaiata sulla scogliera, le nebbie mascheravano di mistero il mondo che vi era avvolto. In lontananza, il fascio del faro faticava a penetrarle e di lui restava solo un occhio minaccioso, che brillava a intermittenza, sorvegliando gli isolani. Un trealberi coraggioso stava rientrando in porto con le vele immerse nella foschia, che gli davano un'aria da vascello fantasma attorno al quale si libravano le anime dei pescatori di un tempo che fu e quelle dei mozzi di otto anni che per mesi li accompagnavano per mare.

E in mezzo a quella vischiosità, solo nel proprio salotto, un poliziotto si era smarrito.

«Coste? È sempre lì?» chiese Saint-Croix riprendendo la conversazione rimasta in sospeso.

Il capitano prese il telefono lasciato sul tavolo e tolse il vivavoce.

«Alix ha trovato un testimone» proseguì la magistrata.

«Interessante?»

Come quando si comunica un decesso, Saint-Croix sapeva che non serviva a nulla perdersi in inutili giri di parole.

«Ha visto più volte un uomo andare e venire dalla casa di Milos Calestro. Era accompagnato.»

«Anna?»

«Penso di sì.»

«Ne è sicuro?»

«L'ha vista una sola volta, ma sì. Una ragazza dal viso strano. "Indimenticabile", ha detto» ripeté la magistrata.

«Non l'avrei descritta in modo diverso» concesse il poliziotto.

«E incinta...»

Come capita un secondo prima che la macchina si schianti a tutta velocità contro un muro, Coste vide sfilare davanti agli occhi le migliaia di pagine dei verbali sul predatore.

«È impossibile» assicurò. «L'esame medico non ha rilevato nessuna traccia di parto.»

«La lascio riflettere, oppure ha capito?»

Coste si sottrasse al suo incidente, con il cervello disseminato di metallo contorto e di vetro rotto, ma con le idee un po' più chiare.

«Una pancia finta? Un'esca per le vittime?»

«Come Monique Olivier con Michel Fourniret.* Un modo per far abbassare la guardia alle ragazze, affinché accettassero di essere avvicinate, magari anche di salire nella loro auto.»

«Allora cacciano in coppia?»

«Niente ci permette di essere categorici. Non so quante volte la cosa si sia ripetuta, ma è un'eventualità. Comunque, per Anna, non fa differenza. Qualsiasi avvocato invocherà una coercizione, sosterrà che ha agito sotto l'influenza del suo aguzzino. E se a un tribunale basta per dubitare della sua complicità, allora anche noi dobbiamo dubitare. Cerchiamo di non ragionare con i nostri schemi. Le ricordo che aveva quattordici anni quando la sua vita di figlia violentata è diventata una vita di prigionia in uno scantinato. Alcune persone sembrano attirare il male.»

* Morto in carcere, Michel Fourniret (1942-2021) è stato uno dei più celebri serial killer francesi, autore di rapimenti e uccisioni di ragazze e bambine, in Francia e in Belgio, con la complicità della moglie Monique Olivier, condannata all'ergastolo.

«Prigionia relativa» fece notare il poliziotto. «Ricomincerò con i colloqui. Se lei lo ha aiutato, anche una sola volta, forse sa dove sono gli ultimi tre corpi. Questo mi farà pazientare fino a sera.»

«Continua a non volere rinforzi?» si preoccupò Saint-Croix. «Il numero di cellulare che le ha fornito Anna non è attivo dal giorno prima della morte di Clémence Banon ed è stato localizzato per l'ultima volta nel quartiere della vittima. Ignoriamo completamente dove si trovi il nostro uomo e "Andréas", il nome che Anna le ha dato, non compare da nessuna parte; Russo ha riletto ogni riga.»

«Sono contento che abbia accettato di unirsi a noi.»

«Io sarei più cauta. Per dirle la verità, da quando Russo e Tom hanno preso un'auto di servizio, non so dove siano andati né cosa stiano combinando. Non mi piacciono gli elettroni liberi.»

«Si riferisce anche a me?»

«Non ricorro a sottintesi con lei. Se ho qualcosa da dirle, Victor, lo sentirà chiaro e tondo. Lei è abituato a me, e io a lei. Ma Russo, no, non lo conosco.»

«Gli abbiamo chiesto di cambiare punto di vista, di fare domande che non sono mai state fatte. Non è questo il momento per mettergli il guinzaglio.»

«Se lo dice lei» concesse la presidentessa poco convinta. «Nel frattempo, quei due, Soba e Casteran, mi sembrano degni di fiducia, no? Li metta a sorvegliare la residenza. Per rassicurarmi.»

Coste immaginò il poliziotto storto e il gigante tatuato imboscati nella foschia.

«Nella migliore delle ipotesi si faranno scoprire facendo fuggire il predatore, nella peggiore li metterò in pericolo. Non voglio niente tra lui e me. Se non rischiassi di suscitare i suoi sospetti, lascerei aperta la porta.»

Intanto, nella foresta di Argonne, sotto gli occhi della magistrata, il corpo di Sacha veniva deposto su una barella in religioso silenzio, mentre i tecnici della Scientifica si pulivano gli stivali e gettavano cuffie e camici in un sacco della spazzatura con la scritta RISCHIO BIOLOGICO. La loro notte non era affatto finita perché, secondo ogni logica, il corpo del proprietario della casa doveva trovarsi nello stesso luogo, ma in una zona diversa, e cambiare camice avrebbe evitato d'inquinare la nuova scena del crimine che speravano di scoprire. Dopo le carezze e le crocchette, i cani della squadra cinofila furono di nuovo messi al lavoro e si inoltrarono nella foresta.

«Come fa a essere sicuro che sta per agire?» proseguì la magistrata.

«Tutta l'isola sa del ritrovamento del corpo di Clémence Banon nelle acque del porto. Tra il battello con l'argano e la folla che si è radunata intorno, parto dal principio che anche lui è al corrente e che non si aspettava che la gendarmeria fosse così efficiente. Avrà dedotto che, dopo l'autopsia, avremmo rilevato le tracce di Rivotril come anche la trachea schiacciata, e perciò avremmo saputo che lui è qui. Per il nostro uomo, il problema non è solo recuperare Anna, ma anche tenerla in un nascondiglio sicuro fino a che non avrà definito come lasciare Saint-Pierre. Aveva bisogno dell'appartamento di quella ragazza, ora non ce l'ha più. Tutto il suo piano è a rischio e dovrà agire precipitosamente. Allora sarà stasera o domani.»

«Sarebbe temerario.»

«Non ha scelta. Qualcosa di abbastanza potente lo spinge a giocarsi tutto. Non credo che venga a cercare Anna per farla tacere, ma per ritrovarla.»

Per i patemi d'amore, alcuni si avvelenano, altri scalano montagne, altri costruiscono regge; lui, Andréas, per amore uccideva. E la sua sicurezza passava in secondo piano.

«Affrontarla faccia a faccia è già una pessima idea in tempi normali» osservò Saint-Croix, «ma così, senza un'arma, è come gettarsi nelle fauci del lupo.»

«E chi le dice che non abbia trovato un'arma? A Saint-Pierre, una persona su cinque va a caccia, sia pure occasionalmente, dunque contiamo un fucile in una casa su tre. Nella casa in cui era imprigionata Anna c'era una Manurhin. Partiamo perciò dal presupposto che sa farne uso. A proposito, cosa sappiamo dell'arma?»

«La pistola è stata rubata a un brigadiere» citò a memoria la presidentessa «durante i disordini del 2005 nella periferia parigina. Alcune pallottole con gli stessi segni di rigature sono state usate nella rapina di una gioielleria. È un'arma che passa di mano in mano e sarà stata comprata per poche centinaia di euro. Nulla ci permette di risalire a un'identità precisa.»

Coste volse lo sguardo all'armadio chiuso che conteneva il suo fucile a pompa. Era là dentro da sei anni, da quando ve lo aveva riposto il giorno in cui era arrivato nella residenza.

«Quando calano le nebbie, gli abitanti che non ne sopportano il peso preferiscono andarsene in Canada, nella Francia metropolitana o su altre isole. E siccome non c'è illuminazione pubblica fuori dal centro di Saint-Pierre, gli basterà rimanere in attesa della notte per individuare le case che restano spente e quindi vuote, visitarne qualcuna e prendere quello che cerca.»

«Non mi piace affatto, Victor» si preoccupò Saint-Croix.

«Io invece non aspetto altro.»

39

Nell'atrio dell'aeroporto di Saint-Pierre, Andréas aveva visto il suo identikit al quale non somigliava per niente e aveva stentato a trattenere un sorriso. Quel volto affisso su tutti i muri, così diverso da lui, non era altro che una dichiarazione d'amore. Anna resisteva. Per lui. Mentiva. Per lui. Lo aspettava.

Nella loro seconda e ultima conversazione gli aveva detto tutto. Sulla casa, isolata. Sul poliziotto, un tipo stanco che non rappresentava un problema, e sull'identikit, alterato di proposito. E Andréas era stato orgoglioso di lei, più che mai.

L'appartamento di Clémence avrebbe dovuto essere il suo covo, il tempo di riprendersi Anna, liberarsi del poliziotto, rubare un'imbarcazione e sequestrare il marinaio che la possedeva, perché lui non aveva idea di come guidarla. E per la distanza che li separava dalle distese vergini di Terranova, non era tanto preoccupato. Aveva saputo tenere prigioniere nove ragazze per un decennio, sarebbe riuscito a cavarsela per trenta minuti con un marinaio. Però Clémence aveva capito, in realtà ben poco, aveva solo intuito che qualcosa non quadrava nella storia di quel principe azzurro che aveva preso l'aereo per venire a conoscerla. Aveva capito ed eccola, adesso, mentre riaffiorava nelle acque del porto, con la pelle e una parte del viso divorate dall'oceano.

Avevano fatto presto. Molto più presto di quanto avrebbe creduto. Con un'autopsia, era sicuro, avrebbero rinvenuto il Rivotril, avrebbero capito. Ora doveva agire rapidamente, accelerare il piano, aggiungere un po' d'imprevisto senza tuttavia improvvisare. E sapeva perfettamente dove andare. Lasciandosi alle spalle la folla ipnotizzata, percorsa dai primi interrogativi e dalle prime inquietudini che sarebbero diventate presto certezze e dicerie, si allontanò dal centro con il berretto calcato sugli occhiali da sole. Lungo il tragitto, durante il quale aveva incrociato solo due macchine e alcuni cavalli in libertà attorno a dei pantani, scelse un posto al riparo dagli sguardi, aprì lo zaino, s'infilò una seconda maglietta sulla prima e un secondo pullover sul primo, poi ricoprì il tutto con un grosso cappotto e gettò lo zaino e il resto degli effetti personali in un cassonetto della spazzatura. Doveva spostarsi leggero e mettere in conto un'eventuale notte sotto le stelle se il suo piano, sempre più fragile, gli fosse sfuggito di mano. Poi s'inoltrò nell'isola, nell'entroterra selvaggio e disabitato, ad eccezione di alcune case lungo la costa. Una zona che percorreva con discrezione sin dal suo arrivo, su indicazione di Anna.

Due giorni prima, durante una passeggiata notturna, aveva scovato senza difficoltà la scogliera, la casa, la vecchia Land Rover. Aveva anche scorto il «poliziotto stanco» attraverso la finestra, ed era proprio la strada che conduceva a loro quella che imboccò, la strada che delimitava il Sud dell'isola e che gli abitanti chiamavano route du Milieu.

Molto prima della residenza sorvegliata, si fermò vicino a un gruppo di quattro case colorate, due delle quali avevano quello che cercava: un canile vuoto. Perché l'unico motivo per avere un canile era essere un cacciatore e avere bisogno di cani da caccia. Ma, soprattutto, la presenza di quelle gabbie chiuse, come se ne vedevano a centinaia nell'isola, indicava la presenza di un'arma da qualche parte all'interno.

Andréas penetrò nella foresta boreale che sorgeva ai margini della strada e dovette acquattarsi, talmente era più alto dei primi alberi. Pazientò così, come un animale accucciato, fino al tramonto, per capire quali case del gruppo restassero spente.

Molte ore dopo, tremando dal freddo, scagliò un sasso contro il vetro del garage di una casa rossa dal tetto arancione.

Il vetro gli scricchiolò sotto i piedi e, nel buio più nero, la fiamma dell'accendino gli permise di mettere le mani su una torcia elettrica. Sebbene gli occupanti, partiti per il weekend o in vacanza, avessero staccato il contatore, la torcia aveva avuto il tempo di ricaricare la batteria. Usando l'impugnatura, Andréas fece saltare il piccolo catenaccio dell'armadio del salotto, dove trovò un fucile semiautomatico, un Verney Carron per la grossa selvaggina, e una scatola di munizioni 12/76 mezza piena.

Poi aprì i mobili della cucina, decapitò alcuni boccali di frutta sciroppata, intinse le dita nella melassa, prima di arrotolarsi in un piumone e sdraiarsi su un divano che aveva spostato di fronte alla porta d'ingresso per non levarle gli occhi di dosso.

In lontananza, la nebbia aveva sistemato il suo accampamento a pochi chilometri dall'arcipelago e rimaneva in attesa.

Aveva un'arma, sapeva dov'erano Anna e il poliziotto che la teneva prigioniera, ma c'era ancora una cosa da fare, e proprio mentre vi rifletteva fu colto dal sonno.

* * *

Al mattino, le tre finestre del salotto gli mostrarono un muro grigio e impenetrabile. Andréas si domandò se stesse ancora dormendo e fosse dentro a un sogno. Un sogno strano in cui il mondo esterno spariva, uomini e cose disintegrati, evaporati per formare un grande tutto, un grande nulla impalpabile. Ma lui era lì, ben reale, con la schiena indolenzita da una notte scomoda su un divano, e quando abbassò la mano verso il pavimento, il legno del calcio del fucile sotto le dita gli parve altrettanto reale.

Mise a tracolla il calibro 12, lasciò la casa svaligiata di fresco e, con passo sicuro, camminò fino a route du Milieu, poi svoltò a ovest verso la strada di Cap aux Basques, senza nessun timore di essere notato. La nebbia, un fiume di nuvole al rallentatore, era sua complice, e si rallegrò di aver fatto le ricognizioni necessarie i giorni precedenti.

Invisibili in tempo normale, le ragnatele, intessute a milioni tra i fili d'erba, da un fiore all'altro, dal ramo di un albero al successivo, sembravano ricami di perle che ricoprivano la quasi totalità delle terre non abitate dell'isola man mano che l'umidità della nebbia vi si posava in minuscole goccioline. Ogni ragnatela era una trappola mortale, e mentre si accingeva a tendere la sua, davanti a quello spettacolo che attestava la crudeltà banale della natura, Andréas sentì di far parte di una grande famiglia, quella dei predatori.

Si fermò davanti alla casa che aveva già spiato e il cui giardino sovrastava una spiaggia di ciottoli raggiungibile grazie a un sentiero di tavole irregolari di legno. Alla fine del sentiero, una vecchia barca attaccata a un fuoristrada dava l'impressione di riposarsi dopo una tempesta.

Superò il cancelletto aperto e con due passi si ritrovò davanti alla porta. Nascose il fucile di lato, con il calcio sull'erba e la canna appoggiata alla facciata di legno dipinto, poi suonò. La porta si aprì e Andréas sfoggiò il sorriso più cordiale.

«È sua la barca?»

40

Armand Bisset aveva ascoltato il breve notiziario della radio locale SPM Première. Quella ragazza la conosceva senza conoscerla, una giovane piuttosto graziosa che lui aveva incontrato nei corridoi dell'ospedale durante uno dei numerosi ricoveri. Avevano anche scambiato qualche parola, di che tirarsi su di morale, lei prigioniera della sedia a rotelle, lui legato alla bombola di ossigeno.

Bisset non sopportava il silenzio della casa, ancora meno quando era sottolineato dal rumore, seppure discreto, del meccanismo della vecchia pendola di legno, alta come un uomo. «Il ticchettio regolare dei vecchi orologi nelle case vuote è un aspiratore di solitudine» diceva a Coste. Una delle sue frasi fatte che gli piaceva ripetere, tanto quanto gli piacevano le citazioni. E se dicendola arrivava a stancare, aveva pronta un'altra frase fatta: «Tutte le cose sono state dette meglio di quanto saprei fare io, allora perché dovrei dirle con parole mie?», cosicché ci si poteva chiedere onestamente se al vecchio criminologo piacesse leggere perché i libri rappresentavano un'evasione, o semplicemente per sgraffignarvi quanto serviva ad alimentare la conversazione. E di fronte alla libreria stracarica, dove i volumi non riuscivano più a respirare talmente se ne stavano stretti, con Chandler, Barjavel e Proust come compagnia, Bisset trovava ancora il modo d'inserire una citazione, nel caso specifico di Daniel Pennac: «Ho una solitudine favolosamente popolata».

Per evitare il silenzio, cambiò frequenza senza aspettare, passando dal notiziario locale alla trasmissione che non si perdeva mai, soprattutto per la sua poesia, si giustificava. Bisognava essere un isolano per paragonare il meteo marino alla poesia e, mentre la radio crepitava passando da una stazione all'altra, ritrovò quella voce familiare che annunciava l'arrivo della nebbia. La melodia del tempo era tranquillizzante, anche se non ne afferrava appieno il significato: «Zona arcipelago, venti occidentali di quindici nodi in rotazione verso sud-ovest. Mare poco mosso con tendenza a mosso a mezzogiorno di domani a Saint-Pierre-et-Miquelon, Langlade, Île aux Marins, Île Verte e Passe à Henry. Costa sudoccidentale, visibilità ridotta dalla pioggia e dalla nebbia a Terranova, come anche a Grand-Bruit, Lamaline, Bear Island e Point May. Costa meridionale, venti di nord-ovest di venti nodi, mare da poco mosso a mosso nella baia di Plaisance di Terranova, penisola di Avalon e a Cap Pine, Mary's Harbor e Saint Brides. Zona Banquereau, venti e mari identici, visibilità ridotta dalla nebbia e dagli spruzzi...».

... quando bussarono alla porta.

Bisset andò ad aprire e il giovane sulla soglia gli ispirò una simpatia immediata.

«È sua la barca?» chiese.

«Di chiunque vuole usarla. Quella barca e io abbiamo tagliato i ponti da quando mi hanno proibito l'oceano» rispose Bisset mostrando la bombola di ossigeno sul carrello metallico. «Ma lei non si è presentato. È figlio di chi?»

«Un figlio di nessuno. Non sono dell'isola.»

«Un *maillou*, allora? Se vuole fare un'escursione in mare, dovrà avvicinarsi al porto e, purtroppo, non le sarò di grande aiuto.»

«Si rassicuri, sono precisamente là dove voglio essere» affermò lo sconosciuto. «Una casa isolata, a un chilometro da quella del suo amico poliziotto. E suppongo che sua nipote sia a scuola, giusto?»

Quelle due informazioni personali che nessuno straniero poteva conoscere tolsero la maschera al visitatore e Bisset capì immediatamente chi gli stava di fronte. Se avesse avuto trent'anni di meno e un'arma, avrebbe usato la giovinezza per impadronirsene, ma era vecchio e disarmato, addirittura incapace di respirare senza assistenza.

Andréas infilò un piede tra la porta e lo stipite nell'attimo in cui svaniva il suo sorriso, poi prese il fucile posato di lato e se lo mise a tracolla.

«Entro per cinque minuti, se lei è d'accordo» disse educatamente spingendo Bisset verso l'interno.

* * *

Mercoledì si levò con noncuranza lo zaino, che scivolò sul pavimento di legno e andò a urtare contro la base della pendola. Aprì il frigorifero e afferrò una grande bottiglia di soda, svuotandola per un terzo. Le bollicine le pizzicarono il naso, che arricciò come una bambina contrariata, poi si girò per prendere un bicchiere che intendeva riempire fino all'orlo prima di andare nella sua camera.

«Tu devi essere Esther» le disse Andréas quando lei gli fu di fronte. Il fucile per la grossa selvaggina era saldo tra le sue mani.

Il bicchiere si schiantò ai piedi dell'adolescente.

«Scusami, ti ho spaventata? Forse preferisci che ti chiami Mercoledì?»

Terrorizzata, la ragazza cercò con lo sguardo la persona assente nella stanza.

«Dov'è mio nonno?» riuscì a chiedere con la voce rotta già a metà della domanda.

«Tranquilla, è legato nella sua camera e sempre vivo» rispose con garbo il mostro.

«Cosa vuole?» tremò Mercoledì.

Andréas scoppiò in una risata sincera e lei si sentì raggelare ancora di più.

«Me ne strafrego del vecchio» assicurò Andréas. «Sono venuto per te. Sei il mio piano B, ragazza mia. Non mi conosci, però abbiamo un'amica in comune. Anna non ti ha parlato di me?»

Una lacrima le scivolò lungo la guancia mentre stringeva i pugni. «Abbiamo addosso il peso della condanna e nessuno verrà a difenderci» le aveva garantito Anna pochi giorni prima. Fece un passo di lato, avvicinandosi ai coltelli da cucina piantati nel loro supporto di legno, decisa a non cedere mai più.

«Non ne avrai il tempo» si divertì Andréas. «Ma forza, provaci, tenta la sorte.»

Con un gesto brusco, Mercoledì si slanciò in avanti e la sua mano si avvolse attorno al manico del coltello più grande nel momento stesso in cui un manrovescio poderoso si abbatteva sul suo viso mandandola a gambe all'aria.

«Brutta stronzetta... Non avevo previsto di farti del male, ma se insisti posso fare uno sforzo.»

41

Un po' prima del tramonto, Coste spalancò la porta della camera di Anna e rimase di lato, senza una parola. La sua protetta capì, si alzò e lo seguì, gli occhi bassi e le braccia incrociate sul ventre. Avanzò a piccoli passi lungo il corridoio, come se avesse i ceppi alle caviglie.

Ormai erano seduti faccia a faccia nel salotto, lei sul divano, lui in poltrona, e l'atmosfera era pesante come piombo.

È impossibile appiccare il fuoco a un libro chiuso. Senza ossigeno, le fiamme soffocano e si spengono. Ma basta aprire qualche pagina e la combustione è immediata. Era lo stesso con il poliziotto. La collera che si opponeva ai dubbi e il dovere di protezione che si opponeva al probabile tradimento lo lasciavano in una contraddizione opprimente che per ora gli impediva di prendere fuoco.

Anna lesse la deposizione che lui le aveva dato e, giunta alle ultime righe della testimonianza dell'uomo, che assicurava di averla vista alcuni anni prima, parve costernata, forse consapevole che niente avrebbe più potuto salvarla. Ma attinse un'ultima volta a quel brandello di coraggio che le rimaneva per continuare a difendersi.

«Che vuoi che ti dica? Che l'ho supplicato di portarmi con sé? Andiamo a rapire ragazze, dai! Metti un cuscino sotto il mio cappotto, crederanno che sono incinta, si fideranno. Ascoltare questo ti placherebbe? Così rientrerebbe nella tua casistica, nella tua concezione delle cose, vero? Se s'innamora di un mostro, allora non vale più di lui. Se è stata vista con lui, allora è sua complice. Tutto bianco o tutto nero, è talmente semplice! Non sei mai stato nella zona grigia? Mai? In tutta la tua vita di poliziotto? Non ti sei mai innamorato della persona sbagliata? A meno che non sia tu la persona sbagliata. È quello che deve dirsi Léa. Tu dici che la ami, eppure l'hai abbandonata. È più coerente della mia storia? Lo sai che significa amare, tu? Voler proteggere una persona pur sapendo che è malata, pericolosa. E tu l'hai protetta, la tua squadra? Hai perso un membro e non sei nemmeno andato al suo funerale. E vorresti...»

Lo schiaffo sorprese anche chi lo diede. Anna portò la mano alla guancia dolorante e Coste si morse le labbra, trattenendo le scuse che si rifiutava di porgerle.

«È tutto?» domandò lei. «Puoi fare di meglio, puoi colpire più forte. E mi raccomando, non frenarti, se ti fa del bene.»

La voce era limpida e aggressiva, come se niente potesse toccarla o farla soffrire, ma le lacrime che cominciarono a scorrere mostravano una donna ferita dal non essere creduta.

Coste aprì un fascicolo da cui tirò fuori due grandi fotografie che posò sul tavolino. Un quartiere, case, binari, visti dall'alto.

«Lo riconosci?»

«Credo di sì. È la seconda casa?» chiese Anna posando il dito esattamente sulla casa circondata dagli alberi.

«È qui che sei stata vista, incinta.»

«Non incinta» corresse lei, come se l'idea la disgustasse.

«Cominciava ad avere fiducia in te, dato che partecipavi. A Parigi vogliono conoscere il luogo di sepoltura che ancora ci manca. Claire, Maud, Samia, dove sono?»

Lo sguardo di Anna si fece implorante.

«Non sono riuscita a dirtelo prima, avrei dovuto raccontarti tutto e spiegarti come lo sapevo. Ma tu non eri pronto a sentirlo. Non lo sei nemmeno ora.»

«Qui non si tratta di te» tagliò corto il poliziotto. «Dove sono seppellite?»

Anna si chinò di nuovo sulle fotografie e cercò invano.

«C'era un cantiere, non lontano. Non c'è più. Era lungo dei binari. Non sono sicura che ci siano tutte e tre, ma una almeno, è sicuro. Lo so, perché quella notte ho tenuto la torcia mentre lui scavava. Puoi aggiungerlo nel tuo rapporto. Va bene così? È quello che volevi sentire? Ti tranquillizza? Ti toglie i dubbi? Sono pazza quanto lui, puoi piazzarci nella stessa categoria, quella degli amanti diabolici.»

Coste ripose le fotografie aeree nel fascicolo. Una violenta emicrania gli ostacolava i pensieri. Fuori, la nebbia impediva di vedere a due metri. Dentro, tutte le informazioni contraddittorie impedivano di capire Anna. Aveva la vista e il cervello accecati.

«Posso tentare di raccontartelo adesso, se sei pronto ad ascoltare.»

Con il suo silenzio, Coste accettò.

«Ha aperto il recinto» cominciò a bassa voce. «Ero sola da un bel pezzo, era parecchio dopo la morte di Claire. Mi ha detto che voleva mettere alla prova la mia lealtà, sapere se fossi dalla sua parte. E io volevo piacergli. Mi ha dato un cuscino, l'ho messo sotto il cappotto. Abbiamo viaggiato per parecchie notti, senza che niente accadesse. A volte rallentava nel passare accanto a una ragazza e poi si ricredeva. Ma una sera ha incrociato la strada di Maud. L'ha superata e ha parcheggiato a cento metri da lei. Quando Maud è arrivata alla nostra altezza, ha aperto la portiera del furgoncino, ha detto che ero incinta e che non stavo bene. Lei si è avvicinata, si è preoccupata delle mie condizioni, ha proposto di chiamare aiuto ed è crollata davanti a me. L'aveva colpita abbastanza forte da farle perdere i sensi, l'ha caricata dietro dicendomi di sorvegliarla. Ma durante il tragitto lei ha ripreso conoscenza. Mi ha guardato, atterrita, e io non ho detto niente. Amavo Andréas, ma non ero capace di andare fino in fondo. Lui non guidava veloce, io pensavo che lei avrebbe aperto la portiera, che sarebbe saltata giù di corsa, le ho anche fatto segno di scappare. Non so perché, ma invece gli è saltata addosso. Gli ha graffiato la faccia, mi ha gridato di aiutarla, Andréas ha perso il controllo, ha fatto una sbandata che ha mandato il furgoncino contro un muro. Con lo schianto ho sbattuto in pieno contro la portiera e mi sono rotta il polso e la caviglia. Lui è saltato nel retro e l'ha colpita finché non si è mossa più. Davanti a me. Aveva le mani coperte di sangue. Ancora non sapevo di essermi fatta male, il dolore non si era ancora manifestato.»

Si chinò verso Coste, allungò lentamente il braccio come aveva fatto con il molosso arrabbiato del Rifugio e posò la mano sulla sua.

«Ho tentato di salvarla. Devi credermi. Forse non ho mai amato Andréas, forse non facevo altro che proteggermi. Se smetto di convincermene finirò con l'impazzire, capisci?»

Il poliziotto sottrasse la mano, turbato. Ferita e nell'impossibilità di essere capita, Anna soffriva più che per lo schiaffo.

«Avrei preferito che mi avesse uccisa. Mi avresti vista in un telo di plastica ricoperto di terra, mi avresti rimpianta e, come tutti gli altri poliziotti, ti saresti sentito in colpa per non avermi trovata in tempo. Mi avresti amata, al pari delle altre vittime.»

Coste si disfaceva come carta sotto la pioggia. La sua ragione, il suo buonsenso e la sua lucidità si sgretolavano, trascinati dall'acqua fino al canaletto di scolo.

«Vorrei morire, Victor, perché tu possa soffrire quanto me nel momento in cui finalmente capirai. Perché tu troverai

Andréas. Lo farai parlare, lo so, tu vali mille volte più di lui, non ha nessuna possibilità. E lui ti racconterà ogni cosa. A quel punto saprai che ti sei sbagliato, ma sarà troppo tardi. So che dubiti di me ma, immagina, se stessi dicendo la verità? Immagina quello che mi stai facendo subire. Immagina come mi fa sentire male non averti dalla mia parte.»

Il falso identikit. Le due telefonate. Il falso ventre. Coste era incapace di toglierseli dalla testa e, nella sua bilancia di pesatore di anime, il loro peso era troppo grande. Quando alzò gli occhi su Anna, lei vi lesse solo disgusto.

«Sei un bastardo, Coste. Avevi giurato. Mi avevi giurato che non mi avresti mai guardata così.»

42

Saint-Pierre
Residenza sorvegliata
Al calar della notte

«Tutto il suo piano è a rischio e dovrà agire precipitosamente. Allora sarà stasera o domani.»

Coste aprì il computer e sullo schermo comparvero le immagini delle sedici telecamere di sorveglianza piazzate intorno alla casa. Grigiore e forme scure, niente di più. Con gli allarmi esterni a rivelazione infrarossa e volumetrica sempre operativi, si sedette al grande tavolo di legno arenato ingombro di armi, smontate. Pulì e lubrificò i pezzi di ciascuna e rimontò il tutto con facilità e destrezza. Aveva conservato i riflessi di una volta.

Muta all'altra estremità del tavolo, Anna lo guardava fare, preoccupata.

Ma preoccupata per chi?

Inserì quindici cartucce nel caricatore della Sig Sauer, che infilò nella fondina. Avvicinò a sé il Winchester Defender, nel quale introdusse quattro cartucce. Una la spinse nella canna per liberare un posto che gli consentì di caricare la quinta nel tubo di alimentazione. Infine si alzò e, da uno dei lunghi cassetti alla base della libreria, tirò fuori due giubbotti antiproiettile. Si tolse il pullover e ne allacciò uno sulla maglietta, poi afferrò l'altro e andò verso Anna.

«Alzati.»

Staccò le strisce di velcro da ogni lato, le infilò il giubbotto dal collo e richiuse le strisce stringendo al massimo attorno alla vita. Quei gesti li avevano avvicinati, i loro sguardi non avevano potuto evitare d'incrociarsi e Coste scorse un certo sollievo negli occhi di lei.

«Continuo a essere il tuo protettore, no?»

Un'ora dopo, Anna non si era mossa dalla sedia e il poliziotto, seduto in poltrona, stava all'erta, il fucile a pompa sulle ginocchia come la vecchia Rachel Cooper che aspetta il cacciatore nella *Morte corre sul fiume*. Senza aprire gli occhi, si rivolse alla giovane donna.

«Tu pensi che venga a prenderti, e se invece venisse solo per metterti a tacere?»

Anna non trovò niente da rispondere.

Coste si frugò in tasca ed estrasse un pacchetto di sigarette nuovo che fece per aprire quando risuonò un bip regolare, acuto, proveniente dal computer, e una spia rossa lampeggiò sullo schermo. Era scattato uno degli allarmi ma, una volta di fronte alle sedici finestre dello schermo che ritrasmettevano le immagini delle sedici telecamere, vide solo un bianco lattiginoso con disturbi parassiti. Il sensore numero quattro si attivò con frenesia e rivelò una presenza nella zona dietro l'abitazione. Silenzio. Fu il turno del sensore sei, che copriva un lato della casa. Poi il nono entrò in azione e informò Coste che c'era un intruso, proprio di fronte a lui, a una decina di metri, davanti alla grande finestra del salone. Con un clic del mouse passò in modalità telecamera termica, ma l'umidità agì come un sipario, uno specchio d'acqua che gli infrarossi non furono in grado di attraversare, rimbalzando tra le goccioline fino a esaurirsi e a svanire. Allora, con calma, il custode della residenza si appostò alla finestra, allo scoperto, di fronte al muro di nebbia considerata la più fitta del mondo.

La luna era una macchia diffusa nel cielo opacizzato. Coste non distingueva nulla, ma dall'esterno Andréas lo vedeva chiaramente, poiché il bersaglio era rivelato dalle luci interne della casa. Si trovava a pochi passi dal poliziotto, invisibile, come una vittima che scruta i sospettati dietro uno specchio spia. Imbracciò il fucile e mirò alla testa.

D'istinto, Anna si era alzata, nascondendosi in un angolo della stanza, con il cuore in tumulto, il fiato corto. Coste rimaneva attento a ogni minimo movimento, poi un lampo giallo illuminò la notte e uno sparo echeggiò assordante. I pallini da caccia, in uno sciame compatto, ebbero l'effetto di una picconata sulla superficie di un lago gelato: sgretolarono il vetro della finestra per metà del suo spessore, senza attraversarlo per intero. L'impatto era lì, al livello degli occhi del poliziotto. In un balzo fu alla porta, che si richiuse automaticamente alle sue spalle, con un secondo balzo si ritrovò fuori e sparò senza puntare a un bersaglio preciso.

Il primo tiro, a sinistra, aprì uno squarcio nel folto fogliame di un abete; il secondo, dritto di fronte a Coste, fece esplodere il tronco di un altro abete, la cui corteccia volò intorno, polverizzata; il terzo, a destra, si perse in lontananza. Rivelato dalla fiamma sputata dalla bocca della canna, Coste si gettò sul suolo bagnato coperto di aghi mentre Andréas rispondeva con uno sparo che mandò in frantumi il parabrezza della Land Rover.

Il poliziotto avvertì uno scricchiolare veloce, poi un rumore sordo di passi su un rivestimento uniforme e solido. A partire da quell'istante, tutto si sarebbe svolto grazie all'udito e a suo vantaggio, perché lui conosceva il terreno meglio dell'uomo che era venuto ad affrontarlo. Si rialzò, sparò due volte, buttò a terra il fucile ormai scarico, afferrò la pistola nella fondina e si precipitò. Lo scricchiolio era quello della ghiaia del vialetto d'ingresso e il rumore sordo quello della strada per Cap aux Basques, che passava davanti alla residenza e scendeva verso route du Milieu, fiancheggiata dall'oceano. Dunque il mostro, per caso, o perché conosceva i luoghi, andava dalla parte opposta alla scogliera, evitando una strada che non gli avrebbe dato scampo, se non con un salto nell'acqua gelata.

Il vialetto, la strada, Coste li attraversò a grandi falcate; più in là, il suono rivelatore dei ciottoli che cozzavano lo informò che Andréas correva verso le calette. Dopo la ghiaia e l'asfalto, Coste riconobbe sotto le suole l'erba che circondava la spiaggia, poi i ciottoli e il rumore di una corsa sfrenata su un terreno imbevuto di umidità, che identificò come la torba, prima di sprofondarvi a sua volta fino alle caviglie. Se l'uomo venuto a ucciderlo avesse proseguito in linea retta, sarebbe entrato in una delle numerose foreste boreali del litorale, il che non era un bene né per lui né per il poliziotto.

Andréas non aveva previsto i vetri blindati e, invece di saldare il conto con il nemico usando una sola pallottola, ora si ritrovava a correre a perdifiato in un ambiente sconosciuto. Inciampò in una radice, stramazzò a terra, si rialzò nel momento in cui una salva di tre spari rimbombava senza colpirlo. Riparò dietro un largo tronco, espulse due cartucce e inserì altri due colpi, poi, senza aspettare, si girò e premette il grilletto, liberando due spari e due lampi, prima di ricominciare a fuggire, con la mano tesa davanti a sé, pregando di non andare a sbattere contro una roccia o un albero, predatore divenuto preda.

A più di dieci metri da lui, Coste portò la mano alla clavicola. I pallini erano rimbalzati su una delle grandi rocce che affioravano qua e là tra gli abeti e una decina di quelli gli si era conficcata nella carne, ma il corpo saturo di adrenalina annullò ogni sofferenza. Inseguendo il mostro, si addentrò sempre di più nella foresta che costeggiava la strada, lasciando dietro di sé le luci sempre più fievoli della residenza sorvegliata.

Orientandosi unicamente con l'udito, immerso in una poltiglia nuvolosa, gli parve di sentire il rumore secco di un ramo spezzato e sparò ad Andréas. Gli spari simultanei fecero capire a entrambi di essere a meno di cinque metri l'uno dall'altro. Chiusi tra la scogliera e l'oceano, i due uomini s'immobilizzarono nel cuore della foresta. Il primo a muoversi avrebbe vinto una pallottola, l'altro avrebbe vinto Anna.

Allora cominciò un duello di silenzio, armi spianate, respiri controllati. La nebbia carica di umidità s'insinuò negli indumenti, attraversò gli strati di tessuto e li inzuppò rapidamente fino alla pelle.

C'erano appena sette gradi. Il freddo gelò i corpi e Coste, con addosso un semplice pullover, prese a tremare. In venti minuti entrò in uno stato di lieve ipotermia, venti minuti dopo in ipotermia grave, ma strinse le mascelle e la rabbia fece credere al cervello che avrebbe saputo resistere. Bastava aspettare, ancora un poco, essere più forte dell'avversario, farlo cedere per primo.

Si concentrò sulla sua unica missione, uccidere il mostro, ma dopo circa un'ora d'immobilità i tremiti diventarono incontrollabili e l'intorpidimento quasi totale. Non sentiva più niente, e non era un buon segno, tutt'altro. Stava raggiungendo i suoi limiti e, come inghiottito da un'onda, perse la nozione di alto e basso, sinistra e destra, in un universo paralizzato dalla nebbia ovattata.

A meno di crepare assiderato, doveva agire. Doveva fare rumore, rivelare la sua posizione affinché l'avversario sparasse e rivelasse la propria. Una possibilità su due di lasciarci la pelle, lo sapeva, ma era gelato fino alle ossa, la temperatura del corpo scendeva pericolosamente e stava per perdere conoscenza. Era pronto a rischiare il tutto per tutto quando due occhi gialli comparvero in lontananza e si avvicinarono, accompagnati dal ronzio di un motore. Un'enorme autocisterna tornava dal centro di Saint-Pierre dopo aver rifornito le stazioni di benzina e Coste si accorse che erano più vicini alla strada di quanto pensasse. Il rombo si fece sempre più possente e, giunto alla loro altezza, ricoprì tutti i rumori circostanti per qualche secondo.

Andréas capì che quella sera non avrebbe vinto e che il poliziotto stanco di cui gli aveva parlato Anna non aveva niente del pensionato inoffensivo. Il mostro approfittò del chiasso per balzare via dal suo nascondiglio e fuggire.

Anche se Coste credette di scorgere un movimento, da qualche parte, fu incapace d'identificarne l'origine o la direzione mentre l'autocisterna si allontanava. Intirizzito, si lasciò scivolare lungo il tronco e, colto da spasmi violenti, si sedette sul suolo umido, a duecento metri dalla casa sicura. Non lottava più contro un altro, ma contro se stesso. Rimanere lì, o trovare la forza di alzarsi sentendo che il torpore generale diventava sempre più pericolosamente gradevole.

* * *

Anna lo afferrò per le spalle e tirò con tutte le sue forze per trascinarlo all'interno. Aveva udito un cozzare sordo contro la porta e lo aveva visto a terra, esanime.

Sotto la doccia tiepida, fuoco sulla pelle del poliziotto, gli tolse il pullover e la maglietta, e nel giro alcuni minuti Coste fu in grado di aprire le mascelle e di articolare una frase che tremò quanto lui.

«Mi... di... dispiace. So... sono ancora vivo.»

Anna, anche lei sotto il getto della doccia, aumentò progressivamente la temperatura. Il sangue sgorgava dalla spalla ferita e si mescolava all'acqua per scomparire in un vortice rosso nello scarico.

«E lui?» chiese.

«L'ho... l'ho mancato... credo. Con... tenta?»

«Stupido poliziotto. Nelle tue condizioni, potrei farla subito finita con te.»

«Allora do... dovrò... avere... fiducia in te.»

Lei lo cinse con le braccia e con le gambe, e appoggiò la testa indietro, sulle piastrelle azzurre del bagno, con la pelle candida che grondava acqua.

«Sta' zitto. Mi occupo io di te.»

43

Parigi, Les Halles
Ore 10

Russo ripose la copia di *Drago rosso* dopo averne sfogliato le pagine, nel caso in cui vi fosse infilato un messaggio. Hannibal Lecter e le sue vittime ritrovarono il loro posto sul tavolino basso e lui si sedette sul divano del salotto, di fronte all'inquilino dell'appartamento.

Mentre Tom frugava nel computer, il comandante, sprofondato nei generosi cuscini, telefonò a Saint-Croix.

«Vorrei che i suoi resoconti fossero almeno quotidiani» lo accolse la magistrata senza altra formula di cortesia. «Non ho notizie da due giorni. Non mi garba assistere allo spettacolo dall'ultima fila. E trasmetta la ramanzina a Tom, vale anche per lui.»

«Il nostro uomo si chiama Andréas Sorrento» le rivelò Russo, come se il rimprovero non lo riguardasse.

Da dieci anni quell'informazione faceva girare a vuoto una cinquantina di poliziotti, lui compreso, e ora l'aveva ricavata ricominciando da zero. La possibile scoperta dell'identità del predatore ebbe l'effetto di calmare la magistrata, per la quale l'elettrone libero Russo non era l'unica preoccupazione.

«Spiacente, comandante, ho i nervi un po' tesi. Non riesco

a contattare Coste. So che sono le sei del mattino a Saint-Pierre e che avrebbe dovuto telefonarmi al minimo problema, ma non cambia nulla, il mostro si aggira nell'isola e io sto in pensiero.»

«Ho proibito a Tom di chiamarla finché non saremmo stati assolutamente sicuri del risultato. Né io né Coste le rendiamo facile la vita, da quello che sento, ma farò in modo di tenerla al corrente con maggiore regolarità.»

«Andréas Sorrento?» ripeté Saint-Croix in tono più calmo. «E come fa a esserne sicuro?»

«Non lo ero fino a poco fa, ma Tom è stato provvidenziale.»

L'inquilino dell'appartamento si trovava al centro degli eventi, silenzioso e dritto su una poltrona di velluto verde dall'ampio schienale, circondato da un odore putrido, tenace nonostante le finestre aperte sulla strada trafficata del sabato mattina.

«Come mi ha chiesto, ho ripreso l'indagine focalizzandomi unicamente su Anna. La ragazza aveva tre soli universi. La scuola. La famiglia. E l'ospedale psichiatrico Sainte-Anne, dov'è stata ricoverata tre volte. Due dopo aver tentato di suicidarsi e una in seguito alla denuncia per aggressione sessuale a scuola. E siccome cerchiamo un individuo visibilmente squilibrato, ho accantonato la scuola per concentrarmi sull'ospedale.»

«Un paziente che avrebbe conosciuto sul posto? Uno psicologo che avrebbe approfittato di lei?» ragionò ad alta voce Saint-Croix.

«È quello che ho pensato anch'io. Ho incrociato le date in cui era in ospedale con anomalie e inefficienze. Per i pazienti, degenze annullate o prolungate. Per il personale, cambi di orario, assenze ripetute, ritardi... Ho fatto lo stesso usando come filtro le date dei rapimenti e il giorno in cui abbiamo ritrovato Anna Bailly.»

«Allora? Paziente o medico?»

«Infermiere» corresse Russo. «Andréas Sorrento è stato un impiegato modello per tredici anni. Ma dopo i tre ricoveri di Anna si nota qualche assenza e una serie di ritardi che gli procurano una lettera di richiamo, poi torna a essere preciso come un metronomo. Penso che all'inizio si sia lasciato trasportare e che in seguito sia riuscito a controllarsi meglio.»

«Sono semplici ritardi e, quanto al nome, conto 3210 Andréas in Francia.»

«Proprio per questo volevo averne la certezza assoluta, per evitare di creare false speranze. Le false speranze mi hanno rovinato la salute.»

«Sì, sempre mettendo da parte la sua...»

«Lo so, lo so, non ho uno stile di vita tra i più sani, è la seconda volta che me lo fa notare. Posso continuare, oppure parliamo di dieta squilibrata e alcolismo?»

«Continui. E mi scusi.»

«Non c'è bisogno. Anna è stata ritrovata precisamente trentuno giorni fa. Due settimane passate con la polizia giudiziaria, una settimana dentro al programma e dieci giorni a Saint-Pierre. E precisamente da trentuno giorni per Andréas Sorrento si parla di abbandono del posto di lavoro. Risulta assente e introvabile.»

«Anna, però, dice di non averlo conosciuto prima.»

«È possibile. Magari l'ha vista da lontano, ha consultato la sua cartella clinica, o ha fatto da moderatore durante la terapia di gruppo. L'ente ospedaliero universitario di Psichiatria impiega migliaia di persone, lui ha potuto sceglierla senza che la ragazza nemmeno se ne accorgesse.»

«Dunque, lei e i suoi uomini avete ritrovato Anna trentuno giorni fa e il nostro uomo è svanito da allora. È il solo nesso?»

«No. Siccome ci sfugge da dieci anni, ho pensato a un complice o a una complice, e ho cercato altre anomalie, ma non ho trovato nulla tra gli impiegati. Invece ho avuto più fortuna tra i pazienti. Un certo Thibaut Dalmas è un assiduo del Cerchio, il nome che danno ai gruppi di sostegno. Ci va una volta alla settimana da quattro anni senza perdersi mai una riunione. Ma ecco che ha saltato le ultime quattro sedute.»

«Circa trentuno giorni, insomma.»

«Partecipava al gruppo "Isolamento, reclusione, introversione e solitudine", il cui sottotitolo è "Incapacità d'interagire in ambito sociale", e Andréas Sorrento ha moderato la quasi totalità delle riunioni.»

«Bisogna parlare subito con quel paziente» si affrettò a dire la presidentessa.

«Ci sto davanti. Le invio le foto, sarà più facile.»

In salotto, Thibaut Dalmas, la testa interamente circondata dallo scotch, sedeva in poltrona, con le mani sulle cosce. Il flash del cellulare fece brillare il nastro adesivo.

«Se era il complice, se n'è liberato» osservò Saint-Croix. «Ma perché una simile messinscena?»

«È la seconda. Ha già scritto BRUTTO FROCIO sullo specchio della vittima di cui ha usato l'identità per arrivare a Saint-Pierre, indirizzando i colleghi verso un delitto omofobo. Per Dalmas, le passo Tom.»

Russo porse il cellulare al suo nuovo vice, che staccò gli occhi dallo schermo del computer.

«Dottoressa, mi spiace di non averla chiamata prima.»

«Non fa niente, Russo mi ha spiegato. E visti i risultati, suppongo che sarebbe meglio adattarsi al suo metodo, anziché imporre il nostro.»

«Sì, sarebbe meglio» confermò Tom, che in quarantott'ore era passato dall'irritazione all'apprezzamento. «Qui tutto è stato immaginato per mettere fuori strada la polizia» proseguì. «Nella cronologia del computer di Thibaut Dalmas si trovano ricerche sui diversi metodi di suicidio, con domande tipo: "Come farla finita?", "Come farla finita senza scocciare nessuno?", "Come farla finita con decenza?", il che corrisponde a un profilo profondamente introverso e isolato, il tipo d'individuo che non vuole disturbare nemmeno nella morte. Ho anche trovato una pagina con un articolo di "Libération" a proposito di un italiano di sessantasei anni che si è autosoffocato avvolgendo il nastro adesivo per quindici volte intorno alla testa. Le invio il link. Persino lo scotch è stato comprato nel quartiere, con il bancomat della vittima. E dunque, questo più questo più questo, i colleghi avrebbero trattato la faccenda come un suicidio, se non fossimo arrivati qui prima di loro. D'altra parte, visto il tanfo, era questione di giorni. E non avrebbero neppure considerato la cronologia cancellata dal computer, del resto non avrebbero avuto nessun motivo per farlo, ma è proprio lì che ho trovato la cosa più interessante.»

Aprì una finestra e inviò la foto dello schermo con uno dei profili del sito Handylove.

«Clémence Banon?» si stupì Saint-Croix.

«Eh già! Prima di andarsene, il nostro uomo ha eliminato tutto, il sito d'incontri, le loro conversazioni, ma io ho recuperato ogni cosa. Povera ragazza. Lei ci ha creduto.»

«Avevamo nove vittime rapite e assassinate, e adesso tre vittime in più, e solo per ritrovare Anna. È la storia d'amore più sordida della mia carriera. Vi mando il medico legale e la Scientifica. Rimanete sul posto?»

Tom si voltò a guardare Russo, che osservava con calma la vittima avvolta nello scotch, macabra opera moderna. Le labbra del poliziotto si muovevano in modo impercettibile, come un prete che impartisce l'estrema unzione, rivolgendosi a Dio in silenzio. Forse gli parlava, lui che poco tempo prima aveva dato buca alla vecchia con la falce, ma Tom non avrebbe potuto giurarlo.

«Certo, dottoressa, non ci muoviamo, però... c'è altro. Il medico legale di sicuro glielo spiegherà meglio di me...»

«Mi dica pure.»

«Russo ha trovato segni, contusioni sul dorso delle mani, come se gliele avesse tenute ferme mentre soffocava.»

«Probabilmente per non farlo dibattere, no?» disse Saint-Croix.

«In tal caso, gli avrebbe immobilizzato anche le gambe.»

«Giusto. Allora che ne pensa?»

«Non so se ciò possa calzare con il personaggio, ma... se lo avesse accompagnato?»

«Accompagnato?» ripeté la magistrata, sorpresa dall'ipotesi della nuova recluta. «Sta parlando di commiserazione?»

«Se significa compassione, perché no? Potrebbe avergli tenuto le mani per rassicurarlo.»

«Non mancherò di riferirlo ai familiari, sono sicura che la cosa darà loro sollievo» disse Saint-Croix riattaccando.

44

Coste si svegliò di soprassalto e il suo cervello stentò a riordinare i fatti del giorno prima, quasi che si cimentasse in un puzzle dai tasselli tutti bianchi. D'istinto cercò la pistola sotto il materasso, invano. E in quel momento scorse Anna, seduta di fronte a lui sulla lunga panca di legno accostata al muro, sotto la finestra della camera. Al suo fianco c'era la Sig Sauer, sulla quale teneva posata la mano.

Il capitano si raddrizzò sugli avambracci e il dolore alla spalla inviò una scarica elettrica a tutto il corpo. Esaminò la fasciatura, regolare e ben stretta, e ogni cosa gli tornò in mente.

«Otto pallini» disse Anna. «Visibili e a fior di pelle, tolti con le pinzette per le sopracciglia. Non ho avuto bisogno di massacrarti troppo.»

«Sono stato fortunato» osservò Coste facendo una smorfia. «Credo di essere stato colpito di rimbalzo. Hai disinfettato?»

«Ho disinfettato. E niente ti ha svegliato. Eri più vicino al KO che al sonno. E io sono ancora qui, come puoi vedere.»

A torso nudo, Coste cercò attorno a sé qualcosa per vestirsi e lei gli lanciò una felpa dove la parola POLIZIA, scritta sulla schiena, si era sbiadita nel corso dei lavaggi.

«Grazie.»

«Per la felpa?»
«Diciamo per questo, sì.»
«Scusa... volevi forse ringraziarmi per averti riscaldato, curato e vegliato mentre, ieri, volevi schiaffarmi in prigione?»
«È un po' presto per farmi sentire in colpa, no?» si arrese Coste.
Anna si limitò a sorridere e, prima di uscire dalla stanza, gli propose un caffè che aveva già preparato e il cui odore rassicurante giungeva fino a loro.

* * *

«Quando un'operazione di polizia somiglia a un western, è tempo di posare le colt e di rivedere il piano.»
Così reagì Saint-Croix dopo che Coste le fece il resoconto della notte trascorsa.
«E adesso?» chiese la magistrata.
«Ho perso il mio duello. La mia unica possibilità. E la sua unica possibilità, soprattutto. Ha visto che la residenza è inespugnabile e che sono pronto a tutto per difendere Anna. Non ricomincerà frontalmente. Non può nemmeno nascondersi all'infinito a Saint-Pierre. Per essere onesto, non capisco come conti di riprenderla. Siamo giunti a uno stallo alla messicana, io non so dove cercarlo e lui sa che la casa sicura è troppo protetta per un nuovo attacco.»
«Non bisogna essere in tre per uno stallo alla messicana?»
«C'è anche Anna.»
«D'accordo, il nostro uomo è là a causa di lei» disse la magistrata. «Però, Victor, Anna l'ha curata e vegliata, cosa vuole di più?»
«Non poteva mica uscire dalla residenza di notte, con la nebbia e il freddo, per cercarlo alla cieca gridando il suo nome. Siamo in tre sulla scena, finché non saprò davvero da che parte stia Anna. La prudenza non è mai troppa. Quella ragaz-

za ci ha già menati per il naso e ne ho abbastanza di essere preso in giro. Notizie di Russo?»

«Sì, mentre lei mitragliava abeti, siamo andati avanti. Il nostro uomo si chiama Andréas Sorrento, trentasei anni. Sconosciuto alla polizia come autore di reati, ma non in quanto vittima. Melchior ha fatto saltare qualche sigillo per far luce sulla sua infanzia. Il padre, Marcel Sorrento, è un ex militare tornato psicologicamente distrutto dalla guerra d'Algeria, dove ha trascorso sette anni, dal 1954 al 1961. Si sposa con una certa Huguette Marin nel 1970, hanno Andréas sul tardi, nel 1985, ma la madre rifiuta il suo ruolo e abbandona il domicilio familiare. Il padre ne addossa la colpa al bambino e a partire dal 1990 cominciano le percosse e i maltrattamenti, denunciati da parenti e vicini di casa. Tuttavia, Andréas negherà sempre di essere stato picchiato dal padre. Nonostante i dinieghi, i servizi sociali lo metteranno in un istituto.»

«È da loro che Melchior è riuscito ad avere queste informazioni?»

«Sì, e molto più rapidamente che se le avessimo chieste noi stessi» riconobbe Saint-Croix, prima di proseguire. «L'anno successivo al trasferimento del figlio, il padre si spara in testa, vestito in alta uniforme. Andréas lascia l'istituto a diciotto anni e ritrova la madre, affetta da una forma grave di Alzheimer. Decide di occuparsene fino alla sua morte senza che lei lo riconosca mai, e la scomparsa della madre corrisponde all'anno in cui abbandona Medicina; era al secondo anno. Melchior assicura che ciò è in linea con il profilo. Un uomo distrutto dalla propria famiglia che ne distrugge altre. Le vittime non sono le ragazze, quello che vuole è far soffrire i genitori. A ogni modo, due anni dopo la morte della madre, diventa infermiere all'ospedale psichiatrico Sainte-Anne, dove Anna viene ricoverata tre volte.»

«Allora lei lo conosceva» dedusse Coste, che continuava a

chiedersi da quale lato della scacchiera potesse collocare la donna che aveva il dovere di proteggere.

«O forse no. Se l'ha scelta come prima vittima, averla frequentata, aver mantenuto un rapporto intimo o anche solo averle rivolto la parola avrebbe potuto attirare l'attenzione su di lui. E proprio perché la voleva, doveva starle il più lontano possibile.»

* * *

Nel liceo Émile-Letournel di Saint-Pierre, la professoressa di francese ripeté il nome dell'assente.

«Esther Bisset?»

Nell'aula, alcuni alunni si guardarono, interrogandosi con un cenno del mento e rispondendo di no con una scrollata di spalle.

L'assenza fu annotata e il preside informato in breve tempo.

* * *

Saint-Croix aveva schierato davanti a sé due foto aeree che raffiguravano lo stesso posto a pochi anni di distanza. Il quartiere di Bois-Colombes, dove serpeggiava rue Heynen, aveva conosciuto un certo numero di migliorie e diversi cambiamenti.

«C'è stato in effetti un cantiere a un centinaio di metri dalla seconda casa, il che conferma le dichiarazioni di Anna. Purtroppo, se i corpi sono sotto le fondamenta, sopra c'è ormai un edificio di quattro piani.»

«Non la vedo bene a far entrare le ruspe in casa della gente» osservò Coste.

«Quando i proprietari verranno a sapere che ogni mattina le loro famiglie fanno colazione spalmando marmellata sulle fette di pane al di sopra di tre adolescenti e di un vecchio assassinati, preferiranno che venga scavata una buca nel loro salotto, anziché immaginare quelle spoglie sotto i piedi. Ho già preso contatto con il municipio e il procuratore della Repubblica. Tergiversano, ma ho speranze concrete.»

* * *

Dopo aver lasciato un messaggio sul cellulare della figlia e aver fatto suonare il telefono fisso del suocero fino all'esasperazione, la signora Bisset, preoccupata per la chiamata ricevuta dalla scuola, si precipitò alla casa sulla costa. La porta d'ingresso era aperta, e fin qui nulla di sorprendente, ma la barca sul rimorchio non era al suo posto e, quanto al fuoristrada, rimanevano solo le tracce delle ruote sprofondate nell'erba, poco prima della spiaggia.

Spinse la porta, entrò a passi felpati, come una ladra, a disagio per non essere stata invitata, chiamò Esther e Armand senza ricevere risposta, poi il piede calpestò i frantumi di un bicchiere sulle mattonelle della cucina.

Il cuore accelerò i battiti per l'angoscia, mentre passava da una camera da letto all'altra, poi visitò il resto delle stanze. In bagno vide della terra nella cabina della doccia e una pila di vestiti umidi sul pavimento. Il pullover era grande e la taglia dei jeans non si addiceva né ad Armand né a Esther, ma solo quando scoprì una cartuccia di fucile da caccia nella tasca posteriore dei jeans decise di chiamare la gendarmeria.

* * *

Coste mandò giù due pillole di codeina per far sparire il dolore alla spalla. Saint-Croix fece sparire la fatica non dando tregua alla caffettiera.

«È sconcertante immaginare che quell'Andréas e io riflettiamo esattamente sulla stessa cosa» pensò il poliziotto ad alta voce.

«Come tenersi Anna ed eliminare l'altro?» capì la magistrata.

«Personalmente, per proteggerla, devo solo rimanere barricato, ma per mettere le mani su di lui sarò costretto a espormi. Io ho quello che vuole e lui dovrà trovare il modo per prendermelo, pur non avendo nessuna carta da giocare. A meno che non la finisca qui e si levi di torno.»

Attraverso la finestra della stanza principale, l'esterno monocromo come una pioggia di cenere fu trafitto da due fari la cui intensità aumentò durante la salita che conduceva alla residenza sorvegliata. Coste riconobbe l'auto blu di servizio di Thaïs Laguerra quando fu a un metro da lui e pose fine alla conversazione telefonica.

La capitana della gendarmeria bussò due volte, abbastanza forte da farsi sentire anche da Anna, che raggiunse il salotto nell'attimo in cui il suo custode apriva la porta.

«Salve, Coste. Esther è qui?»

* * *

Laguerra gli spiegò i fatti, che però non capiva del tutto. L'assenza di Mercoledì, il suo cellulare spento, la terra secca sul pavimento, i vestiti umidi e la cartuccia di fucile. Per Coste, invece, ogni cosa era dolorosamente carica di significato.

«Io ho quello che vuole e lui dovrà trovare il modo per prendermelo, pur non avendo nessuna carta da giocare» aveva detto a Saint-Croix. Ma ad Andréas rimaneva una regina di cuori, e quell'unica carta poteva permettergli di vincere la partita.

A ripensarci, come aveva saputo che Mercoledì era un suo tallone d'Achille? Come, se non grazie a un po' di aiuto?

«Tu...» sibilò girandosi verso Anna.

Si avventò su di lei, e Laguerra, per averla vista tante volte nel corso della sua carriera, riconobbe subito quella rabbia bruciante e il successivo scatenarsi della violenza. Anna fece un passo indietro e, con un balzo, Laguerra si pose tra loro.

«Oh, che cazzo succede qui, Coste?!» gridò sbottonando la custodia che conteneva lo spray al peperoncino.

La capitana premette una mano sul torace di Coste per frenarlo, ma questi non la prese nemmeno in considerazione, costringendola ad arretrare sotto la pressione, un passo dopo l'altro, finché Anna fu a portata di pugni.

«Tu vai a trovarla ogni giorno!» urlò Anna, in lacrime e terrorizzata. «Tu vai a trovarla ogni giorno!» ripeté. «Non sono stata io a mandarlo da lei!»

Come aveva saputo che Mercoledì era un suo tallone d'Achille? Come, se non grazie a un po' di aiuto? Erano le domande di Coste, a cui se ne aggiunse un'altra: come accettare che quell'aiuto fosse venuto proprio da lui? Quante volte Andréas lo aveva spiato, e quante volte lo aveva visto andare da Mercoledì? Si bloccò di colpo, con sorpresa di Laguerra, che già si chiedeva in che modo controllare quella massa di odio che la sovrastava di una testa.

Quasi gli avessero strappato la colonna vertebrale, il poliziotto si accasciò su se stesso e chinò la testa, con lo sguardo perso nel vuoto.

«Bene, me lo spiegate questo casino, sì o no?» s'innervosì Thaïs.

Pallido e stralunato, Coste batté in ritirata camminando al rallentatore fino alla poltrona su cui crollò, la testa tra le mani. Anna andò verso di lui e respinse la gendarme che, prudente, ancora tentava di proteggerla, poi s'inginocchiò di fronte al suo protettore, in un atteggiamento implorante.

«So di averlo chiamato. So che è tutta colpa mia. Ma Victor, ti supplico, mi odierai più tardi. Non è il momento di arrendersi. Per prima cosa pensa a lei, avrai tutto il tempo per punirmi dopo.»

Lui alzò infine gli occhi e sembrò soppesare le parole di Anna una per una.

«Vammi a prendere la pistola» mormorò, senza che la voce tradisse un qualsiasi sentimento.

E come se fossero stati colleghi da sempre, Anna corse nella camera, afferrò l'arma sulla panca, poi, tornata nel salotto, aprì il lungo cassetto sotto la libreria, da dove estrasse due giubbotti antiproiettile e posò il tutto sul tavolo basso, sotto lo sguardo stupefatto di Thaïs Laguerra, per la quale nulla di quella scena aveva un senso.

«Mi porti al comando» le ordinò Coste, risoluto.

QUARTA PARTE

«La tormenta e la lotta»

Mi rivolgo a te, Dio mio,
perché tu dai quello che si può ottenere solo da sé.
Dammi, Dio mio, quello che ti resta,
dammi quello che non ti chiedono mai.
Non ti chiedo il riposo e nemmeno la tranquillità,
né quella dell'anima, né quella del corpo.
Non ti chiedo la ricchezza,
né il successo e nemmeno la salute.
Tutto ciò, Dio mio, te lo chiedono a tal punto
che non devi più averne!
Dammi, Dio mio, quello che ti resta,
dammi quello che non accettano.
Voglio l'incertezza e l'inquietudine,
voglio la tormenta e la lotta,
e che tu me le dia, Dio mio, definitivamente.
Che io sia sicuro di averle per sempre
perché non avrò sempre il coraggio
di chiedertele.
Dammi, Dio mio, quello che ti resta,
dammi quello che gli altri non vogliono,
ma dammi anche il coraggio
e la forza e la fede.
Poiché sei l'unico a dare
quello che si può ottenere solo da sé.

Preghiera del paracadutista, André Zirnheld, 1938

45

I sentimenti sono parassiti che distolgono dalla verità. Quando le emozioni ribollono, la ragione si fa da parte e la realtà diventa quella a cui si decide di dare forma.

Sentimenti ed emozioni sono il cemento degli errori giudiziari. Ma più perniciosi sono l'odio e la rabbia. Come un granello di polvere nell'occhio, come il sole se si guarda direttamente: accecano. Come una nebbia appiccicosa fissata su un arcipelago.

E per salvare Mercoledì, né l'odio né la rabbia dovevano prendere il sopravvento. Coste se lo promise, anche se nutriva poche speranze sulla sua capacità di mantenere la promessa.

Senza mai innestare la terza, Laguerra guidò attraverso una città ingoiata dalla nebbia, Coste al suo fianco, Anna dietro, i giubbotti antiproiettile sotto i cappotti.

La mano stretta al calcio della pistola posata sulla coscia, il finestrino aperto, come vuole il protocollo per i trasferimenti di detenuti pericolosi e a rischio evasione, Coste rimaneva in allerta, chiuso in un silenzio pesante. Aveva chiesto a Laguerra di non fermarsi a nessun semaforo, semplici punti luminosi nella nebbia, e dopo aver attraversato una città fantasma fu solo davanti ai due edifici attigui, polizia e gendarmeria, che infilò la pistola nella fondina.

«Credo di essere stata abbastanza paziente, no?» s'irritò la gendarme, che da quindici minuti ruminava il torrente di domande che non smettevano di scorrerle in testa.

«Ancora un attimo» disse il poliziotto.

Scese dall'auto, aprì la portiera ad Anna, la scortò con passo rapido fino all'ingresso comune ai due edifici e svoltò a sinistra, verso la polizia.

«La nostra squadra è a destra» fece notare Laguerra.

«Lo so. Ma a partire da adesso assumo il comando dell'intera operazione.»

«La polizia di frontiera? In un caso di scomparsa di competenza della gendarmeria? Siamo d'accordo che lei dà i numeri?»

* * *

Prima di lasciare la residenza, Coste aveva inviato un SMS a Soba chiedendo di radunare tutti gli uomini, cioè cinque poliziotti di buona volontà. Nella sala riunioni le cui finestre affacciavano sull'oceano invisibile, Laguerra si ritrovò con la divisa da gendarme tra le uniformi dei poliziotti, come un'invitata che avesse sbagliato travestimento in una serata a tema. Anna, seduta in un angolo, non faceva che aumentare la confusione di una situazione dove niente sembrava essere al suo posto.

«Non abbiamo tempo e non ho intenzione di ripetermi né di rispondere alle vostre domande» li avvertì Coste. «Dieci anni fa, nella regione parigina, è stata rapita una ragazza. È poi toccato a molte altre, senza che si riuscisse mai a catturare il colpevole.»

«Sta parlando del "ladro di bambine" e delle sue nove vittime?» lo interruppe Casteran, che sembrava non aver capito le regole appena stabilite.

«Dieci...» si udì dal fondo della stanza.

Tutti gli sguardi ruotarono verso Anna, fino a quel momento la nipote di Coste.

«Io sono la prima.»

«L'unica a essere sopravvissuta e a poterne parlare. E io sono il suo custode, non lo zio. La mia casa è una residenza sorvegliata del Servizio di protezione dei testimoni e da sei anni il mio posto nella polizia di frontiera è una copertura. Svolgo un incarico altamente riservato e, a partire da ora, anche voi.»

I presenti rimasero storditi. Casteran teneva la bocca mezza aperta, come un bambino davanti a un gioco di prestigio; Soba, invece, sfoggiava un sorriso soddisfatto, confortato dall'idea che il suo capo fosse sempre stato un vero poliziotto. Finalmente Laguerra fece un piccolo passo avanti, pronta a spiegare di nuovo i principi base dei rispettivi ruoli.

«Sì, anche lei passa sotto il mio comando, capitana» la interruppe Coste. «Lo so, è parecchia roba tutta insieme, ma bisogna adeguarsi.»

«Sarà il caso che avverta i miei superiori, non crede?»

«Per me va bene» confermò una nuova voce.

Stavolta gli sguardi andarono alla cornice della porta che inquadrava il tenente colonnello, arrivato senza far rumore; a Casteran cascò la mandibola.

«Il ministero dell'Interno ha telefonato al procuratore generale di Parigi, che ha contattato la nostra procuratrice qui a Saint-Pierre, la quale mi ha informato che... Insomma, Laguerra, lei è agli ordini del capitano per la durata di questa operazione.»

«Lei, come anche gli effettivi della gendarmeria» precisò Coste.

«Già, proprio così. Tutti quanti» capitolò l'alto ufficiale senza risentimento, e addirittura con un pizzico di sollievo.

Il capo della polizia di frontiera non era chi aveva detto di essere e la ragazza che viveva nella sua residenza sorvegliata non aveva nessun legame di parentela con lui, ma per Thaïs Laguerra, malgrado i chiarimenti, l'orizzonte non era più sgombro di quanto lo fosse all'esterno.

«Okay» cercò di capire, «ma cosa c'entra con la scomparsa di Esther?»

Coste strinse i pugni come se avesse lì di fronte a sé il predatore.

«Pensiamo che sia stata rapita dallo stesso uomo. Andréas Sorrento, che la stampa chiama il "ladro di bambine". È nell'isola, vuole Anna, e ha bisogno di una moneta di scambio.»

«Nell'isola?» ripeté Soba, che con due spallate si era piazzato davanti ai colleghi. «Credevo che la sua operazione fosse altamente riservata.»

Ma c'era stata una fuga di notizie e Anna sarebbe voluta scomparire seduta stante, consapevole del suo tradimento.

«Si sono infiltrati nella nostra rete informatica» mentì Coste. «Non perderò il mio tempo a spiegarvi come ci siamo fatti fregare, ma è successo. Ora il predatore è a Saint-Pierre e noi gli daremo la caccia, lo troveremo e lo sbatteremo in galera fino a fargli dimenticare il proprio nome.»

«Allora Clémence Banon...» osservò Laguerra.

«Sì. È entrato in contatto con lei da Parigi e si è servito del suo appartamento come base di ripiego. Purtroppo, qualcosa è andato storto e conosciamo la fine.»

Coste aveva fatto passare i presenti da una realtà a un'altra, e mentre ognuno immagazzinava e analizzava la dose massiccia di nuove informazioni, ne approfittò per mettersi al timone.

«Il motoscafo di Armand Bisset è scomparso. Non ha GPS, quindi potrebbe essere ovunque. Due possibilità. O li ha portati via da Saint-Pierre per non dare nell'occhio, o è un diversivo e sono qui. Soba, si occupi del Pass Track del Marine Traffic e controlli tutte le navi con il sistema d'identificazione automatica che erano in mare tra ieri e oggi. Sospetto che con questa nebbia avremo pochi candidati, ma non si sa mai. Casteran, prenda il comando degli altri uomini e vedete se qualche pescatore li ha incrociati. Sarà di certo la nostra pista migliore. Questo per quanto riguarda la polizia.»

Coste si rivolse al capo della gendarmeria che, vigliacco come al solito, era particolarmente contento di non doversi assumere la responsabilità della caccia al nemico pubblico numero uno. Entro pochi giorni avrebbe ceduto il posto al suo successore, e lasciargli l'arcipelago in ebollizione era quello che tentava di evitare da settimane. Probabilmente Saint-Pierre sarebbe stata ancora in fermento al suo arrivo, ma non per colpa sua, e questa era la cosa più importante.

«Tenente colonnello, ho bisogno che il cane sia portato a casa di Bisset e che cominci le ricerche con uno dei vestiti di Esther.»

«Ricevuto.»

«I cellulari di Armand e di Esther sono spenti, ma per precauzione voglio che siano messi sotto sorveglianza. Gli operatori telefonici sono locali, io non ho gli agganci necessari, lascio a lei il compito. Come ottenete assistenza aerea in caso di scomparsa in mare?»

«Tramite il 103° squadrone di ricerca e di salvataggio dell'aviazione canadese. Hanno un elicottero CH-149 Cormoran.»

«Perfetto, li contatti immediatamente e fornisca loro il numero di matricola della barca di Bisset.»

«Con questo nebbione incollato su Saint-Pierre?» fece notare Soba. «Se il pilota vede la sua cloche, è già una prodezza. La nebbia ricopre anche l'Île aux Marins e la parte sud di Langlade.»

«Allora ditegli di sorvolare la costa nord di Langlade, Miquelon e anche Terranova, da Fortune a Lord's Cove. Nel frattempo, voglio che il resto degli effettivi pattugli Saint-Pierre giorno e notte passando in ogni casa, azienda, capanno ed ente amministrativo per interrogare eventuali testimoni.»

«Ricevuto. È tutto?»

«No. Contatti SPM Première. Voglio che mandino in onda un notiziario ogni ora.»

«E cosa dovrebbe dire?» cominciò a preoccuparsi il tenente colonnello.

Coste rifletté per una decina di secondi cercando le parole adatte e il tono giusto.

«In seguito alla scomparsa di una ragazza e alla presenza effettiva del suo rapitore nell'isola, si consiglia di rimanere in casa dopo il lavoro e alla fine delle lezioni per le prossime ventiquattr'ore. Qualcosa del genere. Prepari il testo e me lo giri, in modo che possa convalidarlo prima che venga trasmesso.»

«Questo diffonderà il panico.»

«Poi passa» assicurò Coste, imperturbabile. «Adesso non perdete tempo. Laguerra rimane con me. Soba, quando avrà controllato il Marine Traffic, ci raggiunga alla mia residenza.»

La gendarme annuì e Casteran si mise sulle punte dei piedi per sussurrare all'orecchio di Soba, a proposito del loro capo e del suo radicale cambiamento: «Vedi, ero sicuro che c'era qualcosa sotto!».

«Smettila» rispose il Kraken, «ero io a esserne sicuro.»

Mentre Coste porgeva il cappotto ad Anna, Thaïs si fece strada fino a lui.

«Perché io?»

«Perché ho bisogno di qualcuno con le idee chiare, e non ho fiducia in me.»

46

Nella trattoria con le tovaglie a quadri, arredata in modo eclettico con oggetti di recupero, il cameriere riempì d'acqua frizzante i due bicchieri spaiati e posò la bottiglia sul tavolo, poi tornò con due grandi piatti d'insalata mista.

«È un gesto gentile» fece notare Russo.

«Non potevo certo gozzovigliare davanti a lei» disse Tom.

«Gozzovigliare?» ripeté il comandante, divertito. «Grazie, mi piace veder resuscitare vecchie espressioni.»

«Hanno... Come lei, hanno diritto a una seconda possibilità.»

Russo trangugiò una forchettata d'insalata senza nessun piacere e il sistema di ricompensa del suo cervello rimase a un punto morto. L'indagine gli dava molta più soddisfazione di quel pessimo pranzo che appassiva sul tavolo e preferì nutrirsi di quella.

«Ogni ricerca ha come punto di partenza il predatore. Oggi, il nostro fulcro è Anna. Bisogna concentrarsi sugli elementi che l'hanno forgiata. Insomma, forgiata per modo di dire, distrutta piuttosto. Cosa ne viene fuori, secondo lei?»

«In ordine cronologico, direi il padre e la madre» rispose Tom posando la forchetta sul tovagliolo.

«Certo, la frattura originale.»

«La psicologa scelta dal padre, che non le ha mai creduto, oppure che ha reso un favore al suo ex compagno di università?»

«Infatti. La consapevolezza di non essere ascoltata, nemmeno da una donna per la quale ascoltare è una missione, un sacerdozio. Poi?»

«Non sarebbe sbagliato fare una visita alle famiglie delle vittime. Sono state interrogate sulle altre ragazze, ma nessuno ha parlato loro di Anna, perché ancora un mese fa non era coinvolta nell'inchiesta. Sarebbe un bel colpo di fortuna ricavarne qualcosa, ma d'altronde la fortuna è una componente del successo.»

«Ha funzionato per la penicillina e per la Tarte Tatin. Continui.»

«Deve sapere che quando mi affido alla fortuna è perché sono a corto d'idee.»

«Rimane il ragazzo che Anna ha accusato di aggressione sessuale a scuola» disse il comandante.

«Me lo ricordo, sì. È stato anche espulso. Ma qual è il rapporto?»

«Ammetto che possano esserci vittime che attirano guai come le calamite attirano il metallo, ma tra il padre, il predatore e quello studente... Be', è un po' troppo, non le pare?»

Tom annotava con convinzione ogni nuovo punto delle indagini parallele quando Russo si bloccò come un cane da caccia davanti a una pernice. Il giovane poliziotto guardò nella stessa direzione, capì qual era l'oggetto del desiderio del collega costretto alla dieta e chiamò il cameriere.

«È fatto in casa?»

«Ma certo!» disse l'inserviente, quasi piccato.

«Allora ci porti due porzioni di Saint Honoré e due caffè zuccherati, per favore.»

Russo lo avrebbe quasi abbracciato.

«Il peggior nemico dei buoni propositi è l'estremismo» assicurò Tom. «Non riuscirà a resistere due giorni con le sue insalate, e abbiamo tutti bisogno di lei.»

I dolci, come pesanti nuvole cremose, si posarono sulla tovaglia e, stavolta, il sistema di ricompensa del cervello del comandante si dimenò come una discoteca d'estate.

47

Dell'elicottero CH-149 Cormoran giallo e rosso, siglato Rescue/Sauvetage, si udiva soltanto il ronzio del rotore in lontananza e quello delle pale che piegavano l'alta erba dell'isola quando, sorvolandola, scendeva a bassa quota.

Atlas, la piccola jagdterrier nera con il collo bianco, era corsa naso a terra e sedere in aria dalla casa di Armand Bisset alle rive dell'oceano, dove si era messa a vagare in su e in giù, poiché le tracce si fermavano là, come anche i suoi sforzi.

Gli isolani spiavano dalle finestre quell'assenza di spettacolo come un pubblico davanti a un sipario grigio; alcuni avevano tolto i fucili dalle custodie, tenendoli carichi a portata di mano. Il notiziario aveva seminato inquietudine e l'isola era sul chi vive, ma il sangue misto che vi scorreva era spagnolo, basco, normanno, bretone, irlandese, e nessuno era disposto a lasciarsi impressionare da un parigino, per quanto predatore machiavellico.

Dallo schermo della tivù si raccomandava la prudenza, e la presentatrice diede la parola a un corrispondente.

«Mathias Raynaud, sei sul posto per noi. Come hanno reagito gli abitanti alle raccomandazioni della gendarmeria?»

«Qui le indicazioni sono perfettamente rispettate. Strade

e negozi sono vuoti, ma dovete credermi sulla parola dato che anch'io, come voi, non riesco a vedere a più di due metri.»

* * *

Soba arrivò alla residenza sorvegliata al tramonto, raggiungendo Thaïs Laguerra, il poliziotto e la ragazza per fare il deludente punto della situazione. L'elicottero ritornava alla base con un nulla di fatto, Atlas era di nuovo nel canile, Marine Traffic aveva registrato il segnale di due navi abbastanza coraggiose da affrontare l'oceano nonostante la visibilità zero senza incrociare altro che qualche delfino, e per finire nessuna autopattuglia della gendarmeria aveva apportato contributi alle indagini.

Coste non si aspettava niente di diverso e il resoconto di Soba non meritava neppure un commento. Lo sguardo del capitano attraversava di continuo il salotto, soffermandosi su Anna. Senza che fosse pronunciata una sola parola, lei sapeva esattamente cosa stava pensando Coste: ipotizzava diversi scenari, li sviluppava fino alla loro conclusione, soppesando i pro e i contro, li convalidava o li respingeva. Ma per ognuno di essi sorgeva la stessa domanda. Se il predatore avesse chiesto uno scambio e la situazione fosse precipitata, Coste chi avrebbe davvero protetto? Da come la guardava il suo custode, Anna non scommise su di sé.

In quell'attesa insopportabile, ammorbata dal sospetto e dal risentimento, il suono del telefono somigliò a una liberazione. Laguerra ascoltò, riattaccò e spiegò: «Il cellulare di Mercoledì si è svegliato. Ha agganciato le celle sud della penisola di Langlade. Se la gendarmeria manda una navetta, può essere sul posto tra meno di venti minuti».

«È proprio in mezzo all'arcipelago» osservò Soba, «sotto strati di nebbia. Intelligente.»

«La sua intelligenza sommata alle conoscenze di Armand Bisset fa di lui una preda da non sottovalutare» constatò Coste. «Ci sfugge da molto tempo e conosce perfettamente le nostre tecniche. Attivando il cellulare, sa che verrà rintracciato. Farà la sua mossa nei prossimi minuti.»

E siccome il cervello del poliziotto percorreva le stesse strade del suo avversario, quest'ultimo non lo smentì. Il capitano accettò senza esitare la chiamata il cui squillo aveva paralizzato tutti e mise il vivavoce.

Subito, nel salotto della residenza, le onde contro lo scafo dell'imbarcazione, il ronzio del motore e il soffio del vento. Poi l'interlocutore, quasi divertito.

«Buonasera, Coste.»

«Andréas» fece il capitano, con un tono grave come una minaccia.

«Ti osservo da parecchio, ma non ti ho mai sentito parlare. Credo che affrontare un tizio con la voce in falsetto mi avrebbe rovinato tutto il piacere.»

Che il predatore fosse davvero sicuro di sé o semplicemente spavaldo, il poliziotto lasciò correre poiché aveva una sola e unica preoccupazione.

«Voglio sapere come sta Esther. Voglio che me la passi al telefono. Poi potrai parlare con Anna.»

«Non è necessario» disse Andréas con calma. «Non dubito che sia viva. Tu non sei un assassino, mentre io sì. Purtroppo la tua Mercoledì non è con me adesso, ma se mi ascolti per bene e mi ubbidisci potrai stringerla tra le braccia al mattino. Io so cos'è l'amore, però non immaginavo che anche tu andassi matto per le ragazzine.»

Soba provò sollievo all'idea di non condurre il negoziato, perché con il suo carattere sarebbe già arrivato agli insulti e agli sproloqui di quegli eroi che finiscono a sgolarsi promettendo che il mondo non è abbastanza grande perché ci si possa nascondere all'infinito. Coste si costrinse a essere più moderato e accettò di cedere, dato che non aveva alternativa.

«Sei tu ad avere le carte in mano. Dimmi le regole.»

«Ehi, non ti avrò mica offeso parlando di Mercoledì? Lo sai, puoi scopartela se vuoi, non sarò certo io a farti il predicozzo. Ma torniamo a noi. Una barca arriverà al porto fra un'ora. Ci farai salire Anna. Se vedo qualcuno oltre a voi due, Mercoledì muore. Se un'imbarcazione ci segue, Mercoledì muore. Per farla breve, tutto quello che puzzerà di imbroglio porterà alla stessa conclusione, la morte di Mercoledì.»

«Quali sono le mie garanzie?»

«Non stai comprando una lavatrice, capitano, stai tentando di salvare la tua amica. Dovrai fidarti e, in tutta onestà, io sono uno di cui non fidarsi. Ma hai scelta?»

Su quelle parole, riattaccò.

48

59 minuti prima dello scambio

Nell'istante che seguì, Coste dispiegò sulla scrivania una carta dell'arcipelago.

«Un'ora?» si stupì Laguerra. «Perché ci lascia tanto margine? Più tempo abbiamo e meglio possiamo escogitare una contromossa.»

«Le antenne attivate dalla chiamata si trovano a sud della penisola di Langlade» mostrò Coste posando il tappo della penna sulla zona. «Dieci minuti a nord e arriva a Miquelon. Venti minuti a sud-est ed è a Île aux Marins. Quaranta minuti a est e approda a Terranova. Dandoci appuntamento tra un'ora c'impedisce di dedurre il luogo dove li tiene.»

Coste frugò nel pacchetto vuoto e Soba gli porse una delle sue sigarette. Per la seconda volta in meno di dieci minuti, il telefono vibrò e comparve SAINT-C e, per la seconda volta, ignorò la chiamata della magistrata. Faccia cupa come una nebbia opaca, era tornato ai suoi scenari e alla loro verosimiglianza quando Anna si alzò e lo raggiunse, mortificata.

«Ha ragione, non hai scelta. Devi lasciarmi andare. Lo conosco, saprò convincerlo a non fare del male a Mercoledì, te lo prometto.»

«Adesso dovrei fidarmi anche di te?»

«No. Ho abbandonato l'idea. Credo che mi odierai per tutta la vita. Non riuscirai mai ad amarmi, lo so.»

«Non è mai stato il mio compito» rispose Coste freddamente.

«Quindi che cos'hai da perdere, se non me?»

Quella conversazione sorprendente provocò uno scambio di sguardi fra il Kraken e la sua compagna, i quali capirono che il rapporto tra il custode e la protetta si rivelava più complicato di quanto immaginavano.

«Okay, prepariamoci per lo scambio» decise infine Coste, risoluto.

«Nel programma di protezione dei testimoni, c'è la protezione. Pensa sul serio che la sua magistrata accetterà di procedere con lo scambio?» dubitò Laguerra.

«So che non è così, ma fra poche ore mi spiegherò e mi farò carico delle conseguenze della mia decisione. Anna e io saremo gli unici in pericolo, mi rifiuto di farvi correre il minimo rischio.»

«Nessuno decide più per me da un sacco di tempo» ribatté la gendarme. «E l'ultima volta che l'ho lasciata agire da solo, Sean Grady si è ritrovato tra l'ospedale e la camera mortuaria.»

«Potremmo fornirle un telefono e attivare la geolocalizzazione» propose Soba. «In questo modo la seguiremmo sui nostri radar e sapremmo dove la porta.»

«Un cellulare sarebbe la soluzione migliore, se si potesse captare correttamente il segnale su tutte le isole» ammise Coste. «Ma purtroppo non è questo il caso. Immaginate se perdiamo il contatto? Ho un'altra idea.»

Si alzò e tirò fuori dal cassetto alla base della libreria, dove erano riposti i giubbotti antiproiettile, una valigetta di plastica nera che aprì e posò sul grande tavolo di legno.

«Un braccialetto elettronico?»

«Ultima generazione» confermò. «Molto più discreto dei

precedenti, ed è raro che si venga perquisiti all'altezza delle caviglie.»

«Va bene, ma come pensa di azionarlo senza che il suo superiore ne sia al corrente?»

«Avrò bisogno di un'amica di fiducia.»

* * *

53 minuti prima dello scambio

Nel palazzo di giustizia di Parigi, Alix ricevette un SMS pochi minuti prima di mezzanotte.

«Devo parlarti senza Saint-C. Urgente.»

Alzò gli occhi e guardò Tom, concentrato sugli ultimi rapporti di Russo, e la magistrata al telefono, in piena crisi diplomatica da quando Coste aveva preso il comando della gendarmeria, imposto il coprifuoco all'isola e requisito un elicottero canadese.

«Ho la testa che mi scoppia» addusse Alix come pretesto, «esco a fumare una sigaretta.»

E senza che badassero a lei, lasciò l'ufficio.

Ai piedi della Sainte-Chapelle, l'edificio religioso in stile gotico annesso al palazzo di giustizia, sotto il sublime rosone dell'Apocalisse, i santi e gli apostoli immortalati nelle vetrate ascoltavano Alix.

«Ma che diavolo combini, Coste? Saint-Croix non fa che cercare di parlare con te!»

«Lo so, lo so.»

«Scusami, ti sono saltata alla gola. Notizie della ragazza?»

«E anche di Andréas Sorrento. Ho appena parlato al telefono con lui. Vuole fare uno scambio. Esther Bisset per Anna. Stasera. Tra cinquantadue minuti, a essere precisi.»

Per un riflesso operativo, Alix tirò su la manica del pullover per scoprire l'orologio e avviare un conto alla rovescia di cinquantuno minuti.

«Saint-Croix non correrà mai questo rischio.»

«Perciò lo correrò io al posto suo. Fare la cosa giusta è l'unica ragion d'essere di questo mestiere. Il rapimento di Esther grava sulle spalle di Anna, anche la morte di Clémence Banon; se bisogna scegliere tra Anna ed Esther, non esiterò nemmeno per un attimo.»

«Ma insomma, chi è per te, quella ragazza?»

Seduto sui gradini della residenza, lontano dagli altri, immerso nella nebbia ma con la mente limpida, Coste non era mai stato così sicuro di sé.

«Esther rappresenta tutti quelli che ho abbandonato venendo a nascondermi qui. È ciò che abbiamo il dovere di proteggere e difendere. È la sola persona con cui mi sono confidato, ed è proprio perché ho voluto essere presente nella sua vita che il predatore l'ha notata. Sei anni fa sono fuggito per vigliaccheria. Per debolezza ho voltato le spalle a tutti quelli che amavo. Ma è finita, non fuggo più, non volto più le spalle.»

«E suppongo che avrò un ruolo in tutto questo, vero?»

«Sì. Ho bisogno di te. O meglio, di Isaac.»

«Il genio dei criptofonini?»

«Non posso prometterti nulla, ma se tutto va secondo i miei piani, non dovresti avere seccature. Mi occorre il suo contatto di emergenza e so che tu puoi darmelo.»

«E dopo?»

* * *

49 minuti prima dello scambio

Le pale del ventilatore facevano danzare i nastri di tessuto colorato appesi alle lamelle delle imposte semichiuse. L'interno della stanza principale era verniciato di celeste e si confondeva con l'azzurro dell'oceano Pacifico, al punto che la casa intera sembrava immersa nel golfo del Siam.

Steso su una sdraio con i piedi che sprofondavano nella sabbia bianca di Koh Samui, Isaac aveva adottato senza sforzo uno stile di vita che era di suo gradimento. Aveva trovato presto un impiego come responsabile informatico in uno degli alberghi a cinque stelle dell'isola, sebbene con i soldi che aveva messo da parte prima di passare per le mani della polizia nulla lo costringesse a lavorare. Ma quell'occupazione gli prendeva poche ore al giorno e approfittava del tempo che gli rimaneva per migliorare il suo talento di crogiolarsi al sole.

Quando alle dieci del mattino la suoneria del telefono attraversò la casa, sorvolò un tratto di spiaggia e arrivò fino alla sua sdraio, poco mancò che si lasciasse sfuggire di mano il bicchiere di tè ghiacciato imperlato di condensa. Non che stesse sempre all'erta e che trasalisse per ogni cosa, ma quella era la suoneria di un telefono particolare e quel telefono non doveva mai squillare. A meno che Isaac non fosse compromesso.

Un po' sudato, aprì l'armadietto del contatore elettrico e tirò fuori il cellulare sempre acceso che vi teneva dentro. E poiché solo il Servizio di protezione conosceva quel numero, fece a meno di cominciare con un saluto.

«Non ditemi che devo fare le valigie!»

«No, Isaac. Tu sei al sicuro. Sono io a essere nella merda fino al collo.»

«Conosco questa voce, mi ha minacciato tante volte. Porca vacca, Coste! Sei tu?»

«Sì, e so di non avere niente da pretendere, ma ho davvero bisogno di aiuto. È una faccenda personale.»

«Avverto un tono da poliziotto alla deriva. Mi piace. E poi cosa? Se non ti aiuto, sveli la mia copertura?»

«Non so nemmeno in quale continente ti trovi. Non ho mezzi per far pressione su di te.»

Saint-Pierre aspettò che Koh Samui si decidesse. Il geek, il poliziotto, la sabbia fine, i ciottoli freddi, la nebbia, il sole rovente.

«Sta' a sentire, negherò di averlo mai detto, ma qui vivo la miglior esistenza possibile, ed è grazie a te...»

Con il dorso della mano, Isaac allontanò un geco macchiettato di puntini blu e rossi che riposava sulla tastiera e con un colpo di mouse riaccese lo schermo gigante del computer.

«Immagino che, se mi hai cercato, ci dev'essere di mezzo un hackeraggio. Ti ascolto.»

«Per colpa mia un'amica è in pericolo, e per salvarla devo far correre gravi rischi a una seconda persona. Se voglio evitare un bagno di sangue, ho bisogno di tracciarla.»

«Bel casino! Vedo che fai sempre attenzione ai tuoi giocattoli.»

«Non ho scelta. Ma i miei superiori non mi seguiranno. Bisognerà entrare nel software di sorveglianza elettronica mobile del programma di protezione, attivare un braccialetto e geolocalizzarlo. E hai dieci minuti.»

Dall'altro capo della linea e del mondo, Coste udì Isaac che, sorpreso, fischiava tra i denti.

«Che bel regalo! Non farti scrupolo a chiamarmi più spesso. Sfortuna vuole che io non possa fare niente a distanza. Hai qualcuno sul posto che ha accesso al server?»

«Sì. Ti ricordi di Alix?»

«Certo. È stata lei a sistemarmi qui. Okay, dammi un indirizzo mail e ti mando uno spyware. Alix dovrà copiarlo su una chiave USB e inserirlo nel computer. A quel punto vedrò cosa posso fare.»

«Dovranno credere che l'attacco viene dall'esterno, perché nessuno possa risalire fino ad Alix.»

«Confonderò le acque dopo il mio passaggio, è fattibile. Quanto a me, può causarmi guai questa storia?»

Coste non seppe cosa rispondere senza mentire.

«Farò quello che occorre per la mia amica, e se la faccenda mi scoppia in mano, mi assumerò ogni responsabilità.»
«L'ho sempre saputo che non sei un bastardo.»
«Nove minuti, Isaac.»

* * *

44 minuti prima dello scambio

Con cinque minuti di anticipo, il pentito inviò lo spyware, che transitò per Saint-Pierre prima di arrivare a Parigi sul cellulare di Alix, la quale lo copiò su una micro USB per poi inserirla nel computer riservato alla sorveglianza elettronica mobile.

Nell'ufficio dei servizi tecnici, lo schermo cominciò ad agitarsi, aprendo e chiudendo finestre man mano che Isaac ne prendeva il controllo.

«La ringrazio della sua lealtà» disse Saint-Croix in piedi alle spalle di Alix.

«Ho l'impressione di tradirlo. Lo sa che l'ha tagliata fuori da questa storia unicamente per proteggerla?»

«Il codice penale ci dice quello che è giusto fare, ma talvolta quello che è giusto fare non è nel codice penale, e, in funzione delle scelte che uno fa, sappiamo che tipo di poliziotto è.»

«È una sua frase?»

«No, è di Coste. Prepariamo le nostre operazioni con il cervello e la ragione, ma certe volte bisogna portarle a termine con il coraggio e l'istinto. Coste sa benissimo che non avrei mai potuto accettare ufficialmente lo scambio proposto dal mostro e che ciò avrebbe messo in pericolo Anna, le nostre carriere e l'intero Servizio di protezione. Ma se il suo piano funziona, nessuno andrà a scavare nei particolari e lui diventerà un eroe.»

«E se Anna ci sfugge, o peggio, se muore?»

«Victor Coste avrà messo in pericolo la vita altrui. Non soltanto sarà cacciato, ma verrà anche processato. E non potrò fare più nulla per lui.»

* * *

40 minuti prima dello scambio

Coste controllò la geolocalizzazione del braccialetto non appena fu attivata e, sul suo schermo, apparve un punto rosso con le coordinate GPS della residenza. Allora chiese ad Anna di avvicinarsi, alzò una gamba dei pantaloni e cinse la sottile caviglia con il braccialetto che agganciò al trasmettitore.

«Puoi ancora ripensarci, lo sai.»

«Lo so. Ma è Mercoledì. E lo faccio per te.»

Soba e Laguerra si avvicinarono, sempre più preoccupati da quell'operazione affidata in buona parte alla fortuna.

«Fra trentanove minuti» proseguì Coste, «salirai su un motoscafo. Il nostro obiettivo è sapere dove li tiene prigionieri.»

Posò nel palmo della mano di Anna la lama affilata di un temperino.

«Non appena vedrai Mercoledì e Armand dovrai tagliare il braccialetto. Riceverò un allarme evasione e la tua posizione. Sarà il segnale, l'unico modo per te di comunicare con noi, di dirci che sono lì, vivi o meno. Da quel momento, improvviseremo sulla base delle rivendicazioni di Andréas.»

«Non sono molti gli scenari possibili» fece notare Soba. «Vorrà fuggire con Anna e soltanto quando sarà a una distanza considerevole, o a destinazione, ci dirà dove si trova la ragazza. Ma grazie al braccialetto l'avremo già localizzata.»

«Abbiamo bisogno di due motoscafi» riprese Coste. «Uno che mi permetterà di raggiungere il luogo in cui Mercoledì è tenuta prigioniera, e un altro che servirà a voi per lanciarvi sulle tracce di Andréas e di Anna e fermarli in pieno oceano, prima di perderli.»

«Chiamo la gendarmeria» intervenne Laguerra, «la nostra navetta UFC 11 sarà perfetta per raggiungerli. Però ne abbiamo solo una...»

Coste guardò il cronometro del cellulare. I tempi erano stretti, ma sapeva dove trovare il secondo fuoribordo.

* * *

29 minuti prima dello scambio

La palla bianca colpì la numero 9, che si perse in una delle buche laterali del tavolo, e Sean, l'alcol non lo aiutava, perse a biliardo con il fratello per la quarta volta nella stessa serata. Il campanello della porta principale di villa Grady suonò, il domestico aprì e arricciò il naso come un critico d'arte di fronte a un quadro di cattivo gusto. Soba e i suoi tatuaggi in bella vista non si addicevano alla rispettabilità del luogo.

«C'è Sean?»

«Aspetti, per favore.»

Il domestico richiuse la porta, attraversò l'atrio, oltrepassò la doppia scala centrale, costeggiò la sala ricevimenti, salì al primo piano, prese il lungo corridoio con le stanze, poi quello con le stanze degli ospiti, salì all'ultimo piano e superò il fumoir a vetri per arrivare infine alla sala da gioco nel momento in cui David Grady metteva le palle nel triangolo, scommettendo un'altra banconota sulla quinta sconfitta del fratello.

«Signore? La vogliono all'ingresso.»

«Chi è?» grugnì Sean.

«Un uomo in uniforme della polizia.»

L'erede gettò la stecca sul soffice tappeto verde e fece il tragitto contrario, imprecando. Disinibito dal whisky, alimentava la propria collera da una stanza all'altra, sentendosi più forte di quanto fosse, più intrepido di quanto avrebbe dovuto essere, e si presentò all'ingresso alla giusta temperatura, con il viso ancora segnato dall'ultimo incontro con Coste.

«Che c'è?» ringhiò a Soba. «Non ho detto niente sul suo collega, ma comincio a rifletterci seriamente.»

«Non vengo per questo» assicurò il Kraken.

«Be', io dico che non è corretto quello che avete fatto e mi chiedo se debba o meno parlarne ai vostri superiori.»

«Faccia quello che vuole, ma adesso ho bisogno del suo motoscafo. Per un'ora. Lo prendiamo, lo rimettiamo a posto, e lei non sentirà più parlare di noi.»

«Mi pigli per il culo? E dovrei anche farti un favore? Ascoltami bene, ora te ne vai a farti inchiappettare dal tuo collega e quando lui finisce vi scambiate i ruoli. Poi mi mandi il video.»

E gli sbatté la porta in faccia.

Cinque secondi dopo, il campanello suonò di nuovo e Sean, ringalluzzito dalla sua uscita estrosa, fece dietrofront e riaprì la porta, pronto a perfezionare gli insulti, se occorreva.

La prima cosa che vide fu la bocca della canna di una pistola che lo guardava dritto negli occhi e, subito dietro, il viso di Coste, ben poco amichevole. «Cazzo...» ebbe appena il tempo di dire prima che il poliziotto lo afferrasse per i capelli e lo tirasse giù facendolo piegare in due, con l'arma incollata alla tempia.

«Scusami, non è che per caso ce l'hai con me per quanto è successo l'ultima volta?»

«No, no, in realtà è tutto a posto» gemette Sean. «Perdonami, mi sono lasciato trasportare, non avrei dovuto.»

«Allora va' a cercare le chiavi del motoscafo.»

«Okay, okay, ci vado, non serve innervosirsi.»

«Prendi un cappotto. Fa freddo e tu ci accompagni.»

* * *

8 minuti prima dello scambio

Nascosti dietro l'imponente *Nordet*, il traghetto blu a due piani che effettuava il collegamento quotidiano tra Saint-Pierre e Miquelon, la navetta della gendarmeria con a bordo Laguerra e Soba e il motoscafo di Grady figlio potevano approfittare della densa cortina di nebbia per rendersi invisibili.

Nel porto, da soli, Coste e Anna scrutavano davanti a sé, muti e ansiosi. Il freddo non tardò a coglierli e Coste infilò le mani nelle tasche del lungo cappotto. Anna si mise a tremare e, a sua volta, affondò una mano nella tasca del cappotto di Coste. Le loro dita si sfiorarono e s'intrecciarono. Il poliziotto si girò verso di lei scoprendo che il freddo non c'entrava e che la ragazza era terrorizzata a morte.

«Andrà tutto bene?» gli chiese.

Lui fu incapace di rispondere e non ebbe più il coraggio di guardarla.

A pochi metri di distanza, un'ombra leggera dalla forma indistinta attirò la loro attenzione, poi, come un abbozzo si trasforma in disegno, si fece più precisa, più nera, prima di diventare la vecchia barca di Bisset. Sopra c'era lui, ma soltanto lui. Aveva attorno al collo una cordicella a cui era attaccato un cellulare con l'obiettivo della fotocamera rivolto in avanti.

Lo scafo rimbalzò fiaccamente contro uno degli pneumatici disposti lungo il molo e Bisset ormeggiò con un nodo di bolina. Coste si accorse subito del telefono, dal quale risuonò la voce di Andréas, resa metallica dal vivavoce. Capì che il predatore udiva e vedeva tutto da lontano.

«Spiacente, Coste, ma il mio traghettatore non è autorizzato a parlare con te. Se non rispetti questa regola o se la comunicazione viene interrotta, conosci già le conseguenze. Azzeriamo i cronometri e tra meno di un'ora ti darò la posizione di Esther. Ora fa' salire Anna.»

Il poliziotto si avvicinò all'imbarcazione e, poiché Andréas non glielo aveva proibito, si rivolse ad Armand Bisset.

«Scusami, è tutta colpa mia.»

Bisset gli posò la mano sull'avambraccio, e senza una parola, con un sorriso profondamente infelice, lo scusò.

«Tieni duro, presto sarà finita» gli promise Coste.

Anna doveva fare solo un passo per salire, e mentre il vecchio si voltava per levare l'ormeggio baciò Coste, così furtivamente che lui se ne rese conto solo quando le labbra di lei si staccarono dalle sue. Ne assaporò il sale senza sapere se fosse per gli schizzi d'acqua o per le lacrime.

Il motoscafo si allontanò e il poliziotto non riuscì a levarle gli occhi di dosso. Presto Anna fu avvolta da un sudario di vapore in cui sparì lentamente, come un ricordo dai contorni sempre più incerti.

Coste afferrò il telefono e chiamò subito Laguerra a bordo della navetta, a una trentina di metri da lui.

«Ha controllato tutto per video. Che dicono i cellulari? Si capta da qualche parte?»

La gendarme passò la richiesta al nucleo tecnico via radio, il nucleo tecnico rispose all'istante e lei ripeté le informazioni ottenute parola per parola.

«Macché, si è servito di una messaggeria video online criptata. Non abbiamo niente sui nostri schermi.»

Coste raggiunse il traghetto dietro il quale sostavano i due motoscafi, agganciati l'uno all'altro, e salì su quello di Sean.

«Possiamo solo aspettare» assicurò Laguerra, rassegnata.

Il poliziotto si sentì impotente, una marionetta in attesa che le tirino i fili per farla muovere. Senza più alcuna leva, nessun mezzo di pressione, alla mercé di un mostro che avrebbe deciso ognuna delle mosse successive. Si coprì il viso con le mani come per nascondersi dai propri errori.

«Che cosa ho fatto...»

49

Il passato dell'Île aux Marins era così ricco da poter essere raccontato in parecchi romanzi. Per il suo presente, invece, bastavano poche frasi.

A nord, il relitto squarciato del cargo tedesco *Transpacific*, con il ventre aperto sulla sala macchine, giaceva riverso sui ciottoli a rappresentare la marina mercantile prima dei porta-container. I cannoni allineati del forte riaprivano le ferite delle invasioni inglesi e dei saccheggi delle giubbe rosse di Sua Maestà la regina, poi, su una pianura ricoperta di erba bassa, si ergevano le ultime trenta case di legno dai colori sgargianti, prive di acqua corrente, alimentate da gruppi elettrogeni o pannelli solari, abitate di tanto in tanto nelle belle giornate, abbandonate nei periodi più freddi.

A sud, la scuola e la chiesa testimoniavano di quel tempo in cui si viveva nell'isola come in qualsiasi altro posto, imparando a leggere e temendo Dio. Ormai le porte della chiesa si aprivano una volta all'anno, per la messa del 15 agosto, e dal 1963 nessun alunno aveva più inciso di nascosto il suo nome sul banco. Il maestro aveva chiuso l'aula con un groppo in gola, e da allora quel luogo era un museo dove rimaneva ancora conservata sulla lavagna l'ultima lezione scritta con il gesso. Poi, proprio prima del faro costruito sulla riva che teneva le navi lontane dai naufragi, un minuscolo cimitero, le cui lapidi rotte si confondevano con le rocce affioranti, era circondato da uno steccato di assi bianche che separava la terraferma dall'oceano. La nebbia s'insinuava tra le stele e le statue avvolgendole in un drappeggio sovrannaturale, e allora più niente impediva di credere ai fantasmi.

Al centro dell'isola, deserta in quel periodo, poco oltre il relitto arenato e un po' prima delle abitazioni, il secondo piano di una grande casa dipinta di verde e ricoperta da disegni infantili ospitava i dormitori di una colonia estiva, con trenta letti vuoti e freddi in quella stagione. Dal pianterreno, composto da una sola e immensa sala con numerose finestre, se il meteo era favorevole si poteva vedere da lontano chi si avvicinava. Ma sotto la cappa di nebbia fu soltanto l'udito a far sapere ad Andréas che il motoscafo di Bisset era di ritorno, con Anna a bordo. Il predatore uscì dalla casa e si precipitò verso la spiaggia dove stava per concludersi una separazione troppo lunga.

* * *

Non si baciarono.

Non sarebbe stato sufficiente.

Si abbracciarono così forte da diventare una sola persona, fino a non poter respirare più per qualche istante, dimenticando la presenza del vecchio.

«Amore mio...»

* * *

In fondo alla grande sala della colonia, tra i giochi di società, i libri illustrati, i palloni, le racchette e tutto il materiale vacanziero, due scrivanie di legno erano state unite e allineate contro il muro, sul quale nel corso degli anni i bambini avevano scritto i loro nomi con tanti colori quanti ne avevano le case di Saint-Pierre. E sul muro colorato riposava il fucile che la notte precedente aveva sparato cinque colpi contro Coste.

«Il tuo poliziotto ti ha seguita?» chiese Andréas.

«Non oserebbe correre questo rischio, e comunque non è il "mio" poliziotto, solo un tipo incaricato di proteggermi.»

«Lo so. Per poco non ci rimettevo la pelle.»

«È un debole, e io odio i deboli» disse Anna per rassicurarlo. «Voglio solo te, in qualunque posto fuggiremo, anche se dovessimo morire domani. Solo te.»

Nel dormitorio al piano superiore, Mercoledì era legata saldamente alle sbarre di uno dei letti a castello. Aveva i polsi segati dalla corda e, quando nel vano della porta comparve la donna di cui si era innamorata sin dal primo istante, il viso dell'adolescente s'illuminò.

«Anna!»

Poi il mostro la raggiunse e si baciarono davanti a lei. Mercoledì pensava di aver raggiunto una soglia oltre la quale più niente avrebbe potuto farla soffrire, ma si rese conto che il dolore non conosce limiti.

Prima di scendere di nuovo nella grande sala, Anna posò gli occhi sulla ragazza.

«Intestardirsi ad amare quelli che non fanno al caso nostro, tu e io condividiamo la stessa debolezza.»

Andréas prese il cappotto, si mise in tasca le chiavi del motoscafo e si girò verso la donna che considerava la sua compagna da dieci anni. Ma lei esitava ad andarsene, come se lasciasse dietro di sé un'opera incompiuta.

«Vieni» le disse, «il tempo stringe.»

«Saprai condurci là, a Terranova?»

«Anche se è in capo al mondo, è a soli trenta minuti da qui. Ho avuto il giorno intero per imparare come funziona la barca e a servirmi di un compasso nautico. È semplice quanto una bussola. C'è un posto, laggiù, la penisola di Avalon; nessuno ci troverà mai. Ho svuotato i conti degli ultimi che hanno avuto la sfortuna d'incontrarmi, saremo tranquilli per un bel pezzo.»

«E lei?» chiese Anna sollevando la testa verso il dormitorio.

«Ci farebbe perdere tempo.»

«Non sai quello che mi ha fatto subire il poliziotto dopo che mi ha strappato a te. Non sai quello che ho dovuto sopportare per proteggerti! Lei è importante per lui. Anzi, credo che lei e il vecchio siano gli unici ad avere una qualche importanza nella sua vita. E io voglio distruggerlo. Offrimela, per favore. Uccidila per me.»

Andréas esitò, ma se Anna avesse fatto il doppio gioco l'isola avrebbe già brulicato di uniformi e la loro fuga sarebbe stata interrotta. Se si trattava di perdere quattro minuti per farle piacere, acconsentiva.

Lentamente, slegò la corda di Mercoledì assicurandole che tutto era finito e che avrebbe raggiunto il nonno. Disse che gli dispiaceva, ma lei era stata necessaria per la loro libertà, e inoltre era stata coraggiosa. L'aiutò a rialzarsi e quando la ragazza fu in piedi di fronte a lui, le sferrò un pugno sulla laringe. Mercoledì cadde in ginocchio, con le mani attorno al collo e il respiro sibilante, cercando l'ossigeno come se stesse affogando. Andréas le passò le mani sotto le ascelle, la rialzò, la stese sul letto più vicino, si sedette a cavalcioni su di lei e cominciò a strangolarla.

La ragazza pensò all'isola, al poliziotto, al nonno, alle libellule, al bacio che aveva dato ad Anna, ai genitori che non erano stati capaci di amarla così com'era, ai capitoli di un'esistenza che non aveva ancora vissuto, e le palpebre si misero a sfarfallare mentre moriva in silenzio davanti a quell'uomo dal viso paonazzo per lo sforzo, che non osava nemmeno guardarla.

Poi una sagoma. La canna di un fucile sulla tempia di Andréas. E quella voce che la riportò quasi alla vita.

«Chiudi gli occhi, mia cara» le disse Anna con l'affetto di una sorella maggiore che allontana gli incubi della sorellina.

Andréas si girò verso di lei. La bocca formò una parola che non ebbe il tempo di pronunciare. Il colpo esplose e strappò via la parte superiore della sua testa, proiettando sul viso di Mercoledì uno zampillo di sangue misto a grumi di cervello e di ossa. Lui si mosse, corpo perduto sormontato da una testa aperta in due, senza più niente sopra se non una fontana dai getti scarlatti che sprizzavano al ritmo delle pulsazioni del cuore. Fece un passo a sinistra, si avvitò su se stesso come se avesse cambiato parere, poi crollò lungo disteso tra le due giovani donne. Le braccia si agitarono per l'ultima volta, infine s'immobilizzò.

Anna posò un piede sulla sbarra del letto, rimboccò la gamba dei pantaloni e tagliò il braccialetto elettronico con tre colpi di lama. Quindi si stese sul letto e s'incollò a Mercoledì, cingendola con le braccia sulle lenzuola coperte di sangue, sussurrandole all'orecchio parole che nessun altro avrebbe udito.

* * *

Coste ricevette l'allarme evasione sul cellulare collegato al computer della residenza. Il GPS indicava le coordinate dell'Île aux Marins, e se Anna si era liberata del braccialetto, come aveva promesso di fare, era perché aveva avuto conferma della presenza di Mercoledì e di Armand.

I motori rombarono al massimo. La navetta della gendarmeria si precipitò verso le prime coste del Canada, là dove c'erano più possibilità che il mostro si dirigesse, e Sean verso l'isola deserta, con Coste sul ponte del motoscafo aggrappato saldamente alla ringhiera metallica. In meno di sette minuti, lo scafo raschiò contro la spiaggia di sabbia e ciottoli e il poliziotto saltò giù, nell'acqua fino alle ginocchia. Di fronte a lui un solo edificio era illuminato dall'interno, e si diresse verso quella fievole luce intimando al pilota di rimanere a bordo. Stava avanzando, una striscia di nebbia sugli occhi, quando inciampò in una massa indistinta e fu sul punto di perdere l'equilibrio. Ai suoi piedi, un corpo giaceva a pancia in giù in una decina di centimetri d'acqua salata e Coste riconobbe gli abiti di Bisset. Lo rivoltò, cercò il polso senza sperarci troppo. La pelle gelata del vecchio già ne raccontava la morte. Un nuovo strato di orrore si aggiunse alla notte e per Coste non fu altro che vendetta cieca e rabbia sorda.

Un calcio violento scardinò la porta della colonia. Con la pistola spianata urlò il nome di Mercoledì. L'eco delle sue grida rimbalzò per la grande sala vuota, poi Coste salì a tre a tre i gradini delle scale che portavano al dormitorio e le trovò, coricate e abbracciate, con il fucile al fianco. E sul pavimento, un mostro senza quasi più testa, circondato da una pozza di sangue caldo da cui si alzavano arabeschi di vapore nell'aria fredda.

Dalle ecchimosi che Mercoledì aveva attorno al collo, Coste riconobbe la firma di Andréas. Incosciente, la ragazza respirava appena, ma forse le restava una possibilità. Senza cercare di capire lo svolgimento dei fatti, Coste la sollevò, un braccio sotto le ginocchia, un altro sotto le spalle e, prima di uscire dalla stanza, lanciò un ultimo sguardo al cadavere del suo avversario.

50

Ospedale di Saint-Pierre
Pronto soccorso
Ore 22.30

Nella sala d'attesa, sotto la luce dei neon che facevano gridare il giallo delle pareti e il bianco del linoleum, Anna si era allungata sulle sedie, completamente sfinita, con la testa sulle ginocchia di Coste.

Da un'ora, i medici avevano chiuso la porta della sala operatoria e facevano tutto il possibile per salvare una vita.

Laguerra e Soba portarono i caffè e Victor, con un gesto delicato, svegliò l'addormentata.

«Dovremo chiarire l'intera faccenda» disse Thaïs andando a prendere posto accanto a loro. «Chi si occuperà delle deposizioni?»

«Io» assicurò il poliziotto. «Continua a essere il mio caso, ma ci vorrà il tempo che ci vorrà, non intendo muovermi da qui finché...»

La doppia porta a battenti si aprì davanti a una donna in camice bianco che sembrava non dormire da settimane. I lineamenti tirati e il viso sciupato non tradivano nessuna emozione se non una profonda stanchezza. Il poliziotto si alzò, così gli altri tre, pronti ad ascoltare.

* * *

Nell'atrio dell'ospedale, vuoto a quell'ora, Coste compose il numero di Alix. Pensando solamente alla propria missione aveva messo in pericolo la carriera di una collega, e se Isaac, il geek pentito, non era riuscito a simulare un attacco esterno, allora la presidentessa doveva aver già capito e Alix stava spiegando ogni cosa, mentre restituiva l'arma e il tesserino.

«Coste?» Il capitano riconobbe subito la voce della persona che non aveva chiamato.

«Signora? Io...»

«Non si affatichi» lo interruppe Saint-Croix. «Parleremo di lealtà e fiducia più tardi. Siamo in ascolto delle frequenze radio della gendarmeria, so che Anna è sana e salva, ma parlano anche di due morti. Mi dica.»

«È vero. Andréas Sorrento e Armand Bisset.»

«Il suo amico? Mi dispiace» disse la magistrata con sincerità. «Che è successo?»

«È morto annegato. Andréas avrà voluto sbarazzarsene considerandolo un peso inutile.»

«E Andréas?»

«Una pallottola in testa» tagliò corto il poliziotto.

Il mostro era morto, ma anche a uccidere un mostro si lasciavano delle tracce.

«Non è mai facile premere il grilletto. Spero sia consapevole che non è una perdita per nessuno.»

«Ne sono consapevole, ma io non ho fatto niente.»

Ci fu silenzio prima che Saint-Croix capisse.

«Anna?»

«Anna.»

«Allora immagino che ormai possa fidarsi, no?»

* * *

Ore 4

La dottoressa aveva fatto il punto prima di consentire che qualcuno entrasse nella camera di Mercoledì. Per qualche giorno le sarebbe stato impossibile parlare, anche dopo che le avessero tolto il tubo che ora le permetteva di respirare; il tempo necessario alle cartilagini della laringe per consolidarsi.

Coste si ritrovò da solo accanto al letto della ragazza. La storia di un poliziotto era fatta di ciò che di peggio la vita offriva, e quella vita gli aveva insegnato a leggere ciò che le parole non sapevano dire. Sul viso di Mercoledì, Coste lesse il sollievo, la riconoscenza, l'incomprensione, il dolore, una paura residua che non l'avrebbe abbandonata per molto tempo, anche se il mostro si era preso una pallottola in testa, e infine la speranza, un'emozione più forte delle altre ma vana. Allora capì che nessuno le aveva ancora detto nulla. Poiché Mercoledì era senza voce, Coste le porse il cellulare aperto sull'applicazione bloc-notes.

«Mio nonno?» scrisse Esther.

Un semplice no con la testa bastò a rispondere e, come se lei lo avesse intuito, come se le avesse già previste, le lacrime le inondarono gli occhi prima di scorrere lungo le tempie.

Il vecchio riposava sotto un lenzuolo bianco, su una barella di alluminio, due piani più giù, nel sottosuolo della camera mortuaria. Di notte, Coste era andato a prendere una sedia in una stanza vicina e l'aveva posta accanto al suo amico, per condividere con lui un'ultima conversazione.

«Avresti gradito una citazione del tuo autore preferito, lo so. Ma non ce l'ho. Né di lui né di un altro, del resto.»

«La tua vita è un romanzo, Victor. Non hai bisogno di questi artifici. Io leggo per paura di avere da raccontare solo le mie storie personali, ma ora ho un gran finale che Chandler avrebbe apprezzato» gli avrebbe risposto Bisset.

«Con un po' di fortuna, tutti gli autori morti della tua biblioteca diventeranno tuoi vicini. Mi viene da compatirli. Potrebbero trovarti irritante all'inizio, ma poi capiranno che è una fortuna averti con loro.»

«Con te ci sono voluti anni.»

«Ora hai l'eternità.»

Mercoledì riprese il cellulare tra le mani e digitò di nuovo.

«Non so come, ma sapevo che tu eri là. So che non mi hai abbandonata e che se sono viva è grazie a te.»

Gli mostrò il display perché leggesse il messaggio, poi fece danzare di nuovo le dita sulla tastiera.

«E anche grazie a lei? Dimmi che non ci siamo sbagliati.»

Tutto era colpa sua e allo stesso tempo era merito suo. Anna, insondabile, intenta a scherzare con il ghiaccio e con il fuoco, capace di ridefinire le nozioni di bene e di male non curandosi del confine tra l'uno e l'altro, invitando il diavolo e ricacciandolo tra le sue fiamme, con gli artigli macchiati del sangue di Garance, Salomé, Sacha, Claire, Maud, Samia, Cléo, Julie, Virginie, Joseph, Milos, Louis, Thibaut, Geoffroy, Clémence e Bisset, le braccia troppo cariche per trasportare Mercoledì, la sua ultima vittima, quella che non avrebbe mai avuto.

«Sì. Lei ti ha salvato.»

Aprì la porta della camera mentre Anna, addossata alla parete del corridoio, alzava il viso verso di lui. Coste fece un passo di lato, lasciando libero il campo, e richiuse la porta sul loro incontro.

51

Residenza sorvegliata
Ore 6

La notte in bianco fu rosso sangue.

Coste e Anna fecero ritorno alla residenza come se fosse trascorsa una vita intera da quando l'avevano lasciata soltanto il giorno prima, e la giovane donna, una volta nella sua camera, si tolse i vestiti imbrattati dalla morte di Andréas e filò nella stanza da bagno.

Il vapore dell'acqua bollente aveva già ricoperto di condensa i vetri della cabina e la superficie dello specchio, portando la nebbia all'interno della casa. Aprì la porta scorrevole della doccia e Coste, per un attimo disorientato, la lasciò entrare e incollarsi al suo corpo. La pelle quasi diafana, gli occhi così affascinanti, immensi e distanziati, il corpo androgino dai seni timidi, il centinaio di tagli autoinflitti che correvano lungo le braccia, dal polso fino all'incavo del gomito, le labbra tanto sottili che sembravano in grado di tagliarlo con un solo bacio, lui accolse tutto questo tra le sue braccia e insieme scomparvero in una nebbia avvolgente.

* * *

La camera chiusa si tenne per sé la notte che trascorsero insieme. All'altra estremità della casa, sui giubbotti antiproiettile, appoggiato alla pistola del poliziotto, il cellulare di Coste aveva suonato di continuo senza che nessuno lo sentisse.

Lui si alzò un po' prima di mezzogiorno e, per la prima volta, precedette Anna. Vide il display del cellulare illuminato come un albero di Natale e ascoltò i nove messaggi che dicevano pressappoco la stessa cosa.

«Coste. Sono Russo. Mi richiami. È urgente.»

Ora che Mercoledì era salva, nulla gli sembrava più urgente e decise di concedersi un minuto per prepararsi un caffè e allontanare il sonno. Senza un rumore, Anna si era alzata e già lo abbracciava, appoggiando il ventre alla schiena del suo custode.

«Se ti dico che ho voglia di rimanere con te, ti spaventi?»

«Sprecheresti molti anni» rispose lui.

«E quando sarò altrove, da qualche parte nel mondo, là dove Saint-Croix avrà deciso che devo ricominciare la mia vita, verrai a trovarmi?»

Coste si girò e approfittò ancora del suo viso ammaliante.

«Se sarai in pericolo, ti ritroverò sempre. Per tutto il resto, la felicità e la vita quotidiana, sono un pessimo allievo. Fra poco rinascerai, volterai pagina, la pagina su cui mi trovo io, allora mi dimenticherai, ed è meglio così.»

«Non so fare niente. So soltanto sopravvivere. Sopravvivere e leggere.»

«Libraia allora, è un bel mestiere. Ma sta' tranquilla, il programma non ti abbandonerà subito; perciò, approfitta un po' delle vacanze pagate dallo Stato e non precipitarti sulla prima offerta di lavoro.»

«Libraia...» rifletté Anna afferrando la tazza di Coste, che ne prese un'altra.

La maglietta lunga non era abbastanza e la giovane donna rabbrividì. Andò in camera e Coste colse l'occasione per richiamare Russo. Dopo due squilli, sebbene non si fossero mai parlati, Russo non lasciò il tempo ai convenevoli.

«Anna è con lei?»

«Nei paraggi.»

«Trovi un posto lontano, per favore.»

«Più lontano di Saint-Pierre, sarà difficile» scherzò Coste.

«Lontano da Anna» precisò il comandante.

EPILOGO

52

Il padre

La scomparsa di Anna aveva fatto emergere un diario, carico di accuse, certo, ma che da solo non era bastato a portare in tribunale i genitori.

L'esigua copertura mediatica di quella che dieci anni prima era stata interpretata come una semplice fuga aveva permesso a Marc Bailly di rifarsi una vita a un centinaio di chilometri dalla regione parigina, lontano dal luogo in cui tutti lo consideravano un padre incestuoso.

I servizi sociali erano comunque intervenuti e, sulla base di ciò che la figlia aveva lasciato scritto, avevano deciso di togliere ai genitori il figlioletto per affidarlo a un parente, la sorella della madre, nel caso specifico.

Russo non ebbe difficoltà a rintracciare il padre, un medico di campagna che conduceva una vita appartata. Di fronte al giardino incolto antistante una casa quadrata priva di fascino, il poliziotto si ricordò delle aiuole fiorite che aveva involontariamente calpestato la prima volta che lo aveva incontrato. Le persiane dalla vernice scrostata e la sbilenca cassetta della posta trasmettevano lo stesso messaggio di trascuratezza. L'edera divorava la facciata, lasciando a stento intravedere la targa dorata con inscritti nome e professione.

Tom suonò alla porta, che fu aperta da un uomo sfibrato, con i vestiti incolore, lo sguardo sfuggente, le mani incrociate davanti a sé, come se avesse sempre freddo.

«Polizia giudiziaria» disse il giovane ufficiale porgendo il tesserino con il tricolore.

Bailly aveva perso la figlia, il figlio gli era stato tolto e la moglie era morta di cancro due anni prima. I medici avevano assicurato che sarebbe riuscita a vincerlo, se avesse lottato. Lei aveva fatto il contrario, abbracciando la malattia anziché resistere. L'aveva accolta, quasi con riconoscenza, come una liberazione. Così la presenza delle forze dell'ordine non fece né caldo né freddo al dottor Bailly, che non aveva più nulla da perdere. Non reagì né a Tom né al suo tesserino e posò appena lo sguardo sull'uomo imponente che lo accompagnava. Ma quella frazione di secondo gli bastò per riconoscere il poliziotto che lo aveva condotto nella sua auto e aveva raccolto la sua testimonianza il giorno della scomparsa di Anna. E in un attimo, il cuore parve battere di nuovo, il corpo tornare alla vita, il sangue scorrere caldo nelle arterie e colorire un po' il volto livido.

«Anna?» sibilò, spronato dalla speranza.

«Possiamo entrare?» chiese Russo.

Il salotto era il riflesso del proprietario. In stato di abbandono. Tutto era impilato, nel disordine generale. Qui pile di giornali, là pile di conserve, altrove pile di cartucce d'inchiostro per stampante posate su pile di risme di carta che avrebbero toccato il soffitto se fossero state sovrapposte. Sulla scrivania, resa invisibile dalla confusione che vi regnava, altre due pile. A sinistra, un migliaio di volantini mostravano la fotografia di Anna all'età della sua scomparsa; a destra, altrettanti volantini su cui lo stesso viso era stato invecchiato di una decina d'anni con il computer. Sotto ogni fotografia, un solo numero di telefono. Quello del padre.

«Riceve i pazienti qui?» si stupì Russo davanti a quella confusione.
«Pochi, lo confesso. Ma la supplico, se la sua visita ha a che fare con mia figlia, non mi faccia aspettare oltre.»
«Anna è viva e si trova in Francia. È tutto quello che per ora posso dirle.»
Bailly sorrise. Poi quel sorriso mutò in una risata nervosa. Si alzò, fece una serie di gesti inconcludenti, cominciando un'azione senza finirla, le mani davanti alla bocca, poi nei capelli, andando a sinistra, a destra, scrutando i due poliziotti con lo sguardo di chi controlla attentamente i numeri della lotteria, di chi rilegge senza sosta una buona notizia per essere sicuro di non aver saltato nemmeno una parola. Liberato dal peso dell'attesa, dell'inquietudine e dell'incertezza, sembrava quasi volare nel piccolo salotto disordinato.
«Posso vederla? Sta bene? Dov'è?»
«Sono domande alle quali non sono ancora autorizzato a rispondere. È in corso un'indagine.»
«Su di me? Di nuovo?»
«No. Su Anna» precisò Tom.
Russo lanciò uno sguardo di rimprovero al vice. Troppo presto. Troppe informazioni. Il giovane poliziotto si accorse dell'errore e fece un passo indietro nella conversazione, per il timore di commetterne un altro.
«Si sieda, per favore» implorò il comandante. «Mi fa venire i capogiri. Se le dico che sta bene e che è al sicuro, si calmerà?»
Bailly spostò il mucchio di vestiti che ingombrava il divano e si sedette.
«Lei è quello che nel nostro mestiere si chiama "il colpevole perfetto"» proseguì Russo riassumendo tanto per il padre quanto per se stesso. «Eppure, si sa, la perfezione non esiste. Tutto puntava il dito contro di lei, e spesso basta. A quel tempo ero all'anticrimine, e la fuga di sua figlia, così co-

me le violenze di cui l'accusava nel diario, sono state prese in carico dalla sezione Minori. Lei è stato sottoposto a due interrogatori e la scomparsa di Anna non ha consentito di approfondire i fatti davanti a un tribunale. Vorrei rivedere con lei alcuni dettagli, adottare un nuovo punto di vista, se me lo permette.»

«Mi faccia tutte le domande che vuole» assicurò Bailly, con le mani sulle ginocchia, da bravo scolaretto.

Russo si frugò nella tasca interna del cappotto, da cui estrasse un taccuino fitto di appunti.

«Mi parli di quel diario. Lo aveva già visto?»

«Non prima che lo trovaste. Ma è impossibile. Impossibile che fosse là, nella sua camera, senza che io lo sapessi.»

«Aveva l'abitudine di perquisire la camera di sua figlia?»

«Sì, assolutamente» rispose il padre senza esitare. «Anna ha avuto un'adolescenza complicata. Alle volte è sufficiente avere i capelli rossi, essere un po' effeminati o avere modi da maschio per subire le molestie dei coetanei, può immaginare quello che ha vissuto mia figlia. I lineamenti erano così strani eppure magnifici, ma la diversità, sia essa bella, brutta o orrenda, mette al bando. E tutto si è aggravato quando mia moglie è rimasta di nuovo incinta. Anna si è convinta che l'avremmo sostituita, come un modello difettoso. Il fratellino ha instillato in lei una cascata di sentimenti negativi. L'insicurezza e la rivalità iniziali si sono trasformate in rabbia e aggressività, esacerbate dalle sue stesse incertezze, poi sono cominciate le depressioni, le crisi di nervi e le scarificazioni. Allora sì, ogni sera perquisivo camera sua alla ricerca di una lama di rasoio o di un coltello. E dato che riuscivo a trovare un oggetto così piccolo come una lama, avrei dovuto un giorno o l'altro imbattermi in quel diario.»

«A meno che non preferisse portarlo con sé a scuola...»

«È quello che mi sono detto anch'io. Per essere chiari, voi

vi fate oggi le domande che io mi sono fatto dieci anni fa... Continui, la prego.»

Lo sguardo di Russo si posò sulle migliaia di volantini che segnalavano la scomparsa, poi girò una nuova pagina del taccuino.

«Sa spiegarmi la presenza del catenaccio esterno?»

«Sì, certo. Sono stato io a metterlo, per impedirle di uscire di notte. Non potevamo più dormire, mia moglie e io.»

«Come faceva una ragazzina quattordicenne a causarvi delle notti insonni?»

Bailly s'incupì e Russo riconobbe quell'atteggiamento. L'atteggiamento di chi valuta l'interlocutore e si chiede quanta fiducia possa concedergli. Il padre era in grado di rispondere alla domanda, ma si chiedeva se dovesse farlo. E non sembrava preoccupato per se stesso.

«Lei crede che siamo cento poliziotti ad aver ripreso in mano il caso, ma qui ci siamo solo noi due. Questo giovane ufficiale e io. E siamo la sua unica possibilità.»

L'uomo si alzò e tirò fuori da un cassetto della scrivania una cartella clinica porgendola a Russo.

«A quattro mesi, il nostro piccolo ha avuto un incidente. Mia moglie e io eravamo in giardino mentre lui dormiva. Anna doveva solo sorvegliarlo, o chiamarci se si svegliava. Poi abbiamo sentito delle grida. Grida disperate. Ci siamo precipitati in casa, il piccolo era a terra, in fondo alle scale, tutto scomposto. Anna era al suo fianco. Ci ha raccontato che si era agitato nel lettino, lei lo aveva preso in braccio per portarcelo e lui le era sfuggito di mano a pochi gradini dal pianterreno. Sul momento non abbiamo riflettuto. Ma una volta al pronto soccorso, mentre aspettavamo in sala d'attesa, spaventati a morte, abbiamo messo insieme i tasselli, che però non combaciavano.»

«Una sorella che si occupa del fratellino... Un incidente può accadere, no?»

«Sì. Ma non con Anna. Da quando era nato non lo aveva mai toccato, neanche una volta. Non gli aveva mai parlato. Gli psicologi lo chiamano il complesso di Caino, e ho letto tutto al riguardo. Eravamo mortificati ma convinti che lei odiasse suo fratello. Un incidente? Proprio la prima volta che l'abbiamo lasciata sola con lui? E se lo avesse fatto cadere a terra di proposito? Vi rendete conto di quanto costi a un genitore porsi un simile interrogativo?»

«E dunque avete messo un catenaccio alla porta» concluse Russo.

«Nostro figlio aveva la gamba e il polso ingessati. Ingessature così piccole non ne avevo mai viste. Aveva più giorni di convalescenza che di vita, certo che ho fatto tutto il necessario per proteggerlo.»

«E lei ha raccontato questa versione?»

«Sì. Ma l'unica cosa che i servizi sociali hanno visto era un padre incestuoso che s'inventava una figlia diabolica per cavarsi d'impiccio. Fatto sta che dopo la caduta di nostro figlio ho costretto Anna a vedere una psicologa.»

«Una psicologa, ma soprattutto un'amica. Perché una decisione del genere?»

«Non volevo danneggiare mia figlia. Se avesse confessato di aver commesso un gesto di violenza volontaria, non so cosa avrebbe potuto decidere un estraneo. Ho chiesto alla mia amica di tenere per sé tutto quello che avrebbe sentito e di parlarne solo con me. Anna l'ha incontrata una decina di volte all'ospedale Sainte-Anne, ha sempre negato i fatti, ma si è messa a parlare di altro. Di me.»

«Delle sue visite notturne?»

Bailly fece una smorfia mentre riceveva gli stessi colpi al cuore inferti dai servizi sociali anni prima. Non badò all'accusa e preferì proseguire.

«Anna ha cominciato a passare dei brevi periodi al Sainte-Anne. Due giorni, tre al massimo. Colloqui privati, gruppi di sostegno, poi, quando sono arrivate le scarificazioni, ci siamo messi a riflettere su un ricovero più lungo. Ma appena Anna l'ha scoperto, si è persuasa che il nostro desiderio fosse semplicemente sbarazzarci di lei. E sono cominciati i suoi scatti d'ira... Poco prima della sua... fuga. Tutto ciò non è mai stato pensato contro di lei, ma per lei, per consentirle di potersi esprimere lontano dai genitori, lontano da me.»

«E dunque la psicologa, per quanto sua amica, non si fidava del tutto di lei.»

«Non l'ho scelta per difendermi né per occultare le mie presunte devianze, ma perché era la migliore che conoscessi. E se non ha dato credito alle bugie di Anna è perché lei stessa non ci credeva.»

Bailly annotò un indirizzo sul retro di un volantino.

«La troverà qui. Ha lasciato il Sainte-Anne dopo questa faccenda. Non sopportava gli sguardi di rimprovero e la diffidenza dei colleghi. Anna era una sua paziente e si chiedevano come avesse potuto non accorgersi delle sue sofferenze e, poiché all'università era stata mia amica, cosa che fu rivelata subito dalla polizia, in che misura le avesse sminuite o messe in dubbio.»

Russo piegò il foglio in due e lo infilò tra le pagine del taccuino.

«Quando potrò incontrarla?» chiese Bailly. «Le dica che l'ho perdonata, ho dimenticato tutto, non è troppo tardi per noi, se lei è d'accordo. Glielo dica.»

Ma appena si rese conto di aver implorato il poliziotto tenendogli le mani, si affrettò a lasciarle.

Dopo aver ordinato tutta la discrezione necessaria al padre, vietandogli di riferire la conversazione ma promettendogli di tenerlo al corrente dell'evolversi delle indagini, Russo e Tom si congedarono.

Tom inserì l'indirizzo della psicologa sul navigatore mentre comunicava al collega le sue impressioni.

«Un padre violentatore che continua a cercare la figlia dieci anni dopo la scomparsa...»

«Si vede di tutto. E il problema non è mai stato che non l'amava abbastanza, ma che l'amava troppo. Ciò non toglie che sono d'accordo. La cosa non quadra. Era sinceramente felice, no?»

«A meno di meritare un Oscar per l'interpretazione, sì, credo che fosse sincero.»

«Eppure i reati d'incesto non sono prescritti e il ritorno della figlia potrebbe procurargli vent'anni di galera, se fossero accertati. Insomma, ciò non giustifica il suo essere sinceramente felice.»

«No, per niente» riconobbe Tom.

«Allora metta in moto.»

53

La psicologa

Incuriosita dalla presenza di due uomini nella sua sala d'attesa, Abigaelle Horowitz consultò l'agenda degli appuntamenti trovandovi la conferma di essere libera dalle diciannove in poi. Armata di un sorriso cortese, in ballerine nere, tailleur attillato blu notte e capelli grigi raccolti in una crocchia impeccabile, stava per congedarli, non senza prima proporre un appuntamento ulteriore, quando si fermò davanti al tesserino con il tricolore.

«Anna Bailly? Si ricorda?»

Nell'ufficio sobrio e scuro, soltanto la piccola lampada verde da biblioteca posata sulla scrivania e le due grandi finestre che quasi toccavano il soffitto diffondevano un po' di luce nell'imminenza della sera.

«Sì, certo che me la ricordo» confermò la psicologa quando Tom le ripeté la domanda. «È l'ultima paziente che dimenticherei.»

«Una domanda mi ronza in testa» cominciò Russo, alla maniera dei poliziotti di un tempo. «Come fa? Come decide se una persona, una ragazza per esempio, le dice o meno la verità?»

«Ecco che riassume tutto quello che volevo sapere sui motivi della vostra presenza» osservò Horowitz. «Il caso è stato riaperto? Avete ritrovato Anna?»

«La cosa è più complicata.»

«Sono una psicologa. Le cose sono sempre complicate. Ma per rispondere alla sua domanda, eccone un'altra. Sa che Marc Bailly non è la prima persona che Anna ha accusato di stupro?»

«Il compagno di scuola? Sì, è in uno dei miei rapporti.»

«Che un fatto tanto grave fosse potuto accadere all'interno della scuola metteva nella merda la direzione» proseguì Horowitz, il cui aspetto e tono elidevano le volgarità come se non le avesse dette. «Ma la professoressa Clara Sentenac non si è bevuta quella storia. E quando ha chiesto il trasferimento, mi ha chiamato per comunicarmi il suo nuovo recapito, per ogni evenienza.»

«Se posso permettermi...» la interruppe Russo.

«Sì, glielo darò. I mostri possono avere tutte le facce, l'ho sperimentato, ma quello studente era considerato gentile, rispettoso e responsabile. Ogni anno rappresentante di classe e soprattutto molto brillante. L'orgoglio della famiglia... stando alle loro stesse parole.»

«Come ha avuto queste informazioni?» si stupì Tom, anche lui seduto davanti alla scrivania della psicologa, ma mezzo nascosto dalla sagoma imponente di Russo.

«In seguito alle accuse di Anna, ho fatto richiesta delle loro schede di valutazione e del rapporto redatto dopo "l'incidente". La direzione era sulle spine e non voleva pubblicità negativa. Non comunicare le informazioni alla psicologa incaricata di assistere l'allieva aggredita nel loro istituto sarebbe stata una pessima pubblicità. Però mi dica, comandante, il suo rapporto riferisce che il ragazzo si è suicidato l'anno successivo? Si è gettato dalla finestra. Undicesimo piano.»

«Non lo sapevo.»

Russo lo aveva detto quasi scusandosi e il pantano nel quale aveva messo i piedi cominciava a sembrargli profondo.

«Mi conferma di aver prescritto ad Anna diversi ricoveri, di durata più o meno breve, all'ospedale Sainte-Anne?» proseguì.

«Per capirla meglio, certo. Per allontanarla da quello che poteva generare la sua collera e la sua possibile mitomania.»

Tom prese il cellulare, aprì la galleria, fece sfilare diverse fotografie prima di trovare quella giusta. Sullo schermo comparve il mostro.

«Lo conosce?» chiese.

«Ehm... sì, credo. Anthony qualcosa?»

«Andréas Sorrento» corresse il poliziotto.

«Ecco. Era un infermiere del Sainte-Anne. Mi assisteva per l'organizzazione dei Cerchi. Sono i gruppi di sostegno. Efficiente e molto attivo. Gli capitava anche di conversare a lungo con i pazienti dopo le riunioni. Era parecchio apprezzato. Un giovane impegnato come ce ne vorrebbero di più.»

Dipende dal punto di vista, pensò Tom.

«Altro?» chiese la psicologa.

Russo sembrò a disagio, come se gli desse fastidio dover cambiare parere. Un parere che non aveva messo in dubbio troppo a lungo per accettarne un altro senza reticenza.

«Mi dispiace insistere, ma poiché una ragazza ha mentito su un presunto stupro, lei ne deduce che mente anche sugli abusi che avrebbe subito da parte del padre?»

«No, certo che no. Per l'aggressione a scuola, è un presentimento. Per il padre, sono categorica. Non l'ha mai toccata.»

Russo si appoggiò all'indietro aderendo a ogni centimetro dello schienale.

«Allora ritorno alla mia prima domanda. Come fa? Come decide se una persona, una ragazza per esempio, le dice o meno la verità?»

Horowitz si alzò e si diresse verso una libreria protetta da vetri scuri. Fece scorrere uno sportello, alzò il braccio e prese un libro che porse al poliziotto.

«Perché tutte le storie che mi ha raccontato le avevo già lette qui.»

* * *

La notte era calata su Parigi e sulla mente dei due poliziotti. Nell'auto, Tom non aveva ancora messo in moto e Russo non glielo aveva ancora chiesto.

«Abbiamo dimenticato di mangiare» fece notare Tom.

«Per quanto riguarda me, non è buon segno.»

«Ha l'indirizzo di Sentenac, la professoressa? Se riusciamo a provare che Anna ha mentito, l'intera prospettiva sul resto delle accuse cambia drasticamente, no?»

«È possibile. Oppure ci ficchiamo in un ginepraio senza uscita. Tenga.»

Russo gli porse il foglietto su cui Horowitz aveva annotato l'indirizzo della nuova scuola dove era stata trasferita la professoressa.

«Non perdiamo tempo. Lei guidi, io ho un libro da leggere.»

«È a seicento chilometri» constatò Tom.

Poi si accorse di una scritta aggiunta in basso, più piccola, quasi confidenziale.

«Ha visto? C'è anche il cellulare della psicologa.»

«Ah» disse Russo, perplesso.

«Cosa? Si stupisce di poter piacere?»

«Non ci penso da un bel pezzo.»

«"Furbacchione con gli altri, coglione con se stesso" diceva mia nonna.»

54

La professoressa

Tom aveva guidato per una buona parte della notte e, giunti a destinazione attorno alle cinque del mattino, rinunciarono ad affittare una stanza d'albergo e dormirono per qualche ora con i baveri rialzati e le teste appoggiate al vetro del finestrino.

Russo si svegliò solo e indolenzito in un'auto appannata. Fece appena in tempo a chiedersi dove fosse il suo vice e già quest'ultimo bussava al finestrino, con un caffè e un cornetto alle mandorle in mano.

«Lei è una madre per me, Tom» disse il comandante addentando amorosamente la brioche, seduto sul cofano dell'auto, nel fresco del mattino.

«Collega, basterà. Mi sono addormentato mentre leggeva il libro della psicologa. Che ne viene fuori?»

«Se lo mettiamo a confronto con il diario di Anna? Dubbi. Scocciature. Nebbia. Glielo racconto?»

* * *

Alle otto spaccate, trenta minuti prima dell'inizio delle lezioni, entrarono nella scuola dove la professoressa Sentenac insegnava alle classi di prima media. Presentato il lasciapassare, furono scortati lungo i corridoi fino alla sua aula. Tom posò la mano sulla maniglia, ma Russo lo trattenne. Il viso che il comandante aveva scorto attraverso il vetro della porta gli era familiare.

«Un problema?»

«La conosco» assicurò Russo.

«Dubbi, scocciature, nebbia?»

«Al contrario, la nebbia si dilegua. Credo che ci siamo imbattuti nell'anello mancante.»

Clara Sentenac, circondata dalle cartine della Francia e di altri Paesi europei, con un pezzetto di scotch sulla manica rimboccata della camicia a quadretti, stava organizzando la sua giornata, una giornata in più da sopportare, pensava, passando tra le file di banchi. Russo aprì la porta, si presentò e, poiché la donna non reagì al suo nome, ebbe la certezza di non essere stato riconosciuto. Si erano soltanto incrociati ed erano trascorsi diversi anni.

«Grazie per il suo tempo, signora Sentenac, e ci scusi se capitiamo senza preavviso, non sarà una cosa lunga.»

«Qualunque cosa sia, tra venti minuti l'aula sarà invasa da una trentina di piccole pesti, e né lei né le truppe d'assalto potrete domarle. È dunque il tempo che più o meno ha a disposizione, venti minuti.»

Russo aprì il suo grosso fascicolo su un banco e sfogliò le pagine fino ad arrivare a una fotografia di Anna all'età di tredici anni. Clara Sentenac crollò su una sedia.

«Anna Bailly» sussurrò come incontrando un vecchio nemico con il quale non si è mai fatto pace.

«Lei era la professoressa del ragazzo accusato di aggressione sessuale, esatto?»

«E che ha messo fine ai suoi giorni. Sì. Ma lei casca male, per me non è il momento di rivivere ricordi del genere.»

«Credo di capire. Ma ce ne andremo in fretta. So che non ha mai creduto alle accuse mosse da Anna. Vorrei sapere cosa l'ha resa tanto certa.»

Clara Sentenac notò il pezzetto di scotch appiccicato alla camicia e lo staccò.

«Potrei dirle quanto con me lui fosse gentile, bravo e tutto il resto. Ma questo non lo discolperebbe. Non ero la professoressa di Anna, ma non ci è voluto molto perché il suo comportamento diventasse un motivo di preoccupazione. Certo, gli studenti non erano teneri con lei, voglio dire che il suo aspetto singolare attirava i ragazzi, irritava le ragazze, e il contrario. Ma lei si comportava allo stesso modo nei loro confronti. Aizzava gli uni contro gli altri, diffondeva voci fino a spingerli a picchiarsi. Divideva le coppie provocando i ragazzi e per due volte l'ho trovata nei bagni con uno di loro. Non avevo molto di più di un'intima convinzione, ma quella dello stupro era una storia che non stava in piedi. L'ho detto alla direzione, al provveditorato, e poiché la psicologa di Anna ha preso contatto con la scuola, l'ho incontrata e le ho detto il poco che oggi le rivelo. Ma con questo non andrà lontano.»

Nel cortile, il chiasso delle piccole pesti incombeva sulla fine del colloquio.

«È già molto, signora» la ringraziò Russo. «Un'ultima domanda. Piuttosto, una precisazione. Sentenac è il suo nome da nubile, esatto?»

La professoressa annuì, menzionò un divorzio recente, e Tom si chiese dove il comandante avesse scovato quell'informazione.

«Lei si chiama Clara Imhof» proseguì Russo. «E sua figlia si chiamava Sacha.»

Alla menzione della figlia, la madre impallidì, privata di ogni energia. Il respiro si fece più lento e la donna portò la mano alla catenina appesa al collo, ne accarezzò il passerotto origami di metallo dorato che vi era attaccato, impossibilitato a volare per sempre.

«Mi scusi, non capisco. Che cosa c'entra con Anna? Perché mi ha mostrato una sua foto?»

Russo promise di tornare e di raccontarle tutto. In quell'istante preciso non poteva rivelare che l'alunna contro la quale Clara Sentenac aveva testimoniato aveva forse un rapporto con la morte di Sacha. Che le accuse di una madre potevano aver comportato la morte della figlia.

«Anna era la prima vittima tra le ragazze scomparse» disse il comandante. «E noi continuiamo a dare la caccia al mostro. Ho cercato Sacha per anni. Giorno e notte, senza sosta. Poco è mancato che ci rimettessi la salute. Lei non si ricorda di me, non sono stato io a interrogarla quel giorno, ma la conosco, come conosco a memoria ogni pagina di questo caso. Avrei voluto liberarla molto tempo fa, mi dispiace.»

Su quelle parole, la voce di Russo si strozzò. La donna posò la sua piccola mano su quella imponente del poliziotto e fu lei a rassicurarlo.

«Ormai è finita. Quando una persona muore, tutto l'amore che avevamo per lei non sa più dove andare. C'è solo il lutto per assorbirlo e, ritrovando il corpo di Sacha, mi è stato offerto il lutto. Oggi posso andare avanti. E anche lei deve farlo.»

Clara Sentenac si alzò di fronte a quell'uomo che somigliava a uno scolaretto infelice, più che a un poliziotto in servizio.

«Posso prenderla tra le braccia?»

Tra disegni infantili e odore di colla, Russo si lasciò abbracciare da una donna di cui avrebbe voluto essere l'eroe.

«Le mie condoglianze, signora» mormorò a voce bassa, come parlando a se stesso.

* * *

Zigzagarono tra i ragazzini, nugolo di cavallette nei corridoi della scuola, e non appena ebbero superato il portone dell'istituto Tom poté dare libero corso all'eccitazione che a stento era riuscito a frenare.

«Porca puttana!»

«È un buon riassunto» riconobbe Russo.

«D'accordo, e adesso che facciamo?»

«I seicento chilometri in senso opposto. Ma ancora più rapidamente, se è possibile.»

«Torniamo in ufficio?»

«No. Torniamo alla casa dove Anna è stata trovata. Ho qualcosa da controllare. Nel frattempo, lei chiami Saint-Croix, io mi occupo di Coste.»

«Qui sono le otto e trenta, cioè le quattro e trenta del mattino a Saint-Pierre» osservò il vice guardando l'orologio.

«Coste avrà conosciuto risvegli meno violenti, questo è sicuro.»

55

Infilato il cappotto e percorsi i pochi metri che separavano la casa dalla scogliera, Coste, con la punta delle scarpe sull'orlo del precipizio, di fronte all'Atlantico nascosto dalla nebbia, riprese la conversazione.

«Ecco, sono lontano. Lei mi ha cercato nove volte. Nessuno chiama nove volte per una buona notizia.»

«Ho appena saputo della morte di Andréas» cominciò Russo.

«Non c'entro granché, però almeno è finita.»

«Non proprio» obiettò il comandante. «Siete venuti a prendermi nella mia casa di riposo e tutto sarebbe stato più facile se mi aveste lasciato lì.»

A Saint-Pierre, il poliziotto rimase in silenzio, il tempo di accendersi una sigaretta.

«Bene, e se facessimo come con i cerotti, nessun tentennamento e via?»

Coste riconosceva quei momenti che precedono un cambio radicale. Russo era stato incaricato di riprendere in mano l'indagine mettendo al centro Anna e adesso era lì, all'altro capo della linea, chiaramente nervoso. C'era dunque la realtà del presente, calma e triste dopo la morte di Armand Bisset, e la realtà del dopo, manifestamente caotica, stando alla voce del comandante. Coste tirò due boccate, ritardando l'impatto del colpo, approfittando ancora un po' del suo non sapere nulla.

«Forza, l'ascolto» disse infine con rassegnazione.

«Comincio con Marc Bailly...»

Russo raccontò nei particolari la verità del padre, taccuino alla mano per non dimenticare niente. I ricoveri al Sainte-Anne dove lavorava Andréas e le pile di volantini con la foto di Anna sulla scrivania del medico di campagna, ma prima di tutto i dubbi sull'incidente del fratellino che potevano giustificare il catenaccio sulla porta della figlia.

«Eppure il catenaccio non c'era più quando siete arrivati sul posto. Se poteva spiegarlo, perché lo ha tolto?»

«Per paura di non essere creduto. E non ha avuto torto, giusto?»

«Lo riconosco, ma non è stato questo a mettervi in allarme. Lei dimentica l'essenziale.»

«Il diario?» rispose Russo afferrando il libro che gli era stato dato il giorno prima. «Ci arrivo. *Le Berceau des dominations* le dice niente?»

«Se è un giallo, poco probabile.»

«No, è un saggio sull'incesto consigliato da Abigaelle Horowitz, la psicologa di Anna. Sono colloqui che l'autrice, l'antropologa Dorothée Dussy, ha avuto con colpevoli e vittime d'incesto. Le leggo alcuni brani, d'accordo?»

Russo sfogliò il volume fino alla prima annotazione e lesse: «"Lei faceva paura a sua figlia?"

«"No, per niente. È stato quando ho visto che flirtava con un ragazzo di ventidue anni, allora sì, in quel momento le ho fatto paura, le ho dato uno schiaffo. A dieci anni! Flirtare con un ragazzo di ventidue!"

«"Sì, ma a dieci anni lei l'ha violentata..."

«"Sì, sì... l'ho fatto per gelosia. [...] Gliel'ho detto una volta: 'Se vuoi un ragazzo, prendi le tue cose e vattene'. Aveva dieci anni!"».

Russo girò ancora le pagine intanto che nella mente di Coste le parole si sovrapponevano ad altre.

«La storia di quella madre che ha sviluppato una rara malattia agli occhi. Il suo campo visivo si restringeva e lei non riusciva a vedere ai lati. È successo dopo che la figlia ha denunciato il padre per incesto. Letteralmente, la madre ha sviluppato una malattia che le metteva i paraocchi.»

Poi ancora.

«"Lui (il figlio) non era d'accordo, era esigente. So che non si ha il diritto di dirlo, ma era sempre più esigente."

«"Era così sin dall'inizio?"

«"Sì. Papà, possiamo ricominciare come l'altra volta?"»

Russo non aggiunse altro, sicuro che quelle prime gocce di veleno già si diffondevano nelle vene dell'uomo in ascolto.

«Come me, anche lei, Coste, ha già letto queste parole nel diario.»

«Se ha subito le stesse cose, è logico che usi le stesse parole» la difese ancora il suo custode. «E anche se le ha prese da un libro, magari è stato perché non ne trovava di proprie. E poi la sua Horowitz, se era così sicura, perché non ha avvisato i servizi sociali?»

«Certo...» ironizzò Russo. «Qualcosa come: "Buongiorno, sono la psicologa che avete già crocefisso per essere amica del presunto violentatore della mia paziente, il quale in via accessoria ha perduto i diritti parentali e al quale è stato tolto il figlio. Sapete una cosa? penso che Anna menta perché ho letto un po' di cose simili in un libro". Sul serio, Coste, chi vorrebbe convincere?»

«Ci vuole pure un avvocato del diavolo.»

«È quasi parola per parola in situazioni identiche, Coste. Lo schiaffo, i paraocchi, il "ricominciamo"! Le ho citato tre coincidenze, ne ho annotate altre sedici, ed è soltanto la prima lettura. So quello che le chiedo e so che è doloroso. Anch'io ho dovuto incassare varie delusioni durante questa indagine.»

«E le tre fratture, polso, caviglia e dita?» domandò Coste, per non lasciare nessuna porta aperta.

«Tre fratture in dieci anni possono capitare a chiunque, soprattutto se in quel lasso di tempo si sono rapite e assassinate nove ragazze, alcune delle quali avranno tentato di difendersi. Ad Anna sarà bastato raccontarvi la favola che poteva accompagnare ogni frattura. Ma, ahimè, non è tutto.»

«Se lei ha il senso del dramma, immagino che abbia conservato il peggio per la fine.»

Russo chiuse il libro della psicologa sapendo che l'ultima carta sarebbe stata troppo pesante perché il poliziotto si ostinasse a mantenere l'equilibrio del suo castello.

«Ricorda l'aggressione a scuola?»

«Domanda retorica.»

«La professoressa del ragazzo non ci ha mai creduto. Ha smosso cielo e terra, dalla direzione al provveditorato, difendendo il ragazzo e accusando Anna di mitomania. E quella donna si chiama Clara Sentenac... in Imhof.»

Il lampo partì dalla regione parigina, attraversò il pianeta per abbattersi direttamente sulla testa del poliziotto.

«Imhof? Come Sacha Imhof?»

«L'anello mancante, Coste. L'anello mancante. È una vendetta, e di certo non architettata da Andréas Sorrento. Ho presentato io stesso a tutti i genitori le foto di ogni vittima per cercare un possibile legame. Ma non ho mai mostrato la foto di Anna, né a Clara Imhof né ad altri, perché ancora un mese fa tutti credevamo si trattasse di una fuga.»

Circondato dalla nebbia, Coste riusciva tuttavia a vedere distintamente a due metri da sé. Il ciglio della scogliera e la punta delle scarpe, la torba e i primi abeti. Ed era esattamente quello che era accaduto dal principio. Si era persuaso di poter circoscrivere l'indagine nei due metri quadrati delle sue certezze, senza accorgersi della fitta nebbia che lo avvolgeva e che Russo, con un soffio ardente, aveva appena disperso. Gli si aprì una voragine dentro ed ebbe l'impressione di essere risucchiato in un buco nero.

Anna. Avrei dovuto leggerti nei due sensi. La tua pelle, le tue labbra, il tuo sguardo...

Ma lei aveva la pelle diafana e bianca dei vampiri che si nutrono del sangue altrui. Labbra così sottili da poter tagliare la gola di quelli che avrebbe baciato sul collo. Occhi immensi e distanti quanto basta per non perdere nessun movimento delle sue prede. E ai comandi, un cervello profondamente disturbato e interamente votato alla disgrazia del prossimo.

Anna, predatrice perfetta. E Coste, la sua preda fin dal primo giorno.

«Nelle prime tre settimane trascorse con la polizia giudiziaria e poi con Saint-Croix, lei è rimasta quasi muta» proseguì Russo.

«Non faceva che imparare la parte» capì Coste. «Parlare il meno possibile per evitare errori. Conoscere il terreno dove si muoveva e i suoi occupanti, poi adattarsi. E quando è arrivata da me le ho insegnato come crearsi una nuova identità, come costruirsi un personaggio. Le ho consegnato tutte le chiavi. È la seconda volta che s'inventa una vita. La prima a quattordici anni, la seconda dieci anni dopo.»

«Poi, mentre le forniva false informazioni, ha guadagnato tempo in attesa che il mostro arrivasse nell'isola. Non lo ha fatto venire per ritrovarlo, ma perché fosse eliminato da lei, Coste. Ci pensi: se fosse stato arrestato prima, avrebbe raccontato ogni cosa e trasformato la nostra dolce vittima in una mente criminale.»

«Durante le sue degenze al Sainte-Anne si sono riconosciuti, con le loro infanzie distrutte. Lei lo ha sedotto e ha approfittato del suo amore. Non è stato lui a mettere gli occhi su di lei, è stata lei a reclutarlo... E distruggendo la propria famiglia, si è resa conto di avere il potere di distruggerne altre, una vittima dopo l'altra.»

«Ma cosa fare quando tutto era crollato?» continuò Russo. «Partire con lui per una vita da fuggiaschi? Oppure liberarsi di Andréas e di quanto sapeva per rinascere, bianca come la neve?»

Che nebbia del cazzo, s'imbestialì Coste.

«Se guardiamo giorno per giorno» disse ancora Russo, «Anna è diventata proprio quella che ci si aspettava diventasse, e il resto non è stato altro che un modo di sopravvivere. Lei, capitano, ha tentato di eliminare Andréas una prima volta e quando lui le ha proposto uno scambio con Esther Bisset, Anna vi ha scorto un'occasione.»

«L'occasione di finire quello che io non ero stato capace di fare. Ucciderlo con le sue stesse mani. Ed evitare che un giorno confessasse che il mostro non era lui.»

«Mi dispiace, vecchio mio, siamo stati in molti a essere manipolati. Però mi rimaneva un ultimo rompicapo da risolvere. Il recinto. Ci sono davanti.»

Russo guardava la gabbia con le grosse sbarre, nello scantinato della casa con i vetri opachi, e lasciò qualche istante all'interlocutore perché a sua volta arrivasse di fronte al rompicapo citato, sorta di mistero della camera chiusa.

«Il recinto» ripeté Coste. «Ovvero come dimostrare che una giovane donna sola si ritrovi rinchiusa in una stanza mentre le chiavi sono un piano più su e che sia stata lei a chiudersi dentro.»

Russo sollevò il nastro giallo della polizia con la scritta SCENA DEL CRIMINE e fece muovere la porta sui cardini.

«È sotto i nostri occhi e vergognosamente semplice. Si tratta di una porta senza maniglia. La si chiude sbattendola, ma ci vogliono le chiavi per aprirla.»

Guardò il luogo polveroso dove i sigilli erano stati apposti a tutto ciò che conteneva, lenzuoli, materassi, origami e riviste. La mente andò a quella ragazza la cui fuga lo aveva ossessionato, quella ragazza che proprio lì gli aveva gettato le braccia al collo e che lui aveva creduto di salvare.

«Quando abbiamo ritrovato Anna» si giustificò il comandante, «prigioniera da dieci anni, una vittima del mostro che non avevamo considerato per errore, non abbiamo riflettuto, ma non c'era niente su cui riflettere, semplicemente perché la possibilità di una reclusione volontaria non esisteva. Siamo intervenuti quando Andréas era presumibilmente al Sainte-Anne, oppure cercava un luogo dove seppellire l'ultima vittima, o anche, chissà, una nuova macchina per trasportarla. Anna si sarà accorta del finto postino che avevamo mandato e al quale avevamo chiesto di scattare foto in caso di assenza del nostro bersaglio. Allora ha capito, si è impossessata delle chiavi, è scesa nello scantinato, ha aperto la porta, è risalita, ha posato le chiavi sopra la scatola che conteneva la pistola, è scesa di nuovo, ha chiuso la porta, poi ha preso posto accanto al cadavere di Garance, si è sporcata il viso, i capelli, le braccia con la polvere e la terra del suolo, e ha recitato la sua interpretazione migliore.»

Coste sentiva che le gambe non lo reggevano. Si sedette sulla torba, mise il vivavoce e si posò il telefono accanto. Con le braccia lungo il corpo, il dorso delle mani nel muschio, fissò davanti a sé i movimenti delicati del drappeggio della nebbia. Completamente KO.

«Per capire la via senza uscita dove adesso ci troviamo» concluse Russo, «penso che bisognerebbe mettere in parole ogni cosa una volta per tutte.»

«Lo so, ma è una conclusione insopportabile. Il punto non è più sapere se Anna ci ha ingannati o meno, ma come i tre grandi protagonisti della giustizia, magistrati, giuria e media, accoglieranno i fatti. E i fatti bisogna leggerli con i loro occhi. Da un lato, un padre che mette un catenaccio sulla porta della figlia nella cui camera viene scoperto un diario carico di orrori, un padre sostenuto da una psicologa che accetta come cliente la figlia violentata dall'ex amichetto dell'università, che guarda caso coincide con il violentatore, e che dalla sua è armata unicamente di un libro dove avrebbe trovato alcune similitudini.»

«Nessuno concederà loro il minimo credito.»

«Dall'altro, un'eroina immacolata, un tempo vittima di uno stupro a scuola, abusata dal padre, poi rapita da un pazzo che l'ha tenuta prigioniera per dieci anni, la quale, oltre a sopravvivere a tutto ciò e aver permesso alle famiglie di piangere le figlie grazie alla sua collaborazione, ha dovuto fare lei stessa il lavoro della polizia sparando alla testa del suo predatore e, incidentalmente, salvare la giovane Esther Bisset, rapita il giorno prima.»

«Non abbiamo nessuna possibilità, nessuna prova tangibile, procediamo con la nostra sola convinzione.»

«E in meno di una settimana il programma le fornirà una nuova identità e un nuovo indirizzo da qualche parte sul globo. Scomparirà, così. Fino al prossimo Andréas.»

«Chissà cosa farà una volta libera? Dieci anni d'inchiesta per liberare un mostro. La casa di riposo mi manca.»

La perenne risacca colpì le rocce della scogliera come una scarica di pugni rabbiosi.

«E ora? Che facciamo?» chiese Russo.

Garance, Salomé, Sacha, Claire, Maud, Samia, Cléo, Julie, Virginie, Joseph, Milos, Louis, Thibaut, Geoffroy, Clémence, Armand Bisset.

Il vento soffiò sulle braci e riattizzò la collera.

«Coste? È sempre lì? Coste?»

56

«La tempesta è il riposo del marinaio» dice un vecchio adagio. Quando l'oceano urla e va su tutte le furie, quando dichiara guerra alle navi, dà respiro alle sfacchinate dei marinai. Dunque, è tutta una questione di contesto. La tempesta degli uni è la tregua degli altri. La mente di Coste si calmava sempre quando altri, prigionieri dei venti, si agitavano e gesticolavano. Tutto diventava più chiaro quando la nave sbandava pericolosamente.

Sapeva quello che doveva fare, e come doveva farlo.

Sei anni prima, un membro della sua squadra era stato assassinato e, con la canna della pistola sulla nuca del carnefice, era stato sul punto di premere il grilletto.

«Non te lo perdonerai mai. Si crepa per questo, lo sai?» lo aveva convinto il suo vice.

Ma adesso non c'era più nessuno a farlo ragionare. E lui era pronto a crepare.

«Tutto a posto?» domandò Anna quando lo vide rincasare.

«Tutto a posto» le sorrise.

«Chi era al telefono?»

«Saint-Croix» mentì Coste. «Sta preparando i prossimi passi. Esita fra due continenti. Non so altro. Ma sarà fra poco.»

«Quante notti ci restano?»

«Alcune.»

«Abbastanza perché tu ceda...»
«Probabilmente.»
Coste s'infilò un ampio pullover dalle maglie spesse, prese le chiavi della Land Rover e porse il cappotto ad Anna.
«Andiamo a Cap-à-l'Aigle per l'ultima volta?» le propose. «Copriti bene, farà freddo, non ho più il parabrezza da quando si è beccato una fucilata.»
«Tutto quello che vuoi» accettò lei prendendolo per mano.

57

Dall'alto del precipizio, le rocce coperte di erba rasa e di torba umida s'interrompevano e lasciavano il posto a un mare di nuvole così denso che ci si poteva quasi camminare sopra. E il vuoto che vi si nascondeva rimaneva invisibile.

«Che strana idea hai avuto! Non vediamo niente» fece notare Anna.

«Io ci vedo benissimo.»

«La piccola scogliera davanti a casa tua avrebbe offerto lo stesso spettacolo.»

«Sì, ma questa è alta il doppio. Del resto, gli infelici non si sbagliano mai, è quella che scelgono per porre fine ai loro giorni.»

Anna si mise proprio sul bordo, alla mercé della burrasca. Per capire, non aveva bisogno di altri sottintesi e, benché gli desse le spalle, non si voltò a parlargli.

«Ti riconosco, Victor. Ma non sei più tu. Sei calmo come l'occhio di un ciclone.»

Si avvicinò ancora un po' all'orlo della scogliera e una roccia instabile si mosse sotto le sue scarpe, lasciando sfuggire alcuni sassolini i cui rimbalzi riecheggiarono più giù.

«Sacha, la ragazza degli origami... L'incidente del tuo fratellino... *Le Berceau des dominations* e il tuo diario...»

Coste non aveva bisogno d'insistere per far crollare la storia che lei aveva inventato.

«Hai lasciato il telefono sul tavolino del salotto» disse Anna come se non avesse udito niente. «Non pensi che oggi Saint-Croix voglia parlarti? Ieri sono accadute tante cose. Tante cose da raccontare.»

«Avrà pazienza» assicurò Coste. «Non c'è più nulla di urgente.»

«Fatto sta che se qualcuno volesse sapere dov'eri stamattina, il telefono ti localizzerebbe nella residenza. È quello che vuoi?»

«Qualcosa del genere.»

«Ma quello che vuoi e quello che sei realmente capace di fare sono due cose ben diverse. Io, per esempio, sono capace di uccidere.»

«Lo so. E quando troverai un altro Andréas potrai anche ricominciare.»

«Grazie, ma non ho bisogno di nessuno. Non ho più quattordici anni.»

Poi si voltò verso di lui e gli sorrise, aprì le braccia, inoffensiva.

«Guardami, Victor. Sono certa che ti rimane un po' di affetto per me.»

«Ti mentirei se ti dicessi che non ne ho mai provato. Ed è ciò che rende così difficile questo momento. Però non ho scelta.»

«Vuoi rinchiudermi in carcere? Me, che ho ucciso Andréas? Che ho salvato Mercoledì?»

«Tu... Vittima sublime e perfetta agli occhi di un mondo che pensa tu abbia incontrato soltanto predatori nel corso della tua vita. No, in prigione, non ci andrai mai. Lo sai. Lo so anch'io. E poiché sei un mostro, ricomincerai. Fra un anno o dieci.»

«Sopravvaluti la mia pazienza. Ma avvicinati un po', si direbbe che ti faccia paura...»

«Paura? No. Tu mi terrorizzi» confessò Coste e mosse tre

passi nella sua direzione, avvicinandosi così tanto che i capelli biondi della giovane, svolazzando al vento, gli sfiorarono il viso.

«Come pensi di finire questa storia, Victor? Vuoi che mi scusi, che implori il tuo perdono? Posso anche raccontarti come ho fatto accusare mio padre lasciando un diario mezzo nascosto per la polizia, come ho riunito la mia bella famiglia posando il mio fratellino tra i miei genitori solo per guardarli un'ultima volta, sapendo che al mattino le loro vite sarebbero state distrutte per sempre. E poi come io e Andréas sceglievamo insieme le nostre vittime, quanto mi piaceva guardare con loro i genitori gemere davanti alle telecamere, tanto da unirmi alle veglie funebri e impregnarmi del loro dolore, come ho dovuto inventare tutto un modo per ucciderle, perché Andréas era un vigliacco e un debole. Dieci anni di caccia, dieci anni di uccisioni, dieci anni durante i quali avete inseguito la persona sbagliata. Ma forse sarebbe un po' lungo, no?»

Davanti agli occhi di Coste sfilarono i volti delle vittime.

Anna allungò le mani, aspettando che lui le prendesse, aspettando che scegliesse lei anziché le vittime.

«Amore mio, nulla ti costringe a...»

Sotto la spinta, Anna barcollò indietro. Due piccoli passi a ritroso e il terzo trovò il vuoto, poi la nebbia la ingoiò interamente, con i capelli a corona e le braccia in avanti, e nascose a Coste la caduta e lo schianto del corpo quaranta metri più sotto.

Sebbene avesse tentato di fuggirla, la morte, da buona amica, lo aveva sempre accompagnato.

Quanto era stata deludente, quella vita.

Quanto era stata brutale, quella vita.

Quanto lo aveva maltrattato, quella vita.

E a sua volta mise i piedi sull'orlo della scogliera.

58

Quando fosse stata dimessa dall'ospedale, Mercoledì avrebbe trovato una lettera d'addio sul cuscino del letto, in quella casa che Armand aveva sempre voluto aperta, per rispettare la tradizione e accogliere i viaggiatori perduti.

Al fine di proteggere Mercoledì, Coste aveva raccontato una storia diversa. Una storia nella quale Anna continuava a essere innocente. Ancora una storia. Ancora menzogne.

L'orologio a pendolo di Bisset avrebbe continuato il suo ticchettio per libri orfani, fino a quando il testamento del vecchio avrebbe lasciato tutto alla nipote.

Ai piedi della scogliera, Laguerra srotolava il nastro SCENA DEL CRIMINE attorno al cadavere di Anna, mentre i flash della Scientifica scattavano.

Soba, dall'auto, vedeva soltanto un balletto di ombre, ma gli bastava. C'erano stati troppi morti su quell'isola di solito così tranquilla.

Il corpo di Anna Bailly sarebbe stato messo in una bara e sottoposto ad autopsia, a Parigi.

Avrebbe riposato accanto a quello di Andréas, che si trovava già nella stanza con le mattonelle bianche della camera mortuaria di Saint-Pierre. I due avrebbero preso il volo insieme, finalmente riuniti.

Nella residenza sorvegliata, Coste prese il posto di Anna sul divano e ritrovò l'odore della sua pelle. Uno scricchiolio del legno lo fece voltare e, attraverso la grande finestra, avrebbe giurato di aver visto nella nebbia, per lo spazio di un istante, la sagoma della giovane donna.

«Può ripetere?» domandò Saint-Croix al telefono.

«Sì, scusi. La gendarmeria le invierà un rapporto, non ho avuto la forza di andare di nuovo sul posto. Il mio fuoristrada è scomparso, c'è da credere che Andréas le avesse insegnato a guidare. Lei è andata sulla scogliera più alta. Avrei dovuto essere più attento. Sono assolutamente responsabile.»

«Responsabile?» cercò di capire la magistrata.

«Russo mi ha telefonato per comunicarmi i progressi dell'inchiesta. Ero da solo in casa. Pensavo che Anna fosse all'esterno. Ma deve aver sentito tutto, avrà immaginato che sarebbe uscita di prigione da vecchia. È stato questo, o il senso di colpa. Ha scelto la sua sorte.»

Nel Palazzo di giustizia, per la prima volta, Russo era in compagnia di Alix, Tom e della presidentessa, tutti attorno al telefono nell'ufficio del Servizio di protezione dei testimoni.

Russo aveva chiesto a Coste di mettersi in disparte, lontano da Anna, e aveva udito il vento spezzettare le parole del capitano. Era perciò il solo a sapere che Coste mentiva. Eppure decise di tacere, incapace di sapere cosa avrebbe fatto al suo posto. Incapace di sapere dove si trovavano in quella storia la morale e la giustizia.

Sei anni prima, Coste aveva chiesto a Saint-Croix di non renderlo mai più responsabile della sicurezza di qualcuno. La magistrata non aveva mantenuto la promessa e aveva finito col distruggere un uomo già a pezzi. Un giorno avrebbe trovato il tempo di scusarsi, come un'amica, ma in quel frangente era la presidentessa del programma.

«Deve rientrare, Victor. La residenza è compromessa, ovviamente. La chiudiamo. Lei sarà interrogato a Parigi.»

Il capitano guardò lo zaino mezzo vuoto ai suoi piedi, dove aveva tuttavia messo quanto era importante per lui.

«Dovrà fare a meno di me. E comunque non ho visto niente. Lascio l'isola. Si metta in contatto con il mio ex capo della polizia giudiziaria del 93. Deve ancora avere in un cassetto la lettera di dimissioni che ho scritto parecchio tempo fa. Non le rimane che cambiare la data.»

«Cosa intende fare?» si preoccupò Saint-Croix.

«Sparire. Comincio a farci l'abitudine. E rinascere altrove. Se me lo concedo.»

«Avrò ugualmente bisogno di un indirizzo, di un contatto. Conservi questa linea, me lo promette?»

Il cellulare era sul tavolino basso, quello attorno al quale Coste e Anna avevano parlato per ore. Per quanto ferito, lui aveva accettato di togliersi di dosso per l'ultima volta la sua armatura e, vulnerabile, lei lo aveva colpito al cuore.

La voce di Saint-Croix riecheggiò nella casa vuota mentre la porta si chiudeva per l'ultima volta.

«Victor? È sempre lì?»

Ringrazio...

Nell'isola...

Valentine Imhof, per avermi offerto le nebbie dei capelani a tempo, con un pizzico di aiuto da parte di Patrick Manoukian. Senza di te, Valentine, questo romanzo non sarebbe esistito.

Il capitano Alain e Josée Beaupertuis, la mia famiglia adottiva, per avermi aperto la loro casa, raccontato la storia di Saint-Pierre, accettato alla loro tavola e fatto scoprire l'oceano.

Vincent Rinaldo, per avermi prestato senza nemmeno conoscermi la sua casa di fronte all'Atlantico, diventata la residenza sorvegliata di Coste. Grazie per la tua amicizia, tu hai la mia.

Stéphane Zuba, il Kraken, «Soba» in questo romanzo, il mio poliziotto tatuato e burbero. Zuba è un timido: colleghi e amici, se leggete queste pagine, stringetelo in un abbraccio meritato, gli piacerà!

Anastasia Laguerra, presentatrice del telegiornale di SPM Première, diventata gendarme intrepida.

Il capo della polizia di frontiera, Stéphane Briand, per avermi accolto e presentato la sua divisione.

Jean-Pierre Turlais e il suo whisky alla cannella che mai nessuno avrebbe dovuto inventare.

Cathy Turlais, fiorista e mille altre cose, per avermi raccontato la storia dei suoi antenati e di Madouce.

Sean Turlais, mi dispiace, non volevo che Coste colpisse così forte, tu non hai mai fatto male a una mosca.

DJ Bia e la sua leggendaria affabilità! È triste aver lasciato l'isola senza sentirti mixare.

Nathalie Goupillière e il suo ristorante L'Essentiel, necessario al riposo delle anime. Grazie per avermi fatto scoprire Miquelon.

Louise, violinista, chitarrista, cantante, con il cuore aperto sul mondo. Laggiù sei stata uno dei miei incontri più belli.

Simon-Pierre, per la sua casa e le due o tre cose che ho rotto, come scoprirà un giorno.

Philippe e Martine Picault, abitanti dell'Île aux Marins, che mi hanno accolto come un amico.

Karine Claireaux, ex sindaca di Saint-Pierre, che ha trovato il tempo per parlarmi dell'arcipelago.

François Gautier di Météo France Saint-Pierre, che ha disperso la nebbia e mi ha offerto la poesia della meteorologia marina.

SPM3A, il Rifugio, Pauline e Camille, per avermi quasi riconciliato con i gatti. Quasi. Grazie per gli abbandonati, i dimenticati, i maltrattati.

Sébastien Durand e gli studenti del Prix de l'Ailleurs del liceo Émile-Letournel, diventati gatti selvatici in questo romanzo.

Mathias Raynaud, giornalista di SPM Première, per aver accettato di rispondere a tutte le mie telefonate tra un telegiornale e l'altro.

François Jungelson, porta e cuore aperti, l'avvenire ti sia benevolo.

Sul continente... la mia casa editrice

Michel Lafon, sempre. Senza di te, niente Coste. Semplicemente.

Elsa Lafon, che riprende con brio le redini della casa editrice, forte e indipendente, come lei.

Huguette Maure, la mia amica così cara. La tua mano si posa sulla mia quando scrivo.

Béatrice Argentier, al suo posto di vedetta, a caccia del refuso pirata.

Margaux Russo, concedimi di non scriverti tutto quello che già sappiamo. Sei la mia guardia del corpo e la mia amica. E un bacio a Valentin.

Julien Russo, entri nella famiglia, bisognava pure che tu avessi il tuo personaggio.

Mathieu Thauvin, per aver saputo fare la copertina di un romanzo (Éditions Michel Lafon 2022) che parla di nebbie e foschie.

Anaïs Ferrah e Alina Gurdiel, a cui lascio con fiducia il mio ultimo nato affinché lo facciano crescere.

Honorine Dupuy d'Angeac, ancora nuovi paesi quest'anno, e l'anno dopo, il grande freddo!

Le edizioni Pocket, sempre al mio fianco... Bye, Marie-Christine, sei stata formidabile. Salve, Carine, lo sarai!

Clément Braun Villeneuve, traditore e amico, anche se il tuo ricordo già si cancella.

Sul continente... quelli che mi hanno offerto la loro perizia

Quelli di cui devo tacere il nome, per il funzionamento delle residenze sorvegliate. Ho mantenuto il segreto, potete dire all'auto nera che staziona sotto casa mia che può andarsene.

Christian Sainte, capo della polizia giudiziaria parigina, le cui telefonate aprono tutte le porte.

Éléonore Delair, tu sai perché. Un grazie non sarà mai abbastanza.

I ritrattisti della Scientifica di Lione e di Parigi, per avermi illuminato sugli identikit.

François Maldonado, capitano di polizia e molto di più,

raggiungibile sette giorni su sette per una costata di manzo e buone informazioni. Grazie perché neutralizzi le minacce che aleggiano sul nostro Paese.

Pierrick Guillaume, detto «il miglior poliziotto del mondo», per un gioco di prestigio di cui solo lui ha il segreto. Grazie per le nostre sedute di tiro con le leggende viventi della polizia giudiziaria.

Michel Cayot, chirurgo, già complice da tre romanzi. Il prossimo sarà un po' più sanguinoso, bisognerà riprendere lo scalpello!

Patrick Bauwen, chirurgo d'urgenza e amico, sempre presente quando un personaggio deve morire con la destrezza necessaria.

Émilie Zuber, giudice, per la sua gentilezza, la professionalità e le preziose informazioni sui braccialetti elettronici.

Dominique Noviello, il mio legame con il 93, la mia poliziotta del cuore, la mia primissima lettrice.

Aurélie Pelletier, blogger psicopatica, amica e cancelliera, che mi rilegge e mi rassicura.

Caroline Vallat e Bruno Lamarque, librai che sono diventati, per l'occasione, agenti del Servizio di protezione dei testimoni.

Sul continente... i miei amici e la mia famiglia

La mia famiglia, i miei genitori, Victor, Corinne, Bastien, Romain, Bruno. Siete il mio centro di gravità.

Mi dispiace, mamma, ti ho uccisa di nuovo in quest'opera. Niente che abbia bisogno di una terapia, ti voglio sempre tanto bene.

Félix, che ha vissuto i suoi primi giorni mentre scrivevo le ultime pagine del libro. Benvenuto sul pianeta, ti lasciamo un bel casino.

Victor e Geoffroy Mouret, i miei inseparabili hitchcockiani. Grazie, fratello, per avermi fatto capire che si poteva anche «realizzare» un romanzo.

Bruno, con il quale ho spesso portato la Terra nello zaino.

Manu, il mio amico che sa benissimo per chi suona la campana. *Time marches on!*

Bastien e Kelly, la vostra felicità è scoraggiante.

Benjamin e Sébastien, e buona notte a voi...

Julie Casteran, salvatrice di espatriati in capo al mondo. Puoi liberare chi vuoi, ma non «il serpente» Charles Sobhraj!

Les Pantins, Antonin, Walid e Carla, il mio quartier generale, la mia base, il ristorante confortevole e per me stellato.

Cyril Canizzo, il mio agente, cercatore di lifestyle.

Jamix, avvezzo a rinascere, ritornato alla luce.

Gli Amici e le Amiche del romanzo poliziesco, alle fiere e nel cuore (Amici per la maggior parte. Sì, parlo di te).

I romanzi che mi hanno accompagnato nel corso della scrittura...

Con un primo pensiero per i blogger, difensori della letteratura popolare, la mia preferita, e i librai, protettori e diffusori delle nostre storie al di là di ogni ostacolo.

Raymond Chandler e Philip Marlowe, fornitori ufficiali delle citazioni di Armand Bisset.

Crimes et délits à Saint-Pierre-et-Miquelon di Rodrigue Girardin, Armand Bisset nel romanzo, edizioni Azimut975.

Par les rafales di Valentine Imhof, edizioni Rouergue Noir.

Una vita di Guy de Maupassant, di cui alcune frasi sono state ricopiate sul muro del solaio del museo di Île aux Marins.

Le Berceau des dominations di Dorothée Dussy, edizioni La Discussion.

La morte corre sul fiume di Davis Grubb.

Daniel Pennac in generale.

Barjavel e *La notte dei tempi*, nel quale lo scontro fra i Gondas e gli Énisors si è svolto novecentomila anni fa, nel posto esatto di Saint-Pierre oggi.

I racconti della mitologia nordica e in particolare il *Gylfaginning*, la prima parte di *Edda* di Snorri Sturluson.

nero

Nella stessa collana

1. Enrico Pandiani, *Un giorno di festa*
2. Bruno Morchio, *Un piede in due scarpe*
3. Roberto Perrone, *L'estate degli inganni*
4. Corrado De Rosa, *L'uomo che dorme*
5. Maurizio de Giovanni, *Sara al tramonto*
6. Daniele Autieri, *Ama il nemico tuo*
7. Piergiorgio Pulixi, *Lo stupore della notte*
8. Carlotto – De Cataldo – de Giovanni, *Sbirre*
9. Luca Crovi, *L'ombra del campione*
10. Andrea Cotti, *Il cinese*
11. Olivier Norek, *Tra due mondi*
12. Piero Colaprico, *Il fantasma del ponte di ferro*
13. Gianni Mattencini, *L'onore e il silenzio*
14. Enrico Pandiani, *Ragione da vendere*
15. Cristina Rava, *Di punto in bianco*
16. Maurizio de Giovanni, *Le parole di Sara*
17. Gabriella Genisi, *Pizzica amara*
18. Roberto Perrone, *L'ultima volontà*
19. Giancarlo De Cataldo, *Alba nera*
20. Piera Carlomagno, *Una favolosa estate di morte*
21. Frédéric Dard, *Il montacarichi*
22. Piergiorgio Pulixi, *L'isola delle anime*
23. Thomas Mullen, *La città è dei bianchi*
24. Enrico Franceschini, *Bassa marea*
25. Gianni Zanolin, *Il senso del limite*
26. Marco Felder, *Tutta quella brava gente*
27. Girolamo De Michele, *Le cose innominabili*

28. Arturo Pérez-Reverte, *I cani di strada non ballano*
29. Sandrone Dazieri, *La danza del Gorilla*
30. Agustín Martínez, *Monteperdido*
31. Giuseppe Fabro, *Il sangue dei padri*
32. Luca Crovi, *L'ultima canzone del Naviglio*
33. Cristina Rava, *I segreti del professore*
34. Bruno Morchio, *Dove crollano i sogni*
35. Sandrine Destombes, *Nel monastero di Crest*
36. Maurizio de Giovanni, *Una lettera per Sara*
37. Giampaolo Simi, Piera Degli Esposti, *L'estate di Piera*
38. Luigi Bernardi, *Atlante freddo*
39. Piergiorgio Pulixi, *Un colpo al cuore*
40. Anthony Horowitz, *I delitti della gazza ladra*
41. Gabriella Genisi, *La Regola di Santa Croce*
42. Maurizio de Giovanni, *Gli occhi di Sara*
43. Massimo Carlotto, *E verrà un altro inverno*
44. Lorenzo Scano, *Via libera*
45. Frédéric Dard, *I bastardi vanno all'inferno*
46. Cristina Rava, *Il pozzo della discordia*
47. Valeria Corciolani, *Con l'arte e con l'inganno*
48. Enrico Franceschini, *Ferragosto*
49. Andrea Cotti, *L'Impero di Mezzo*
50. Frédéric Dard, *Gli scellerati*
51. Anthony Horowitz, *I delitti della bella di notte*
52. Enrico Pandiani, *Fuoco*
53. Jadel Andreetto e Guglielmo Pispisa, *La parola amore uccide*
54. Luca Crovi, *Il Gigante e la Madonnina*
55. Cristina Rava, *Il Tessitore*
56. Frédéric Dard, *Prato all'inglese*
57. Maurizio de Giovanni, *Un volo per Sara*
58. Piergiorgio Pulixi, *La settima luna*
59. Antonio Fusco, *Io sono l'Indiano*
60. Gabriella Genisi, Marilù Oliva, Mariolina Venezia, Grazia Verasani, *Le invisibili*

61. Enrico Franceschini, *Un'estate a Borgomarina*
62. Valeria Corciolani, *Di rosso e di luce*
63. Olivier Norek, *Superficie*
64. Riccardo Gazzaniga, *In forma di essere umano*
65. Nicholas Hogg, *Tokyo*
66. Bruno Morchio, *La fine è ignota*
67. Patrizia Rinaldi, *Guaio di notte*

Finito di stampare nel mese di febbraio 2023 presso
Grafica Veneta – via Malcanton, 2 – Trebaseleghe (PD)

Printed in Italy